소낭;웃음주머니

옮긴이 김준형

'조선조 패설문학 연구'로 박사학위를 받고, 부산교육대학교 국어교육과에서 공부하고 있다. '문학이 무엇을 할 수 있고, 문학이 무엇을 해야 하는가'에 대해 고민하면서, 고전문학에 담긴 당시 사람들의 삶과 일상에 관심을 가지고 있다. 지은 책으로는 『한국패설문학연구』, 『이매창 평전』 등이 있고, 번역한 책으로 는 『조선후기 성소화 선집』, 『가려뽑은 재담』, 『금선각』 등이 있고, 편역한 책으로는 『이명선 전집』 등이 있다.

소낭; 웃음주머니

2021년 2월 25일 초판 1쇄 펴냄

옮긴이 김준형
펴낸이 김흥국
펴낸곳 도서출판 보고사

책임편집 황효은
표지디자인 손정자

등록 1990년 12월 13일 제6-0429호
주소 경기도 파주시 회동길 337-15 보고사
전화 031-955-9797(대표), 02-922-5120~1(편집), 02-922-2246(영업)
팩스 02-922-6990
메일 kanapub3@naver.com / bogosabooks@naver.com
http://www.bogosabooks.co.kr

ISBN 979-11-6587-154-3 03810
ⓒ 김준형, 2021

정가 22,000원

소낭;

웃음주머니

김준형 옮김

笑囊

보고사
BOGOSA

책머리에

웃음은 일회적이고 소비적이다. 그저 한바탕 웃고 나면 그만이다. 그러나 때로는 웃음이 다른 의미를 담기도 한다. 특정한 일에 대해 이성으로 대응할 수 없을 때, 웃음은 그때 터져 나오기도 한다. 울음을 넘어선 아픔이 웃음으로 표출되는 것이다. 특히 사회구조의 문제에서 비롯된 웃음은 우리에게 심각한 물음을 던지기도 한다. 한바탕 웃고 난 뒤에 불현듯이 찾아오는 씁쓸함, 혹은 공허감…. 그것은 웃음이 결코 일회적이고 소비적인 것이라고 볼 수 없는 근거가 된다.

이 책의 저자 적빈자寂濱子. 그도 당시 사회에서 소외된 채로 살아가며 많이 아팠던 모양이다. 가식적인 정치가들, 홀로 깨끗한 척하면서 기실은 정치판이나 기웃거리는 사람들. 적빈자는 그들이야말로 도둑과 다를 바 없다고 한다. 명분과 실재가 괴리된 그들보다 시정에서 이야기되는 발랄한 우스갯소리를 하는 사람들. 오히려 거기에서 희망을 찾겠다고 했다. 세상에 대한 분노를, 그 아픔에 대한 분노를 '웃음주머니〔소낭〕'라는 책으로 발현한 셈이다. 웃음주머니라고 붙인 책이 결코 가볍게 느껴지지 않는 이유다.

적빈자가 쓴 원고를 읽은 그의 친구 황교산옹은 작품 곳곳에 평비〔비평〕를 붙였다. 그는 친구의 말을 이해하지만, 친구의 마음과 같지는 않았던 모양이다. 하긴 누군들 내 마음과 같겠는가? 다르기에, 특정한 대상을 두고 왈가왈부하면서 더 나은 방향을 모색하는 것이 아니겠는가? 그것이 더 아름다운 세상을 꿈꾸는 토대가 아닌가? 이 책에 쓰인 평비를 읽는 재미다.

꽤 오래전에 나는 고려대학교 도서관에서 이 책을 보았다. 평비를 붙인 형태는 다른 어떤 패설 문학에서 볼 수 없던 유일한 것이었기에 퍽 흥미로웠다. 책을 처음 접한 순간에 바로 글도 쓰고 번역도 해야겠다고 마음먹었다. 그러나 게으른 천성 탓에 글도 번역도 계속 미뤄졌다. 육담풍월이 많아 조선 시대 사람들은 웃었겠지만, 나 홀로 웃지 못해 고통을 느낀 적도 적지 않았다. 학문이 짧고 재주도 없는 탓에 계획했던 마음도 희미해졌다. 그러다 어느 날 갑자기 번역을 시작했다. 적빈자가 그랬듯이 나도 뭔가 희망을 가지고 싶었는지도 모르겠다. 내게 웃음은 늘 울음 다음에 오는 것이었던 모양이다.

2021년 2월
김준형

차례

일러두기

1. 이 책은 고려대학교 도서관 육당문고에 수재한 『소낭(笑囊)』을 저본으로 하여 번역하였다.

2. 전문가가 아닌 일반 독자들도 읽을 수 있도록 가능한 한 쉽게 풀어서 번역하였다. 이에 따라 각주는 이원적으로 제시하였다. 작품을 읽으면서 의문을 가질 수 있는 내용은 번역문에서 제시하고, 원문을 읽을 때에만 필요하다고 생각한 것은 원문에 각주를 붙였다.

3. 제목은 번역문의 내용을 고려하여 역자가 정했다.

4. 책은 원문, 주석, 평비로 구성되어 있다. 주석은 필사자가 붙인 것으로 보이는데, 이에 대해서는 '〔 〕' 표시를 하였다. 평비는 황교산옹(荒郊散翁)이 쓴 것으로 '【 】' 표시를 하였다.

5. 평비는 미협(眉批)으로 되어 있는데, 작품의 내용에 가장 걸맞은 대목이라고 판단되는 곳을 찾아서 역자가 배치하였다.

소낭 ;웃음주머니

광증

늘그막에 경기도 고을 수령이 된 자가 있었다. 그의 두 아들은 모두 유명한 관료로, 조정에서 중요한 벼슬을 맡고 있었다. 수령은 고을을 다스림에 엄격하여 백성들을 몹시 혹독하게 대했다. 아전들도 고통을 견디다 못해, 여러 말들을 지어내서 수령을 헐뜯으며 흔들어 보기도 했다. 그러나 기세등등한 수령은 그런 것 따위에는 굴복하지 않았다.

아전들 중에는 나이 많고 영리한 자가 있었는데, 그는 여러 아전들과 더불어 의논하다가 말하였다.

"그저 내 계책대로만 하면 될 게야."

그러고는 한 통인通引을[1] 꾀어 부추겼다.

오전 6시 무렵, 수령이 조회[朝衙]를 시작할 때였다. 통인이 불쑥 수령에게로 달려들더니 주먹을 불끈 쥐고는 수령의 뺨을 세차게 후려쳤다. 수령은 몹시 화를 내며 급창을[2] 불러 통인을 끌어내게 했다. 그러나 급창은 곁에 서서 입을 다문 채 가만히 있었다. 그것은

---

1) 통인(通引): 관아에서 도장을 관리하거나 잔심부름을 하던 아이종. 지인(知印).
2) 급창(及唱): 지방 관아에서 수령의 명령을 받아 큰 소리로 전달하는 남자 종.

마치 월越나라 사람이 진秦나라 땅이 척박하든 말든 자기와는 아무 상관이 없는 듯이 바라보는 것 같았다.

더욱 화가 난 수령은 사령使令을[3] 불러 급창을 끌어내라고 했다. 그러나 사령도 명령을 따르지 않았다. 심지어 서리胥吏와[4] 군교軍校들까지도[5] 수수방관한 채 우두커니 서 있을 뿐이었다. 수령은 화를 참지 못해, 이리저리 날뛰고 발악하느라 자리에 가만히 앉아 있지 못했다. 마침내 나이 많은 아전이 나서서 서울에 있는 수령의 두 아들에게 급히 심부름꾼을 보내 사연을 전했다.

'사또[案前]께옵서[6] 갑자기 광증狂症이 생기셨나 봅니다. 속히 의원을 데리고 내려와 주셨으면 합니다.'

두 아들은 다급하게 믿을 만한 의원을 불러들이고는 빠른 말[快馬]에[7] 태워 함께 치달렸다. 그렇게 매우 달려서 땅거미 질 무렵에 관아에 도착했다. 아전은 그들을 맞아 인사를 드린 뒤에 말하였다.

"아침에 조회를 시작할 때였습죠. 사또께서 갑자기 '통인이 내 뺨을 때렸으니, 때려죽이라.'고 하셨습니다. 소인들이 만약에 분부를 따른다면 아무 죄 없는 사람을 죽이는 우를 범할까 두려워 감히 명령을 따르지 못했습니다."

말을 듣고, 두 아들이 들어가서 아버지를 뵈었다. 수령은 아직도 화가 풀리지 않았는지, 거친 숨소리가 마치 천둥 치는 듯했다. 두 자식을 본 수령이 말하였다.

---

3) 사령(使令): 지방 관아에서 죄인을 문초하던 하급 관리.
4) 서리(胥吏): 지방 관아에서 근무하던 하급 관리.
5) 군교(軍校): 지방 관아에 속한 군대의 장교.
6) 안전(案前): 낮은 관리가 관료를 높여 부르는 말.
7) 쾌마(快馬): 시원하게 잘 달리는 말.

"세상에 어찌 이런 일이 있단 말이냐? 통인이 내 뺨을 치기에, 내가 부리는 하인들에게 그놈을 끌어다가 죄를 다스리라고 했더니, 한 놈도 내 명령을 따르지 않더구나. 세상에 어찌 이런 일이 있단 말이냐?"

수령은 미친 듯이 날뛰면서 아무 소리나 되는대로 지껄여댔다. 두 아들은 아무 말도 할 수 없었다. 그저 데리고 온 의원에게 눈길을 주어 병환을 살피게 할 뿐이었다. 수령은 더욱 화가 나서, 의원을 때리며 말했다.

"내게 무슨 병이 있다고 이러느냐?"

의원이 말하였다.

"이 병은 미쳐서 정신을 놓은 병[狂易症]입니다. 급히 치료하지 않으면 손을 쓸 수 없는 데까지 갈까 걱정스럽습니다."

그러고는 곁에 있는 사람들에게 단단히 붙잡게 한 뒤, 큰 침을 꺼내 놓고 팔다리를 마구잡이로 찔러댔다. 수령은 울부짖고 욕을 해대며 병이 아님을 판가름하라 했지만, 소리가 커지면 커질수록 침을 놓는 횟수만 늘어날 뿐이었다.

달리 방법이 없었던 수령은 결국 자포자기해야 했다. 서러움과 고통을 참을 수 없었지만, 화를 참고 말을 하지 않는 수밖에….

【뺨은 이왕에 맞은 데다, 팔다리에 침까지 만났구려! 앞의 분통함도 풀지 못했는데, 뒤의 아픔까지 더해졌으니 쓰디쓰겠군. 원통한 일일세! 진짜로 미치지 않은 게 다행이지!】

의원이 마침내 침놓기를 멈추고 말했다.

"병세가 조금 꺾였나 봅니다."

수령은 다시 실상을 정확하게 판단해달라고 말하고 싶었다. 하지만 그러면 의원이 또 침을 놓을까 두려워 감히 한마디 말도 내뱉을 수 없었다. 아들이 말하였다.

"아버님께서 기력이 쇠약해지셨나 봅니다. 비교적 한산한 벼슬살이도 감당할 수 없으니, 이제는 조용히 수양하며 몸과 마음을 돌보십시오. 지방 관아에서 업무를 보시느라 몸과 마음이 고달파져서 마음에 병까지 얻으신 것이니, 벼슬을 내려놓고 떠나시지요."

【얼굴빛을 보고 병을 잘 알아내니, 족히 당대의 화타華佗와 편작扁鵲이라[8] 할 만하군!】

그러면서 아버지에게 억지로 벼슬에서 물러나도록 했다. 수령은 따르고 싶지 않았지만, 의원의 침이 더 무서웠다. 마지못해 모든 것을 접고서 돌아왔다.

그로부터 몇 달이 지났다. 아버지와 두 아들, 그렇게 세 사람이 한자리에 있게 되었다. 아버지는 조용히 접때 뺨을 맞았던 일을 살짝 꺼냈다. 큰아들은 그의 동생을 흘끔 바라보며 말했다.

"아버님의 고질병이 또 발발한 듯하구나. 아무개 의원을 모셔 오거라."

그러자 아버지가 말하였다.

"내 정녕 말하지 않으려마! 그러니 의원도 데려오지 마라."

【천고의 간사한 소인배들이 꾀를 써서 사람을 함정에 빠트리는 게 어찌 늙은 아전의 술수뿐이겠는가? 부자 사이에서도 실상을 분명히 밝히지 못하거늘, 하물며 임금과 신하 사이에서야!】

━━━━━━━━

8) 화타(華佗)와 편작(扁鵲): 옛날의 명의(名醫).

有老年, 作圻邑[9]宰者, 其二子, 俱以名宦, 居要津.[10] 宰治尙嚴, 猛苛於束薪,[11] 吏不堪苦, 興訛造謗謀,[12] 所以敲撼,[13] 然以勢重營門, 亦且屈伏. 吏有老而黠者, 與其徒議曰: "弟如吾計, 可也." 遂嗾一通引, 於朝衙[14]之際, 忽然奮拳, 猛打邑宰之頰. 宰大怒呼及唱, 使曳下其通引, 及唱傍立默然如越視秦.[15] 宰愈怒, 呼使令, 曳下其及唱, 使令又不承命. 至於胥吏及軍校輩, 亦皆袖手却立. 宰不勝忿怒, 躁撓不能貼席, 老吏走急足[16]于京, 告其二子曰: '案前忽發狂疾, 請斯速邀醫, 下來也.' 其子急招所信醫, 馳快馬, 而至日晡到衙. 老吏迎拜曰: "朝衙時, 案前忽曰: '通引批吾頰, 可杖殺之.' 小人輩若承分付, 則恐有殺無辜知慮, 故未敢承命矣." 其子入見其父, 父怒尙不解, 喘息如雷. 見其子言曰: "世豈有此事乎? 通引批吾頰, 故吾治官隷, 曳下治罪, 則無一人承命者, 世豈有此事乎?" 仍狂跳亂叫. 其子無一言, 目醫者診候, 父益怒焉, 打醫者曰: "吾何曾有病乎?" 醫曰: "此狂易[17]症也. 不急治, 恐無及矣." 遂命左右脅持之, 抽大鍼, 亂刺四肢. 父大聲吼罵, 卜其不病之狀,

---

9) 기읍(圻邑): 기읍(畿邑). 경기(京畿)에 속한 고을.

10) 요진(要津): 중요한 나루라는 뜻으로, 사환(仕宦)을 거쳐 요직(要職)에 있는 사람.

11) 자신(束薪): 백성들을 괴롭히는 일. 『시경』〈양지수(揚之水)〉에서 "느릿느릿 흐르는 물이여, 묶어놓은 섶단도 흘려보내지 못하는구나.〔揚之水, 不流束薪.〕"에서 나온 말로, 주(周)나라 평왕(平王)이 백성을 동원해 수자리에 세운 일을 비난한 노래다.

12) 흥화조방모(興訛造謗謀): 흥와주산(興訛做訕). 남을 비방할 목적으로 온갖 헛소문을 만드는 일.

13) 고감(敲撼): 두드리고 흔듦.

14) 조아(朝衙): 아침 묘시(卯時, 5~7시)에 관아에 출근하여 사무를 보는 일.

15) 월시진(越視秦): 월시진척(越視秦瘠). '월(越)나라 사람이 진(秦)나라 땅이 척박한지 그렇지 않은지를 보듯 한다'는 뜻으로, 남의 어려움을 보면서도 나와 전혀 상관없듯이 보는 일을 말함.

16) 급족(急足): 급한 소식을 알리는 심부름꾼.

17) 광이(狂易): 미쳐서 정신을 잃음.

聲愈高, 而下鍼愈數. 父無路自暴, 不勝通楚, 只忍慣不語.【頰旣受批,
肢又逢鍼, 前慣莫雪, 後痛愈苦, 寃哉! 其不爲眞狂, 幸矣.】醫遂停鍼
曰:"病氣少沮矣."父更欲陳卞其實狀, 恐醫又下鍼, 不敢發一語. 其子
曰:"大人衰老, 不能就閑,[18] 頤養[19]而顧."乃勞瘁[20]於朱墨[21]得此心
恙,[22] 可投紱[23]而去也.【善於察色, 足可謂當世華扁.】遂强其父治[24]
任, 父欲不聽, 怵於醫鍼, 遂唯勉捲歸. 後數月, 適父子鼎坐, 從容語及
向時批頰事, 其子顧其弟曰:"大人宿症又發, 某醫可邀也."父曰:"吾當
不言, 勿邀醫也!"【千古奸小之輩, 以計陷人, 何嘗老吏之黠乎? 父子之
間, 不得暴其實狀, 況君臣之際乎?】

---

18) 취한(就閑): 나이 많은 관리가 벼슬을 그만두고 한가로운 자리로 물러남.

19) 이양(頤養): 이신양성(頤神養性). 마음을 가다듬고 정신을 수양함.

20) 노췌(勞瘁): 너무 고달파서 파리함. 『시경』〈소아(小雅)·육아(蓼莪)〉의 "슬프고
슬프다 부모여, 나를 낳느라 몹시 고달파 파리해졌구나.〔哀哀父母, 生我勞瘁〕"에서 나
온 말이다.

21) 주묵(朱墨): 주필(朱筆)과 묵필(墨筆)로 문서나 장부를 정리하는 것. 곧 지방 관아
에서 정무를 보는 일.

22) 심양(心恙): 마음의 병.

23) 투불(投紱): 인끈을 버림. 곧 사직한다는 뜻.

24) 치사(致仕): 나이가 많아 벼슬을 그만둠. 원문의 '治'는 '致'의 오류.

네게서 온 것, 네게로 가리

영남 유생儒生 네댓 명이 과거 시험을 보기 위해 함께 길을 나섰다. 그중 한 친구는 우스갯소리도 잘하는 데다 사람들도 잘 속이곤 했다. 그러자 그를 뺀 나머지 유생들이 의논하며 말했다.

"저 친구가 항상 우리를 속여 왔으니, 우리들도 꾀를 써서 저 친구를 속여보세."

그들이 호서 지방에 이르러 객점에 들게 되었을 때다. 방 안에는 안주인이 풀어놓은 가체[髢髻]가1) 벽에 걸려 있었다. 유생들은 가체를 몰래 가져다가 친구의 봇짐 속에 집어넣었다.

뒷날 일행이 문을 나서서 떠나려 할 때였다. 그들은 안주인을 불러 말했다.

"방 안에 있던 물건들을 검사해 보시지요."

안주인이 사양하며 말하였다.

"염려할 게 뭐가 있다고요?"

"그렇지 않죠. 우리들은 일행이 많은지라, 불미스러운 일이 없다

---

1) 가체[髢髻]: 다리. 예전에 부인이 머리를 꾸미기 위해 자기 머리 위에 다른 머리를 얹은 것.

고 어떻게 단정하겠소?"

안주인은 벽 위를 쭉 훑어보다가 깜짝 놀라며 말했다.

"내 가체가 어디 갔지?"

그러면서 방 안을 두루 살폈지만, 가체는 끝내 보이지 않았다. 안주인이 발을 구르며 말했다.

"이를 어째?"

유생들이 말하였다.

"우리가 당신을 불러 살펴보도록 한 것은 바로 이런 일이 있을까 우려했기 때문이지요."

그러고서 다시 말했다.

"각자 자기 봇짐을 풀어서 보여주게. 그래야 명백함을 증명하지."

유생들은 각자 자기 물건들을 꺼내 보여주었다.

그 친구도 자신만만하게 봇짐을 풀었다. 그런데 거기서 가체가 불쑥 튀어나왔다. 유생들은 모두 놀라는 척하던 차에 객점 안주인이 말했다.

"선비가 되어서 이런 불미스러운 짓을 하다니…. 참으로 개돼지와 다를 바 없구려!"

그는 부끄러워 차마 얼굴을 들 수 없었다. 친구들의 속임수에 당했음을 분명히 알았지만, 발명할 방법이 없었다. 그저 화를 참고 먼저 밖으로 나가, 말을 타고 떠나는 수밖에…. 유생들은 서로 웃으며 말하였다.

"저 친구가 꾀가 많다지만, 오늘은 우리들에게 속았네. 그나저나 저 친구가 화를 내며 먼저 떠났으니, 반드시 보복할 계책을 생각하고 있을 것이네. 모쪼록 잘 방어해 봄세."

친구가 다른 유생들보다 수십 리를 앞서 지나왔을 즈음이었다. 길가 한쪽에서 김을 매던 사람들이 구름처럼 둥그렇게 둘러앉아 들밥을 먹는 모습이 눈에 들어왔다. 그는 말에서 내려 바닥에 앉고 말하였다.

"저는 영남 사람입니다. 영남 풍속에는 음식을 존중하지요. 그래서 사람들이 한데 모여 들밥 먹는 모습을 보면, 감히 말을 탄 채로 그 앞을 지나치지 않습니다. 반드시 말에서 내려 정중하게 인사를 드리고 간답니다. 대개 백성을 하늘과 같이 받드는 의미지요."

【단지 영남 풍속에서만 먹는 것을 중시하는 게 아니지. 내가 남쪽으로 가는 길에 보니, 기름진 들판이 광활하게 펼쳐져 있었다. 마치 누런 구름이 꽉 들어찬 것처럼. 밭을 갈던 농부들과 들밥을 내온 아낙들이 구름처럼 둘러앉아 점심 식사를 막 하려던 참이었지. 순간 나도 말에서 내려 곧장 그들 틈으로 뛰어 들어가 배불리 먹으며 함께 즐기고 싶었건만…. 나는 지금까지도 먼 길을 가야만 했던 말이 얼른 그곳을 지나쳐 가버린 것을 아쉬워하지요.】

농민들이 말하였다.

"아름답군요, 영남의 풍속은!"

"불미스럽지는 않지요! 그러나 간혹 성질이 모질어 풍속을 좇지 않는 자들도 있답니다. 제 뒤에서 말을 타고 오는 서너 명도 그러한데, 그들은 모두 우리 고을 장교의[2] 아들들이죠. 평소에 모질고 독한 자들인지라, 여기를 지날 때에 말에서 내려 걸어갈지 그렇지 않을지를 확언하기가 어렵군요. 만약 말에서 내리지 않고 지나친다

---

2) 장교(將校): 지방 관아에서 군사와 관련된 일을 맡아보던 낮은 벼슬아치.

면, 여러분들이 달려들어 그들을 한껏 패주십시오. 그렇게 해서라도 그들의 악행을 징치하는 게 옳지 않겠습니까."

그러고는 말을 타고 떠났다.

잠시 후, 정말로 서너 사람이 말을 탄 채로 들밥 먹는 장소를 가로질러 지나갔다. 농부들은 일제히 달려들어 그들을 말 아래로 끌어내린 뒤에 꾸짖어 말했다.

"너희들 모두가 장교의 아들들이라면서…. 그런데도 고을의 풍속을 좇지 않고 들밥 먹는 장소를 지나가면서도 감히 말에서 내리지 않는다고! 이렇게 완악한 놈들이라면 혹독하게 다스리지 않을 수 없지!"

그러고는 호밋자루로 정신없이 두들겨 팼다. 유생들은 낭패를 보고 달아나며 말했다.

"이는 반드시 그 친구가 꾸며 놓은 일일 터! 네게서 나온 것은 반드시 네게로 돌아간다고 했던 말이 참으로 맞았네그려. 우리들이 욕을 보았어!"

嶺儒四五人, 同作赴擧行. 有一友, 善詼諧欺人, 衆議曰: "彼每欺我, 我輩亦可以計, 瞞彼也." 行到湖西地, 入店舍, 見主人妻, 解髢髻, 懸壁上, 衆潛取之, 裹于其友包袋中. 將出門, 呼店婦謂曰: "可檢房中什物也." 婦辭曰: "豈有他慮乎?" 衆曰: "不然. 吾輩人多, 其中安知無不美者耶?" 婦仰瞻壁上, 驚曰: "吾之髢, 安在?" 遂遍尋房內, 而終未得. 婦頓足曰: "此將奈何?" 衆曰: "吾所以招汝看檢者, 蓋慮此也." 仍曰: "吾輩各解包袋而示, 以自明也." 遂各解己物, 以示之. 其友亦信手而解示, 髢髻忽出. 衆愕然, 店婦曰: "以士夫而作此不美之行, 眞狗彘之不若也."友慚愧不能擧顏, 明知其見欺於衆, 而無路自明. 遂忍憤先出, 騎馬而去. 衆笑曰: "彼雖多智, 今乃爲吾所欺也. 但彼乘憤先行, 必思報復之術, 可善防也."友先行數十里, 見路傍田, 疇耘者如雲, 方環坐喫午餚. 遂下馬而坐曰: "吾嶺人也. 嶺俗重食, 見聚餚者, 不敢騎馬而前過, 必下馬唱喏³⁾而去, 盖重民天之意."【非但嶺俗之重食. 余於南行路, 見沃野曠濶, 黃雲遍滿, 農夫餉婦, 環坐如雲, 午飯方張, 則遽欲下馬, 直入共其, 醉飽而同樂, 每恨征馬⁴⁾之迅過也.】衆曰: "善哉, 嶺俗也!"士曰: "俗非不美, 而亦或有頑, 不遵俗者. 吾背後來者三四騎, 皆吾邑將校之子也, 素皆頑惡, 過此之時, 難保其下馬徒步. 若不下馬, 君輩須宜羣起, 而猛毆之, 以懲其惡, 可也."遂騎馬而去. 須臾果見三四騎, 橫馳過餚所者. 齊奔捽下其人, 罵曰: "汝輩俱以將校之子, 不遵邑俗, 乃敢馳過餚所, 不肯下馬, 如此頑惡之人, 不可不痛懲也."遂以鋤柄亂毆之. 其人狼狽而走曰: "此必吾友之所囑也. 出爾反爾, 宜乎, 吾輩之見辱也."

---

3) 창야(唱喏): 남에게 존경의 뜻을 드러내는 인사말.
4) 정마(征馬): 먼 길을 가는 말.

부부 수작

　귀먹고 눈먼 사람이 벙어리 아내를 맞이하였다.

　부부가 함께 있던 어느 날이었다. 마을에서 요란스럽게 떠드는
소리가 남편의 귀에 희미하게 들려왔다. 그가 아내에게 물었다.

　"무슨 변고가 났는가?"

　아내는 비록 눈에 보이고 귀에 들리지만 그것을 말로 표현할 방
법이 없었다. 이에 가슴을 풀어헤친 후, 남편의 손가락으로 자기
의 유방 사이에 사람 인人 자를 썼다. 남편은 그 의미를 깨닫고서
말했다.

　"불[火]이 났다고! 누구 집에 불이 났대?"

　아내는 곧장 자기 입을 남편의 입에 갖다 댔다.

　"여呂 생원 댁에 불이 났다고! 여씨는 족당族黨이[1] 많은데, 어느
여씨를 말하는고?"

　아내는 다시 남편의 손을 끌어다 자기 음문을 가리켰다.

　"진골[泥洞][2] 여 생원 집이라고! 얼마나 탔소?"

---

1) 족당(族黨): 같은 문중이나 계통에 속하는 겨레붙이.
2) 니동(泥洞): 진골. 종로구 운니동에 있던 마을로, 지금의 안국역 근처. 땅이 몹시

그러자 아내는 손으로 남편의 성기를 쥐었다.

"모두 다 타고 기둥만 남았다고? 참혹하기도 하네!"

【세상에 총명하다는 남자와 말 잘한다는 여인이 서로 수작을 한다 해도 이처럼 신통하지는 못하리라.】

有聾而瞽者, 娶啞婦. 一日, 夫妻相對, 其夫微聞里中有喧聒聲, 問其妻曰: "有何故也?" 妻雖耳聞而目睹, 口不能言, 披其胸, 手授其夫之指, 畫人字于兩乳間. 其夫悟曰: "火出乎? 出於誰家也?" 妻卽以口, 接其夫之口. 夫曰: "出於呂生員家乎? 呂家族繁, 出於何呂之家乎?" 妻又授夫手, 指其陰戶. 夫曰: "泥洞呂生員家乎? 焚幾許?" 妻以手執其夫外腎. 夫曰: "盡焚, 只餘一柱, 慘矣哉!"【世上聰明男子與辯妻酬酢, 未必若是神明.】

질퍽해서 붙은 이름이다.

엉덩이 사기

법사(法司)에서는[1] 다른 사람에게서 돈을 받고서 그가 맞아야 할 태형(笞刑)을[2] 대신 맞아주는 법례를 허용하였다. 이것이 항간에서 말하는 '엉덩이를 산다[雇臀]'는 것이다.

어떤 사람이 죄를 짓고 곤장을 맞게 되었다. 그는 돈 열 관(貫)을[3] 주고 사람을 사서, 그로 하여금 관아에 들어가 자신을 대신해서 형장(刑杖)을 맞도록 했다.

형장이 몇 번 더해졌다. 매품을 산 사람은 아픔을 견딜 수 없었다. 그는 손가락 하나를 굽혀 형장을 치는 나장(隷)에게 보였다. 그것은 조금만 덜 아프게 살살 쳐달라는 부탁이었다. 굽힌 손가락 하나가 곧 돈 한 관을 주겠다는 의미였다.

몇 대를 더 맞으니, 매품을 산 사람은 또다시 밀려드는 아픔에 죽을 지경이었다. 그는 다시 한 손가락을 구부려 나장에게 보였다.

---

1) 법사(法司): 법을 맡은 관청. 형조 및 한성부를 말함.
2) 태형(笞刑): 작은 형장으로 볼기를 치는 형벌. 조선 시대의 다섯 가지 형벌 중에서 가장 가벼운 형벌이다. 죄의 경중에 따라 10대~50대까지 나누어 집행하였다.
3) 관(貫): 돈 꾸러미. 본래 10리(釐)는 1푼(分), 10푼(分)은 1돈[錢], 10돈[錢]은 1냥(兩), 10냥(兩)은 1근(斤), 10근(斤)은 1관(貫)을 말한다.

이렇게 하기를 몇 번. 그동안에 열 개의 손가락이 모두 꼽혔다.

형장을 다 맞은 그는 엉금엉금 기어서 관아의 문밖으로 나왔다. 그러고는 나장의 손에 돈 열 관을 쥐어주었다. 이윽고 죄를 범한 사람이 와서 그를 맞아 위로하며 말하였다.

"큰 상처를 입지 않았느냐?"

매품을 산 사람이 대답했다.

"만약에 영감님께서 주신 돈 열 관이 아니었다면, 저는 거의 형장 아래서 죽을 수밖에 없었을 것입니다. 영감님이야말로 정말 제 은인이옵니다."

【세간에 이〔虱〕처럼 권문세가에 빌붙어서 벼슬자리 하나를 추천받으려고 몸과 명성이 결단 나는 것조차 깨닫지 못하는 자들. 그들 모두가 매품을 산 자와 비슷한 부류리라.】

法司有受人錢, 代受笞杖之例, 俗稱雇臀. 有一人, 犯罪當杖, 以十貫錢雇人, 使入廷受杖. 杖數度, 雇者不勝其痛, 屈一指以示執杖之隷,[4] 冀其歇杖,[5] 一指之屈, 盖謂當給一貫錢也. 過數杖, 又不勝苦, 又屈一指以示. 如是者屢, 十指盡屈. 旣受杖, 匍匐出門, 遂以十貫交付隷手. 犯罪者迎勞曰:"得無重傷乎?"雇者曰:"倘非令監十貫之錢, 吾幾死於杖下. 令監吾之恩人也."【世之虱付權門, 獲沾吹噓,[6] 而不覺身名之喪敗者, 皆雇者之類也.】

---

4) 예(隷): 여기서는 나장. 나장은 형장을 치는 종을 말한다.
5) 헐장(歇杖): 형장을 집행할 때 아프지 않도록 약하게 매를 치는 것.
6) 취허(吹噓): 잘못은 덮어 주고 잘한 것은 치켜세우며 벼슬자리를 알선하고 추천하는 일.

개판

강씨 성을 가진 사람의 집에 대상^{大祥}이 있어서 손님들이 모두 한 자리에 모였다. 강 씨의 친척인 수재^{秀才}도[1] 대상 하루 전에 와서 제사를 돕고 있었다. 어떤 손님이 그를 보고 시를 지었다.

어제 강 씨 집 아이가 와서 ^{昨日姜兒至}
초저녁에 진설을[2] 다 해놓았네. ^{陳設皆自夕}
제사를 준비하는 여인들은 모두 늙은 여인이고 ^{主婦眞老娘}
집사들은[3] 서자 출신 늙은이가 많구나. ^{執事多孼翁}
띠를 묶어 모삿그릇에 꽂고 ^{束茅揷沙裡}[4]
첨작한[5] 술잔은 동쪽으로 반쯤 기울이네. ^{添酌半東傾}[6]

---

1) 수재(秀才): 과거 시험을 보려고 공부하는 사람.
2) 진설(陳設): 제사 때에 법도에 맞게 음식을 상 위에 벌여놓은 것.
3) 집사(執事): 주인을 도와 제사와 관련된 일을 맡아보는 사람.
4) 속모삽사리(束茅揷沙裡): 제사를 지낼 때 향을 올려놓는 작은 상〔香案〕 앞에 띠 풀을 묶고 모래를 모아놓은 뒤, 여기에 강신(降神)하는 술을 붓는 일. 『가례(家禮)』에서 말하는 속모취사(束茅聚沙).
5) 첨작(添酌): 첨작(添爵). 제사를 지낼 때에 셋째 잔을 신위(神位) 앞에 올려놓은〔終獻〕 다음에 다시 술을 가득 채우는 일.

파리가 앉을까 다반을 덮었으니 畏蠅盖茶盤

신령이 이웃집으로 달려간다네. 神靈走隣家

> 어제 강아지가 와서
> 진설해 놓은 것이 모두 개자식의 짓거리일세
> 아낙들은 모두 누렁이고
> 집사들은 얼룩이[점박이]라네
> 속모는 털이 많은 삽사리가 맡고
> 첨작은 꼬리 짧은 동경구東京狗가 하네
> 파리도 꺼리는 개차반들
> 신령은 굶주린 개가 되겠구나[7]

【이 시로 수재의 진중하지 못한 행동을 말하고 있다.】

有姜姓人, 家行大祥, 賓客齊會. 姜之族一秀才, 前一日亦來助祭.
客作詩曰: "昨日姜兒至, 陳設皆自夕. 主婦眞老娘, 執事多擘翁. 束茅
揷沙裡, 添酌半東傾. 畏蠅盖茶盤,[8] 神靈走隣家.【爲此詩者, 才子之薄
行者也.】

---

6) 동경(東傾): 동경(東京)의 음차. 동경(東京)은 경주에 있던 꼬리가 짧은 동경구(東京
狗)를 말함.

7) 제시한 부분은 원문에 없는 내용이다. 본문에 제시한 시는 겉으로는 제사를 지내는
풍경을 사실대로 그린 것 같지만, 실제 이 시가 지닌 한자음만 가지고 보면 또 다른
의미를 내포한다. 일종의 뜻을 취하지 않고 음만 취한 육담풍월(肉談風月)이다. 두 가지
의미를 모두 번역해서 제시할 필요가 있기 때문에 숨은 뜻은 별도로 제시해 놓는다.
평비(評批)도 육담풍월로 제시한 시를 염두에 두고 한 것이다.

8) 개다반(盖茶盤): 우리말 '개차반'의 음차. 개차반은 개가 먹는 음식, 즉 똥. 말과 행동
이 매우 더러운 사람을 속되게 부르는 말.

옥피리

농담을 잘하는 중매쟁이가 있었다. 그 사람은 자기가 중매한 신부 집에 가서 말하였다.

"신랑은 몹시 아름다운데다 음률까지 환히 깨치고 있습지요. 특히 허리춤에 차고 다니는 옥피리는 천하에 더할 나위 없는 보배입죠. 신랑이 그것을 지나치게 아끼는지라, 잠시도 몸에서 떨어뜨리지 않는답니다. 혼행길에도 당연히 가지고 오겠지요. 그러니 사람들이 많이 모인 자리에서 한번 보자고 말씀해 보십시오."

그러고는 돌아와 신랑에게 말하였다.

"무릇 신부 집에서는 혼례 자리에서 필시 신랑의 옥피리를 보자고 할 것입니다. 옥피리란 남자의 성기를 말하는 게지요. 당신이 만약 부끄러워하며 보여주지 않는다면, 거기에 모인 사람들은 당신을 두고 졸렬하다며 비웃을 것입니다. 모름지기 놀림을 받지 않도록 하세요."

신랑은 어리석은 사람이어서 그 말을 곧이곧대로 믿었다.

혼례를 마친 다음 날. 신랑은 장모 및 친척들이 둥그렇게 자리를 잡고 앉아 있는 곳으로 나아가 인사를 드렸다. 장모가 신랑에게 물었다.

"자네에게 옥피리가 있다는 말은 들었네. 그런데 어찌하여 많은 사람들 앞에 드러내어 그 빛남을 뽐내지 않는가?"

마침내 사위는 바지춤을 풀어 벌거벗은 채로 서서 그것을 보였다. 장모가 얼굴을 찌푸리며 말했다.

"아이쿠 무색해라, 무색해!"

그 말을 듣고 신랑이 말했다.

"자줏빛이 도는 흑색이온데, 어찌하여 색깔이 없다고 하십니까?"

【옛말에 '현악기는 관악기만 못하고, 관악기는 사람의 소리만 못하다'고 했다.[1] 신랑의 피리는 현악기도 아니고 관악기도 아닌데도, 맑은 갠 밤에 연주되는 한 곡조에 자신도 모르는 사이에 손으로 춤을 추고 발을 구르며 뛰게 하는, 농옥弄玉과 소사蕭史가 진루秦樓에서[2] 봉황을 내려앉게 한 옥피리와 비견할 만한지라. 그것을 두고 더할 나위 없는 보배라고 부르는 것 또한 마땅하지 않은가?】

有媒婚者, 善諧語, 婦家曰:"郞才極佳. 且曉音律, 其腰下所佩玉笛, 天下至寶也. 郞酷愛此, 不肯蹔舍, 婚行亦應帶來, 可於衆會中, 請一見也."仍歸語其婿曰:"凡婦家, 必於婚席, 請見新郞之玉笛. 玉笛者, 外

---

1) 사불여죽 죽불여육(絲不如竹 竹不如肉): 현악기는 관악기만 못 하고, 관악기는 육성보다 못 하다는 말. 즉 음악은 자연에 가까울수록 좋다는 말이다. 『진서(晉書)』〈맹가전(孟嘉傳)〉과 『세설신어(世說新語)』 등에 나온다.
2) 진루(秦樓): 춘추시대 진목공(秦穆公)이 딸 농옥(弄玉)과 사위 소사(蕭史)를 위해 만들어 준 누각. 생황을 잘 불던 농옥은 옥피리를 잘 불던 소사를 남편으로 맞이해서 피리를 배운다. 이후 둘이 연주하는 소리를 들은 봉황이 그곳에 내려 앉고, 진목공은 거기에 진루를 지어 거처하게 한다. 그 후 두 사람은 봉황을 타고 신선이 되어 날아간다. 『열선전(列仙傳)』에 나오는 고사다. 평비는 이 고사를 활용하였다.

腎之謂也. 汝若羞愧, 不肯出示, 則衆必笑汝之拙, 勿須如此也." 其婿
蚩騃, 信其言. 及行婚禮翌日, 現拜岳母, 而親戚環坐焉. 岳母問曰: "聞
郎有玉笛, 盍於衆中一示, 以誇耀乎?" 婿遂解袴, 赤立以示之. 岳母嚬
蹙曰: "無色, 無色!" 婿曰: "紫黑色也. 豈曰無色乎?" 【古語曰: '絲不如
竹, 竹不如肉.' 新郎之笛, 非絲非竹之, 可比淸宵一弄, 不覺手之舞足之
蹈, 秦樓玉簫, 反在下鳳. 其謂至寶, 不亦宜乎?】

보아도 보이지 않음

    한 선비가 이웃집 여인과 무성한 숲속에서 간통하고 있을 때였다. 그때 마침 여인의 남편이 그쪽으로 다가왔다. 선비는 형편이 다급한지라, 치마를 들어 급히 여인의 얼굴을 가렸다. 그러고는 손짓으로 남편에게 되돌아서 가라고 했다. 남편은 뒷걸음질하여 그 자리를 얼른 빠져나왔다.

    아낙은 남편이 현장에서 멀어진 것을 헤아린 뒤, 곧장 지름길로 내달아 남편보다 앞서서 집에 도착했다. 집으로 돌아온 남편이 부인을 보고 미소를 지었다. 아낙이 물었다.

    "무엇 때문에 그리 웃소?"

    "오늘 내가 기이한 구경을 하였네. 아무개 양반이 숲속에서 어떤 촌 아낙과 간통을 하고 있더군. 내가 때마침 지나다 그것을 보았는데, 굳이 좋은 일을 하는 데 방해할 필요가 없었지. 그래서 걸음을 돌려 되돌아왔거든."

    "위태했구려. 여차했으면 양반에게 욕을 볼 뻔했겠습니다."

    【거친 치마를 한번 휘둘러서 완전하게 바람을 막았구나! 사람의 순간적 대응은 쉽고도 어렵구나. 어리석은 사람들의 일 처리란 게 그야말로 눈으로 보아도 보지 못하는[視而不見][1] 것일세그려.】

有一士人, 潛奸隣婦于叢薄中, 其夫適來到, 士人勢窘蹙, 裳遮婦面,
揮手使去. 其夫逡巡[2]而退. 婦度其夫遠去, 卽由捷路走歸其家. 夫還見
其婦而微笑, 婦曰: "何笑也?" 夫曰: "今日有奇觀矣. 某姓兩班, 潛奸何
許村婦于林中, 吾適見之, 而不必沮人好事, 故却步而歸矣." 婦曰: "危
哉! 幾乎觸怒[3]于兩班也."【一揮䯥裳, 萬全防風. 人之處變, 易而難. 愚
夫之料事, 視不見矣.】

1) 시이불견(視而不見): 보아도 보이지 않음. 이 말은 『대학장구(大學章句)』에 나오는
"마음이 그곳에 있지 않으면, 보아도 보이지 않고 들어도 들리지 않고 먹어도 그 맛을
모른다.〔心不在焉, 視而不見, 聽而不聞, 食而不知其味.〕"를 활용한 것이다.
2) 준순(逡巡): 뒷걸음질함.
3) 촉노(觸怒): 윗사람의 마음을 거슬려 성을 내게 함.

곡례

어떤 선비가 여러 친구들과 상의하여 말하였다.

"우리들은 문자 쓰는 것을 업으로 삼고 있네. 그러니 평소에 인사할 때나 이야기할 때에도 마땅히 문자로 해야 할 것이네. 일상에서 하는 말일랑 쓰지 않기로 하세."

모두가 '그리 하자.'고 말하였다.

그 뒤에 한 친구가 부모의 상을 당했다. 모든 친구들도 조문을 하러 왔다. 그들은 '아이고' 하는 곡소리가 일상에서 쓰는 말이라고 여겼다. 그래서 그들은 무릎을 꿇고 이렇게 곡하였다.

"곡지, 곡지哭之哭之〔곡을 합니다, 곡을 합니다〕!"

상인도 회답하였다.

"통곡, 통곡痛哭痛哭〔몹시 슬픕니다, 몹시 슬픕니다〕!"

친구들은 그를 위문하여 말하였다.

"하통이여何痛而於〔얼마나 아프셨는가〕?"

"한삼년이질 괘골이여寒三年痢疾, 掛骨而於〔한 삼 년 이질을[1] 앓다가 깨꼴락했네〕."

---

1) 이질(痢疾): 배가 아프고 대변을 보되 양이 적고, 끈적끈적한 대변을 보는 질병.

"관호棺乎〔관은〕?"

"부否〔준비하지 못했네〕."

"하고何故〔왜〕?"

"관소체장하니 내하棺小體長, 奈何〔관은 작은데 시신의 몸집이 크니, 어떻게 해야 할지〕?"

"하부을자장야何不乙字藏也〔왜 시신을 을乙 자 형태로 구부려 넣을 생각은 하지 않나〕?"

"시례출어하례是禮出於何禮〔그런 상례가 어느 예법에 나오나〕?"

"곡례야曲禮也〔곡례일세〕."

【시신을 을乙 자 모양으로 구부려서 관에 넣는다는 말을 곡례曲禮라 부른다면, 조조曹操가 72개의 가짜 무덤을 만들라고 한 것은[2] 또한 주례周禮라 이를 만하겠군.[3]】

有士人與諸友議曰:"吾儕以文字爲業, 凡於寒暄酬酢之時, 亦當用文字, 不可以常談語也." 僉曰:"諾." 後一友遭艱,[4] 諸人往弔, 以爲哭聲, 亦近常談. 遂跪曰:"哭之, 哭之!" 喪人亦曰:"痛哭, 痛哭!" 慰問曰:"何痛而於?" 喪人曰:"寒三年痢疾, 掛骨而於." 又問曰:"棺乎?" 曰:"否." 曰:"何故?" 曰:"棺小體長, 奈何?" 曰:"何不乙字藏也?" 曰:"是禮出於何禮?" 曰:"曲禮也."【乙藏謂之曲禮, 則老瞞[5]之七十二葬, 亦可謂周禮也.】

_____

2) 노만지칠십이장(老瞞之七十二葬): 조조는 자기가 죽은 뒤에 무덤을 도굴할까 봐 비밀리에 72개의 가짜 무덤을 만들라고 지시한 고사를 말한다.
3) 시신을 을 자 모양으로 접어 안장하는 것을 곡례라 부른다면, 조조가 여러 군데에 '두루' 무덤을 쓴 것은 주례(周禮)라고 부를 수 있다고 비꼰 것이다.
4) 조간(遭艱): 부모의 상을 당함.
5) 노만(老瞞): 늙은 조조(曹操). 조조의 어렸을 때 자가 아만(阿瞞)이어서 이렇게 말한 것이다.

난장 맞을 놈

한 선비가 말을 타고 나다니는 것을 좋아하였다. 그렇지만 종은 그것을 몹시 괴로워했다.

【선비가 되어 나다니기를 좋아했다면 행실이 없을 터, 아랫사람을 제어할 수 없었음도 가히 알지라. 어찌 완악한 종만 탓하겠는가?】

때마침 8월 명절이 되었다. 종은 마음속으로 생각하였다.

'오늘만큼은 우리 주인이 나가자고 하지 않겠지. 나도 집에서 재미있게 놀아야지.'

그러나 아침밥을 먹자마자 선비는 또 가마를 준비하라고 명령했다. 종놈은 골머리가 아파오고 이맛살이 찡그려졌지만, 억지로라도 명령에 따라야 했다.

사람들이 많이 다니는 어느 한 교차로에 이르렀을 때다. 선비는 말에서 내려 잠시 쉬고 싶어, 종에서 '길가에 자리를 깔아놓으라'고 분부했다. 명을 받은 종은 일부러 교차로 한복판에 자리를 펼쳤다. 선비가 꾸짖어 말하였다.

"어찌하여 한 귀퉁이에 깔지 않고, 길 한복판에다가 펼쳐 놓느냐? 그리하면 지나가는 사람들에게 방해가 되지 않겠느냐?"

그러자 종은 눈을 부릅뜨고 올려다보며 말하였다.

"이런 8월 명절에, 몽둥이로 쳐 맞을 어떤 놈의 자식이 한가롭게 나다닌답디까?"

선비는 욕을 먹고 분통이 터졌다. 그래서 집으로 돌아와 아내에게 이 말을 전했더니, 아내가 종을 불러 나무랐다. 종은 꾸지람을 듣고 나오면서 말했다.

"주인과 종, 우리 두 사람만 있어서 다른 사람은 알 수 없는 일이건만…. 난장亂杖 맞을 어떤 새끼가 안방 상전에게 고자질을 했구먼!"

【이렇게 완악한 종을 어찌하여 몽둥이로 정신없이 패서 가르치지 아니하는고?】

有一士人, 喜出入控馬, 奴甚苦之.【以士人而喜出入, 則其無行, 不能御下[1]可知, 何責頑奴】適値中秋名節. 奴意以爲: '吾主今日, 則必不出矣. 吾可以在家, 歡樂也.' 朝食訖, 士又命駕. 奴疾首蹙頞,[2] 黽勉承命. 行至一通衢,[3] 士欲下馬少休, 命奴設席於路傍. 奴故以席舖于十字街上. 士叱曰: "何不偏于一邊, 而舖之中衢, 以妨行人也." 奴瞋目仰瞻曰: "如此中秋名日, 何物亂杖之子, 作閒漫出入也?" 士受辱憤甚, 歸語其妻. 妻招其奴責之, 奴默然出曰: "吾之奴主兩人之事, 人無知者, 而何許亂杖之子, 傳告于內上典矣."【以此頑奴, 何不以亂杖打敎.】

---

1) 어하(御下): 아랫사람을 다스림.
2) 질수축안(疾首蹙頞): 골머리를 앓고 이마를 찡그림. 『맹자』 〈양혜왕(梁惠王) 하〉의 "백성은 왕께서 연주하시는 음악 소리를 듣고, 모두 골머리를 앓고 이맛살을 찌푸리며 말합니다.〔百姓聞王鐘鼓之聲, 管籥之音, 擧疾首蹙頞而相告曰.〕"에서 나온 말이다. 원문의 '頞'은 '顔'의 오류.
3) 통구(通衢): 왕래가 잦은 거리. 사방으로 통해 교통이 편리한 길.

참혹하기도 해라

한 어사가 순행巡行을[1] 하느라 어떤 고을에 이르렀다가, 그곳 기생에게 잠자리 수청을 받았다. 어사는 그녀를 몹시 사랑하여 연거푸 며칠 동안 그 고을에 머물렀다. 그러다 돌아가야 할 때가 되자, 고을 수령은 객사客舍에서 전별연餞別宴을 베풀었다.

술기운이 어느 정도 올라왔을 무렵이었다. 기생은 울며 어사에게 석별의 정을 하소연했다. 어사는 그저 눈물을 머금고 있을 뿐이었다. 울고 싶어도, 사람들이 보는 게 부끄러웠기 때문이었다. 그러더니 갑자기 객사를 올려다보며 말하였다.

"이 건물이 지어진 지가 몇 해나 되었더냐?"

곁에서 보좌하던 사람들이 대답했다.

"이미 백 년도 더 넘었습죠."

"그때 이 건물을 지었던 장인들이 여태 살아 있느냐?"

"이미 죽었지요!"

어사는 깜짝 놀라는 척하며 말하였다.

---

1) 순행(巡行): 감독하거나 단속하기 위해 여러 곳을 다니는 일.

"참혹하기도 하네, 참혹해!"

그리고는 이내 목을 놓아 통곡하였다.

【건물을 올려다보며 '그때 건물을 짓던 장인들은 살아 있느냐'고 질문한 것은 분명히 어떤 일을 핑계 삼아 한바탕 울어보려고 한 것이겠지?】

有一繡衣, 巡至一邑, 以邑妓薦枕, 甚愛之, 留連屢日. 將還, 邑倅設餞席于客舍. 酒酣, 妓泣訴其惜別之情, 御史含淚欲泣, 以其有愧於觀瞻, 仍仰屋問曰: "此舍營建, 今幾年也?" 左右對曰: "已過百年矣." 復問曰: "其時工匠, 尙今在世乎?" 對曰: "已死矣." 御史驚曰: "慘矣, 慘矣!" 仍放聲而哭. 【仰屋之問, 如使工匠尙在, 當因何事而發哭耶?】

내 방귀

　어떤 신부가 처음으로 시부모님을 뵙고 인사를 드리는 날이었다. 신부는 갑자기 방귀를 뀌고 말았다. 자리에 있던 사람들의 얼굴색이 모두 변해가던 차에, 신부의 유모가 급히 마당으로 내려가 죄를 청하였다.

　"쇤네가 늘그막에 병이 들어 뱃속이 편안치 못한지라, 여러 어르신들 앞에서 더러운 기운을 내보냈습니다. 감히 죽을죄를 청하옵니다."

　신부의 시부모는 유모가 신부의 허물을 감춰주는 것을 가상히 여겨, 상으로 비단 한 필을 내어주었다. 그러자 신부는 발끈 화를 내며 그것을 빼앗으며 말하였다.

　"방귀는 내가 뀌었는데, 유모가 왜 상을 받아?"

　【예전에는 신부가 방귀를 뀌지 못해 이렇듯이 병이 되곤 했다. 그런데 신부는 그런 병 걱정이 없으니, 아무렴, 상을 받는 게 마땅하지!】

　有一新婦, 初見舅姑之日, 忽放屁氣. 座中皆變色, 其乳母下廷請罪

曰: "小人老病, 腹中不平, 有穢氣於尊前, 敢請死罪." 其舅姑嘉其能爲
新婦掩過, 賞給錦布一疋. 新婦勃然奪之曰: "吾之放氣, 汝何受賞耶?"
【古之新婦, 有以不放氣, 爲病者如此, 新婦可無惟憂,[1] 受賞亦宜.】

---

1) 유우(惟憂): 유질지우(惟疾之憂)의 준말. 부모가 자식의 병을 걱정하는 것. 『논어』
〈위정(爲政)〉의 "부모는 오직 자식이 병들지 않을까 근심한다.〔父母唯其疾之憂.〕"에서
나온 말이다.

부끄러운 일 세 가지

항간에서 일컫는 부끄러운 일 세 가지다.

어떤 선비가 처음으로 사돈집에 갔을 때다. 사돈집에서는 풍성하게 음식을 차려 들여보냈고, 선비도 배불리 먹고 마셨다. 음식을 먹고 난 뒤에 보니, 상에 놓인 그릇들이 매우 화려하였다. 선비는 그중에서 몇 개를 훔쳐 소매 안에 몰래 집어넣었다.

잠시 후, 여종이 상을 거둬갔다. 사돈집에서는 그릇이 보이지 않자, 상을 치운 여종을 의심하였다. 심지어 그를 꾸짖으며 매질까지 했다.

한참이 지났다. 선비가 떠난다고 말한 뒤, 길게 읍揖을[1] 할 때였다. 손을 내리는 순간, 그릇들도 덩달아 소매에서 떨어졌다. 여종은 문틈에서 이를 엿보고 있었다. 그녀는 앞으로 곧장 달려 나와 그릇을 빼앗고서 욕을 하며 물러갔다. 이것이 첫 번째 부끄러운 일이다.

어떤 선비의 집에서 혼례를 하게 되었다. 그의 집은 너무 좁아서

---

1) 읍(揖): 인사하는 방법. 마주 잡은 손을 얼굴 앞으로 들어 올리고 허리를 앞으로 공손히 구부렸다가 펴는 것.

고기만 써는 부엌[庖所]을[2] 따로 마련할 수 없었다. 마루 위에 큰 병풍을 둥그렇게 둘러쳐 세운 뒤, 아내에게 병풍 안쪽에 들어가서 음식을 준비하도록 했다. 병풍 바깥쪽에는 방석을 놓아, 오신 손님들이 나란히 앉을 수 있게 해 놓았다.

술이 어느 정도 취했을 무렵, 선비는 병풍 안쪽으로 들어갔다. 그러고는 그의 아내와 시시덕거리며 허물없는 짓[親狎]을 해댔다. 그러다가 병풍에 몸이 닿으면서 세워둔 병풍이 넘어졌다.

【호사다마好事多魔로군!】

자리에 앉아있던 사람들은 모두 얼굴을 가릴 수밖에…. 이것이 두 번째 부끄러운 일이다.

어떤 사람이 아들을 데리고 사돈집에 와서 혼례를 치렀다. 신랑은 어렸고 신부는 장성한지라, 두 사람이 썩 걸맞지 않았다.

밤이 되자 아들은 신부와 한방에서 잤다. 그리고 뒷날, 신부와 함께 나왔을 때다. 신랑의 아버지는 바깥채에서 신부의 친척들과 함께 앉아 있었다. 아버지는 어린 아들이 안쓰러워 물었다.

"밤에 잠은 잘 잤느냐?"

아들이 곧장 대답하였다.

"아니요!"

그러고는 신부를 가리키며 말했다.

"저 각시가 나를 안아 자기 배 위에 올려놓더니, 자꾸 내 허벅지 사이를 어루만지잖아요. 그래서 밤새도록 눈을 붙일 수가 없었습

---

2) 포소(庖所): 고기를 써는 장소.

니다."

자리에 앉아 있던 사람들은 모두 얼굴이 붉어졌다. 이것이 세 번째 부끄러운 일이다.

【항간에서는 코 베인 신부가 시아버지 앞에 폐백을 드린 이야기가[3] 가장 수치스러운 일이라고 말하지만, 이것과 더불어 보면 어느 쪽이 더 심한지 모르겠구나.】

諺稱有三愧. 一士人初往其新查家, 餽以盛饌. 士人醉飽, 見其器皿甚侈, 潛盜數件于袖中. 俄而侍婢撤案而去. 查家以器皿之見失, 疑其侍婢, 至施譴撻. 良久士人辭去, 長揖之際, 器皿從袖中墮落. 婢伺于門隙, 直前奪取, 詬罵而去, 一愧也. 一士人家行婚禮, 家舍狹窄, 不能別設庖所, 廳上環以大屛, 妻辦具於其中, 屛外設席, 衆賓列坐. 士人乘醉, 入屛中, 仍戱狎其妻, 觸倒屛幛, 滿座掩面, 二愧也.【好事多魔】一人率其子, 往婦家, 行婚禮, 郞幼而婦壯, 頗不相敵. 其子夜宿新婦房, 翌日與妻出見. 其父于外舍, 婦家親戚, 亦列坐焉. 父憐其子之年幼, 問之曰:"汝夜來善寢乎?"子對曰:"未也."仍指其妻曰:"彼女娘, 抱我置之腹上, 撫我股間, 故終夜失眼矣."座中覗然, 三愧也.【諺稱割鼻之婦, 納幣舅前, 爲第一羞恥事, 未知與此, 孰甚?】

<hr>

3) 당시에 유행하던 이런 유형의 이야기를 말한 것으로 보이지만, 정확히 무슨 이야기인지 분명하지 않다.

공평한 마음

　어떤 태수가 혹독하게 불법을 자행하여 백성들의 원성이 자자하였다. 그러던 차에 암행어사가 그 고을 경계에 들어온다는 소문을 들었다. 태수는 자신이 생각해도 파직되어 쫓겨날 것이 분명했다. 이에 해진 솜옷에 거적때기를 걸쳐 입고서 거짓으로 주막집 늙은이 모양으로 꾸몄다. 그러고는 길가 외딴 주막에 나아가 앉았다.

　정말로, 어사는 늙은이 곁으로 다가와 이 고을의 다스려지는 정도를 자세히 캐물었다. 늙은이가 대답하였다.

　"고을 수령은 욕심이 지나친데다 잔혹하여 백성들이 살 수 없을 지경입니다. 만약 이런 때에 어사라도 온다면 반드시 파직시켜 쫓아내겠지요. 그러나 이른바 어사란 자들은 모두 몽둥이로 정신없이 맞아야 할 자식들입죠. '개인의 말에 흔들리지 않고 공평한 마음으로' 그를 파직시켜 쫓아낼 수 있을지를 어찌 알겠습니까?"

　어사가 귓속말로 말하였다.

　"내가 어사요. 내가 이 고을 수령을 파직시켜 쫓아내겠소. 그러니 당신은 절대로 누설하지 마시구려."

　늙은이는 거짓으로 놀라는 척하며 말하였다.

　"사또께서 어사십니까? 제가 곧 이 고을 수령이옵니다."

어사는 비로소 그에게 속임을 당했음을 알았다. 그러더니 한바탕 크게 웃기만 하고, 결국 그를 파직시켜 쫓아내지 못했다.

【수령이 이렇게까지 백성을 잔혹하게 하더니, 마침내 어사까지 자기 계략에 빠트렸구나. 이런 부류는 이른바 못하는 짓이 없는 자[無所不爲者]라 할 만하다.】

有一太守, 貪酷不法, 民怨藉甚. 適聞御史暗行, 將入境, 守自知當其罷黜, 乃衣弊縕着絣襤, 佯作店叟樣子, 坐于路傍孤店. 御史果來到叟前, 探問本邑治否, 叟答曰: "邑倅貪婪殘酷, 民不聊生. 此時御史若來, 則必行罷黜. 然所謂御史, 皆亂杖之子也. 安知其黜陟[1]之, 公耳無私[2]乎?" 御史因附耳語曰: "我乃御史也. 吾將罷黜此守, 爾勿洩也." 叟佯驚曰: "使道乃御史耶? 下官乃是本邑守也." 御史知其見欺, 乃大笑而不能罷黜矣. 【太守此焉酷民, 未乃墮御史於術中, 若此類, 可謂無所不爲者也.】

1) 출척(黜陟): 못된 사람을 쫓아내고 착한 사람을 불러서 씀.
2) 공이무사(公耳無私): 사사로운 마음 없이 공평한 마음. 이 말은 『한서(漢書)』 '공이망사(公耳忘私)'를 활용한 것이다. 이 이야기에서는 좀 더 변형하여 해석할 필요가 있다. 즉 어떤 상황에서도 흔들림 없이 공평한 마음으로 수령을 평가해야 하는데, 이 이야기의 어사는 노인에게 귓속말을 함으로써 공평한 마음보다 노인의 말에 흔들려 수령을 평가하는 결과를 초래하였다. 결국 어사는 몽둥이로 정신없이 얻어터질 사람으로 평가받지 않으려면, 수령을 풀어주는 수밖에 없게 되었다. 공이망사가 지닌 함의다.

문복

한 선비가 이웃집 맹인의 아내를 꾀여 막 야합할 즈음이었다. 맹인이 때마침 밖에서 돌아왔는데, 선비가 자기 집 안에 들어와 있는 것을 알았다. 선비는 맹인이 안으로 들어오지 못하게 막고 말했다.

"내가 지금 이웃집 아낙을 꾀여 간통하는 중이네. 자네는 모름지기 나를 위해 이 일의 길흉吉凶이 어떻게 될지 점이나 봐주게."

맹인은 문지방 위에 웅크리고 앉아 점을 치다가 한 괘를 얻고는 깜짝 놀라 외쳤다.

"일이 급합니다. 빨리 하십시오, 빨리! 그의 남편이 문 앞까지 왔다는 괘입니다."

【단지 그의 남편이 문 앞에 왔다는 것만 알고, 그의 부인이 방 안에 있는 줄은 알지 못했구나!】

有一士人, 誘取隣家瞽者之妻, 求合之際, 其瞽適自他所來, 知士人方入戶. 士人呼使止之語曰: "吾今誘奸隣婦, 君須爲我卜其休咎也." 瞽遂蹲坐于門閾上, 占得一卦, 驚曰: "事急矣! 速爲之, 速爲之! 其夫當門格也."【只知其夫之當門, 不知其婦之入室.】

신주

    한 선비가 외진 산골로 이사하였다. 이사 간 고장의 풍속은 어리석기 그지없어 조상에게 제사 지내는 예법도 몰랐다. 반면 선비 집에서는 제사를 지내고 나면 항상 이웃 사람들에게 술과 음식을 돌렸다. 이를 본 이웃 사람들이 상의하였다.

    "우리들은 여태 제사 지내는 것을 본 적이 없네. 한번 가서 보면 어떻겠나?"

    마을 사람들은 선비 집에서 제사 지내는 날을 미리 알아두었다가, 그날이 되자 문밖에 모여 서서 제사 지내는 것을 몰래 지켜보았다. 음식을 차려 벌이는 일[陳設], 사당에서 신주를 모시고 나오는 일[出主],[1] 술잔을 올리는 일, 제사 지낸 음식을 거둬가는 일[撤饌][2] 등의 절차를 살펴본 그들이 암암리에 칭찬하며 말하였다.

    "이른바 거룩하고 성대한 일이로구나. 우리들도 어떻게든 본받아야 하지 않겠나?"

    마침내 그들은 술 몇 말을 빚어놓고 날을 잡아 제사를 지내기로

---

1) 출주(出主): 제사를 하려고 사당(祠堂)에서 신주(神主)를 모시고 나오는 일.
2) 철찬(撤饌): 제사 지낸 음식을 거둬가는 일.

했다. 돈을 거둬 제수祭需도 마련하고, 소와 개도 잡았다.

제사를 지내기 하루 전 저녁이었다. 큰 상 위에 술과 음식을 진설하여 막 제사를 지내려는 순간이었다. 여러 사람들이 수군대며 말하였다.

"제물은 거칠게나마 갖춰 놓았건만…. 다만 빠진 게 신주로군. 이를 어찌한담?"

모든 사람들이 말했다.

"신주는 갑자기 구할 수 없으니, 마땅히 아무개 선비 댁에 가서 빌립시다."

【『논어』에서는 "어진 곳을 가려서 살지 않으면 어찌 지혜롭다 하리오?"라고 했거늘…. 만약 이런 사람들과 이웃해서 살면, 어찌 조상을 욕보이는 수모를 당하지 않겠는가?】

그러고는 일제히 선비 집으로 나아가 부탁했다.

"소인들은 생원님 댁에서 보내주신 제사 음식을 여러 번 나눠 먹었사오니, 그에 보답하지 않을 수 없습니다. 저희들도 조촐한 제물이나마 대충 준비해서 제사를 지내볼까 합니다. 그러나 신주가 없어서 그러는데, 생원님 댁에서 잠깐 빌렸으면 합니다. 쓰고 나면 곧바로 돌려드립죠. 뜻하지 않게 잃어버리지 않을까 하는 걱정일랑 붙들어 매시고, 지체 말고 얼른 결정해 주십시오."

선비가 웃으며 꾸짖었다.

"어찌 이리도 망령된가? 자네들은 속히 물러가게. 이런 말일랑은 하지도 말고!"

마을 사람들은 낙심한 채 문밖으로 나왔다. 그리고 서로를 돌아보며 말했다.

"이상하고도 괴이하네. 저 생원이 이전에는 빌려달라고 부탁만

하면 빌려주지 않는 물건이 없었는데…. 비록 농기구나 소와 같은 것들도 모두 빌려주었거늘…. 오늘은 나무 조각을, 그것도 잠깐만 빌리자는데도 허락하지 않는구려. 참으로 무슨 생각인지 알 수가 없군. 비록 그렇다 해도 우리들이 이미 제물을 진설하였으니 돌이킬 수는 없는 일. 만약 신주가 없으면 제사도 지낼 수 없다고 하니, 이 어찌 낭패가 아니겠는가? 차라리 잠깐 훔쳐다가 제사를 지낸 뒤에 즉시 돌려주기로 하세. 돌려줄 때에는 제사 음식이나 후하게 차려서 보내지 뭐. 그러면 이왕 지나가 버린 일이 되니, 저 선비도 뭐라고 그리 모질게 화를 내겠나?"

모두가 말하였다.

"그 계책이 참으로 좋네."

이윽고 밤이 깊어지자, 마을 사람들은 몰래 선비의 집 사당으로 들어갔다. 궤짝을 열어 신주들을 모두 꺼내 소매 안에 집어넣었다. 그러고 나서 집으로 돌아와 제사를 지내려고 신주를 모시려 할 즈음이었다. 어느 쪽이 신주의 위고, 어느 쪽이 신주의 아래인지를 분별할 수 없던 그들은 제사상 위에 그것을 거꾸로 세워 놓았다. 신주가 좌우로 기울었다. 그러자 그들은 말뚝을 세워 신주의 네 귀퉁이에 받쳐 놓았다.

제사가 끝났다. 그들은 신주를 자루에 집어넣다가 잘못해서 신주 하나를 제사상 아래로 떨어뜨렸다. 신주는 두 조각으로 갈라졌다. 마을 사람들은 갈라진 신주를 동아줄로 꽁꽁 묶어서 돌려주려 했다. 그런데 그들 중에 일처리를 잘하는 사람이 나서며 말했다.

"우리들이 오늘 제사를 지내겠다고 해서 신주를 빌려다 놓고, 지금에 와서 그것을 파손시킨 채로 돌려주는 것은 가당치 않소."

【세상 모든 일에는 매번 일을 잘 안다며 해결하려 드는 사람이

오히려 일을 망치는 법! 애통하도다!】

이에 대장장이를 불러 쇠못 몇 개를 신주에 박아 놓은 뒤, 신주를 자루 안에 집어넣었다. 그러고는 제사상에 놓았던 음식 절반도 거두어서 새벽녘에 선비를 찾아갔다. 선비는 어제의 일이 떠올라 웃으며 물었다.

"너희들이 정말로 제사를 지냈느냐?"

"지냈습죠."

마을 사람들은 제사를 지내고 거둔 음식들을 선비 앞에 벌려놓았다. 선비도 웃으며 말했다.

"성대하게 차렸다고 말할 만하네."

이어서 물었다.

"그나저나 자네들은 신주도 없이 어떻게 제사를 지냈나?"

"소인들이 어제 와서 빌리기를 간청했지만 허락을 받지 못했습죠. 그렇다고 이미 정해진 큰일을 그만둘 수도 없었던지라, 감히 지난날의 두터운 정의情誼만 믿고서 잠깐 훔쳐갔습지요. 이제 가져갔던 신주들을 정확히 그 수에 맞춰 돌려드립니다. 그런데 신주 중에 하나를 우연찮게 떨어뜨려 깨트리는 바람에 쇠못을 쳐 놨습니다. 몹시 황송하옵니다. 그러나 실물은 전에 비해 열 배는 더 단단해졌을 것입니다!"

그러고는 이내 자루를 거꾸로 뒤집어 신주들을 쏟아부었다. 선비는 깜짝 놀라 어찌할 수가 없었다. 다음 날, 선비는 살림살이를 모두 정리해서 이사를 가버렸다.

有一士人, 移家入窮, 峽俗蠢蠢,[3] 不知祭先之禮. 士人家行祀, 輒以酒食, 饋其隣人. 隣人輩相議曰: "吾輩未嘗見祭祀之儀, 盍一觀乎?" 遂預探士家行祀之日, 群聚門外, 鑽穴而窺之.[4] 見其陳饌, 出主獻酌, 撤饌之節, 暗暗稱歎曰: "可謂盛擧也. 吾輩盍亦效之乎?" 遂釀酒數斛, 卜日設祭, 斂錢辦需, 椎牛屠狗. 前一夕, 陳設酒食于大卓上, 將行祀, 衆議曰: "祭物粗具, 但所乏者, 神主也. 將奈何?" 僉曰: "神主非可猝辦者, 宜往借于某宅也."【語曰: '擇不處仁, 焉得智.'[5] 若使此人, 得接芳隣, 豈可見忝先[6]之辱哉?】遂齊進士人家, 請曰: "小人等屢蒙生員宅祭物之分餽, 不可無答. 畧設薄具,[7] 方欲行祀, 而但無神主, 欲暫借于生員宅. 用後卽還完決, 無闕失[8]之慮, 須勿持難也." 士人笑而責曰: "何其妄也. 君輩須速去, 而勿作如此說也." 衆憮然出門, 四面相顧曰: "怪哉怪哉! 彼生員前此稱貸之請, 無物不施, 雖田器農牛之屬, 亦皆許借, 而今乃不許木片之暫借者, 誠莫曉其意也. 雖然吾設祭物, 孰不還生. 若以無神主, 而不得行祭, 則豈非狼狽乎? 無寧暫盜以去, 行祭後, 卽爲還納, 厚送祭物, 則旣往之事, 彼豈必深怒乎?" 衆曰: "此計至好." 遂於夜半, 潛入士人家祠堂, 開櫃出主, 納諸袖中, 還家行祭, 列置之際, 不識其上下, 倒置于卓上, 左右傾側. 遂以橛木, 四面撑柱. 祭畢, 納主于櫜, 誤墜其一于卓下, 剖作兩片. 衆欲以藁索, 縛而還之. 中有解事者

---

3) 준준(蠢蠢): 미련하고 어리석어 사리를 분별치 못함.

4) 찬혈이규지(鑽穴而窺之): 구멍을 뚫고 엿보다. 『맹자』〈등문공 하(滕文公下)〉의 "부모의 명령이나 중매의 말을 기다리지 않고, 구멍을 뚫고 서로 엿보고 담을 넘어 상종하면 부모와 백성들이 모두 천하게 여긴다.〔不待父母之命, 媒妁之言, 鑽穴隙相窺, 踰牆相從, 則父母國人皆賤之.〕"는 말을 활용한 것이다.

5) 택불처인 언득지(擇不處仁 焉得智): 어진 곳을 골라서 살지 않으면 어찌 지혜롭다 하리오? 『논어』〈이인(里仁)〉편에 나오는 말이다.

6) 첨선(忝先): 조상이 물려준 업을 지키지 못해서 조상을 욕보임.

7) 박구(薄具): 변변찮은 제물.

8) 서실(闕失): 생각지 못하게 잃어버리는 것.

曰: "吾輩今日之祭, 借用此物, 則今不可以破物還." 【世間萬事, 每解事者, 所壞了. 可痛.】遂招冶匠, 以鐵釘數箇, 釘其上, 納諸橐. 仍分卓上退饍之半, 晨往見士人. 士人追思昨日事, 笑而問曰: "君輩果行祭乎?" 對曰: "行之矣." 遂列置其退饍於前, 士人笑曰: "可謂盛設矣." 仍問曰: "君輩無神主, 何以行祭乎?" 對曰: "小人等, 昨日來懇, 偶未蒙諾, 旣定大事, 不可中止, 故敢恃平日之厚誼, 暫爲盜去. 今方照數[9]還納, 而但其一箇, 偶然傷破, 加以鐵釘, 雖極惶悚, 而其實則比前十倍堅緻矣." 仍傾橐而瀉出其神主, 士人驚惶罔極, 明日遂撤家[10]而移去矣.

---

9) 조수(照數): 숫자를 맞춰봄.
10) 철가(撤家): 이사를 가기 위해 살림살이를 정리하며 온갖 시설들을 치우는 일.

생아자

가난한 선비가 겨울을 냉방에서 지냈다. 그는 개가죽 이불 속에 틀어박혀 겨우 얼어 죽는 것을 면할 수 있었다. 한 친구가 와서 물었다.

"근래에 추위가 퍽 심했는데, 자네는 어떻게 지냈나?"

가난한 선비는 개가죽 이불을 가리키며 문자를 써서 말하였다.

"생아자生我者〔나를 살려준 것〕가[1] 저것일세."

【식자우환識字憂患이라![2]】

친구는 가난한 선비의 망발妄發을[3] 비웃으며, 여러 친구들에게도 그 이야기를 들려주었다.

하루는 가난한 선비가 어떤 친구를 보러 왔다. 친구는 일찍이 선비의 망발을 들었던지라, 그걸 가지고 놀려볼 생각을 했다. 이에 가난한 선비를 보더니 손을 치켜들어 그를 가리키며 말하였다.

---

1) 생아자(生我者): 가난한 선비는 '나를 살려준 것'을 말한 것이지만, 이를 달리 해석하면 '나를 낳아준 자'가 된다. 부모를 욕되게 하는 망발이다.
2) 식자우환(識字憂患): 글을 아는 게 도리어 걱정거리가 됨.
3) 망발(妄發): 자신이나 조상에게 욕이 되게 하는 말이나 행동.

"생아자生我者〔나를 낳아주신 분〕께서 오시는가?"

곁에서 듣고 있던 사람들 모두가 친구의 망발을 비웃었다.

【남을 조롱하는 자는 자신부터 경박해지는 법. 어찌 망발이 없겠는가?】

　有一貧士, 冬處冷突, 坐于狗皮衾中, 董免凍死. 有客來問曰: "近日甚寒, 子何以聊生耶?" 士人指皮衾, 以文字語曰: "生我者此也." 【識字憂患!】客笑其妄發, 傳於僑友間. 一日, 貧士往見其友, 曾聞其妄發之說, 故欲以此嘲哢, 見貧士來, 擧手指點曰: "生我者來也." 聞者亦笑其友之妄發. 【欲嘲人者, 已自輕薄, 安得不妄發乎?】

며느리 노릇

한 여인이 12월[臘月]에[1] 시집에 가더니 이듬해 봄에 아들을 낳았다. 시댁에서는 놀랍고 당혹스러워하는데, 여인은 의기양양하게 말하였다.

"시집에 온 지 2년 만에 겨우 아들 하나를 낳았는데, 도리어 변괴로 여기시는군요. 이 집에서는 며느리 노릇 하기도 어렵군요."

有一婦, 臘月于歸,[2] 翌春産一子. 夫家驚惑, 婦揚揚言曰: "于歸二載, 董生一子, 反以爲變, 難爲婦于是家."云矣.

---

1) 납월(臘月): 음력 12월.
2) 우귀(于歸): 신부가 처음으로 시집에 들어가는 것.

산지

　태산泰山 꼭대기에다 자기 아버지의 장례를 치르려는 사람이 있었다. 어떤 사람이 그에게 축하하러 와서 말하였다.

　"아름답구려! 산소로 쓸 땅은 이른바 바람을 막고 양지바른 곳이요, 충과 효를 모두 갖춘 곳이외다."

　곁에 있던 사람이 물었다.

　"산세가 지극히 높은데, 어째서 바람을 막고 양지바른 곳이라 하십니까?"

　"산이 구름 밖으로 나와 있으니 바람이 능히 산소에까지 미치지 못할 것이고, 산이 하늘에 가까우니 아침 햇살도 가장 먼저 비출 것이외다. 그러니 어찌 바람을 막고 양지바른 곳이라 아니 하겠소?"

　"충과 효를 모두 갖춘 곳이라는 함은 무엇을 말씀하는지요?"

　"만 길〔萬丈〕이나 되는 산의 기운이 사람들을 압도하는지라. 산소 앞을 가로막는 온당치 못한 무덤들은 몇 년 안에 국가에서 모두 없애버릴 것이니, 그 어찌 충이 아니겠소? 부친을 위해 산소를 구한답시고 이처럼 험준하고 높은 정상까지 이르렀으니, 그 어찌 효가 아니겠소?"

有人葬其父於泰山上上頭者, 有一人來賀曰:"美哉! 山地可謂藏風向陽,[1) 忠孝兼全."傍人問曰:"山勢如此極高, 何謂藏風向陽?"曰:"山出雲外, 風不能及. 山近天上, 朝陽先照, 豈非藏風向陽乎?""何謂忠孝兼全?"曰:"萬丈山氣, 直壓對人, 以墓門對衝,[2) 數年內, 必盡滅亡於國家, 豈非忠也. 爲親求山, 到此峻高之頂, 豈非孝乎?"

---

1) 장풍향양(藏風向陽): 바람을 막고 양지바른 곳. 명당이 되는 안온한 곳.
2) 대충(對衝): 풍수지리에서 방위, 일진(日辰), 시(時) 따위가 서로 마주치는 것. 묘터의 지형과 바위에 따라서 어떤 방위에는 다른 묘가 있어서는 안 된다는 곳.

양주 학

　재물 욕심에 끝이 없는 태수가 있었다. 그가 있는 고을의 아전 중에는 교활한 데다 사나운 자가 있었다. 밤이 되자, 그는 뒷산에 올라가 수령을 욕하고 헐뜯는 소리를 내질렀다. 그러나 수령은 마치 듣지 못한 듯이 짐짓 이방을 불러 말했다.

　"깊은 밤에 산 위에서 사람 말소리와 비슷한 소리가 들리는구나. 이는 필시 산신山神이 장난을 치는 것이리라. 마땅히 제물을 갖추어 기도를 드려야 하겠구나. 그러나 고을의 형편이 변변치 못하여 모든 것을 갖출 수가 없겠구나. 대충 헤아려보니, 아전들과 백성들 집에서 각각 십 전씩을 거두어 바치도록 하면 좋겠다."

　이방을 '예예' 하고 물러났다. 그러고는 집집마다 돈을 걷는데, 그 액수가 적지 않았다. 수령이 돈을 모두 거둬들이자, 이방에게 전에 말했던 것처럼 제사를 지내도록 했다.

　그 후 아전들은 그들이 죄를 받을까 두렵기도 하고, 또한 집집마다 돈을 바쳐야 하는 걱정 때문에 매일 밤마다 사람들로 하여금 산 꼭대기를 지키도록 했다. 욕을 했던 사람도 다시는 그 산에 발도 붙이지 못했다.

　【비방을 그치게 한데다 자기도 이익을 얻었으니, 이른바 양주

학楊州鶴이라[1] 하겠군.】

    有一太守, 貪黷[2]無厭, 吏民之狡悍者, 夜登後主山, 詬辱其邑守. 守
佯若不聞, 呼首吏謂曰: "深夜山上, 若有人聲. 此必山神, 作妖者也. 宜
設祭以禱之, 邑力殘薄, 無以辦具, 通計吏與民, 每戶收十錢以納, 可
也." 吏唯唯而退. 收納戶錢, 其數盖不貲也. 守盡取, 而使首吏, 如前設
祭. 其後吏輩, 恐其受罪, 且恫於戶錢, 每夜潛使人守直於山頭, 詬辱
者, 更不得接跡矣.【旣弭謗, 又利己, 可謂楊州鶴也.】

1) 양주학(楊州鶴): 『고금사문유취(古今事文類聚)』의 〈학조(鶴條)〉 편에 실린 고사에서
비롯된 말이다. 옛날에 여러 사람이 모여 서로의 소망을 이야기했는데, 그중 한 사람은
양주의 자사(刺史)가 되고 싶다고 했고, 어떤 사람은 재물을 많이 얻고 싶다고 했고,
어떤 사람은 학을 타고 하늘에 오르는 신선이 되고 싶다고 했다. 그러자 마지막 사람이
자신은 양주 자사가 되어, 십만 관(貫)을 허리에 차고, 학을 타고 하늘로 올라가고 싶다
고 하였다. 양주학은 여기서 유래한 말로, 이룰 수 없는 욕심을 뜻한다.
2) 탐독(貪黷): 재물을 탐함.

장안 도둑

서씨 성을 가진 이름난 관원이 영남에서 시행하는 시험을 주관하였다. 하지만 뇌물을 받아 사사로이 일을 처리하는지라, 추악하다고 헐뜯는 말들이 파다했다. 어떤 사람도 글을 써서 거리에다 붙여 놓았다.

천천히〔서씨가〕 천릿길 왔더니 徐行一千里
어두운 빛이 찬 소매에 이누나. 瞑色生寒袖
그윽이 듣건대 가격에 따라 명성을 취한다니 暗聞價取聲
이 사람이야말로 장안의 도둑놈임을 알지라. 知是長安盜
【어지러운 세상의 말본새로군】

有徐姓名官, 掌試嶺南, 納賂行私, 醜謗藉藉. 人有掛書曰: '徐行一千里, 瞑色[1]生寒袖. 暗聞價取聲, 知是長安盜.'【淆俗口氣】

---

1) 명색(瞑色): 해질 무렵의 어둑어둑한 빛.

황가의 아이

    한 무변武弁이[1] 벼슬을 얻어 보려 서울로 올라가 병조판서를 찾아 뵈었다. 병조판서가 물었다.

    "자네는 문장에 능한가?"

    "소인은 무식하여 육담풍월만 대략 압니다. 제가 서울에 오는 도중이었지요. 마침 황씨 성을 가진 사람의 점사에서 머물게 되었습죠. 소인은 점사 부부와 벽 하나를 사이에 두고 잠을 잤는데, 밤중에 주인이 자기 아내를 끌어당기면서 하는 말이 들리더군요. '돌아서 자구려[回回者屢而]!'[2] 그러자 그 아내는 '아이가 울어 돌리지 못하우[兒啼不得回].'[3]라고 하더군요. 소인은 거꾸러질 듯이 우스워 시 한 수를 지었습죠.

    황가의 아이를 내쫓아 打起黃家兒

    자리 위에서 울게 하지 마라. 莫教席上啼

---

1) 무변(武弁): 무관. 군인.
2) '회회(回回)'는 '돌리다'는 의미이고, '자누이(者屢而)'는 '자다'는 뜻이다.
3) 본래의 뜻은 '아이가 울어서 돌릴 수 없다'는 것인데, 그 속에는 '아제[아저씨(손님)가 있어서] 돌릴 수 없다'는 중의적 의미를 담고 있다.

울면 나그네가 꿈에서 깨어 啼時驚客夢

요서에 가지 못하리니. 不得到遼西⁴⁾

〔회回 자를 언문으로 풀면 '돌려〔到遼〕'와 비슷하다〕"

병조판서는 크게 웃으며 그의 재주를 기특히 여겼다.

【옛 시에 이르기를 '부디 집 안의 아내를 말 전해주오, 나그네
오시거든 아이가 밤에 울지 못하게 하라고〔丁寧回語屋中妻, 有客勿令兒夜
啼〕'란 구절이 있는데, 여기에 나오는 회回 자는 또 무슨 의미인지?】

　一武弁求仕入京, 往見兵判, 兵判問曰: "子能文乎?" 對曰: "小人無
識, 略知肉談風月. 適於路中, 宿黃姓人店舍, 店主夫妻, 隔壁而宿. 夜
聞店主挽其妻曰: '回回者屢而.' 妻曰: '兒啼不得回.' 小人不勝絶倒, 得
一詩曰: '打起黃家兒, 莫敎席上啼. 啼時驚客夢, 不得到遼西.'" 〔回字
諺釋與到遼而相近〕兵判大笑奇其才. 【古詩曰: '丁寧回語屋中妻, 有客
勿令兒夜啼.'⁵⁾ 此回字亦有甚麼意思耶?】

<hr />

4) 우는 바람에 놀라 깬 나그네의 꿈〔啼時驚客夢〕, 요서(遼西)에 닿지 못할지라〔不得到
遼西〕: 본래 이 구절은 당시(唐詩)〈이주원(伊州怨)〉에 "꾀꼬리를 쫓아내어 나뭇가지
위에서 울게 하지 마라. 꾀꼬리가 울면 첩의 꿈이 깨어 요서에 가지 못하나니〔打起黃鶯
兒, 莫敎枝上啼. 啼時驚妾夢, 不得到遼西.〕"를 활용한 것이다. 이 작품에서는 특히 결구,
즉 '요서에 가지 못하리니'란 대목은 '돌아눕지 못하였다'는 의미를 함께 담고 있다.
5) 이 구절은 당대(唐代) 왕건(王建, 768~835)이 쓴〈전가유객(田家留客)〉에 나온다.

농담을 잘하다

한 수령이 그 고을 선비와 친숙하게 지내면서 농담하기를 즐겼다. 선비는 언변이 좋아 조금도 굴복하려 들지 않았다.

일찍이 수령이 선비와 함께 길을 나섰을 때. 수령은 쑥대가 무성하게 자란 길가의 황량한 무덤을 한껏 바라보다가, 돌아서서 선비에게 말하였다.

"자네는 왜 풀을 베지 않았는가?"

"제가 수령 댁 묘지기가 아니잖소!"[1]

하루는 선비가 수령을 방문하였다. 수령은 '술과 안주를 차려오라' 하였다. 그러고는 몰래 부엌일을 하는 사람을 불러, 밤을 올릴 때 선비 상에는 속이 빈 껍질만 가득 담아서 올리도록 했다. 수령은 상을 받아 밤을 까서 먹었지만, 선비는 매번 씹을 때마다 빈껍데기 들뿐이었다. 수령이 그 모습을 보며 웃자, 선비가 말하였다.

---

1) 수령은 무덤의 주인이 선비와 관련된 인물로 설정하여 왜 벌초를 하지 않았냐며 선비를 조롱하였는데, 오히려 선비는 자신이 수령 댁 무덤을 관리하는 묘지기가 아니라고 대답함으로써 황량한 무덤의 주인이 수령과 관련된 사람으로 역전시켜 놓았다.

"이 때문에 상심할 일은 아니지요. 민간에는 이런 말도 있지 않소. '밤 하나를 얻어 껍데기는 아비가 먹고, 알갱이는 자식을 먹인다'는."

한번은 또 수령이 기생들에게 단단히 일러두고, 선비가 오기만을 기다렸다. 마침내 선비가 문을 빼꼼 열고 들어오는데, 기생들이 달려와서 수령에게 알렸다.

"할아버님, 할아버님! 아버님이 오셨습니다."

선비는 수령에게 인사를 드리고 나서 말하였다.

"기생이 수령께 욕을 보였으니, 그 죄는 죽여 마땅하외다."

"그게 무슨 말인가?"

"시골 풍속에서는 무식한 여인들이 지아비를 부를 때 할아범이라 말하지 않습니까."

【완악한 백성들의 말버릇이 수령을 욕보이는 데로 옮겨갔으니…. 참으로 싫구나.】

또 한번은 이런 일도 있었다. 선비가 오기를 기다리던 수령은 그가 늘 앉았던 대청마루에 있던 자리를 치우도록 했다. 그리고 자리가 놓였던 마루 몇 조각을 뜯어낸 후, 그곳에 작은 방석을 놓아 뜯긴 구멍을 덮었다.

선비가 수령을 찾아뵈니, 수령은 일어나 읍揖을 하고 자리에 앉기를 청했다. 선비가 자리에 앉으려고 발을 내딛자마자, 발이 쭉 미끄러지며 그의 몸도 대청마루 아래로 쑥 빠져들었다. 수령은 그를 내려다보며 깔깔대고 웃었다. 그러자 선비가 말하였다.

"수령은 웃지 마십시오. 지금 이 모습이 마치 관棺을 내린 상주喪主

와 비슷하지 않습니까? 그때도 웃을 수 있을지 걱정이군요."[2]

一守令與其邑士人, 親熟善謔, 而士好辯, 未嘗少屈. 嘗同行, 守見
途傍荒墳蒿草滿目, 顧謂士曰:"子何不伐草乎?"對曰:"民非城主宅墓
直也."一日, 士入謁守, 守命設酒饌來, 潛敎廚人, 供以皮栗, 而於客則
盛以空殼. 守對案, 折栗而喫, 客則每嚼, 皆空殼也. 守見而笑, 士曰:
"是無傷也. 諺有得栗一箇, 皮則父食, 肉則子食之語矣."守又嘗敎妓
輩, 待士來謁, 纔入門, 妓走告守曰:"祖父主, 祖父主! 父主來也."士
人謁曰:"妓辱城主, 罪可殺也."守曰:"何謂也?"士曰:"邑俗貿貿[3]妻
之呼夫, 皆稱以祖矣."【頑民口習, 動辱城主, 可惡】守又嘗待其來, 沒
客坐於廳上, 拔去廳板數片, 上覆小席. 士人謁守, 起揖請就席上, 纔投
足席滑, 而身陷廳底. 守俯視而笑, 士曰:"城主勿笑也. 今此擧措, 恰似
下棺之喪主, 恐笑非其時也."

2) 선비는 수령을 상주로 만듦으로써 부모를 조상(弔喪)하는 상황으로 역전시켰다.
3) 무무(貿貿): 교양이 없어, 무식하고 행동이 거칢.

농담을 잘하다 | 67

나오는 족족 명작

학동들이 모여 장난을 치자, 스승이 그들을 꾸짖은 뒤 글을 지어
속죄케 하였다. 그러자 한 아이가 읊었다.

한나라는 쇠기둥〔金莖〕을1) 괴었고 漢撑金莖
은나라는 구리기둥〔銅柱〕을2) 미끄럽게 했네. 殷滑銅柱

한 아이가 읊었다.

적벽전赤壁戰에서3) 패하더니 赤壁戰敗
조조의 한 눈에는 눈물만 가득 淚滿曹操之一目

---

1) 금경(金莖): 한 무제(漢武帝)가 신선술(神仙術)에 빠져 새벽이슬을 받아 마시기 위해
세운 20장(丈) 높이의 기둥.
2) 동주(銅柱): 은나라 주왕(紂王)이 총비(寵妃) 달기(妲己)를 웃게 하기 위해 구리기둥
에 기름을 칠하고 그 밑에 탄불을 놓아, 죄인이 구리기둥을 건너다가 탄불에 떨어지는
것을 보게 했던 고사.
3) 적벽전(赤壁戰): 후한(後漢) 때 조조(曹操)와 손권(孫權)이 양자강에서 싸움을 벌여
조조의 군사가 패망한 전쟁.

한 아이가 읊었다.

백수白水에서 나왔다 해도白水雖出
진인眞人 되기는 어려워라. 眞人難作4)

한 아이가 읊었다.

처음으로 용俑을 만든 자 始作俑者
아마도 후사가 없으리라. 其無後乎5)
【나오는 족족 명작이로군.】

스승은 웃으면서 그들을 용서해 주었다.

　　學童群聚, 作擧戲. 其師撻之, 命作文以贖罪. 一兒曰：“漢撑金莖,
殷滑銅柱.” 一兒曰：“赤壁戰敗, 淚滿曺操之一目.” 一兒曰：“白水雖出,
眞人難作.” 一兒曰：“始作俑者, 其無後乎?”【出出名作】師笑而恕之.

---

4) 백수(白水) 진인(眞人): 백수는 중국 남양(南陽)의 백수현(白水縣)으로, 후한(後漢)
광무제(光武帝) 유수(劉秀)가 여기에서 일어났다. 이로써 유수를 백수진인(白水眞人)
이라 불렸는데, 여기에 쓴 구절은 이 고사를 활용하였다.

5) 시작용자 기무후호(始作俑者, 其無後乎): 이 말은 『맹자』〈양혜왕 상(梁惠王上)〉에
“공자께서 ‘처음 토용을 만든 자는 아마도 후손이 없게 되리라’라고 하였는데, 이는 사람
의 형상을 본떠 사용했기 때문이다.〔仲尼曰：‘始作俑者, 其無後乎.’ 爲其象人而用之也.〕〕
라는 구절을 활용한 것이다. 용〔俑〕은 장례에 쓰는 나무로 만든 인형을 말한다.

안전의 수염

한 태수가 엿을 먹는데, 우연찮게 가루가 수염 위로 떨어졌다. 나이 어린 이방의 아들은 통인通引으로, 태수를 곁에서 모시고 있었다. 그는 태수의 수염 위에 하얀 가루가 떨어진 것을 보고 나아가 아뢰었다.

"안전案前의 수염이 설탕 범벅입니다."

그때는 마침 이방도 들어와서 태수 앞에 엎드려 있었다. 태수가 이방에게 말하였다.

"네 아들이 나이가 어려 체모를 알지 못해 이처럼 말을 하는구나. 나중에라도 가르쳐서 삼가도록 해라."

그러자 이방은 아들을 불러 태수 앞에 세워놓고 꾸짖어 말했다.

"너는 그게 뭐 그리 긴요한 일이라고…. 안전이 수염을 설탕으로 칠했든 똥으로 칠했든 너와 무슨 상관이 있다더냐?"

有一太守, 食飴糖豆,[1] 屑偶墮髥上. 首吏之子, 以通引侍側, 而年甚

<hr />

1) 당두(糖豆): 콩을 볶아서 설탕을 입혀 만든 과자.

幼. 見鬐上白屑, 仍進曰:"案前之鬚糖塗也." 時適首吏入伏于前, 守謂
首吏曰:"爾子年幼, 不識體貌, 其言如此, 後須教飭也." 吏邃招其子,
立于守前, 責曰:"汝何不緊也. 案前之鬚, 糖塗糞塗, 何關於汝乎?"云.

쇠로 만든 코

예전에 두 여자아이가 이웃에 살며 사이좋게 지냈다. 걸음마를 시작하던 두세 살 때부터 시집을 갈 때까지, 두 사람은 마음속의 자잘한 일들까지도 서로 말하지 않는 게 없었다.

그러다 한 여자가 먼저 시집을 갔다. 아직 시집을 가지 않은 여자가 먼저 시집간 여자에게 물었다.

"시집가니, 그 즐거움이 어떻디?"

"세상의 더할 수 없는 즐거움이란 게 모두 여기에 있더라."

"어떻게?"

"화촉을 밝힌 방에 원앙 이불과 비취 베개를 펼쳐놓고 젊은 신랑과 더불어 웃으며 장난을 치다 보면 내 몸이 하늘로 올라가는지, 땅으로 꺼지는지도 모르겠더라고. 그 즐거움은 말로 표현할 수가 없어."

시집가지 못한 처녀가 이 말을 듣더니, 갑자기 흥이 일어 먼저 시집간 여자의 코를 물어뜯었다. 코가 뜯긴 시집간 여자는 화가 몹시 나서 관아에 고소하였다.

관아에서 송사를 할 때, 수령[官長]이 코를 뜯긴 여자에게 물었다.

"너는 무엇 때문에 코를 뜯겼느냐?"

"저년이 '시집을 갔더니 그 재미가 어떠하냐?'고 묻기에 쉰네는 '여차여차하다'고 대답을 했습죠. 그랬더니 저년이 흥이 발동하여 쉰네의 코를 물었답니다."

시집가지 못한 처녀는 이 말을 듣더니, 또다시 흥이 발동하는 것을 주체할 수 없어 곧바로 사령使令의 코를 물었다. 수령은 그것을 보니 몹시 두려운지라, 급히 문을 닫으며 급창에게 외쳤다.

"네 코는 쇠로 만든 코라더냐? 어쩌자고 피하지 않는고?"

【귀로 그 즐거움을 듣고서 다른 사람의 코를 물어뜯을 정도일진대, 몸으로 직접 그 즐거움을 맛보게 된다면 신랑의 코야말로 어찌 두렵지 않으랴? 서로 얼굴을 마주하고서도 이처럼 쉽게 물어 뜯기는데, 하물며 자기 몸 위에 엎드려 있는 사람의 코야! 급창의 코가 과연 쇠로 만들어졌다면 이른바 하늘이 정하신 배필일지라. 쇠로 만든 낯가죽을 가진 어사도 있으면,[1] 응당 쇠로 만든 코를 가진 급창도 있을 터. 한바탕 크게 웃을지어다.】

古有兩女兒, 隣居相好, 自孩提[2]時, 至于出嫁, 心中細微之事, 無不相告. 一女子先嫁, 其未嫁女子問于先嫁女曰: "嫁之樂, 何如?" 曰: "世

---

1) 철면어사(鐵面御史): 송(宋)나라 때의 어사 조변(趙抃). 그가 전중시어사(殿中侍御史)로 있으면서 권세가나 황제의 총애를 받는 사람까지도 거리낌 없이 탄핵한 까닭에 사람들이 그를 철면어사라 불렀다는 데서 유래한 고사다. 여기서는 '쇠로 만든(鐵面)'이란 말만 유희적으로 활용하였고, 고사와는 직접적인 관련이 없다.
2) 해제(孩提): 아장아장 걷는 두세 살 정도의 나이. 『맹자』〈진심 상(盡心上)〉에 "해제의 어린아이도 자기 부모를 사랑할 줄 모르는 이가 없다.〔孩提之童, 無不知愛其親也.〕고 했다. 이에 대해 주자는 "해제는 두세 살 정도 되는 아이로, 웃을 줄 알고 손을 잡아주고 안아 줄 수 있을 정도의 아이다.〔孩提, 二三歲之間, 知孩笑可, 提抱者也.〕"라고 풀이하였다.

上至樂, 盡在於此." 曰:"何也?" 曰:"華燭洞房, 布列鴛枕翠衾, 與年少
新郎, 笑敖戲謔,[3] 不知吾身登天乎, 入地乎? 樂不可狀矣." 未嫁女聞
此語, 不覺興發, 啖割先嫁女之鼻. 先嫁女失鼻甚憤告官. 對卞之際, 官
長問失鼻之女曰:"彼女何故, 啖汝之鼻?" 對曰:"彼女問嫁之興味, 故
小女答之以如此, 則彼女興發, 而啖小女之鼻矣." 未嫁女聞此言, 又不
勝興, 即啖使令之鼻. 官長見之大懼, 遽閉戶呼及唱曰:"汝鼻鐵鼻乎?
何不避?"【耳聞其樂, 而喍人之鼻, 則身當其樂之, 新郎之鼻, 豈可不
畏? 相對之鼻, 如是易啖, 況覆上之鼻乎? 及唱之鼻, 果鐵, 則可謂天定
之配. 如有鐵面御史, 合有鐵鼻及唱, 可發一噱.】

---

3) 소오희학(笑敖戲謔): 이 말은 『시경』〈패풍(邶風) 종풍(終風)〉에 "종일 부는 바람이
거세지만, 나를 보고 웃기도 하네. 희롱하고 웃는지라 마음이 슬프네.〔終風且暴, 顧我則
笑. 謔浪笑敖, 中心是悼.〕"를 활용하였다.

소인도 양반인뎁쇼

　과거 시험장에 함부로 들어가는 것을 금함이 매우 엄했을 때다. 한 종놈이 선비의 옷과 건을 착용한 채 팔자걸음을 지으며 시험장으로 들어가려 했다. 그의 행동거지가 몹시 수상하다고 여긴 문지기가 그를 막아서며 물었다.

　"네 모양이 양반 같지 않은데, 어찌 감히 입장하려 드느냐?"

　종놈이 큰소리로 대답하였다.

　"소인도 또한 양반인뎁쇼!"

　그러자 거기에 모여 있던 모든 사람들은 떠들썩하게 웃어댔다.

　試所攔入之禁, 甚嚴. 有一奴子, 假着儒衣巾, 作八字步, 禁卒見其擧止之殊常, 捉入禁亂[1]所問曰: "汝之貌樣, 非兩班, 何敢入場?"奴高聲對曰: "小人亦兩班也." 一場盡哄.

---

1) 금란(禁亂): 규칙을 위반한 사람을 잡음.

용졸한 선비

　한 선비가 부친의 임소에 따라갔다. 그 고을에는 이름난 기생들이 많았다. 선비는 나이가 젊은 탓에 여자를 안고 싶은 생각이 있었다. 그러나 본래 부끄러움을 타는 성격인지라, 말붙이기조차 어려운 판에 그런 생각을 대놓고 드러내지 못했다. 이에 어떤 사람이 그를 가르쳐 말했다.

　"대장부가 어찌 이다지 용졸하신가? 기생과 말을 붙이는 것은 별로 어려운 일이 아니네. 처음에 기생을 보면 그의 이름을 물어보게. 다음은 나이를 묻고, 다음은 그녀의 부모가 생존해 계신가를 묻고, 그 다음은 춤과 노래를 하라고 시키면 되네. 그러고 난 후에 꾀한 일을 하면 되고!"

　【글로 써 내려간 기세가 마치 천자를 태운 수레의 방울〔鸞鈴〕이[1] 언덕 아래로 내달리는 듯하군!】

　선비는 두 번 세 번 반복해서 연습했다. 그럼에도 그 내용을 잊어버릴까 봐 걱정하다가, 마침내 기생 한 명을 몰래 불렀다. 기생이

---

1) 난령(鸞鈴): 옛날 중국에서 임금이 탄 수레에 달던 방울. 방울 소리가 난새의 울음과 같다고 해서 붙은 이름이다.

명령을 받들고 오자, 선비는 기생을 뚫어져라 쳐다보다가 한참 뒤에 물었다.

"네 이름이 무엇이냐?"

기생이 미처 대답하지 못했는데, 선비는 잇따라 질문을 던졌다.

"네 나이가 몇이냐? 네 아비는 생존해 계시냐? 네 어미도 생존해 계시냐? 너는 노래해라. 춤을 추어라. 너는 나와 함께 잠을 자겠느냐?"

【비유컨대 풍수[堪興]에서 용맥龍脈이[2] 일직선으로 뻗어 나와 곧바로 혈穴로 이어진 모습이로군.】

기생은 입을 가리고 웃었다. 선비는 부끄러워 얼굴만 붉힐 뿐이었다.

有一士人, 隨往其父任所. 郡多名妓, 士人秊少, 雖有色念, 而性本羞澁, 難於接話, 不敢生意也. 人有教之者曰: "大丈夫豈可若是庸拙乎? 與妓接話, 別無難事. 初見宜問其名, 次宜問其年, 次宜問其父母存沒, 次宜試命歌舞, 然後可謀之事也."【筆勢如鸞鈴走板】士再三講習, 恐其遺忘, 遂潛招一妓. 妓承命至, 士熟視良久, 問曰: "爾名爲何?" 妓未及對, 士連問曰: "爾年幾何? 爾父在乎? 爾母在乎? 爾宜歌也. 爾宜舞也. 爾欲與我同宿乎?"【比之堪輿直龍[3]結穴[4]】妓掩口而笑, 士靦然.

---

2) 용맥(龍脈): 풍수설에서 산의 정기가 흐르는 산줄기. 그 정기가 모인 곳이 혈(穴)이다.
3) 직룡(直龍): 풍수에서 일직선으로 뻗어 나온 용맥(龍脈).
4) 결혈(結穴): 혈을 이룸. 혈은 풍수에서 생기가 모인 곳을 말한다.

마복파

　시를 짓는 사람들 사이에서는 운韻을 맞히는 놀이가 있다. 옛사람의 시집들을 펼쳐 작은 밀랍 조각으로 압운 자押韻字를[1] 덮은 뒤, 사람들로 하여금 밀랍 조각으로 덮어둔 글자의 속뜻을 유추하는 것이다.

　어떤 무사들도 자기들의 모임에서 그 놀이를 본떠서 놀았는데, 마복자馬伏波의[2] 파波 자가 걸렸다. 그러나 무사들 가운데 어느 누구도 그 의미를 유추하지 못했다. 종일토록 곰곰이 생각하던 차에 마침 지나던 한 시객詩客이 있어 그에게 물었다. 객은 질문에 받고 바로 대답하였다.

　"파波 자겠구려."

　무사들이 밀랍을 들춰서 보더니, 깜짝 놀라며 말했다.

　"문사들은 참으로 신통하군요. 물결[波] 위에다 말[馬]을 엎드리게

---

1) 압운(押韻): 시행(詩行)의 일정한 자리에 발음이 비슷한 운(韻)을 규칙적으로 다는 것.
2) 마복파(馬伏波): 후한의 명장 마원(馬援, 기원전 14~49년). 마복파는 복파장군(伏波將軍)의 준말. 광무제(光武帝) 때 촉(蜀)을 함락시킴으로써 복파장군이 되었다. 시호는 충성(忠成)이다.

〔伏〕 할 것을 누가 생각이나 했겠소?"

【무사들은 필시 이렇게 말했으리라. '엎드린 물결〔伏波〕 위의 말〔馬〕은 팔괘를 지고 나온 용마龍馬겠지?[3] 말이 엎드린〔馬伏〕 물결〔波〕은 악와渥洼의[4] 하천을 말하는 것이겠고!'라고】

詩家有付韻之戲. 於古人詩集中, 以小蠟片, 覆其押韻字, 令人認得射覆[5]之餘意[6]也. 有武士, 相會效之, 馬伏波之波字, 終未認得. 終日沉吟之際, 適逢一詩客問之, 客應聲答曰: "波字也." 武士摘見其蠟驚曰: "文士誠神通矣. 誰料馬之伏於波中乎?【武士等必曰: '伏波之馬, 背負八卦者耶? 馬伏之波, 無乃渥洼之水耶?'】

---

3) 용마(龍馬): 고대 복희씨(伏羲氏)가 황하에서 용마(龍馬)가 하도(河圖)를 등에 지고 나오자, 그것을 보고 팔괘(八卦)가 그린 일을 말한다.
4) 악와(渥洼): 중국 감숙성(甘肅省) 안서현(安西縣)에 있는 하천으로, 한나라 때에 무제(漢武帝)가 여기서 천마(天馬)를 얻었다는 고사가 있다. 신마(神馬)의 산지로 꼽힌다.
5) 사복(射覆): 그릇 속에 물건을 숨겨 두고 그것이 무엇인지 알아맞히는 놀이.
6) 여의(餘意): 말끝에 함축된 속뜻.

왕봉거와 강자류

기성岐城1)의 선비 왕봉거王鳳擧와 강자류姜子留는 서로 잘 알고 지냈는데, 왕 씨가 강 씨보다 나이가 많았다.

하루는 강 씨와 왕 씨가 함께 친구 상가에 조문하러 갔다가, 마침 관을 짜는 광경을 보았다. 왕 씨가 탄식하며 말하였다.

"사람이라면 어느 누군들 저 안에 들어가지 않을 수 있겠나? 지금 이 자리에 앉아있는 사람들 중에서도 누가 먼저 들지 어찌 알리오?"

그러자 강생이 무릎을 꿇어 예를 갖추고 말하였다.

"어르신께서 먼저 저 안에 드십시오."

왕 씨는 버럭 화를 내며 말하였다.

"나이도 어린 게 어찌 이리 무례하단 말이냐?"

"관중에 먼저 들어가는 자가 왕[先入關中者王]이라고 했으니,2) 이로

---

1) 기성(岐城): 동일한 지명이 여러 곳에 있다. 경상북도 고령군 성산면, 경상남도 거제군, 강원도 김화 등이 그러한데, 여기서는 구체적으로 어디를 지칭하는지 명확하지 않다.
2) 이 말은 한나라 유방(劉邦)과 초나라 항우(項羽)가 관중(關中)에 먼저 들어가는 사람이 천하를 차지하자고 약속했던 고사를 활용한 것이다. 강 씨는 언어유희를 통해, 먼저

써 알 뿐입니다."

왕 씨는 아무 말도 못하였고, 자리에 있던 사람들은 모두 한바탕 크게 웃었다.

뒷날, 강 씨가 왕 씨를 뵈러 왔다. 마침 왕 씨는 밥상 앞에 앉아 있었는데, 이미 식사를 반 정도 한 뒤였다. 왕 씨는 강 씨가 오는 것을 보더니, 곧바로 숟가락을 내려놓으며 말했다.

"좀 더 일찍 오지 않고…. 남은 밥으로 손님을 대접하는 것은 예의가 아니네만, 그래도 요기라도 하겠는가?"

강 씨는 즉시 밥상을 들어 밥을 먹으며 말했다.

"봉거 대공 강자류鳳去臺空江自流〔봉황이 떠난 누대는 텅 빈 채 강물만 흐르네〕라고 하였으니,[3] 〔'봉황이 떠난'의 '봉거鳳去'와 '왕봉거'의 '봉거鳳擧'는 음이 같다. 세속에서는 남은 밥은 '대공'이라 한다. '강물만 흐르네'의 '강자류江自流'와 이름 '강자류姜子留'도 음이 같다.〕 어르신께서 남기신 밥을 제가 아니면 누가 먹겠습니까?"

왕 씨도 크게 웃었다. 그러고는 다시 말했다.

"내가 올해에는 당 농사〔糖農〕 시기를 놓쳤으니, 거의 굶어죽지 않을까 싶네."

강생이 즉시 대답하였다.

"왕지명이 현어수수〔王之命 懸於遂手, 왕의 목숨이 수수에 달렸으니〕라[4] 하였

'관 속〔館中〕에 들어갈 사람은 왕씨'라는 의미를 담았다.
3) 본래 이 말은 이태백의 시 〈등금릉봉황대(登金陵鳳凰臺)〉의 한 구절이다. 왕봉거와 강자류, 두 사람의 이름으로 언어유희를 하고 있다. 본래의 뜻은 '봉황이 떠난 누대는 텅 빈 채 강물만 흐르네'인데, 그 음을 빌려 '왕봉거나 남긴 밥은 강자류의 것'이라는 의미를 담았다.

으니, 〔세속에서는 당糖을 수수라고 한다〕 어찌 그렇지 않겠습니까?"
왕 씨는 또다시 크게 웃었다.

岐城士人王鳳擧姜子留相善, 王於姜老矣. 一日, 姜與王往弔友人
喪, 見方治棺.[5] 王歎曰: "人孰不入此中, 而今日座上之人, 又安知孰先
耶?"姜生跪曰: "丈人當先入此中矣."王怒曰: "少年何其無禮也?"姜
曰: "善入關中者王, 是以知之."王無言, 萬座皆笑. 後日, 姜生往拜于
王家, 則王方對飯, 啖過半矣. 見姜之來, 卽停匙語曰: "子來何不早?
餘飯雖非對客之具, 可療飢乎?"姜卽奉盤退食[6]曰: "鳳去臺空江自流,
〔鳳去與鳳擧, 音同. 俗稱餘飯曰臺空, 江自流與姜子留, 音同.〕丈人餘
飯, 非我孰食乎?"王大笑. 王又曰: "吾今秊, 若失糖農, 幾乎餓死矣."
姜卽答曰: "王之命, 懸於邃手,〔俗稱糖曰邃手〕安得不然."王又大笑.

4)『사략(史略)』에 나온 말〔王之命, 懸於邃手〕을 활용하였다. 전국시대 평원군(平原君)
의 식객 모수(毛遂)가 초나라 왕을 죽이려 하며 했던 말 "왕의 목숨이 모수의 손에 달렸
다"를 강 씨가 언어유희하여 "왕봉거의 목숨이 당〔수수〕에 달렸다."로 바꾸었다.
5) 치관(治棺): 관을 짬.
6) 퇴식(退食): 본래는 관리가 퇴청하고 집에 돌아와 식사하는 것으로, 관리의 검소한
생활을 뜻한다. 여기서는 단순히 식사를 하는 의미로만 쓰였다. 이 말은『시경』〈소남
(召南) 고양(羔羊)〉에 "조정에서 물러 나와 밥을 먹나니, 그 모습 얼마나 차분하고 의젓
한가.〔退食自公, 委蛇委蛇〕"를 활용하였다.

내 마음은 더 아프다

한 병사兵使가[1] 임기가 차서 돌아가려 할 무렵이었다. 사랑하는 기생과 작별하자니, 병사의 눈에서는 눈물이 비 오듯이 흘러내렸다. 그런데도 기생은 애달파하는 마음이 조금도 없었다. 그러자 기생 어미가 몰래 기생을 불러다가 꾸짖어 말하였다.

"사또께서는 너를 몹시 사랑했던지라, 이제 서로 떠나고 머무는 갈림길에 서서 저렇게까지 아파하잖느냐? 그런데 너는 눈물 한 방울도 흘리지 않으니, 인정머리 없음이 어찌 이 지경까지 이르렀단 말이냐?"

그리고는 몽둥이를 들어 그녀의 머리를 세게 때렸다. 기생은 너무 아파 눈물을 펑펑 흘리며 다시 자리로 돌아왔다. 병사는 기생의 눈물이 이별 때문이라고 생각하여, 다급하게 앞으로 나아가 그녀의 손을 붙잡고 말했다.

"애야, 울지 마라! 네가 울면 내 마음은 더더욱 슬퍼지잖느냐."

---

1) 병사(兵使): 병마절도사(兵馬節度使). 각도 군사를 지휘하는 책임을 맡은 종2품 무관직.

有一兵使, 瓜熟將歸, 與所眄妓作別. 兵使下淚如雨, 而妓了無傷懷意. 妓之母潛招妓責曰:"使道酷愛汝, 去留之際, 若是傷痛, 而汝則不下一點淚, 何乃無人情, 至此耶?"因以杖猛打其頭, 妓痛甚涕, 還入席, 兵使認以爲別淚, 遽前執手曰:"爾勿涕泣! 吾心益悲矣."

무과 출신 수령

어떤 무과 출신 수령은 힘이 몹시 셌다. 그는 위력만 내세워 고을을 사납게 다스렸는데, 고을 사람들은 그것에 몹시 괴로워했다.

일찍이 도둑 하나를 붙잡은 적이 있었다. 수령은 하인에게 도둑을 결박하라고 명령하였다. 하인은 끙끙대며 단단하게 묶지 못했다. 그러자 수령이 뜰 아래로 뛰어 내려가서는 붉은 줄을[1] 빼앗아 단박에 도둑을 결박하였다. 일을 처리하는 솜씨가 마치 귀신같이 빨랐다. 도둑을 꽁꽁 묶어놓은 수령은 하인의 뺨을 세차게 갈겼다.

"쳐 죽일 놈아! 왜 이렇게 묶는 것도 못 하느냐?"

또 이런 일도 있었다. 어느 날 밤에 관아 앞산에서 어떤 사람이 수령을 욕하는 소리가 들려왔다. 그 소리는 수풀의 나무들도 흔들리게 할 정도였다. 그러자 수령은 잠깐 몸을 빼서 관도 쓰지 않고, 버선도 신지 않은 채로 관아의 담장을 훌쩍 넘어 소리가 나는 곳으로 달려갔다.

---

1) 붉은 줄[紅絲]: 도둑이나 중대한 죄를 범한 죄인을 묶을 때 쓰는 붉고 굵은 줄.

욕을 하던 사람은 발자국 소리를 듣고 관아의 하인들이 잡으러 온다고 의심하여 급히 달아나려 했다. 수령은 손을 내저으며 달아나지 말라는 시늉을 지었다.

"놀라지 마시오. 이 고을 수령이 혹독한 정치를 많이 하는지라, 나 또한 몹시 분통해 하던 차였소. 지금 당신이 욕하는 소리를 듣고 있자니 통쾌함을 이기지 못해 나도 당신을 도울까 해서 왔다오."

그러고는 한목소리로 덩달아 욕을 해댔다. 그 사람도 믿고 달아나지 않았다.

수령은 그 곁으로 슬슬 다가갔다. 그러더니 순간 몸을 날려 그의 어깨를 낚아채더니, 그를 끌고 가 죽여 버렸다. 죽인 시신은 소나무 가지에 매달아 놓았다. 그러고는 몸을 돌려 다시 관아로 돌아와 밖에 나가기 전처럼 가만히 누워 있었다. 수령 주변에 있던 사람들은 모두 깊은 잠에 빠져 있었다. 그 사이에 무슨 일이 벌어졌는지를 아는 사람은 아무도 없었다.

잠시 후, 수령이 아전들을 불러 물었다.

"아까 언덕 위에서 욕하는 소리를 너희들도 들었느냐?"

아전들은 감히 숨길 수 없어 대답하였다.

"과연 들었습니다. 참으로 변괴입니다."

"수령은 백성의 부모니라. 나는 정성을 다해 백성을 사랑하건만, 백성이 도리어 나를 욕하는구나. 그런 사람이라면 마땅히 하늘이 재앙을 내리리라."

"당연하옵니다."

"아까는 소리가 나더니 지금은 소리가 들리지 않는 걸 보니, 그 사람도 이미 죽지 않았을까 싶다. 너희들이 가서 한번 살펴보고 오너라."

명령을 받든 아전들이 그 장소로 가서 보니, 과연 시체 하나가 나무에 매달려 있었다. 아전들은 깜짝 놀라 돌아와서 사실대로 아뢰었다. 수령은 고개를 끄덕이며 말하였다.

"나는 그가 하늘로부터 재앙을 받을 것을 진작부터 알고 있었느니라."

마을 사람들은 소문을 듣고, 그것을 신령이 한 일이라고 생각하였다. 그리고 다시는 감히 욕을 하지 못했다.

【그 마을 백성들은 앞으로 이렇게 말하겠군. '우리 수령은 신명과 같은지라. 능한 것은 하늘의 일이요, 능하지 못한 것은 사람의 일이다'라고.[2]】

有一武倅, 膂力絶人, 以威猛治郡, 郡人苦之. 常捕一盜, 命官隷[3]束縛之, 隷齟齬不能緊縛. 倅跳下庭, 奪其紅絲, 一揮而結, 手段神速. 仍猛批隷之頰曰: "亂杖子也! 何不如是縛乎?" 又嘗夜聞衙舍案山, 有人詬辱邑倅, 聲震林木. 倅潛抽身, 不冠不襪, 踰郡墻走往其所, 其人聞有跫音, 疑郡隷追捕, 欲逃走, 倅撓手止之曰: "勿驚也. 邑倅多苛政, 吾亦絶憤. 今聞君之詬辱聲, 不勝快活, 欲來相助也." 仍同聲叱辱, 其人信

---

2) 능한 것은 하늘의 일이요, 능하지 못한 것은 사람의 일이다.〔所能者天也 所不能者人也.〕: 이 말은 『고문진보(古文眞寶)』에 실린 소식(蘇軾)의 〈조주한문공묘비(潮州韓文公廟碑)〉를 활용한 것이다. 사람들을 감화시켜 신망을 얻는 것은 하늘의 뜻에 따르는데 수령은 이런 일을 잘하고, 조정에서 높은 벼슬에 오르고 편안히 작록을 누리는 것은 인위적인데 수령은 이런 일을 잘 못한다는 의미다. 즉 이 말은 '하늘의 뜻을 말하며 사람들을 감화시킬 줄은 알지만, 사람들을 부리는 데에는 잔혹하다.'는 의미를 내포하고 있다.
3) 관예(官隷): 관아에서 부리는 하인.

而不避. 倅稍稍近前, 仍奮臂取其人, 拉殺之, 懸於松樹枝上, 復潛身還
衙, 就枕如故. 左右睡熟, 無有知者. 少頃, 呼吏輩問曰:"俄者岸上詬辱
聲, 汝輩亦聞之乎?"吏不敢隱, 對曰:"果聞之矣. 誠變怪也."倅曰:"太
守民之父母. 吾赤心愛民, 而民反辱我, 其人宜有天殃也."對曰:"唯."
倅曰:"俄有聲, 而今無聲, 其人無乃已斃乎? 汝曹茅往看也."吏承命往
至其所, 則果有一屍, 掛於樹下. 吏大驚, 還具以實對, 倅點頭曰:"吾固
知其當被天殃也."闔境[4]聞之, 以爲神. 自是不敢復詬辱矣.【闔境之民,
其將曰:'我候神明, 所能者天也. 所不能者人也云爾.】

---

4) 합경(闔境): 한 고을 안에 사는 모든 것.

호패금란

한 상놈이 호패금란[戶牌禁亂1)] 죄목으로 관아에 잡혀 왔다.

"너는 호패를 가지고 있느냐?"

"없습니다."

"사람들 모두가 호패를 지니고 있거늘, 어찌하여 너만 홀로 없단 말이냐?"

"만약 호패가 가지고 있다면 무엇 때문에 속이겠습니까?"

결국 볼기를 드러내어 태형을 받으려 할 때였다. 허리춤에 차고 있던 호패가 볼기짝 위에 턱 하니 드러났다. 이에 물었다.

"이것은 호패가 아니더냐? 너는 어찌하여 호패를 숨기면서까지 죄를 받으려 하느냐?"

"소인은 호패를 가진 자를 금한다고 하시기에 처음부터 바로 아뢰지 못했을 뿐입니다."

---

1) 호패금란(戶牌禁亂): 본래의 의미는 호패법을 어긴 사람을 잡는 것이다. 이 이야기에서는 주인공이 호패'금란'의 의미를 '호패를 가진 사람[戶牌]'을 '잡는 것[禁亂]'으로 오해한 데서 웃음을 유발한다.

有一常漢, 見捉於戶牌禁亂, 拏入官府. 問曰："汝有戶牌乎?"對曰：
"無."曰："人皆有戶牌, 汝何獨無?"曰："若有戶牌, 則安敢欺罔乎?"將
開臀決笞之際, 見其腰間, 所佩之牌, 掛于臀上. 問曰："此非戶牌耶?
汝何隱匿, 而至於受罪耶?"曰："小人以爲有牌者禁之. 故初不直告耳."

낮잠

　예전에 한 학동이 낮잠을 자자, 선생이 회초리로 때리며 꾸짖었다.

　"너는 논어를 읽지 않았느냐? 재아宰我가[1] 낮잠을 자자, 공부자께서 꾸짖었던 것을….[2] 공부하는 사람이 낮잠 자는 것은 옳지 않아!"

　뒷날, 선생이 낮잠을 자는데, 학동이 나아가 말하였다.

　"선생님께서는 접때 제가 낮잠 자는 것을 꾸짖더니, 지금은 선생님도 낮잠을 주무시네요."

　【선생 또한 회초리를 맞아야겠군!】

　"어른의 낮잠은 아이들과 다르단다."

　"무슨 말씀이신지요?"

　"너는 논어를 읽지 않았느냐? 공부자께서 꿈에 주공周公을 보았다는….[3] 내가 낮잠을 자는 것도 꿈에서 주공을 만나 뵈려 함이지."

1) 재아(宰我): 재여(宰予). 재아는 그의 자(字). 공자의 제자로, 언어에 뛰어났다.
2) 이 말은 『논어』〈공야장(公冶長)〉에 나온다. "재여가 낮잠을 자자, 공자께서 말씀하셨다. '썩은 나무는 조각할 수 없고, 썩은 흙으로 쌓은 담장은 손을 볼 수 없다.〔宰予晝寢, 子曰: '朽木, 不可雕也. 糞土之牆, 不可杇也.〕" 선생은 이 말을 인용한 것이다.
3) 이 말은 『논어』〈술이(述而)〉에 나온다. "공자께서 말씀하셨다. '심하도다, 나의 노쇠

다음 날, 학동은 다시 낮잠을 잤다. 선생이 크게 꾸짖자, 학동이 말하였다.

"제가 오늘 잔 낮잠은 지난날과 다릅니다. 저 또한 꿈에서 주공을 뵈었으니까요."

"그래, 주공께서 무슨 말씀을 하시더냐?"

"어제 선생님을 보지 못했다고만 하시던데요."

古有一學童晝寢, 其先生撻而責之曰: "爾不讀論語乎? 宰我晝寢, 孔夫子責之, 爲學者, 不可晝寢耶?" 他日先生晝寢, 學童進曰: "先生向責小子之晝寢, 今亦晝寢耶?" 【先生亦可撻也】 先生曰: "長者之晝寢, 異於小子." 曰: "何謂也?" 曰: "爾不讀論語乎? 孔夫子夢見周公, 吾之晝寢, 亦夢見周公者也." 翌日, 學童又晝寢, 先生大責之, 學童曰: "小子今日晝寢, 異於昔日, 亦夢見周公矣." 曰: "然則周公何語?" 曰: "昨日不見先生云矣."

거지

거지가 길가에서 죽었는데, 어떤 한 사람이 노래를 지어 그를 조문하였다.

대풍년에도 굶주렸으니 ^{大豊飢兮}
죽어도 별일은 아니라. ^{殞非恙}
온 세상을 제 집으로 삼았으니 ^{爲家海內兮}
온갖 귀신의 흠향을 받으리. ^{鬼枯饗}
어떻게 눈먼 후사라도 얻어 ^{安得盲嗣兮}
죽음 곁을 지키게 할 수 있으려나. ^{守死傍}

乞人死於道傍, 有人作歌弔之曰："大豊飢兮, 殞非恙. 爲家海內兮,
鬼枯饗. 安得盲嗣兮, 守死傍."

가짜 신선

　한 선비는 성격이 우활迂闊하여[1] 콩과 보리도 제대로 분별하지 못했지만, 평소에 신선 이야기를 좋아하여 도인법導引法도[2] 익혀 두었다. 선비는 친구 중에 수령이 된 자가 있어서 그를 찾아갔다. 친구인 수령은 장난치기를 좋아했는데, 선비를 한번 속일 생각으로 말을 꺼냈다.

　"자네가 신선의 술법을 좋아해서 하는 말이네. 우리 고을에는 이름난 산이 있는데, 진짜 신선들이 때때로 산꼭대기에 와서 논다고 하더군. 사람들 중에 간혹 보았다는 자들도 있는데, 만약 자네가 간다면 거의 만나볼 수 있지 않을까 싶네."

　선비는 몹시 기뻐하며 말하였다.

　"나야말로 신선이 될 연분[仙分]이 있지. 그러니 진짜 신선이 있다면 그를 만나는 데 무슨 어려움이 있겠나?"

　그러고는 10일 동안 목욕재계를 하고서 관아에 속한 하인 두세 명을 데리고 유람을 떠났다. 수령은 나이 많은 아전을 불러, 몰래

---

1) 우활(迂闊): 사리에 어둡고 세상 물정을 잘 모름.
2) 도인법(導引法): 도교에서 신선이 되려고 하는 수련법.

'여차여차하라'고 지시를 내렸다.

며칠 동안 산을 유람하던 선비는 몹시 아름다운 한 곳에 이르렀다. 거기서 어떤 산봉우리를 보았는데, 봉우리는 아득히 높이 솟아 하늘과 맞닿아 있었다. 봉우리 위에는 두 노인이 바둑을 두고 있었다. 하인이 그쪽을 가리키며 말하였다.

"저분들이야말로 진짜 신선입니다!"

선비는 한편으론 놀랍고 한편으론 기뻤다. 이에 하인들에게 '여기서 기다리라.' 하고 홀로 앞으로 나아갔다. 칡넝쿨을 더위잡고 바위를 기어오르면서 한 발짝 한 발짝씩 걸음을 옮겨, 겨우겨우 산봉우리 위로 올라섰다. 봉우리 위는 지세가 다소 평평하여, 대여섯 명이 한꺼번에 앉을 만했다.

두 노인은 칠성관[星冠]을[3] 쓰고 도복[道服]을[4] 입고 있었다. 수염과 눈썹도 모두 하얗게 세어 있었다. 둘은 서로 바둑[圍碁]을 두고 있었는데, 곁에는 술상과 신선 경전 몇 권이 놓여 있었다. 그들 앞에서는 어린 동자가 학을 돌보고 있었다. 그 풍경과 정취가 맑고 고상한지라, 참으로 속세에 있다는 생각을 할 수 없었다.

【만약 정말로 속세에 있다는 마음이 없어졌다면, 비록 장생불사하는 신선이 못 되었다 해도 하루 동안의 신선은 되었다고 할 수 있겠군!】

선비는 종종걸음으로 앞에 나아가 절을 한 뒤, 그저 공손히 엎드려 명령이 나기만을 기다렸다. 그러나 노인은 태연히 바둑만 둘 뿐, 돌아보지도 않았다. 선비는 숨을 죽인 채 감히 미동조차 할 수 없었

---

3) 칠성관[星冠]: 신선들이 쓰는 모자.
4) 도복(道服): 신선이나 도사들이 입는 옷.

다. 한참이 지난 뒤에 두 노인이 서로 말하였다.

"우리들이 바둑에 빠져서 속세에서 사람이 온 것도 잊고 있었군!"

그러고는 바둑판을 밀치고 앉아 선비에게 물었다.

"자네는 어떤 사람이기에 감히 이곳까지 멋대로 들어왔는고?"

"하계下界의 속된 자〔塵踪〕가 우연찮게 명산을 유람하다가 요행히 하강하신 진짜 신선을 만났습니다. 그래서 감히 와서 인사를 드립니다."

"정성이 가상하구나."

이에 동자를 시켜 술 한 잔을 따라서 선비에게 주어 마시게 했다. 무릇 그것은 술이 아니라, 똥물이었다. 선비는 무릎을 꿇어 예를 갖추고 난 뒤에 그것을 받아 마셨다. 노인이 물었다.

"술맛이 어떠하냐?"

"신선의 맛이라 그런지 맑고도 시원합니다."

【산을 오르면서 오로지 신선을 보겠다는 욕망이 불타는 듯했으니, 한 사발의 누런 물〔黃龍水〕인들[5] 어찌 맑고도 시원하지 않았을까? 목숨을 연장하진 못했다 해도 또한 족히 병은 치료했을 터! 그것만으로도 한평생 신선을 찾아다닌 효험은 보았다고 하지 않겠나?】

"자네는 신선의 술을 마셨으니, 거북이나 학처럼 장수할 것이네. 그런데 이곳에서의 반나절이 하계에서는 백 년이 되네. 자네가 오래 머물 곳이 아니니 속히 돌아가게."

선비는 감히 명령을 어길 수 없어 인사를 드리고 돌아섰다. 그러

---

5) 누런 물〔黃龍水〕: 똥물.

고서 하인들에게 머물러 있으라고 했던 곳으로 가서 보니, 거기에는 사람의 흔적이라곤 찾아볼 수 없었다. 때마침 나무꾼이 오기에 그에게 물었다.

"여기에서 사람을 기다리는 하인들을 보지 못했느냐?"

"못 보았는뎁쇼. 예전에 마을 어르신들이 하시는 말씀을 들은 적이 있는데, 백여 년 전에 이 산으로 유람 왔던 나그네가 진짜 신선을 만나 따라갔다고 하더군요. 그때 같이 왔던 하인들은 며칠 동안 초조하게 기다리다가 깊은 숲속에서 먹을 게 없어 모두 굶어 죽었다고는 합디다만⋯."

선비는 비로소 '그곳 반나절이 속세에서는 백 년'이라고 했던 노인의 말을 믿을 수 있었다.

마침내 선비는 걸어서 관아로 돌아왔다. 관아의 아전과 하인들이 나와 맞이했지만, 그들은 모두 전에 봤던 자들이 아니었다. 들어가 고을 수령을 뵈니, 그 역시 난생처음 보는 사람이었다. 선비는 길게 읍揖을 하여 인사를 드린 뒤에 물었다.

"아무개 수령이 이 고을을 다스린 게 지금으로부터 몇 년 전의 일인가요? 그리고 당시에 유람을 떠났다가 신선이 된 사람이 있었소이까?"

"과연, 고을의 늙은 아전에게 들은 적이 있습니다. 그리고 아무개 수령이 임기를 마치고 돌아간 때는 이미 백 년이나 되었을걸요."

"내가 그 사람이오! 우연히 신선을 만나 잠깐 놀다가 지금에서야 비로소 돌아왔소!"

수령이 깜짝 놀라며 말하였다.

"참으로 기이한 일이로군요!"

선비가 다시 물었다.

"내 성명은 곧 아무개요. 내 자손들은 아직도 서울에 있소이까? 또한 그중에서 현달한 자도 있습디까?"

수령은 한참 동안 조용히 있다가 말하였다.

"당신의 후손은 지금 이조판서로 계시며, 서울 아무 동洞에 살고 있다고 합디다. 그러나 그가 몇 대 후손이 되는지는 저도 정확히 알지 못합니다. 짐작건대 4대 혹은 5대 후손쯤 되었을 것입니다."

선비는 작별하고 나왔다.

무릇 두 노인 및 나무꾼과 주고받은 말들은 모두 고을 수령이 몰래 꾸며낸 것이었다. 고을의 하인들과 수령의 얼굴을 바꾼 것 또한 그의 계책이었다. 그런데도 선비는 자기가 속았다는 것도 모른 채, 그들과 나눈 모든 말들을 독실하게 믿었다.

마침내 선비는 서울로 올라갔다. 아무 동에 있는 이조판서의 집으로 찾아간 그는 대문을 활짝 밀치며 곧장 집 안으로 들어갔다. 집주인인 판서는 그를 맞아 인사를 하기는 했지만, 눈이 휘둥그레 질 수밖에 없었다. 그런데 선비는 불쑥 앞으로 나아가서 판서의 손을 잡고 말하였다.

"내가 너의 고조高祖가 아니라면, 필시 5대조쯤 될 게다."

판서는 미친 사람으로 알고 끌어다가 내쫓았다. 선비도 낭패만 본지라, 그저 달아나는 수밖에.

有一士人, 性迂濶, 不卞菽麥. 平居喜談神仙, 學導⁶引法, 往見其友

---

6) 원문에는 '槳'으로 되어 있음.

之作宰者. 友善謔, 思有以瞞之, 仍曰:"子好仙術, 郡有名山, 眞仙時遊
其上, 人或有見之者. 子若往遊, 庶幾遇之."客大喜曰:"吾有仙分, 苟
有眞仙, 則豈難見也?"遂齋沐十日, 率數三官隷, 往遊焉. 守招老吏,
密敎以如此如此. 客遊山數日, 至最佳處, 見一峰, 縹緲挿入雲霄, 峰上
有兩老人對碁. 隷指點曰:"此必眞仙也."客驚喜, 命隷留待于此, 獨自
前進, 捫蘿跨石, 寸寸移步, 艱辛登陟, 則地勢稍平, 可坐五六人. 有兩
老人 星冠道服, 鬚眉皓白, 對局圍碁, 傍有酒具及仙經數卷. 童子方調
鶴于前, 景趣蕭洒, 頓無塵界意.【若果無塵世意, 則雖非長生之仙, 可
謂一日之仙.】客趨而前, 納拜于前, 惟恭俯伏俟命. 老人棋自若, 不之
顧也. 客屏氣不敢動, 久之, 老人相語曰:"吾輩耽碁, 忘却俗子來也."
仍推枰而坐, 問客曰:"爾是何人, 敢來相干乎?"客對曰:"下界塵踪, 偶
遊名山, 幸逢眞仙下降, 敢此來謁矣."老人曰:"其誠可嘉."命童子, 酌
一盃酒, 以饋之. 盖非酒, 而乃糞水也. 客跪受而飮. 老人曰:"酒味何
如?"對曰:"仙味爽口矣."【登山一念 慾火如焚, 一椀黃龍水, 安得不爽
口耶? 縱未延年, 亦足治病, 此乃一生求仙之効耶?】老人曰:"爾飮仙
酒, 可享龜鶴之壽. 此中半晌, 乃下界百年也. 爾不可久留, 宜速歸哉!"
客不敢違命, 拜辭而退. 至僕隷留待處, 則無人跡. 適逢樵夫問曰:"此
有官隷之待客者乎?"樵夫曰:"無之. 嘗聞鄕老言, 則此地百餘年前, 有
遊山客, 遇眞仙相隨而去, 僕隷數日苦待, 深山無食, 俱餓死云矣."客
始信老人百年之說, 遂徒步還官, 則吏隷之出迎者, 皆非前所見者. 入
見主倅, 倅亦生面也. 揖而問曰:"某侯之莅邑, 今爲幾年, 而其時客有
遊山成仙者乎?"守曰:"果聞於邑中老吏, 而某侯之遞歸, 已過百年矣."
客曰:"我其人也. 遇仙暫遊, 今始還歸矣."守驚曰:"誠異事也."客又問
曰:"吾姓名, 卽某也. 吾之子孫, 尙在京洛, 而亦有顯達者乎?"守沉吟
良久曰:"某之後孫, 今爲吏曹判書, 居在京中某洞云, 而其代數, 則吾

未的知. 想必四五代矣."客辭去. 盖兩老人及樵夫問答之說, 皆邑倅所粧撰[7]者, 而邑隸與主倅之換面, 亦其計也. 客不知其見欺, 篤信其說, 遂轉入京, 訪問某洞尙書家, 排闥直入, 則主宰迎揖瞠然, 客遽前執手曰:"吾非爾之高祖, 則必爾之五代祖也."宰以爲狂客, 曳而出之. 客狼狽而走矣.

---

7) 장찬(粧撰): 꾸며서 숨김.

인와시

어떤 사람이 친구 집에 갔는데, 어린아이가 문 앞에서 그를 맞이하였다. 그 사람이 아이에게 물었다.

"네 아비는 안에서 뭘 하고 있느냐?"

"두꺼비 놀이를[1] 하고 있는데요."

이에 그 사람이 인와시人蛙詩를 지었는데, 그 시는 이러하다.

자양은 생각 없이 날뛰는 우물 안 개구리. 子陽妄大井底之蛙歟[2]

화림원에서 시끄럽게 울어대는 관아의 개구리. 華林亂鳴爲公之蛙歟[3]

---

1) 두꺼비 놀이: 남녀 간의 교합을 아이의 시선에서 이처럼 말한 것.

2) 공손술(公孫述) 일화를 말한다. 자양(子陽)은 후한(後漢) 초기의 무장이었던 공손술의 자다. 공손술은 초기에 왕망(王莽)을 섬기다가 나중에 성도(成都)에서 병사를 일으켜 천자라 칭하고 국호를 성(成)이라 하였던 인물인데, 이후에 광무제(光武帝)에 의해 멸망하였다. 본문에 나오는 구절은 『후한서』〈마원열전(馬援列傳)〉에서 마원(馬援)이 같은 고을에서 자란 공손술을 두고 "자양은 우물 안 개구리일 뿐이다. 망령되이 스스로 잘난 체하지만 동방에 전심하는 것만 못하다.〔子陽井底蛙耳, 而妄自尊大, 不如專意東方.〕"라고 한 말을 인용한 것이다.

3) 진 혜제(晉惠帝) 사마충(司馬衷, 259~307)의 고사를 말한다. 진 혜제는 천성이 어리석었는데, 일찍이 화림원(華林園)에서 놀다가 개구리 우는 소리를 듣고 신하들에게 "저 개구리들은 공(公)을 위해 우느냐, 사(私)를 위해 우느냐?"고 물었다. 그러자 혹자가 "국유지에 있는 놈은 공을 위해 울고, 사유지에 있는 놈은 사를 위해서 웁니다."라고

삼판만 남은 진양 성 부엌에 들끓는 개구리.^{晉陽三板沈竈之蛙歟(4)}

인와人蛙 3장, 장2구⁵⁾

【천고의 절창이로군!】

有人往友家, 小兒應門, 問兒曰:"爾父在內, 何事?"兒曰:"作蛙戲
也."其人遂作人蛙詩以贈, 曰:"子陽妄大井底之蛙歟 華林亂鳴爲公之
蛙歟 晉陽三板沈竈之蛙歟 人蛙三章章二句【千古絶唱】

한 고사를 인용한 것이다. 『진서』〈효혜제기(孝惠帝紀)〉에 나온다.
4) 춘추시대 조 양자(趙襄子)의 고사를 말한다. 한(韓)나라와 위(魏)나라와 연합한 지백
(知伯)에게 마지막 보루로 여긴 조 양자의 진양성(晉陽城)이 포위당한 일화를 적은 것
이다. 지백이 이끈 세 나라가 조나라 진양성을 공격하기 위해 성안으로 물을 대었는데,
그때 성은 삼판(三板, 곧 6척)만 남기고 모두 잠겼다. 부엌 아궁이에도 물이 들어차서
개구리가 들끓었던 고사를 인용한 것이다. 『전국책(戰國策)』〈조책(趙策)〉에 나온다.
5) 이 말은 『시경』의 형식을 빌려서 쓴 것이다.

사냥 기술

　허황되고 망령된 말을 잘 꾸며대는 사람이 '호수 위에 있는 오리를 잡는 기술'을 사람들에게 가르쳤다.

　"납[鑞鐵]으로 작은 붕어를 주조해 금으로 도금을 한 뒤, 질긴 실에 꿰맵니다. 길이는 몇십 장丈¹⁾ 정도로 해서 호수에 들이치지요. 그럼, 오리 한 마리가 그것을 삼키겠죠. 오리는 모두 오장이 일자로 되어 있는지라, 삼킨 붕어는 오리 똥구멍으로 다시 나오게 됩니다. 그러면 그 오리 뒤에 있던 놈들이 잇따라 차례대로 그것을 삼키게 되니, 오리가 실에 줄줄이 꿰이겠죠. 그렇게 된 후에 실 끝을 잡아당기기만 하면 낚시질 한 번에 수백 마리의 오리를 얻게 되지요."

　또 '산골 사람이 꿩을 잡는 기술'도 가르쳤다.

　"건장한 소 한 마리를 구해서 등 위에 두껍게 진흙을 바릅니다. 진흙 위에는 콩을 여기저기 골고루 꽂아 두지요. 그런 다음, 소꼬리

---

1) 장(丈): 길이의 단위. 보통 10척(尺)을 한 장이라 하는데, 그 길이를 시대 및 지역에 따라 달랐다. 지금은 보통 한 자[尺]를 30.3㎝로 봐서 한 장을 3m 정도로 이해한다. 예전에는 한 장을 어른의 키 크기로 이해하기도 했다.

에 방망이를 매달아서 밭에다 풀어두십시오. 그러면 꿩도 내려오겠지요. 처음에야 의심하며 두려워하지만, 나중에는 조금씩 익숙해지지요. 결국은 소 등 위에까지 날아와 콩들을 쪼아 먹게 된답니다. 그러면 소는 가려움을 참지 못해 꼬리를 휘두를 터. 꿩은 꼬리에 매달린 방망이에 맞고 떨어지지요. 날이 저물 즈음에 가서 보면 죽은 꿩이 여기저기 떨어져 있을 것입니다. 그것들을 주워 수레에 가득 싣고 돌아오면 좋지요."

또 '참새 잡는 기술'도 가르쳤다.

"해가 막 돋을 때쯤, 묽게 쑨 죽 한 통을 수풀에 두루 뿌려두면, 칡잎[葛葉] 위로 많은 새들이 날아와서 떼를 지어 쪼아 먹습니다. 잠시 후 해가 솟겠지요. 칡잎은 햇볕을 받아 마르면서 마치 주머니처럼 안으로 서서히 말려들 것이고, 참새들은 그 안에 갇혀 나올 수 없게 됩니다. 그때 불을 질러 태우십시오. 그러고 난 뒤에 재들을 거둬내서 보면 참새 털은 모두 타고, 고기만 남게 되지요. 그것만 주워 와도 가히 몇 석石은[2] 되지요."

그 말을 들은 사람들 모두가 크게 웃었다.

有好作虛妄之說者, 敎人以湖上捕鳧之術曰: "以鑞鐵, 鑄小鯽魚,[3] 鍍以金, 貫以靭絲, 長數十丈, 泛之湖上, 一鳧呑之, 鳧皆直腹, 故魚從

---

2) 석(石): 섬. 10말을 한 섬이라 한다. 곡식마다 그 기준이 달랐지만, 지금은 보통 160kg 남짓할 정도로 이해한다.
3) 즉어(鯽魚): 붕어.

穀道出, 鳧之在後者, 次弟吞之, 鳧滿於絲. 然後提其絲端, 則一釣可得數百鳧矣."又教峽人以捕雉之術曰: "得一健牛, 背上厚塗以泥土, 以大豆遍揷於泥上, 尾懸一椎, 放于山田, 雉下處, 雉初見而疑懼, 後稍狎, 遂飛下牛背, 啄食其豆. 牛不勝痒, 以尾揮之, 雉中椎而落. 日暮往見, 則死雉遍地, 滿駄而歸, 爲好."又教捕雀之術曰: "日欲出時, 以稀粥[4] 一桶, 遍洒于叢林中, 葛葉上, 群鳥飛集啄食, 俄而日出葛葉乾而內縮, 如括囊狀, 雀在其中, 不得出. 遂縱火焚之, 簸去其灰而觀之, 則雀毛盡燒, 只餘其肉, 拾之可得數石矣."聞者莫不大笑.

---

4) 희죽(稀粥): 묽게 쑨 죽.

이와 벼룩의 시

이와 벼룩이 만나 회포를 풀며 이야기했다.
"우리들이 이왕에 성대한 모임을 가졌는데, 여기에 시[吟咏]가 빠질 수는 없지!"
이가 먼저 읊었다.

옷 속 깊숙이 들어가니 深入衣帶中
볼 수 없는 것은 입 바른 사람뿐. 不見正口人[1]

벼룩이 화답하였다.

자리 위로 뛰어 오르니 席上超出去
보이는 것은 다만 손가락뿐. 但見一指人

〔모기와 파리도 거기에 참여하여 화답하게 했다면, 모기는 반드시

---

1) 이를 잡기 위해 입 모양이 저절로 비뚤어지는 형상을 이렇게 말한 것이다.

이렇게 했으리라.

> 몰래 귓가에서 소리쳤더니 ^{潛鳴過耳邊}
> 매번 만나는 것은 휘두르는 손바닥뿐. ^{每逢擧掌人}

파리는 이렇게 했을 터.

> 잔치 상에 떼로 날아갔더니 ^{飛集盃盤上}
> 모든 게 휘둘러대는 손들뿐. ^{盡是搖手人}]

　虱與蚤相會敍懷曰: "吾輩旣爲盛會, 則此間不可無吟咏." 虱先吟曰: "深入衣帶中, 不見正口人." 蚤和之曰: "席上超出去, 但見一指人." 〔蚊蠅皆和之, 則蚊必曰: "潛鳴過耳邊, 每逢擧掌人." 蠅則曰: "飛集盃盤上, 盡是搖手人."〕

왈짜의 의리

　서울에 어떤 파락호破落戶가[1] 있었는데, 왈짜[日者]라고 불리던 자였다. 그는 벗들과 무리를 지어서 쓸데없이 싸돌아다녔다. 또한 푸줏간이나 술집을 떠돌며, 아침에는 동쪽에 갔다가 저녁에서 서쪽으로 나다녔다. 가는 곳마다 서로 붙어 다녀서 정의情誼가 마치 형제와 같았다. 그러던 중 왈짜가 부친상을 당했다. 그런데도 친구는 찾아와서 조문하지 않았다.

　그로부터 일 년이 지났다. 우연히 광통교廣通橋[2] 주변에서 친구를 만났다. 왈짜는 방립[方笠]을[3] 쓰고 상복[喪服]을 입은 채였다. 친구는 스스로 생각해도 몹시 부끄러웠던지라, 급히 앞으로 나아가 상제의 손을 잡고 말했다.

　"오랫동안 서로 만나지 못했네. 모쪼록 별일 없었는가?"

　왈짜는 손을 뿌리치고 뒤로 물러서며 말했다.

---

1) 파락호(破落戶): 행세하는 집안의 자손으로 재산을 몽땅 말아먹은 난봉꾼.
2) 광통교(廣通橋): 청계천을 두고 종로와 을지로 사이에 놓였던 다리. 당시 한양에서 가장 크고 넓은 다리였다.
3) 방립(方笠): 예전에 상제가 밖에 나갈 때 쓰던 갓. 삿갓과 비슷하게 생겼다.

"만약에 아무 일도 없었다면, 어떤 쳐 맞아 죽을 놈이 이런 모양을 하고 나다니겠나?"

【요즘 사람들이라면 분명히 보고도 모른 척하며 처음부터 부끄러워하는 마음을 드러내지도 않을걸. 손을 잡고 말을 붙인 것만으로도 오히려 우의友誼가 있다고 해야지….】

京城有一破落戶, 稱以日者, 與其友作隊浪遊. 又屠肆酒市之間, 朝東暮西, 到處相隨, 情若兄弟矣. 其友遭其親喪, 不卽往弔. 將過一年, 忽逢其友於廣通橋邊, 戴方笠, 曳衰服矣. 自覺慚愧, 遽前執手曰: "久不相逢, 連得無事乎?" 其友拂手却立曰: "若無事, 何許亂杖之子, 作此貌養乎?【今時之人, 必視不見, 初無愧慚之心, 其執手相語, 猶有友也.】

전화위복

법을 어긴 채 함부로 말을 타고 다니는 자들을 잡아들이는 일을 맡은 형조 소속 아전이 성 안팎을 두루 순찰하고 다녔다. 하지만 걸려드는 사람들은 외상으로 마신 술값 시비에 연루된 자들뿐인지라, 모두 놓아 보내야만 했다.

날은 이미 저물어 갔다. 하지만 보고할 만한 적발 실적이 없었다. 걱정하던 차, 마침 서문西門 밖에서 말을 끌고 오는 어린아이가 보였다. 아이의 나이는 열 살 정도. 아전은 그를 붙잡아 앞으로 오게 했다. 놀란 아이가 울며 말하였다.

"바라건대 승丞님은[1] 나를 도와줍쇼."

아전은 온화한 말로 꾀어 말했다.

"지금 관아에 들어가면 반드시 네 나이를 물을 게다. 만약에 나이가 어리다고 대답하면 중죄를 면하기 어렵지. 나이가 많다고 말씀드려야만 아무 일이 없을 게야."

"마땅히 승님의 말씀대로 하겠습니다."

---

1) 승(丞): 조선 시대 형조에 속해 죄수를 실제로 관장하던 전옥서(典獄署)에 딸린 벼슬 이름인데, 여기서는 아이가 당황하여 아는 벼슬 이름을 그냥 부른 것으로 보인다.

아전은 형조에 들어가 적발 실적을 보고하였다. 형조 정랑正郎이[2] 보니 잡혀 온 자는 어린아이라, 아전을 꾸짖어 말했다.

"누가 네게 이렇게 어린아이를 잡아오라고 했더냐?"

"저 사람의 생김새는 비록 어린아이 같아 보이지만, 나이로 보면 가을 망태입죠."[3]

이에 정랑이 아이에게 나이를 묻자, 아이가 대답했다.

"소인의 나이는 팔십 세입니다."

정랑은 한바탕 크게 웃으며 아전의 간계를 알아차렸다. 마침내 아이를 풀어 보내고, 아전은 죄로 다스렸다.

【약아빠진 아전이 꾀를 쓰려다가 도리어 옹졸하고 못난 놈이 되고 말았다. 아이야 처음에는 울었지만 나중엔 웃게 되었으니, 전화위복轉禍爲福이라 하겠다. 어찌 인력으로 할 수 있는 일이겠는가?】

刑曹吏掌騎馬禁亂, 周行城內外, 所捉盡討酒債, 而縱之. 日已暮, 無可呈課.[4] 乃於西門外, 見一小兒牽馬, 年近十餘歲, 吏捉而使前, 兒驚啼曰: "願丞主治我!" 吏溫言誘曰: "今入官廷, 必問爾年. 若對以年少, 則難免重罪. 須以年多告之, 可無事矣." 兒曰: "當從丞言." 遂入曺呈課, 該郎見兒叱吏曰: "誰使汝捉此小兒來?" 吏曰: 此兒貌樣雖幼, 年則秋網太也." 郎問兒, 對曰: "小人年八十." 郎大噱, 知吏奸, 釋兒而治吏.【黠吏欲巧, 而反拙痴, 兒先咷而後笑, 悠悠倚伏[5], 豈容人力爲哉?】

---

2) 정랑(正郎): 형조에 속한 정5품 벼슬아치.
3) 가을 망태〔秋網太〕: 나이가 많지만 슬기롭지 못한 사람을 비유적으로 이르는 말.
4) 정과(呈課): 적발 실적 보고. 금령을 어긴 백성을 적발하여 상부에 아뢰는 일.
5) 의복(倚伏): 화가 변해 복이 되고, 복이 변해 화가 되는 것. 『노자』의 "화는 복이 기대는 바고, 복은 화가 엎드려 있는 바다.〔禍兮福之所倚, 福兮禍之所伏.〕"에서 나온다.

선비의 겨울나기

　어떤 한 선비가 손님을 맞아 함께 식사하는데, 반찬이 적어 음식상이 단출하였다. 선비가 아내에게 말하였다.

　"김치라도 좀 더 가져오구려."

　아내는 채소 바구니를 머리에 이고 문밖으로 나왔다. 그런데 갑자기 소변이 급해, 가던 길을 돌려 뜰 한구석으로 가서 쭈그려 앉아 오줌을 쌌다.

　그때는 마침 음력 10월(寒沍)이라,[1] 마당은 온통 눈과 얼음으로 가득 차 있었다. 오줌을 눕고 돌아서면 그 오줌이 얼 정도였으니, 그렇게 그녀의 음모가 얼음 위에 달라붙고 말았다. 일어설 수도 없게 되어 버린 것이다.

　선비는 밖으로 나간 아내에게서 오랫동안 소식이 없는 게 퍽 이상했다. 이에 안채로 들어갔다가, 그런 광경을 보고 깜짝 놀라 말하였다.

　"이 상황에서 벗어날 방법이 없구려. 불을 지피면 타서 죽을지

---

1) 한호(寒沍): 음력 10월을 말하는데, 여기서는 날씨가 몹시 춥다는 의미.

모르니, 몹시 걱정이네그려."

결국 선비는 아내 곁에 다가가 바짝 엎드려서 언 곳에다 입김을 불어 넣었다. 입김으로 녹기를 바랐던 것이다. 그러나 잠시 후, 선비의 수염도 함께 얼음 위에 달라붙고 말았다. 이제는 머리를 들 수도 없게 되었다. 그 모습은 마치 조개와 도요새가 서로 고집을 부리면서 놓지 않는 광경과 비슷했다.[2]

방 안에 있던 손님은 선비가 안채로 들어간 뒤로 한참 동안 돌아오지 않는 게 괴이한지라, 이에 선비를 부르며 말했다.

"반찬 없이도 이미 밥을 다 먹었네, 나는 가네. 며칠 뒤에 다시 올 테니, 그때나 보세."

선비가 대답하였다.

"내게 마침 일이 생겼네. 그러니 내년에 언 땅이 풀리고 난 뒤에나 비로소 다시 볼 수 있을 듯하군!"

【굴 안에 들어간 뱀은 정기를 끌어 모아 겨울을 지냈다가 봄이 되면 튀어나온다지. 선비는 어떻게 뱀의 겨울나기 방법을 배우려나?】

有一士人, 對客共餐, 饌小而食淡. 士語其妻曰: "可更取沈菜來." 妾[3]擎菜器, 而至戶外, 忽急於便, 旋坐廷中放溺. 時適寒沍, 氷雪滿廷.

---

2) 어부지리(漁父之利) 고사를 말한다. 바닷가에 큰 조개가 입을 벌리고 있자, 지나던 도요새가 이를 쪼아 먹으려 했는데, 조개가 입을 닫는 바람에 주둥이를 빼지 못하고 서로 버티다가 어부에게 모두 잡혔다는 내용이다. 여기서는 어부가 개입되기 전에 조개와 도요새가 서로 버티는 장면을 형상화한 것이다.
3) 원문에는 '妾'으로 되어 있지만, 이는 '妻'의 오류임.

隨溺而旋凍, 幷與其陰毛 而凍合於氷上, 不能起立. 士人怪其久無聲, 入內而見其狀, 驚曰:"此無可救之方, 欲以火攻之, 則恐其焚死之慮." 遂俯伏于其側, 以口呵凍,[4] 冀其瀜解也. 須臾, 士人之鬚髥, 亦並凍合, 不能擧頭. 有若蚌鷸[5]之相持也. 客怪其久不出, 呼其友語曰:"雖無饌, 吾已食訖而去. 數日後更來相見也." 答曰:"吾適有事, 明秊解凍後, 始可相見也."云矣.【入穴之蛇, 吸氣經冬, 俟春躍出. 士人其學蛇者耶?】

---

4) 가동(呵凍): 언 것을 입김으로 불어 녹임.
5) 원문은 '蟋'로 되어 있지만, 이는 '鷸'의 오자임.

조카에게 주는 경계 시

서울에 사는 어리숙한 사람이 새 옷을 입고 좋은 말에 올라타서 큰길로 활개 치며 다녔다. 그가 입은 옷이 고운 데다 말까지 늠름하게 걷는지라, 주변에 있던 사람들은 그를 보며 입이 마르게 칭찬하였다.

"저기 저 사람, 풍채가 화려하기도 해라! 참으로 호기로우니 필시 말을 타고서도 잘 달리겠지."

어리숙한 사람은 그 말을 듣고 몹시 기뻤다. 이에 말을 모는 하인[牽夫]을1) 발로 차서 잡고 있던 고삐를 손에서 놓게 한 뒤, 직접 말에 채찍질을 해댔다. 말은 깜짝 놀라 갑자기 앞으로 내달렸다. 그 바람에 그는 질퍽한 땅으로 추락했다. 새 옷과 갓도 온통 진흙으로 더럽혀졌다.

진흙에서 천천히 일어난 그는 크게 화를 내며 말하였다.

"아까 내게 호기롭다며 칭찬했던 사람은 진짜로 정신없이 쳐 맞아야 할 놈이야!"

---

1) 견부(牽夫): 말구종. 말을 타고 갈 때에 고삐를 잡고 앞에서 끌거나 뒤에서 따르는 하인.

【어찌하여 그는 범로공范魯公[2]이 지은 〈조카에게 주는 경계 시[戒
從子詩]〉를[3] 읽지 않았을까?】

京城有一痴客, 着新服, 乘駿馬, 橫行大道上. 傍人見衣裝甚鮮明,
馬亦善步, 極口稱譽曰: "彼其之子,[4] 風采華麗, 眞有豪氣, 必善馳馬
矣." 痴客聞而大喜, 蹴牽夫, 釋轡手, 自加鞭, 馬駭而奔, 墜客於泥塗
中, 衣冠盡汚. 客徐起大怒曰: "俄者譽吾有豪氣者, 眞亂杖之子也."
【何不讀范魯公戒從子詩耶?】

2) 범로공(范魯公): 중국 북송(北宋) 때의 재상 범질(范質).
3) 계종자시(戒從子詩): 이 말은 본래『소학』〈가언(嘉言)〉에서 범질(范質)이 그의 자제
들이 부친의 후광에 기대려 하자, 이를 경계하며 쓴 6조목[學立身, 學干祿, 遠恥辱, 勿放
曠, 勿嗜酒, 勿多言]을 말한다. 여기서는 6조목 중 '말을 많이 하지 마라[勿多言]'를 제시
한 것으로 볼 수 있다. 하지만 여기서는 소혜왕후(昭惠王后)가 쓴『내훈(內訓)』에 토대
한 것으로 보이기도 한다.『내훈』의 관련 대목은 다음과 같다. "범로공의 〈계종자시〉에
이르기를 '말을 많이 하지 마라. 말이 많은 것은 많은 사람들이 꺼리느니라. 참으로
말을 조심하지 않으면 재앙과 화가 거기서부터 비롯될 것이다. 옳고 그름, 헐뜯음과
칭찬. 그 사이 몸에서는 이미 상당한 허물이 쌓이게 되느니라.'[范魯公質戒從子詩曰:
'戒爾勿多言. 多言衆所忌. 苟不愼樞機, 災厄從此始. 是非毁譽間, 適足爲身累.']"
4) 피기지자(彼其之子): 이 말은『시경』〈후인(候人)〉의 "물새가 어량에도 날개를 적시
지 않네. 저 사람이여, 그 옷이 행동과 어울리지 않네.[維鵜在梁, 不濡其翼. 彼其之子,
不稱其服.]"를 활용하였다.

이사

한 선비가 동쪽으로는 목수, 서쪽으로는 대장장이와 이웃해서 살 았다. 밤낮을 가리지 않고 귀가 아플 만큼 요란하게 긁어대는 나무 소리와 쇠 가는 소리…. 그 고통을 차마 견딜 수 없었다.

하루는 선비의 집에서 제사를 지내게 되었다. 목수와 대장장이가 서로 이야기를 나누었다.

"저 양반은 우리들과 이웃해서 사는 것을 고통스러워하지. 그래 서인지 제사를 지내도 음식을 나누어 먹은 적이 없지 않은가? 오늘 은 꾀를 써서 한번 얻어 먹어보세."

두 사람은 함께 선비의 집 문 앞에 나아가 아뢰었다.

"소인들이 오랫동안 울타리를 사이에 두고 지냈으니, 생원님 댁 종들과 다를 바 없습지요. 그런데 오늘 이사를 가게 되었기에 감히 와서 아룁니다."

선비가 듣고 매우 기뻐하며 물었다.

"언제 이사를 가는가?"

"오늘입니다."

선비는 거짓으로 슬픈 얼굴을 내보였다. 그들을 불러 제사를 지 낸 음식을 내어주며 먹도록 했다. 그러고 난 뒤에 다시 물었다.

"자네들이 이사를 간다는 곳이 어디인고?"

"소인은 저놈의 집으로 이사를 가고, 저놈은 소인의 집으로 이사를 오지요!"

선비는 그저 허탈해할 뿐.

有一士人, 東隣木工, 西隣鍮匠, 椎錯鑢錫之聲, 日夜聒耳, 不勝其苦. 一日, 士人家行忌祀, 兩匠相謂曰: "彼兩班, 苦吾輩之居隣, 雖行祀, 未嘗以分餕餘,[1] 今可以計取也." 遂共造士人門, 告曰: "小人等, 久在籬下, 無異生員宅奴僕, 今將離去, 敢此來告矣." 士人聞之甚喜, 問曰: "何當離去?" 對曰: "今日也." 士人佯示悵然色, 仍呼出, 餕餘以饋之, 問曰: "汝等過移去, 何處?" 對曰: "小人移入彼漢之家, 彼漢移入小人之家矣." 士人憮然.

1) 준여(餕餘): 제사를 끝낸 뒤의 음식물. 원문에는 '餕倧'로 되어 있지만, 이는 '餕餘'의 오류다.

고루한 학문

어떤 선비가 있었다. 그는 평소에 행동거지를 경솔하게 한 적이 없어서 자기 스스로도 학문을 이루었다고 생각하였다.

하루는 그의 부친이 갑작스레 낙상하는 바람에 허리가 부러지고 말았다. 소식을 들은 선비는 우선 세수를 하고 머리도 쏠쏠 빗었다. 이어서 치포관〔緇巾〕을[1] 쓰고 심의深衣까지[2] 갖춰 입은 뒤, 팔자걸음으로 천천히 나아갔다. 대청마루 아래에서 절을 한 뒤, 그는 부친 앞으로 나아가 무릎을 꿇고 앉았다. 그러고 난 뒤에 부드러운 목소리로 여쭈었다.

"가는 허리가 부러지셨다면서요?"

한번은 국경에서 적이 침입한다는 소식이 전해졌다. 온 성안은 물 끓듯이 소란하여, 각자 도망치기에 여념이 없었다. 선비의 집에서도 집을 떠나 산속에 가서 숨기로 했다. 그런데 선비는 건巾과 옷가지를 단정히 갖춰 입고, 천천히 사당으로 들어갔다. 향을 사르고

---

1) 치건(緇巾): 선비들이 평소에 쓰는, 검은 베로 만든 치포관(緇布冠).
2) 심의(深衣): 유학자들이 입는 겉옷.

두 번 절을 한 후, 축문을 읽었다.

"감히 청하옵건대, 신주께옵서는 전대纏帶3) 안으로 들어오십시오."

온화하며 여유롭게 예를 올리는 모습이 평소와 똑같았다.

그렇게 예를 갖춘 뒤에 사당에서 나와 보니, 적은 이미 문 앞에 이르러 있었다. 결국 포로로 잡히고 말았으니, 고루할사! 이 학문이여!

有一4)士人, 平居動止, 未嘗輕率, 而自以爲成學矣. 其大人, 一日忽落傷折腰, 聞之, 遂盥櫛5)着緇巾服深衣 行八字步, 拜于堂下, 進前而跪坐, 柔聲而問曰: "細腰折乎?" 嘗有邊警6) 滿城鼎沸7) 各自逃避, 士人家, 亦將出竄于山谷. 士人整巾服, 徐步入祠堂, 焚香再拜, 讀祝曰: "敢請神主, 出就纏帶." 禮節之雍容, 一如平日. 及出祠堂, 賊已及門, 爲其所獲, 固哉! 是學也!

---

3) 전대(纏帶): 돈이나 물건을 넣어 허리에 매거나 어깨에 두르기 편하도록 만든 자루.

4) 원문에는 '一'이 없지만, 의미를 고려하여 첨가하였다.

5) 관즐(盥櫛): 세수를 하고 머리를 빗음.

6) 변경(邊警): 국경 지방에서 적이 쳐들어왔다고 알리는 기별.

7) 정비(鼎沸): 솥에서 물이 끓듯이 소란함.

외뿔사슴 독

어떤 사람이 영남도사(嶺南都事)가[1] 되어 학생들을 모아 '독獨' 자의 뜻을 따져 물었다. 학생들은 모두 다 '고독하다'의 의미로 대답하였다. 도사는 모두 '불통不通'을[2] 내림으로써 군액(軍額)에[3] 충정케 했다.

이후에 어떤 사람이 무릎을 꿇고 정중하게 여쭈었다.

"이번 시험에서 이미 낙제점을 받았으니, 군역을 면하기가 어렵게 되었습니다. 그렇지만 감히 '독獨' 자의 의미가 무엇인지를 배웠으면 합니다."

"네가 그것을 알고 싶으냐? 내가 마땅히 깨우쳐 주지. 그러나 다른 사람들에게 누설하지는 마라."

그러고서 이내 말하였다.

---

1) 영남도사(都事): 영남 지방의 도사. 도사는 감사〔종2품〕 밑에 있던 종5품 관직으로, 지방 관리의 불법을 살피고, 지방의 시험을 주관하였다. 이 이야기에서도 도사는 시험을 주관해서 거기서 떨어진 유생들을 군역에 충당하고 있다.

2) 불통(不通): 강서(講書) 시험에서 점수를 매기는 등급의 하나. 보통 통(通), 약(略), 조(粗), 불통(不通)의 네 등급이 있는데, 불통은 시험을 통과하지 못한 성적이다.

3) 군액(軍額): 군역(軍役)의 대상. 조선조에서는 유생은 군역의 의무를 지지 않았지만, 시험에서 낙제 점수를 받으면 군역에 충정(充定)하였다. 이 제도는 인조 때 실시되었지만, 양반들의 반대로 6개월 만에 폐지되었다.

"뿔이 하나뿐인 외뿔사슴 '독獨' 자니라."[4]

그 사람은 곧바로 도사께 말씀을 올렸다.

"그럼, '독좌유황리獨坐幽篁裏[그윽한 대나무 숲속에 홀로 앉아]'라는[5] 시 구절은 '외뿔사슴이 대나무 숲속에 앉아 있었던' 의미입니까? '독상영남루獨上嶺南樓[홀로 영남루에 올라]'라는 시 구절은 더 기이하군요. 외뿔사슴이 어떻게 영남루에 올라갔을까요?[6] 또 '자독립, 리추이과정子獨立, 鯉趨而過庭[공자께서 홀로 서 있는데, 아들 리가 뜰을 지나갔다.][7] 여기서의 독獨, 외뿔사슴은 과연 어떤 의미입니까? 바라옵건대 그 의미를 여쭙고자 합니다."

도사는 몹시 부끄러워하며, 어떤 대꾸도 하지 못했다.

或爲嶺南都事, 設校生, 講問獨字之義, 則皆對以孤獨之義, 則以爲不通, 充軍額. 後有一人, 跪問曰: "今旣落講,[8] 難免軍役. 然請學獨字之義." 都事曰: "汝欲知之? 我當諭. 然愼勿煩他." 乃曰: "一角鹿獨字

---

4) 이덕무(李德懋)는 『청장관전서(靑莊館全書)』〈앙엽기(盎葉記)〉에서 외뿔사슴의 속명이 '독동곶[獨童串]'이라고 밝힌 바 있다. 아마도 도사도 '외뿔사슴[一角鹿]'을 당시에는 '독동곶'으로 부른 데서 독(獨)의 연원을 찾은 게 아닌가 한다.

5) 독좌유황리(獨坐幽篁裏): 당대(唐代) 왕유(王維)의 시 〈죽리관(竹里館)〉의 한 구절이다. "그윽한 대나무 숲속에 홀로 앉아, 거문고 타며 길게 휘파람 부네.[獨坐幽篁裏, 彈琴復長嘯.]"

6) 도사의 풀이에 의하면 '외뿔사슴이 홀로 영남루에 올라'로 해석해야 함을 비꼰 것이다.

7) 자독립 리추이과정(子獨立, 鯉趨而過庭): 『논어』〈계씨(季氏)〉에 나오는 말이다. "공자가 혼자 서 있는데 리(鯉)가 뜰을 지나갔다. 공자가 물었다. '시를 읽었느냐?' 대답하기를 '아직 읽지 못했습니다.' '시를 배우지 않으면 말을 할 수 없다.'[子嘗獨立, 鯉趨而過庭. 曰: 學詩乎? 對曰: 未也. 不學詩, 無以言.]"

8) 낙강(落講): 강서(講書) 시험에서 떨어짐.

也."其人卽復曰:"'獨坐幽篁裡.'鹿在篁裡乎?'獨上嶺南樓.'9) 異哉, 是獨何以上嶺南樓也? 且'子獨立, 鯉趨而過庭.'此獨字, 果何意? 請問之."都事大慚, 而不能答也.

9) 독상영남루(獨上嶺南樓): 사명당(四溟堂)의 시 〈월야등영남루(月夜登嶺南樓)〉의 한 구절이다. "맑은 밤 홀로 영남루에 오르니, 일대 긴 강이 난간 밖을 둘렀네.〔淸宵獨上嶺南樓, 一帶長江檻外流.〕"

여중수경

　방백方伯이[1] 비장裨將[2] 세 명을 데리고 부임하였다. 근무지에 도착한 날, 세 비장은 방백께 인사를 드리고 물러났다. 그러자 곁에서 방백을 모시고 있던 기생들이 서로 수군거렸다.

　"세 비장의 근본을 알아냈어? 한 사람은 담배 가게 상인[市人]으로 있었고, 한 사람은 쌀가게 상인으로 있었고, 다른 한 사람은 중이었다가 환속한 사람이야!"

　방백은 우연찮게 기생들이 하는 말을 들었지만, 왜 그렇게 말했는지는 알 수 없었다.

　그 후 공무를 보다가 조금 한가한 틈이 생겼다. 방백은 주변에 있는 사람들을 모두 내보낸 뒤에 세 명의 비장들과 함께 이야기를 나누었다.

　"오늘은 조용한 게 한담을 나누기에 딱 좋은 날이로군. 자네들은 지금까지 살아온 이력을 하나하나 꺼내서 들려주게. 비록 힘들고 부끄러웠던 일들도 숨기지 말게."

---

1) 방백(方伯): 관찰사. 오늘날로 보면 도지사에 해당함.
2) 비장(裨將): 지방관이 데리고 다니던 관료. 오늘날로 보면 보좌관 정도에 해당함.

한 비장이 나아와 말하였다.

"소인이 어렸을 때는 가난하여 도무지 생활할 수가 없었습니다. 그래서 담뱃잎 자르는 일을 배워 입에 풀칠하며 살았던 게 몇 년 되었습지요."

한 비장도 말하였다.

"소인도 일찍부터 가난했던지라, 가진 게 아무것도 없었습죠. 마침 먼 친척 중에 쌀가게를 하는 상인이 있었습니다. 그를 좇아서 직접 됫박[升]과 말박[斗]을 잡고 생활했던 것이 삼사 년은 됩니다."

한 비장도 말하였다.

"소인은 젊은 나이에 집안의 재난을 겪어야 했습지요. 그래서 불가佛家에 몸을 의탁하여, 머리를 깎고 승복도 입었습니다. 그런데 좀 더 시간이 지나자 처자에 대한 생각이 간절해지더군요. 도로 머리를 기르고 환속한 지도 벌써 십여 년이나 되었습니다."

그러고는 모두가 한목소리로 대답하였다.

"이는 부끄러운 과거여서 숨기고 있었던 일입니다. 이제 질문을 받자오니, 감히 숨길 수 없어 모두 아뢰었습니다."

말을 들은 방백은 형벌을 다스리는 데 필요한 제반 도구들을 벌려 놓도록 했다. 그러고는 이전에 곁에서 수군댔던 기생을 잡아들였다. 방백이 크게 꾸짖으며 기생에게 물었다.

"접때 네가 세 비장의 근본에 대한 이야기를 했겠다. 너는 과연 어떻게 해서 그 사실을 알았더냐? 만에 하나라도 바른대로 아뢰지 않으면 중죄로 다스릴 게다."

기생이 대답하였다.

"아무개 비장은 왼쪽 어깨가 낮았습니다. 무릇 담뱃잎을 써는 사람은, 왼손으로는 담뱃잎을 누르고 오른손으로 그것을 자르지요.

그래서 왼쪽 어깨가 낮아지게 된 것이겠죠. 아무개 비장은 나가고 들어올 때마다 먼지가 묻지 않았는데도 자주 양쪽 소매를 털어내더군요. 대개 쌀가게에서 일하는 상인들은 평소에 쌀가루 먼지로 인해 시달림을 받습니다. 그래서 자꾸 소매를 털어낸답니다. 이것이 버릇이 되었던 것이겠지요. 아무개 비장은 인사를 드릴 때마다 입을 크게 벌리더군요. 대개 중이 갓을 쓴 채 절을 한 뒤에 꿇어앉을 때에는 머리에 머리카락이 없기 때문에 항상 갓이 떨어질까 걱정합니다. 그래서 반드시 입을 크게 벌려서 갓끈을 잡아당긴답니다. 중의 습관이 대개 이렇습니다. 이러한 습관들을 헤아려서 알게 된 것인데, 두렵습니다."

【여자 중에 수경水鏡³⁾ 선생일세그려!】

방백은 그녀의 영민함을 기특히 여겨, 풀어주고 죄도 묻지 않았다.

有一方伯, 率三裨, 到任之日, 三裨謁見而退. 妓輩侍側, 妓相語曰: "若知三裨之根因乎? 一乃折草廛市人也, 一乃米廛市人也, 一乃僧之反俗者也." 方伯潛聽其言, 而莫知其故. 後値公務稍閑, 屏左右, 與三裨語曰: "今日從容, 政好閑話. 君輩平日所經歷者, 第須一一說出. 雖艱難鄙瑣之事, 毋或隱情也." 一裨進曰: "小人少時, 貧無以資生, 學折草之業, 以糊口者, 數年矣." 一裨曰: "小人亦嘗貧乏, 適遠族有米廛市人, 故隨入其中, 躬執升斗者, 三四年矣." 一裨曰: "小人夙遭家難, 托

---

3) 수경(水鏡): 수경선생(水鏡先生) 사마휘(司馬徽). 유비(劉備)에게 제갈량(諸葛亮)과 방통(龐統)을 추천한 것으로 유명하다.

跡空門, 削髮被緇, 後不勝妻子之念, 養髮還俗者, 已十餘年矣."仍齊聲對曰:"此可羞愧可諱者, 而今承下問, 敢此罄竭⁴⁾矣."方伯遂大張刑具, 曳出其妓, 叱曰:"爾向者, 有三裨根因之說, 汝果何以知之? 若不直告, 當重治矣."妓對曰:"某裨左肩低下. 凡折草者, 左手壓之, 右手折之, 故其肩偏低. 某裨出入之際, 無塵而頻拂兩袖. 盖米市人, 素苦米塵, 故頻頻拂袖, 仍成手癖. 某裨拜謁之際, 開張其口. 盖僧之着冠者, 拜跪之時, 頭無束髮, 故恐其墮落, 必大張其口, 使冠纓弸引, 僧習皆然. 此數者, 恐所以認得也."【女中水鏡】方伯奇其警敏, 釋而不治.

---

4) 경갈(罄竭): 다하여 없어짐.

쥐와 소의 자식

경서의 뜻을 잘 풀어내는 아이가 있었다. 마침 여러 사람들이 모여 있을 때였다. 그들은 아이의 재주를 시험해보려고 질문했다.

"천황씨天皇氏는 누구 자식이고, 지황씨地皇氏는 누구 자식인가?"

"천황씨의 쥐의 자식이고, 지황씨는 소의 자식이옵니다."

"그게 무슨 말이냐?"

"하늘이 자子에 열리고, 땅은 축丑에 열렸지요. 그러니 어찌 쥐와 소의 자식이 아니겠습니까?

【사악한 말이로군!】

有兒能談經義, 諸人相會, 試其才, 問曰: "天皇氏, 誰子? 地皇氏, 誰子?" 兒答曰: "天皇氏, 鼠子也. 地皇氏, 牛子也." 曰: "何謂也?" 曰: "天開於子, 地闢於丑,[1] 豈非鼠牛之子耶?"【邪說】

---

1) 소옹(邵雍)의 『황극경세서(皇極經世書)』에 나오는 말이다. "하늘은 자회(子會)에서 열리고, 땅은 축회(丑會)에서 열리고, 사람과 만물은 인회(寅會)에서 생겨났다.〔天開於 子, 地闢於丑, 人生於寅.〕"

자린고비

충주에 고비高蜚란[1] 자가 있었는데, 몹시 인색하였다. 그는 서울에도 인색하기로 이름난 사람이 있다는 말을 듣고 가서 만나 보았다.

만나고 돌아오는 길에 가만히 생각해보니, 자기 명함을 주고 깜박 잊은 채로 돌아오고 있었다. 고비는 맹랑하게 명함을 잃는 게 애석하여 종을 보내 도로 받아오라고 했다. 종이 가서 보니, 인색한 서울 사람은 이미 명함을 창구멍에 붙여 놓은 상태였다.

서울 사람은 마지못해 명함을 도로 떼어내서 종에게 돌려줄 수밖에 없었다. 종이 문을 나서자, 인색한 서울 사람도 사람을 보내 종을 다시 불러들였다.

"종이는 분명히 당신 물건이지만, 종이에 바른 풀은 내 물건이네."

그러고는 종이 표면에 붙였던 밥알들을 모두 핥아먹고 난 뒤에서야 종도 떠날 수 있었다.

---

1) 고비(高蜚): 자린고비를 의미함.

忠州有高蜚者, 甚慳吝.[2] 聞京中亦有慳吝擅名者, 往見焉. 歸路思之, 忘其名唧而歸, 蜚惜其浪失, 送奴還推,[3] 則京吝者, 已塗其窓隙矣. 不獲已還摘以給奴, 奴出門, 京吝者又送人追奴曰:"紙則固君物, 而塗紙之糊, 吾物也." 仍盡括[4]紙面所塗飯粒而去.

2) 간린(慳吝): 인색함.
3) 환추(還推): 남에게 빌려 주었던 물건을 도로 받아 냄.
4) 원문에는 '括'로 되어 있지만, 의미상 '舐'의 오류로 보인다.

신주와 강아지

　가난한 선비가 이사를 가게 되었다. 그는 사당[家廟]에 모신 신주를 요여要轝에[1] 태우고 옮길 처지가 못 되는지라, 어쩔 수 없이 소매 안에 집어놓고 가야만 했다. 그렇지만 사람들이 알까 봐 걱정스러웠다. 결국 해질녘까지 기다렸다가 문밖으로 나왔다. 그리고 주변을 둘러보며 지나가는 사람들이 없는 것을 확인하고서야 비로소 길에 나설 수 있었다.

　그때는 마침 이웃집 할미가 강아지를 잃고 찾아다니고 있었다. 할미의 눈에는 소매 안에 어떤 물건을 집어넣고 좌우를 살피며 두리번거리는 선비의 행동이 퍽 수상해 보였다. 이에 다급하게 선비에게 달려가 그의 소매를 붙들고 말하였다.

　"생원님께서 평소에는 이웃 사람들과 장난을 치지 않더니, 오늘은 제 강아지를 숨기는 장난도 하시네요. 이게 무슨 일이랍니까?"

　선비가 꾸짖어 말하였다.

　"할미는 무슨 망발을 그리 하오?"

---

1) 요여(要轝): 신주를 문밖으로 모시고 나설 때에 태우는 작은 가마.

할미도 웃으며 말했다.

"생원님 소매 속에 감춘 물건이 제 강아지가 아닌갑쇼?"

선비는 버럭 성을 내고 소매를 떨치며 말하였다.

"아니요! 내가 무엇 때문에 도둑질을 하겠소?"

그러나 할미는 끝내 믿지 않았다. 그녀는 선비의 뒤꽁무니를 쫓아가며 큰소리로 외쳤다.

"생원님! 생원님! 제 강아지는 돌려주고 가셔야죠!"

선비는 더 이상 화를 참을 수 없었다. 마침내 소매 안에 모신 신주를 꺼내 할미에게 보이며 말했다.

"이게 어떻게 네 개새끼란 말이냐!"

【아울러 신주를 모신 궤를 소매 안에 들였으니, 굵고 거친 베 조각 사이에서 거무스름한 게 간간히 비쳤을 터. 이웃 할미가 잃어버린 개도 검은색이 아니었을까?】

有一貧士, 將移居, 家廟神主, 不能以要轝移奉, 欲納袖而去. 恐人之知, 黃昏時, 出門探望, 瞰其無人而行. 適有隣嫗, 失其狗兒, 方尋訪之際, 見士人袖挾一物, 左右顧瞻, 行色殊常. 遽前執袖曰："生員主素不與隣人戲弄, 而今乃戲匿吾狗兒, 何也?"士人叱曰："嫗何妄言也?"嫗笑曰："生員主袖中之物, 非吾狗兒乎?"士人怒拂袖曰："非也! 吾豈盜乎?"嫗終不信, 躡士人後大言曰："生員主! 生員主! 出給吾狗兒而去也."士人不勝憤怒, 出袖中神主, 而以示嫗曰："此豈汝之狗兒乎?"
【幷主櫃納諸袖, 龖龖大布片黑隱映, 隣嫗所失者, 無乃黑色狗耶?】

수령의 판결

고을 수령과 이름이 같은 어떤 백성이 자기 이름을 고쳐달라고 소지所志를[1] 올렸다. 그에 대한 판결문[題音]은[2] 이렇다.

"인상여藺相如와[3] 사마상여司馬相如는[4] 저 사람도 상여고 이 사람도 상여며, 공자무기公子無忌와[5] 장손무기長孫無忌는[6] 저 사람도 무기고 이 사람도 무기니라."

民有與其本倅同名者, 呈訴請改其名, 則題曰:"藺相如司馬相如, 彼相如此相如, 公子無忌長孫無忌, 彼無忌此無忌."云.

---

1) 소지(所志): 소장(訴狀). 소송이나 청원을 하기 위해 제출하는 서류.
2) 제(題): 뎨김[題音], 제사(題辭). 백성이 관아에 제출한 소장에 대해 관아에서 써주는 판결문.
3) 인상여(藺相如): 전국시대 조(趙)나라 때의 신하.
4) 사마상여(司馬相如): 중국 전한(前漢) 때의 문인.
5) 공자무기(公子無忌): 전국시대 위(衛)나라 때의 정치가 신릉군(信陵君).
6) 장손무기(長孫無忌): 당나라 태종 때 활동했던 재상.

나를 잡아 잡수시오

옥황상제가 인간 세상으로 사자使者를 보내 모든 동물들이 하는 일에 대해 자세히 조사해 오도록 했다. 사자가 소를 보고 물었다.

"너는 무슨 일을 하느냐?"

"사람들을 위해 밭을 간답니다."

말을 보고 물었다.

"너는 무슨 일을 하느냐?"

"수레에 짐을 실어 먼 데까지 옮기지요."

개를 만나 물었다.

"너는 어떤 임무를 맡았느냐?"

"밤을 새워 짖어가며 집을 지키지요."

닭을 만나 물었다.

"너는 어떤 임무를 맡았느냐?"

"새벽까지 기다렸다가 울어서 시간을 알려주지요."

돼지를 만나 물었다.

"네가 하는 일은 무엇이냐?"

돼지는 입을 다문 채 대답하지 않았다. 사자가 다시 물었다.

"큰 주둥이와 거대한 배를 가지고서 하는 일이 과연 무엇이더냐?"

돼지는 한참 동안 눈만 껌뻑껌뻑하더니 무릎을 꿇고 대답하였다.

"그저 나를 잡아 잡수시구려."

【큰 주둥이와 거대한 배는 사람을 위해 푸줏간에 제공되니, 또
한 이른바 인간들에게 배부르고 따뜻하게 해준 공이 적다고 할 수
없을 것이다. 그나저나 만약에 (내가) 옥황상제가 보낸 사자를 만
난다면 장차 무슨 말로 대답해야 할지….】

　　玉皇遣使者於人間, 檢覈萬物之職責. 見牛問曰: "爾何職?" 曰: "爲
民耕田也." 見馬問曰: "爾何職?" 曰: "服箱[1]致遠也." 逢犬問曰: "爾何
任?" 曰: "守夜以吠." 逢鷄問曰: "爾何任?" 曰: "司晨以鳴." 遇猪問曰:
"爾何業?" 猪默然不對. 更問曰: "以大喙巨腹, 所業果何事?" 猪瞬目良
久, 跪而對曰: "願捉食."【大喙巨腹, 供人庖廚, 亦不可謂無功人之飽煖
者. 若逢玉帝使者, 其將答以何辭乎?】

---

1) 복상(服箱): 수레에 짐을 싣는 일. 『시경』〈대동(大同)〉에 "반짝이는 저 견우성, 수레
를 끌지 못하도다.〔睆彼牽牛, 不以服箱.〕"에서 나온 말이다.

은 냄새

일찍이 부모를 잃고 의탁할 곳이 없는 시골 도령이 있었다. 그는 종에게 의지하여 살았는데, 종은 무슨 일이든 충성을 다해 주인을 섬겼다.

어느 날 종이 주인에게 말하였다.

"도련님은 나이가 서른에 가까워졌지만, 지금까지 가정을 이루지 못하고 있지요. 어느 마을에 사는 아무개〔某甲〕에게는 시집갈 때가 된 딸이 있습지요. 게다가 이 나라에서 내로라하는 부자이기도 하고요. 만약에 그 댁 사위로 들어간다면 한평생 먹고 입는 일들이야 걱정할 게 무에 있겠어요?"

"나도 그랬으면 좋겠지만, 어찌 감히 바랄 수 있겠느냐?"

"꾀를 써서 도모해야지요."

어느 날, 종은 부잣집에 품팔이로 나섰다. 밤이 깊어지자, 그는 몰래 안채로 들어가서 은으로 만든 머리 장식을 훔쳐 나왔다. 그리고 그것을 주춧돌 근처에 묻어두고 돌아왔다.

뒷날, 부잣집에서는 은으로 만든 머리 장식이 사라진 것을 알았다. 많은 사람들을 모아 대대적으로 수색도 했지만 찾을 수가 없었다. 이에 안채에 있었던 여종을 의심하여, 그녀를 엄하게 다스리려고 했다. 그럴 즈음에 맞춰 종이 부잣집으로 찾아왔다.

종은 여종들이 서로 말을 주고받는 모습을 보았다.

"이제 우리들은 꼼짝없이 죽게 되겠어."

여종들에게 까닭을 물어 사연을 들은 종이 이내 말하였다.

"만약에, 우리 댁 도련님만 오시면 잃어버린 물건 찾는 것은 어렵지 않을 텐데…."

여종은 달려가 주인에게 종이 한 말을 전했다. 그러자 부잣집 주인이 종을 불러 물었다.

"네 상전에게 무슨 재주가 있다고?"

종은 주저하며 대답하지 않았다. 주인은 술과 음식을 내어오라 하고, 종을 꾀어 말하도록 유도했다. 종이 대답했다.

"우리 집 도련님은 은 냄새를 잘 맡는답니다. 지금 이곳에서 잃어 버렸다는 보물도 냄새 한 번에 금방 찾을걸요. 그렇지만 그런 재주를 숨기는지라, 아는 사람들이 없습지요. 만약에 비밀이 누설되었 다는 사실을 알면, 도련님은 당장에 나를 죽이려 들 것입니다. 그러 니 혹시라도 망령된 말씀은 하지 마십시오."

"그럼, 어떻게 해야 네 주인이 우리 집에 와서 냄새를 맡으려 하 겠느냐?"

종은 한참 동안 말없이 있다가 입을 열었다.

"방법이 하나 있긴 합지요. 우리 집 주인은 여태 가정을 꾸리지 못했습죠. 만약에 어르신께서 따님을 주어 아내로 삼도록 허락해 주신다면, 주인도 흔쾌히 기술을 시험하려 들 것입니다."

종은 인사를 드린 뒤 집으로 돌아와 주인에게 모든 이야기를 들 려주었다.

며칠이 지나 도령은 부잣집 대문 앞을 지나쳐 갔다. 멀리서 그를 본 주인이 도령을 불렀다.

"자네는 가까운 곳에 살면서 어찌하여 한 번도 보러 오질 않나?"

그러면서 성대하게 음식상을 차려 대접하였다. 술기가 어느 정도 오르자, 주인은 도령의 손을 잡고 물었다.

"접때 우리 집에서 은화를 잃어버렸네. 듣건대 자네에게는 기이한 재주가 있다면서…. 나를 위해서 한 번만 냄새를 맡아주시게."

도령은 얼굴색을 바꾸더니 버럭 성을 내며 말하였다.

"그게 무슨 말씀입니까? 저는 아무 재주도 없습니다. 이는 필시 미련한 종놈이 망말(妄言)을¹⁾ 한 까닭일 터. 집으로 돌아가면 종놈부터 죽여야겠군요."

도령은 옷을 털며 일어섰다. 주인도 억지로는 냄새를 맡게 할 수 없음을 깨달았다. 그러면서 한편으로는 이런 생각을 했다.

'도령이 진짜로 기이한 재주를 지니고 있다면 부자가 되는 것은 일도 아니잖은가? 우선은 사위로 삼겠다고 해서 그의 재주나 시험해 봐야겠다. 시험해 보고 난 뒤에 혼인을 시키든 물리치든 하는 게 좋겠다.'

이에 주인은 다시 도령 앞으로 나아가 그의 손을 붙잡고 말했다.

"그리 모질게 거절하지 말게. 내게는 딸내미가 있지 않은가. 그 아이를 자네의 아내로 삼도록 허락할 것이니, 자네도 나를 위해 재주를 시험해 보시게나."

"어르신의 뜻이 그리도 은근하시니 삼가 가르침을 받들어 시험해 보겠습니다."

---

1) 망말(妄言): 망령된 말.

주인은 몹시 기뻐하며, 도령에게 자기 집에 머물러 있도록 했다. 도령은 그 집에서 목욕재계하고, 옷도 새것으로 갈아입었다. 점을 쳐서 좋은 날도 잡았다.

그날, 도령은 집 안팎을 두루 돌아다니며 냄새를 맡았다. 주춧돌 근처에 이르렀을 때다. 그는 기뻐하며 말하였다.

"여기에서 은 냄새가 나는군요."

지시한 곳을 파니, 과연 잃어버린 물건이 나왔다. 집안사람들도 모두 놀라워하며 기이하게 여겼다.

부잣집 주인은 부인에게 도령을 사위로 삼겠다고 약속한 사연을 전했다. 부인이 깜짝 놀라며 말했다.

"도령은 집이 가난한데다 나이도 많습니다. 어찌 사랑하는 딸의 배필로 적합하다 하겠습니까?"

"저 사람에게는 기이한 재주가 있소. 부자로 사는 것은 걱정할 일도 아니오. 거리낄 게 무에 있겠소?"

마침내 날을 골라 혼례를 치렀다. 그날부터 처가살이[甥館]를² 시작했는데, 도령이 하는 일이라곤 온종일 낮잠 자는 것뿐이었다.

그렇게 일 년 남짓한 시간이 지났다. 빈둥빈둥 지내는 꼴을 보다 못한 장인이 말했다.

"집안 살림이 마냥 넉넉하진 않네. 자네는 어찌하여 예전의 재주를 시험함으로써 우리 집 살림을 도우려 하지 않는가?"

"시험할 날이 있겠지요. 아직은 경거망동할 때가 아닙니다."

---

2) 생관(甥館): 사위가 거처하는 방. 처가살이하는 것을 말하기도 한다. 생(甥)은 사위를 지칭하는 말로, 『맹자』〈만장 상(萬章上)〉에 "순임금이 올라가 요 임금을 뵙자, 요 임금은 사위인 순임금을 이실[副宮]에 머무르게 하였다.〔舜上見堯, 堯舍之於貳室. 貳室, 副宮也.〕"는 말에서 유래하였다.

다시 몇 년이 지났다. 당시 호조에서는 많은 은화를 잃어버렸는데, 죄인을 잡으려고 애를 써도 도무지 잡히지 않았다. 그러던 중에 어떤 사람이 호조판서에서 말을 전했다.

"어느 고을에 사는 아무개는 은 냄새를 맡는 재주가 있다고 합니다. 그를 불러 시험해 보는 것이 어떠하신지요?"

무릇 그 사람은 일찍이 부잣집 주인이 사위를 맞은 사연을 익히 들어서 알고 있었던 자였다. 호조판서는 그가 한 말이 그럴듯해 보여, 그 고을로 관문關文을3) 내려보냈다. 관문은 해당 고을 수령에게 '역마를 보내 그 사람을 올려보내라.'는 내용이었다.

역마가 부잣집에 도착하여 떠날 것을 재촉했다. 그러자 도령이 종에게 은밀히 말했다.

"내가 그릇되게도 네가 세운 꾀를 듣고 부잣집 사위가 되긴 했지만, 복이 지나쳤던지 화를 불러들였구나. 이제 조정의 명령이 내려진 상태니, 나는 장차 죽고 말겠지! 이를 어찌해야 좋단 말이냐?"

종이 대답하였다.

"너무 걱정하지 마십시오. 우선은 길을 떠나 봅시다."

주인과 종은 마침내 행장을 갖춰 떠났다. 그들이 이르는 곳마다 음식을 내어 주며 대접하는 모습은 마치 한 나라의 사신이 지나가는 행차와 다름이 없었다.

서울에 이르자, 호조판서가 그를 불러 물었다.

"당신에게 은 냄새를 맡는 재주가 있다는 말은 들었소. 지금 나라에서 잃어버린 재물이 있는데, 그 액수가 적지 않소. 냄새를 맡아

---

3) 관문(關文): 상급 관청에서 하급 관청으로 보내는 문서.

찾아줄 수 있겠소?"

선비가 대답했다.

"조용하고 외진 장소 한 군데를 마련해 주십시오. 거기에 머물며 목욕재계하고 날도 정한 뒤에 한번 시험해 보겠습니다."

이런 대답도 모두 종이 지시한 것이었다. 호조판서는 남산 가장 높은 곳에 초가를 짓게 한 뒤, 거기에서 신중히 지내도록 했다.

종은 매일 남산 아래로 내려가 종로[雲從街]와 시장을 돌아다녔다. 다니면서 사람들을 향해 과장 섞인 말을 해댔다.

"우리 주인이 머지않아 은 냄새를 맡게 되지요!"

그로부터 며칠이 지나, 종이 한 곳에 이르렀을 때다. 두세 사람이 서로 마주 보며 이야기를 나누다가, 종을 보더니 그의 옷을 붙잡고 조용한 곳으로 끌고 갔다. 그리고 조용히 물었다.

"네 상전이 은 냄새를 맡을 수 있다고들 말하는데, 그 재주가 참말로 어느 정도냐?"

"참으로 신통하지요. 비록 수백 리 밖이라 해도 이리저리 얽힌 조짐을 보고 알아내는데, 백에 하나도 틀린 적이 없었습죠. 게다가 도둑질한 자의 성명과 거주지까지 모두 알아낸답니다."

그러자 끌고 간 사람이 종에게 말하였다.

"내가 도둑이다. 관청에서 훔친 은은 아무 다리 몇 번째 기둥 아래에 묻어 두었다. 네 상전이 냄새를 맡아 그 은은 찾아가되, 우리들의 성명은 발설하지 않았으면 좋겠다. 네가 그리하도록 유도하여라. 그렇게 하지 않으면 내가 너를 찔러 죽일 테니…."

"그리하겠습니다."

종은 남산 위로 달려가 주인에게 모든 것을 아뢰었다.

약속한 날이 되었다. 도령은 은 냄새를 맡는다며 가마[肩輿]에[4]

앉아 도성 안을 두루 돌아다녔다. 그렇게 맘껏 구경하며 다니다가 아무 다리 가까이에 이르자 이내 입을 열었다.

"여기에서 은의 기운이 느껴지는군."

그러고는 몇 번째 기둥 아래로 가서 그곳을 파라고 명령하였다. 정말로 거기에서 은 꾸러미가 나왔다. 호조판서도 몹시 기이하게 여겼다. 판서는 임금께 보고를 드려 후하게 상을 내리도록 요청했다. 게다가 집안 식구들도 모두 데리고 서울로 올라오도록 했다. 그러자 종이 비밀리에 주인에게 말하였다.

"서울에 오래 머물러서는 안 됩니다. 속히 돌아가셔야만 합니다."

이에 도령은 갑작스러운 일이 생겼다고 핑계를 대서 결연히 집으로 돌아왔다. 돌아와서는 상으로 받은 은과 비단을 내보이며 부잣집 주인에게 한껏 자랑을 해댔다.

생각지도 않게 도령에 대한 소문은 널리널리 퍼져서 중국에까지 전해졌다.

황제께서 바야흐로 혼인을 주관하게 되었을 때다. 혼인식에 쓰일 그릇이며 의복들은 모두 금과 은으로 만들어 두었다. 그런데 갑자기 도적들이 궁궐 안까지 들어와 그것들을 모두 훔쳐 갔다. 황제가 진노하며 사방에 명하여 도적을 잡아들이도록 했지만, 도적은 좀처럼 잡히지 않았다. 그러자 한 신하가 앞으로 나아와 말했다.

"외국에 은 냄새를 잘 맡는 사람이 있다는 말을 들은 바가 있습니다. 그를 불러 시험해 보심이 옳을 듯합니다."

---

4) 견여(肩輿): 두 사람이 앞뒤에서 메는 가마.

그의 주청奏請이⁵⁾ 타당한지라, 황제는 우리나라에 칙서勅書를⁶⁾ 보내 '도령을 사신으로 삼아 중국에 보내'고 했다. 이에 우리나라에서는 도령을 참판[亞卿]으로⁷⁾ 불러냈다. 도령이 종에게 말했다.

"영광이라면 영광이로군. 그러나 죽을 날짜가 점차 임박해졌으니, 이를 어찌할꼬?"

"그저 명령을 따르시지요. 하루아침에 중국에 가서 장관이란 장관은 모두 구경할진대, 가서 죽는다한들 무슨 여한이 있겠습니까?"

그렇게 주인과 종은 연경燕京에⁸⁾ 이르렀다. 가는 길에 펼쳐진 빛나는 행렬은 소진蘇秦이⁹⁾ 여섯 개의 나라에서 받은 재상 인印을¹⁰⁾ 차고 낙양洛陽을 지나갈 때보다도 찬란하였다. 황성皇城에 이르자, 황제께서 도령을 불러보고 그의 재주에 대해 물었다. 도령은 조선의 호조판서에게 대답했던 것과 같은 내용으로 답변하였다. 이에 황제는 산속 조용하고 후미진 곳에 집을 짓도록 한 뒤에 도령으로 하여금 목욕재계하면서 냄새 맡을 날을 정하도록 했다. 도성 안에 사는 사람들에게는 감히 그곳에 가까이 접근하여 구경하지 말라는 명령도 내렸다.

종은 며칠 동안 거리를 돌아다녔지만 해결할 실마리를 찾지 못해 답답하기만 했다. 도무지 종적을 찾을 수 없었다. 무릇 중국은 우리

---

5) 주청(奏請): 신하가 임금에게 아뢰는 말.
6) 칙서(勅書): 황제가 발급하는 명령서.
7) 아경(亞卿): 경(卿) 다음 벼슬. 즉 육조 참판(參判), 한성부의 좌윤(左尹)과 우윤(右尹) 등을 일컬음.
8) 연경(燕京): 중국 황제가 머무는 베이징[北京]의 옛 이름.
9) 소계자(蘇季子): 소진(蘇秦). 계자(季子)는 그의 자(字). 전국시대의 외교관이자 모략관. 6개의 나라에서 내린 재상 자리를 얻어, 각국의 인(印)을 차고 다녔다.
10) 인(印): 관직 표시로 차고 다니던 금석(金石)의 조각물.

나라와 달라서, 도둑질한 자가 남쪽 월越나라로 달아나거나 북쪽 오랑캐[胡] 땅으로 넘어가 버린다면, 헤아려 볼 어떤 방법이 있겠는가?[11] 그저 그렇게 약속한 날만 조금씩 다가올 뿐이었다.

마침내 약속한 날이 하루 앞으로 다가왔다. 그날 저녁, 종은 독한 술[醇酒][12] 한 병을 샀다. 그러고는 주인에게 가서 억지로 그 술을 모두 마시게 했다. 주인은 취해 쓰러져 인사를 차릴 수 없게 되었다. 종은 주인의 손과 발을 꽁꽁 묶어 집 대들보에 매달아 놓았다. 그러고는 예리한 칼을 꺼내 그의 코끝을 벴다.

【고육지책苦肉之策이겠지!】[13]

종도 머리를 풀어헤쳤다. 웃통도 벗어젖혔다. 그러고는 바삐 황제가 계신 궁궐로 달려가 통곡하며 말하였다.

"소인은 외국 사신을 모시고 온 종이옵니다. 제 주인이 바야흐로 산속에서 목욕재계하며 지내고 있었습니다. 그런데 아까 도둑 떼 수십 명이 와서는 제 주인을 결박한 뒤 꾸짖었습니다. '중국에서 재화를 잃은 것이 너와 무슨 상관이 있기에 감히 은 냄새를 맡겠다고 자천해 와서는 애써 우리들의 종적을 밝히려 드느냐? 그 죄는 마땅히 죽어야 하겠지만, 외국 사람인 까닭에 용서하지. 대신 네 코만 베마. 네가 비록 냄새를 잘 맡는다 해도, 그리해두면 어떻게 다시 냄새를 맡을 수 있겠느냐?'라고. 소인은 처음부터 몸을 숨기고 있었던 까닭에 그들이 하는 말을 가만히 엿듣다가 몸을 빼고 달아나 여

---

11) 남주월북주호(南走越北走胡): 월나라는 남방의 국가. 호는 북방의 민족을 말한다. 고향을 떠나 먼 곳으로 가는 것을 말한다. 『사기』〈계포열전(季布列傳)〉에 나온다.
12) 순주(醇酒): 양조한 술에 물을 타지 않고 곧바로 걸러낸 술. 매우 독한 술.
13) 고육지책(苦肉之策): 자기의 피해를 감수하더라도 어쩔 수 없이 택해야 하는 방법이나 전략.

기에 와서 아뢰는 것입니다. 지금 제 주인의 생사가 어찌 되었는지 도 분명치 않습니다."

그러고는 큰소리로 목을 놓아 울며 슬퍼하였다.

황제는 몹시 놀라 급히 호위무사에게 명하여 가서 살펴보도록 했다. 가서 보니, 도적은 이미 사라지고 없었다. 도령은 여태 대들보에 매달려 있었는데, 흐르는 피가 얼굴에 가득하였다. 묶인 줄을 풀어주니, 한참이 지나서야 도령은 비로소 소생할 수 있었다. 황제는 다시 어의御醫를 보내 약을 주어 그의 코에 바르도록 했다.

며칠이 지나자, 비로소 도령의 병도 나았다. 하지만 콧구멍은 하늘로 향해 있는 모양이 되었다. 그 모습은 마치 코가 베이는 형벌, 곧 의형劓刑을 받은 사람과 똑같았다. 황제는 다시 그를 불러 위로하고 말하였다.

"냄새는 맡을 수 있겠느냐?"

"신의 코가 베임을 당한 뒤로부터는 기운이 구멍으로 새어 나가 버립니다. 어찌 다시 냄새를 맡을 수 있겠습니까?"

황제는 한참 동안 걱정스럽게 탄식하다가 말하였다.

"짐의 은화도 찾지 못한데다, 도리어 네 코만 잃어버렸으니 참으로 애석하구나."

결국 황제는 큰 선물을 주어 도령을 돌려보내야만 했다. 돌아오는 길에 종이 주인에게 비밀스레 말하였다.

"비록 코끝은 잃어버렸지만, 정상적인 사람으로 사는 데는 방해될 게 없습니다. 지금부터는 옛날의 재주는 모두 버려둔 채 영화와 복록만 누리며 사는 것도 좋지 않겠습니까?"

그는 돌아가 임금께 복명復命을[14] 마친 뒤, 마침내 관직을 버리고 고향으로 돌아와 죽을 때까지 부귀와 영화를 누리며 살았다.

有一村童, 早孤無倚. 倚一奴以生, 奴隨事盡忠. 嘗謂其主曰: "都令主, 年近三十, 未有室家. 某村某甲, 有一女當笄,[15] 富可敵國. 若贅於其門, 則一生喫着, 復何憂乎?" 主曰: "固所願也, 豈敢望乎?" 奴曰: "當以計取之." 一日, 奴往富家傭作, 夜半潛入內室, 偸出銀首飾, 埋置柱礎傍而歸. 翌日, 富家覺其失也, 大索不得. 遂疑其侍婢, 將重治之. 奴適往富家, 見婢輩私語曰: "吾輩將死矣." 奴問其故, 仍曰: "吾家都令主若來, 則推尋此物, 不難矣." 婢走告其主人, 富翁呼問曰: "爾上典, 果有何術耶?" 奴趑趄不對, 富翁命饋酒, 誘使之言. 奴曰: "都令主善嗅銀臭, 今此所失, 一嗅可索. 然甚秘其術, 人無知者. 今若洩此, 則主當死矣. 幸勿妄言也." 富翁曰: "何由使爾主, 來嗅吾家耶?" 奴沉吟曰: "只有一計. 吾主無室, 若許以令愛妻之, 則必肯試其術矣." 奴遂辭歸具告. 數日後, 都令過富家翁門前, 翁望見呼之語之曰: "爾何居相近而一不來見也?" 遂設盛饌以待之. 酒酣握手, 問曰: "儂家向失銀貨, 聞君有奇術, 盍爲我一嗅也?" 都令變色怒曰: "是何言也? 我無他技. 此必迷奴之妄言也. 歸家可殺此奴也." 遂拂衣而起. 富翁知其不可强, 以爲'彼若眞有奇術, 則不患不富. 先許以女婚, 試其術後, 進退之, 可也.' 乃更前執手曰: "爾勿牢拒. 吾有女息, 當許室于爾, 爾須爲我, 試其奇術也." 都令曰: "尊意甚勤, 試當奉承矣." 翁大喜, 留都令於家, 齋沐更新衣. 卜日試術, 遍嗅室內外, 至礎柱傍, 喜曰: "銀臭自此出矣." 掘之, 果得其所失者. 一室皆驚異之. 翁遂語其妻以許婚之故, 妻驚曰: "某都令, 家貧而年富, 豈可堪配吾愛女子?" 翁曰: "彼有其術, 不患不富, 庸何妨乎?" 遂

---

14) 복명(復命): 어떤 일의 마치고 온 뒤에 그 결과를 보고하는 일.

15) 당계(當笄): 머리를 올려 비녀를 꽂을 나이에 이름. 곧 시집갈 나이. 보통 15살을 계년(笄年)이라 한다.

擇日行納婿禮, 留之甥舘. 婿終日無所事, 只午眠而已. 歲餘,[16] 翁不勝泄泄,[17] 謂婿曰: "家用不瞻, 子盍一試舊技, 以助我産業乎?" 婿曰: "自試之日, 不可妄動也." 居數年, 戶曹多失銀貨, 緝捕[18]不能得. 有言於戶判者曰: "某邑某人, 有嗅銀之術, 何不招而試之也?" 盖其人嘗聞富家納婿之說者也. 戶判然其言, 下關本道, 令本官馹送其人. 馹騎[19]到富家催發, 富家婿潛語其奴曰: "吾誤聽汝計, 作富家婿, 過福招灾, 有此朝令, 吾將死矣! 奈何?" 奴對曰: "不須過愚. 且登程也." 奴主遂治發, 沿途供待,[20] 儼然一使行也. 至京, 戶判招見問曰: "聞尊有嗅銀之術, 今所失公貨, 其數不貲. 可嗅得也?" 士人對曰: "得一靜僻處, 齋沐卜日然後, 可試之也." 盖此所對, 奴所指也. 戶判命搆草屋於南山最高處, 令士人齋居. 奴每日下山, 巡行街市, 向人自誇曰: "吾主將嗅銀." 數日後, 奴至一處, 有數人偶語,[21] 挽奴衣就僻處, 問曰: "子之上典, 能嗅銀, 其術果何如?" 奴曰: "誠神通矣. 雖數百里之外, 望氣而知之, 百不一失. 且盜去者姓名居住, 亦皆知之矣." 其人謂奴曰: "我盜也. 所盜官銀, 埋在某橋苐幾柱下, 子之上典, 只嗅得其銀, 而不發吾輩姓名, 則幸矣. 子其圖之. 否則吾當刺殺子也." 奴曰: "諾." 遂走上山, 具告其主. 至期, 士人將嗅銀, 乘肩輿, 遍行城中, 恣其觀賞, 將近某橋, 乃曰: "此有銀氣." 至幾柱下, 命掘之, 銀包果出. 戶判大異之, 啓聞而重賞之, 且令挈家上京. 奴私謂主曰: "不可久留, 須速歸也." 士人遂托事故, 決意而歸,

16) 세여(歲餘): 1년 남짓한 동안.

17) 설설(泄泄): 느긋함. 『시경』〈대아(大雅) 판(板)〉에 "하늘이 바야흐로 진동하려 하시니 그렇게 느긋해 하지 말지라.〔天之方蹶, 無然泄泄.〕"에서 나온 말이다.

18) 집포(緝捕): 죄를 지은 사람을 잡는 일.

19) 일기(馹騎): 역마. 또는 역마를 탄 사람.

20) 공대(供待): 음식을 주며 접대함.

21) 우어(偶語): 두 사람이 마주하고 이야기함.

以賞賜銀帛, 誇耀於富翁. 不料其說大播, 至達于大國. 皇帝方營主婚, 器用服飾, 皆以金銀造成, 忽群盜入禁中, 並爲儉去. 皇帝震怒, 命四方譏捕[22]而不得. 有一臣進曰: "聞外國善嗅銀臭之人, 可招來以試之也." 帝可其奏, 勅本國, 以其人充貢使,[23] 以送朝家. 遂以亞卿招士人, 士人謂奴曰: "榮則榮矣, 其奈死期將迫, 何哉?" 奴曰: "第須承命, 一朝上國, 以盡壯觀, 死亦何恨乎?" 遂奴主赴京, 道路榮耀, 不啻蘇季子之佩六國相印, 過洛陽也. 及抵皇城, 皇帝引見問其術, 士人所對, 一如對戶判時. 帝遂命結屋於山中靜僻處, 使之齋沐卜日以嗅, 命都人無敢往觀也. 奴數日巡行街上, 渺然不知踪跡. 盖大國則異於本國, 盜者之南走越北走胡, 何能揣度也? 期日漸迫, 奴前一夕, 買醇酒一瓶, 至士人, 所强令盡飮. 士人醉倒不省, 奴遂縛其主四體, 懸之屋梁, 以利刀割其鼻端, 【苦肉計】奴被髮赤體, 奔至皇帝闕下痛哭曰: "小的乃外國陪臣之奴也. 吾主方在山中齋沐, 俄有群盜數十人, 來縛吾主, 責曰: '上國失貨, 何關於汝, 而乃敢以嗅銀自薦, 欲發吾輩之跡. 罪當殺之, 而以外國人, 故恕之. 只割汝鼻, 汝雖善嗅者, 安能嗅氣乎?'云. 奴則初已潛匿, 故竊聞其說, 而脫身來告. 今吾主生死, 猶未分也." 仍大聲哀痛. 皇帝大驚, 急命衛士往視, 則群盜已散, 士人尙懸樑間, 流血被面. 遂解其縛, 良久乃甦. 皇帝又遣御醫, 賚藥塗其鼻. 屢日始痊, 鼻孔朝天, 宛一劓刑人也. 皇帝復引見慰問曰: "尙能嗅乎?" 對曰: "臣鼻見割, 氣從此洩, 安能復嗅乎?" 帝憫歎久之曰: "旣不得索朕銀貨, 反失汝鼻, 誠可矜也." 遂大賚而還之. 歸路, 奴密謂主曰: "雖失鼻端. 不害爲完人, 自今須棄其舊術, 享此榮富, 不亦可乎?" 復命畢, 遂辭職還鄉, 終身富樂矣.

---

22) 기포(譏捕): 강도나 절도를 한 범인을 체포하는 일.
23) 충공사(充貢使): 조공을 하러 가는 사신.

악처

　예전에 시골 여인이 움막[土宇]1) 안에 들어앉아 지아비를 꾸짖었
다. 지아비는 몹시 화를 내며 서까래를 뽑아 들고 움막 안으로 달려
들어가 아내를 때리려고 했다. 그러나 서까래는 길고 움막 안은 좁
았다. 위로 걸리고 아래로 막히는 바람에 단 한 대도 때릴 수가 없었
다. 오히려 짧은 부지깽이를 집어 든 아내가 지아비를 몹시 때렸다.
　그때 마침 이웃에 사는 사람이 와서 지아비를 불렀다. 지아비는
서까래를 들고 문밖으로 나오며 큰 소리로 말하였다.
　"저런 악독한 계집은 이런 서까래로 가끔씩 때려줘야 한다니까!"

　昔有村女, 坐于土宇中, 詈其夫. 其夫大怒, 拔椽木,2) 突入土宇中,
將打之, 木長而宇窄, 上觸下碍, 不能一打. 其婦以短杴, 亂打其夫矣.
適隣人來呼其夫, 其夫持椽木出門, 大言曰: "如此惡女, 當以如此木,
時時猛打也."

---

1) 토우(土宇): 토담집. 움집. 움막.
2) 연목(椽木): 서까래.

발치

　제주 목사가 기생에게 빠져, 그녀를 몹시 아끼고 사랑했다. 어느 덧 임기가 차서 돌아가야 할 때가 되었다. 기생은 울면서 목사와 헤어지는 슬픔과 아픔을 토로하였다.

　"저는 사또를 위해 종신토록 수절할 것입니다. 바라옵건대 사또 께서는 이 하나를 뽑아 정표로 주시옵소서. 때때로 그것을 꺼내 보 면서 얼굴을 뵌 듯이 그리워하는 바탕으로 삼고자 합니다."

　목사는 차마 그녀의 말을 거역할 수 없었다. 아픔을 참고 괴로움 을 견디며 이 하나를 뽑아 기생에게 주었다.

　【아픔을 참고서 이를 뽑으면 며칠 동안은 혈흔이 뚜렷이 남아 있는데…. 그런데도 뽑아내는 데에 무슨 어려움이 있으리오.】

　마침내 그는 새로 온 목사에게 인수인계를 하였다. 그러고 난 후 에 배 띄우기 좋은 순풍이 불어올 날을 기다리며 며칠 동안 머물러 있었다. 그즈음에 제주 관아에서 온 어떤 사람을 통해 '아무 기생이 이미 새로 온 목사에게 사랑을 받는다.'는 말을 전해 들었다.

　목사는 기생에게 속은 게 몹시 화가 났다. 이에 기생의 집으로 하인을 보내 자기의 이를 찾아오도록 했다.

　기생은 이를 찾으러 온 하인 앞에 주머니 하나를 툭 하고 던졌다.

주머니 안에는 이가 잔뜩 들어 있었는데, 족히 몇 움큼은 더 되었다. 기생이 말하였다.

"네 주인 이빨도 그 안에 있으니, 잘 골라서 가져가렴."

하인은 아무 말도 못 하고 그저 돌아와야만 했다.

濟州牧使, 有所眄妓, 甚寵愛之. 瓜熟將歸, 妓泣訴其悲苦之情曰: "小妓當爲使道, 守節終身, 願得使道一齒以表情, 時時披見, 可作替面資也." 使不忍違其言, 忍痛含憤, 拔一齒以給. 【忍痛而拔齒, 則數日之間, 血痕應在, 何難擇去也?】遂與新牧交龜,[1] 至候風[2]所留數日, 人有自府中來者, 言'某妓已得幸於新牧'云. 舊使憤其見欺, 送僕于妓家, 還索其齒. 妓擲一囊于僕前, 所盛之齒, 殆過數掬. 妓曰: "汝主之齒, 在此中, 汝可擇去也." 僕默然而去.

1) 교귀(交龜): 지방 관원이 교대할 때, 인신(印信)을 인수인계하던 일. 인신이 거북이처럼 생겼기 때문에 이렇게 부른다.
2) 후풍(候風): 배가 떠나기 위해 순풍을 기다리는 것.

재상과 의원

　장난을 잘 치는 재상이 있었다. 그의 문객門客[1] 중에는 마침 부모
상喪을 당한 의원도 있었다. 재상은 의원이 자신을 찾아오기를 기다
렸다가 고기 한 덩어리를 내어주며 말하였다.

　"자네가 비록 상인喪人이지만,[2] 이것을 소매에 넣고 돌아가 제전祭
奠으로[3] 쓰면 문제될 게 없을 것이네. 또 날마저 어두워서 볼 사람들
도 없을 테니 걱정할 게 무에 있겠나?"

　의원은 주저하며 감히 명을 받들지 못했다. 그러나 재상이 두세
번씩 애써 권하는지라, 어쩔 수 없이 소매 안에 고기를 집어넣었다.

　의원이 하직 인사를 드리고 문밖으로 나갔을 때였다. 이미 재상
은 의원을 만나기 전에 하인 몇 명에게 법을 집행하는 관리[法司]로
변장해 있도록 해 둔 상태였다. 변장한 그들은 재상에 명령에 따라
길에 잠복해 있다가 의원을 붙잡았다. 의원의 소매 안에서 고기 덩
어리가 나오자, 그들은 의원을 꾸짖으며 말하였다.

---

1) 문객(門客): 세도가의 집에 붙어서 사는 사람.
2) 상인(喪人): 상제(喪制). 부모의 상중에 있는 사람.
3) 제전(祭奠): 제사. 제물을 신에게 올리는 일체의 행위.

"사사로이 도살하는 것은 금지하고 있지 않은가? 하물며 상인이 어쩌자고…."

그러면서 온갖 방법으로 모욕을 주며 형조에 고발하겠다는 으름장도 놓았다. 길을 지나가던 사람들도 의원을 보고 침을 뱉어가며 비난했다. 의원은 애걸복걸해서 겨우겨우 그곳을 빠져나왔다. 몸을 빼서 집으로 돌아오긴 했지만, 마음속에서는 재상에게 속은 것이 몹시 억울하였다.

어느 날이었다. 의원은 또 재상에게 찾아가 뵈었는데, 재상이 말하였다.

"요새 나는 아무 병을 앓고 있네. 어떻게 해야 치료할 수 있는가?"

의원이 대답했다.

"중완中脘에⁴⁾ 침을 놓으면 당장에 효험이 있을 것입니다."

"내 자식들이 미적미적하며 결정하지 못할까 봐 걱정일세."

"조금도 염려할 게 없는 치료법입니다. 굳이 자제분들께 알릴 필요도 없고요."

이에 재상은 침을 놓으라고 명하였다. 의원도 침을 놓을 자리를 꼼꼼하게 살펴서 침을 꽂았다. 침을 놓은 뒤, 의원은 한참 동안 그 자리를 지켜보았다. 그러더니 갑자기 당황하기 시작했다. 급기야 통곡하기 시작했다.

"대감의 목숨이 소인의 손에 의해 급작스레 마치게 될 줄을 어찌 생각이나 했겠습니까?"

---

4) 중완(中脘): 침을 놓거나 뜸을 들이는 위치. 각각 상완(上脘) 중완 하완(下脘)으로 나뉘는데, 모두 위(胃) 부근에 위치해 있다.

"그게 무슨 말인가?"

"소인이 넋을 빼놓고 침을 놓았는지, 잘못하여 장기 깊숙한 곳까지 침이 들어가고 말았습니다. 이제 놓은 침을 뽑아내면 대감께서는 운명하시게 될 것입니다. 간절히 빌건대, 침은 그대로 둔 채로 자제분들을 불러다가 임종하기 전에 유언이나 하십시오."

그러고는 가슴을 쥐어뜯으며 외쳤다.

"하늘이시여, 하늘이시여! 이게 무슨 일이랍니까?"

재상은 모든 자식들을 불러 놓고 말하였다.

"내가 너희들과 상의하지도 않고 성급하게 침을 맞았구나. 저 사람이야 어찌 정성을 다하지 않았겠느냐? 그런데도 조금의 차이가 발생하였으니, 이 또한 운명이다."

이어서 집안의 일들을 하나하나 맡겼다. 자식들은 둘러앉아 울기만 했다. 마침내 재상이 말하였다.

"나는 이제 죽어도 여한이 없네. 서운하겠지만 침을 뽑으시게."

의원이 나아와 말하였다.

"비록 그렇지만 침을 뽑을 때에도 기묘함이란 게 있습니다. 그러니 만에 하나라도 회복될 수 있다는 희망도 가져볼 수 있지 않겠습니까?"

의원은 마음을 가라앉히고 집중한 상태로 아주 조금씩 침을 뽑아냈다. 침이 완전히 빠져나오자, 의원은 놀라움과 기쁨이 뒤섞인 채 깡충깡충 뛰며 말하였다.

"그래, 그래야지! 과연 아무 탈도 없어야 맞지!"

자식들도 모두 물러갔다. 그제야 의원이 말하였다.

"대감께서 접때 고깃덩어리로 상인을 놀리고 욕을 보이셨습니다. 소인이 지금에서야 반격을 했습니다."

재상도 웃으며 말했다.

"자식들이 들으면 필시 화를 낼 것이네. 그러니 자네는 누설하지 말게."

有一宰相, 善謔焉. 有門客業醫者, 適遭親喪. 宰相待其謁, 贈以生肉一苞曰: "子雖喪人, 袖此而歸, 用之祭奠, 無所不可? 且暮夜無知, 庸何傷乎?" 醫趑趄不敢承命. 宰相再三力勸, 强納其袖中. 醫辭出門, 宰相預命數隷, 扮作法司, 下隷伏于路次把醫, 袖出肉苞, 詬罵曰: "私屠有禁, 況喪人乎?" 仍困辱萬端, 將訴于法司. 路傍觀者, 無不唾罵. 醫哀乞, 脫身而歸, 心知見欺於宰相, 甚恨之. 一日, 又往謁焉, 宰相曰: "吾近有某病, 將何以治之?" 對曰: "若鍼中脘, 則當效矣." 宰相曰: "吾之諸子, 恐持難矣." 對曰: "小無他慮. 不必先告子弟矣." 宰遂命下鍼, 醫裁穴下鍼, 塾[5]視良久, 忽驚遑痛泣曰: "豈料大監之命, 遽終於小人之手乎?" 宰曰: "何也?" 對曰: "小人天奪其魄[6]下鍼, 誤錯犯入於深臟, 此鍼若拔, 則大監當隕命矣. 乞停鍼, 而呼子弟遺敎焉." 仍標擗曰: "天乎, 天乎! 此何事也?" 宰呼諸子謂曰: "吾不與汝輩上議, 經先受鍼, 彼豈不盡誠, 而差之毫釐者,[7] 命也." 遂遺囑家事, 子弟環泣, 宰曰: "吾死無餘, 憾可拔鍼也." 醫進曰: "雖然妙在拔鍼, 或有萬一之望乎?" 遂潛心注目, 稍稍拔出. 盡拔, 驚喜雀躍曰: "然矣, 然矣! 果無恙也!" 子弟退, 醫曰: "大監向以肉苞, 戲辱喪人, 小人今而後得反之也." 宰笑曰: "諸子聞之必怒, 君勿洩也."

5) 원문에는 '塾'으로 되어 있지만, 이는 '熟'의 오류.
6) 천탈기백(天奪其魄): 넋을 빼놓음.
7) 호리지차(毫釐之差): 조금의 차이.

용사행장

　가난한 어떤 선비가 이름난 관리와 퍽 돈독하게 지냈다. 평소에 먹고 입는 것들도 그에게 힘입은 바가 많았다.

　그러다 관리가 부유한 고을의 수령으로 임명을 받아 막 출발하려 할 즈음이었다. 선비도 찾아와 그의 손을 붙잡고 이별 인사를 나누었다. 그리고 난 뒤에 부탁하는 말을 꺼냈다.

　"내 딸이 또 시집을 가네. 혼인에 필요한 제반 물품을 자네가 조금만 생각해 주면 어떻겠나?"

　"내가 부유한 고을을 맡아 다스리게 되었으니 자네 딸 시집보내는 것쯤이야 걱정할 게 무에 있겠나? 내가 고을 수령으로 부임하고 두세 달이 지난 뒤에 나를 보러 한번 찾아오시게."

　선비는 몹시 기뻤다. 이에 세를 주어 파리한 말 한 마리를 빌리고, 노쇠한 하인 한 사람도 구했다. 그리고 약속한 날에 맞춰 관리가 부임한 고을로 찾아가, 아전에게 명함을 드려 뵙기를 청하였다. 수령이 된 관리는 웃는 얼굴로 맞으며 몹시 반갑게 맞이하였다.

　"자네가 정말로 왔네 그려!"

　그러면서 음식을 내어주는데, 모든 게 분수에 넘칠 정도였다.

　며칠을 머물러있자니 선비는 돌아갈 마음이 생겼다. 이에 틈을 타서 수령에게 물었다.

"접때 자네가 혼구婚具를[1] 준비해주마 하고 승낙하지 않았나? 그 혜택을 입을 수 있겠나?"

그러자 수령은 얼굴색을 바꾸며 말하였다.

"자네도 와서 보지 않았는가? 이 고을 역량이 잔약하기 비할 데 없는 것을…. 혼구 얘기는 논의하고 말 것도 없네."

선비는 깜짝 놀라 어떻게 해야 할지 몰라 당황하다가 천천히 말했다.

"과연 자네의 말과 같을진대, 오래 머물러 있다 한들 내가 할 게 없겠군. 청컨대 지금 돌아갔으면 하네."

"혼구는 비록 자네 바람대로 되지 않았네만, 그렇다고 해서 이렇게 노여워하며 미련 없이 떠나야만 하겠나? 우리 고을에는 이름난 기생들이 많네. 다시 며칠만 더 머물러 있게. 그동안에 잠자리의 즐거움을 누리면서 근심과 적적함도 푸시고…."

수령은 행수기생[首妓]을[2] 불러 이름난 기생 한 명을 고르게 한 뒤, 그녀를 객사로 보내 대기토록 지시했다. 선비는 마음속으론 불평스러웠다. 하지만 겉으로는 다정하게 대하는 수령을 보면서 모질게 거절할 수가 없었다. 이에 머물던 곳으로 돌아갔더니, 이미 한 기생이 촛불을 켜서 그를 기다리고 있었다.

화장한 고운 얼굴과 요염한 자태, 온화한 말과 부드러운 미소. 선비는 자기도 모르게 마음이 쿵쾅거리며 요동쳤다. 기생보다도 먼저 이불 속으로 들어간 선비는 급히 기생을 끌어들이며 옷을 벗겼

---

1) 혼구(婚具): 혼인할 때 쓰는 여러 가지 도구.
2) 행수기생[首妓]: 기생의 우두머리.

다. 기생도 애교를 떨고 끼를 부렸다. 농염하게 희롱하면서 손으로
는 선비의 성기〔前陰〕도3) 주물렀다. 그러더니 갑자기 선비의 불알〔腎
囊〕4) 중심부를 세게 움켜쥐더니 작은 자물통으로 중심부 힘줄 위쪽
을 채워버렸다.

【사람들로 하여금 대신 분통을 터트리게 하는군!】

선비는 깜짝 놀라서 이유를 물었다. 기생은 문밖으로 뛰쳐나가면
서 욕을 해댔다.

"제 본분도 지키지 못하는 가난한 선비〔窮措大〕5) 주제에 그저 수령
의 위세만 믿고 감히 향香이나 훔쳐볼까 하는 마음을6) 품고 있었겠
다! 그러니 이런 꾀에 속임을 당해도 싸지 뭐."

그러고서 달아나버렸는데, 그녀가 어디로 갔는지는 알 수 없었
다. 무릇 기생은 수령에게 이미 위탁을 받은 자였다.

【진 처사陳處士가 아내를 절에 보내놓고 열쇠를 중에게 맡겼다지.
이 내용은 참으로 천고에 기이한 대목이라고 여겼었지.7) 지금 이
선비의 일은 진 처사의 일과 비록 다르긴 하지만, 포복절도케 하는
면만 보면 오히려 그보다 더하면 더하다 하겠군.】

기생이 떠난 뒤에 선비는 자물통을 벗겨내려고 했다. 하지만 자
물통의 고리가 불알을 얽어매고 있는지라, 열쇠를 사용하지 않고서

---

3) 전음(前陰): 남녀의 생식기.
4) 신낭(腎囊): 불알.
5) 궁조대(窮措大): 가난한 선비.
6) 향을 훔치려는 마음: 투향지심(偸香之心). 『진서(晉書)』〈가충전(賈充傳)〉에 나오는
고사로 남녀가 사사로이 정을 통하는 것을 의미한다. 한수(韓壽)를 보고 첫눈에 반한
가충의 딸 가오(賈午)가 아버지가 가진 서역에서 나는 진귀한 향을 훔쳐다가 한수에게
주었다는 고사에서 유래하였다.
7) 이 고사는 당시에 향유되던 잡록에서 나온 것으로 보이는데, 그 출처가 분명치 않다.

는 열 수가 없었다. 벗겨낼 다른 방법이 전혀 없었다. 선비는 분노와 고통으로 밤새 잠을 이룰 수가 없었다. 더구나 자시子時에는[8] 양물까지 요동을 쳐대는지라, 자물통에 끼이면서 압박이 더해져 고통은 더욱더 심했다. 그렇게 힘들고 고통스러워하며 아침이 오기만을 기다렸다. 아침이 되자, 그는 수령이 있는 곳으로 찾아가 화를 내며 말하였다.

"나는 지금 가네!"

수령은 웃으며 그의 손을 꼭 쥐며 말하였다.

"어제 혼구 이야기 때문인가, 화가 몹시 났나보이."

그러더니 다시 웃으면서 말했다.

"잠자리를 받드는 기생까지 생겼거늘…. 어째, 며칠 더 머물면서 지극한 즐거움을 나누지 않고? 이른바 풍류도 모르는 사람이 되어서야 쓰겠나? 자네도 늙어가다 보니 곤궁해지나 보네."

선비는 부끄러워 차마 사실대로 말도 못 하고 그저 가겠다고만 고집했다. 그러자 수령도 화를 내며 말했다.

"내가 좀 더 머물러달라고 이렇게 지극정성으로 말을 하건만…. 그런데도 자네는 끝내 마음을 돌리지 않는군. 사람이 어찌 그리도 매정하여, 지난날의 우정은 돌아보지도 않는가? 갈 테면 가게! 다시 내게 묻고 말 것도 없지 않은가!"

수령은 떠나면서 쓸 양식과 비용도 내어주지 않았다. 선비도 왈칵 화를 내며 관문 밖으로 나왔다.

문밖으로 나온 선비는 하인을 불러 말 위에 올라타려 했다. 하지

---

8) 자시(子時): 밤 11시에서 새벽 1시 사이.

만 자물통이 부딪치고 걸리적거려 말안장 위에 앉을 수가 없었다. 어쩔 수 없이 말 대신 걸어서 가야만 했다. 타고 온 말도 팔아 처분한 뒤, 그것으로 음식을 사서 먹으면서 경황없이 집으로 돌아왔다.

간신히 집 안으로 기어들어 가자니, 어느덧 입에서는 쯧쯧 혀를 차면서 원망 섞인 말들이 저절로 튀어나왔다.

"이번 걸음에서 큰 낭패를 봤소! 나는 도깨비[怪鬼]9) 같은 말을 철석같이 믿고, 그릇되게 뭐라도 얻어 볼까 하고 행차했건만…. 건진 게 하나도 없소. 이런 몰골로 돌아왔으니, 분통이 터지는구려! 분통해!"

【분통한 일 외에, 별다른 숨은 아픔도 있을 텐데….】

아내가 문밖으로 마중을 나오며 말하였다.

"어찌 그런 말씀을 하십니까? 혼구를 이미 다 준비해서 보내 놓고서…. 아무개 어르신께서 보내준 후의에 어찌 감격하지 않을 수 있겠습니까?"

선비가 깜짝 놀라 되물었다.

"진짜 그랬단 말이요?"

아내는 수령이 보내준 물건들을 선비 앞에 펼쳐 놓았다. 이부자리, 화장품, 옷을 만들 비단, 돈 등등…. 값으로 따지면 천금도 넘는 양이었다. 무릇 친구인 수령은 미리 혼구를 마련해 두었다가, 자기가 다스리는 고을의 하인들을 시켜 그것을 선비 집에 가져다 놓게 했던 것이다. 그러고는 일부러 선비를 속이는 장난을 쳤던 것이다. 선비는 비로소 친구에게 속임을 당했음을 알고 멋쩍게 말하였다.

---

9) 괴귀(怪鬼): 도깨비.

"화가 기쁨으로 바뀌었구려. 터진 입이 있지만, 뭐라 할 말이 없구려."

아내가 다시 말하였다.

"아무개 어르신께서는 또 작은 열쇠를 하나 보냈더군요. 서방님이 집으로 돌아오기를 기다렸다가 비밀리에 그것을 당신께 드리라고 부탁하였답니다. 이게 도대체 무슨 뜻으로 하신 말씀인가요?"

이 말을 들은 선비는 비로소 성기를 잠근 자물쇠 일도 친구의 장난에서 나온 것임을 깨달았다. 한편으론 놀랍고 한편으론 기뻐하며 말하였다.

"그랬구나, 그랬어!"

이에 선비는 아내의 손을 이끌어 조용하고 외진 곳으로 데려갔다. 아내가 말하였다.

"무슨 비밀스러운 모의를 하시려고 이리 수상한 짓을 하십니까?"

선비는 바지춤을 풀어 아내에게 보인 뒤에 열쇠를 찾았다. 열쇠를 받아들고서 자물통에 끼우니, '쨍그랑' 소리와 함께 마침내 자물통이 열렸다. 아내가 괴이해 하며 까닭을 묻자, 선비는 사실대로 모든 것을 들려주었다. 그러자 아내는 선비를 조롱하며 크게 웃고 말했다.

"잘했군, 잘했어! 당연히 그래야지, 그래야 하구말구요! 아무개 어르신께서 내신 꾀는 당신으로 하여금 요염한 여인에게 빠질 것을 걱정했던 게지요. 제가 감격스러운 게 어찌 혼구를 보내준 일뿐이겠습니까?"

이 말을 들은 사람들은 배를 움켜잡고 웃지 않는 자가 없었다.

【열쇠로 잠근 것은 굳이 쓸 필요가 없는 데에 쓰지 않도록 한 것이고, 그것을 연 것은 가히 쓰일 곳에 쓰도록 한 것이지. 지혜롭

도다! 수령 또한 세상에 쓰임을 받으면 나아가 벼슬을 하고, 버림을 받으면 숨어버리는 의인義人임을 알겠도다!】

有一[10]貧士, 與一名官, 交契極厚, 平居衣食, 多賴其力. 名官除腴邑, 五馬[11]將發, 士躬往[12]拚別[13]託曰: "吾女且嫁矣, 婚具公其留念乎?" 友曰: "吾典腴邑, 子豈憂女婚乎? 吾下車[14]後數月, 君須來見吾也." 士人喜, 遂雇羸驂, 借疲奴, 如期而往, 使邑吏通刺. 守迎笑欣然曰: "子果來乎?" 供待甚侈. 留數日, 士有歸意, 乘間問曰: "曩承婚具之諾矣, 將蒙惠乎?" 守變色曰: "來視邑力殘薄無比, 婚具非可論也." 士愕然失圖, 徐曰: "果如公言, 則久留吾無爲也. 請從此歸矣." 守曰: "婚具雖違所望, 何必若是悻悻[15]也. 邑多名妓, 可更留數日, 與共枕席之歡, 以破愁寂也." 仍呼首妓, 擇定一名妓, 往待於客舍. 士雖中懷不平, 而以其外面之款洽, 無以强辭. 及就所寓, 一妓已明燭而待矣. 佳冶絶艶, 言笑溫柔, 士不覺心動, 先就枕而捉女解衣, 妓獻媚呈態, 狎戲昵弄, 手撫士之前陰, 緊扼腎囊之本筋, 以小鎖鑰, 鎖在筋上.【令人代憤】士驚問其故, 妓跳出門罵曰: "窮措大不守本分, 徒藉官威, 敢生偸香之心者,

---

10) 원문에는 '一'이 빠져 있지만, 의미상 첨가하였음.
11) 오마(五馬): 한(漢)나라 때 태수가 다섯 필의 말을 탔던 데서 유래한 고사로, 지방 수령을 이른다.
12) 궁왕(躬往): 몸소 찾아옴. 원문에는 '往'이 '注'로 되어 있지만, 의미상 '往'으로 보는 게 타당하다.
13) 변별(拚別): 손을 잡으며 인사하고 이별함.
14) 하거(下車): 고을 원으로 부임함.
15) 행행(悻悻): 노여워하는 것. 화가 나서 미련도 두지 않고 떠날 때에 주로 이 표현을 쓴다. 『맹자』〈공손추 하(公孫丑下)〉, "내 어찌 소장부처럼 하겠는가? 군주에게 간하였는데 들어주지 주지 않는다고 발끈 화를 내어 얼굴에 노기를 드러내며, 떠나가면 종일토록 힘써 멀리까지 간 뒤에야 머무르겠는가.〔予豈若是小丈夫然哉, 諫於其君, 而不受則怒, 悻悻然見於其面, 去則窮日之力而後宿哉.〕"에서 나온 말이다.

宜以此計瞞之."遂不知其去處. 盖妓受太守所囑者也. 【陳處士, 寄妻寺中, 鑰匙付僧, 誠千古奇讀, 而今此士人之事, 與陳雖異, 而其絶倒, 則過之.】士欲脫去, 其鎖則鎖脚, 胃於囊上. 非以鑰匙開之, 則無脫出之方. 士忿怒痛苦, 夜不能寐. 子時陽動, 鎖狹而痛甚. 艱辛待朝, 入見守, 怒曰: "吾今去矣." 守笑而握手曰: "昨日婚具之說, 子必深怒矣." 又笑曰: "旣有薦枕之妓, 何不數日盡歡? 可謂太沒風情宜乎? 子之到老窮困也." 士羞愧不敢吐實, 只堅執要去. 守怒曰: "吾之勸留, 若是勤摯, 而子終不回心, 何乃無昔日情耶? 去則去矣! 不必更問於我也." 仍幷與其粮資, 而亦不給之. 士魋然出官門, 呼僕夫, 欲騎馬, 則囊鎖觸礙, 不得據鞍. 遂徒步作行, 賣所騎, 買飯而喫, 匍匐還家. 纔入門, 口中喞喞忿罵曰: "今行大狼狽矣. 吾果信怪鬼之說, 誤作求乞之行, 無一所得, 作此貌樣而歸, 痛忿哉! 痛忿哉!" 【痛忿之外, 別有所隱痛者.】其妻迎門曰: "惡是何言也? 婚具皆已辦送. 某公厚意, 豈可不感哉?" 士驚曰: "眞有是耶?" 妻遂撤置所送諸物於士人之前, 枕席粧奩布帛錢貨之屬, 價過千金. 盖其友預辦婚具, 命邑隷輸置于士人家, 而故瞞士人, 以相戲也. 士始知其見欺曰: "怒作喜, 口咕而不能言." 妻又曰: "某公又送小鑰匙, 託以待郎君還家, 密獻于君, 此果何意也?" 士聞此言, 始知鑰囊之事, 亦出於其友之善謔, 驚喜曰: "然乎, 然乎!" 仍携妻手, 就靜僻處, 妻曰: "有何密議, 若是殊常也?" 士遂解袴示妻, 索其鑰匙, 以啓之, 則錚然而開矣. 妻怪問之, 士俱以實道. 妻挪揄大笑曰: "善哉, 善哉! 宜乎, 宜乎! 某公此計, 俾使君身, 陷於妖艶. 妾心感激, 奚特婚具而已哉?" 【鑰使不得用於不必用之地, 開之使用於可用之地, 智哉! 太守其亦知用舍行藏[16]之義者歟!】聞者, 無不絶倒.

---

16) 용사행장(用舍行藏): 뜻을 얻으면 세상에 나아가 도를 행하고, 물러나면 은거하는 것. 『논어』〈술이(述而)〉의 "쓰임을 받으면 행하고 버림을 받으면 숨는다.〔用之則行, 舍之則藏.〕"에서 유래한 말이다.

절도사의 제김

어떤 사람이 호남절도사가 되었다. 이때 강씨 성을 가진 선비와 그와 같은 종파[同宗]에 있는 사람들이 산송山訟1) 문제로 소장을 냈다. 절도사는 그에 대해 다음과 같이 판결문[題音]을 써주었다.

"서럽고도 서러운 강생이 한 조각 청산에서 백골을 두고 서로 다툽니다. 서럽고도 서러운 강생이 얼룩진 눈물 흔적을 남기며 죄를 받고자 합니다[哀哀姜生, 罪罪斑斑]."2)

그 사람은 송사를 포기하고 물러갔다.

或爲湖南節度使, 時有姜姓士人與其同宗之人, 以山訟事呈訴, 則題之曰: "哀哀姜生, 一片靑山, 白骨相爭. 哀哀姜生, 罪罪斑斑."云. 其人不訟而退矣.

---

1) 산송(山訟): 묘 문제로 벌어진 송사.
2) 서럽고도 서러운 강생이 얼룩진 눈물 흔적을 남기며 죄를 받고자 합니다.[哀哀姜生, 罪罪斑斑.]: 이 말은 한문과 한글을 혼용한 육담풍월로, 다분히 중의적인 의미를 담고 있다. 우리말로 풀이하면 "그만, 그만. 강아지야. 너나 저 사람이나 모두 아롱이다롱이[개새끼]가 되는 것을."

맹자의 부친은 나도 몰라

한 한량이[1] 과거 시험에 응시하여 응강應講에[2] 임하게 되었다. 당시 시관은 '맹자의 부친 존함이 무엇인가?'를 물었는데, 대답하지 못해 결국 낙방하고 말았다. 이에 한량이 물었다.

"비록 낙방은 했지만, 바라건대 그 존함을 들었으면 합니다."

시험 책임자[上試]가[3] 대답하지 못하고, 고개 돌려 부시관副試官을 쳐다보았다. 부시관은 미소를 지으면서 대답하였다.

"나도 모르죠."

그 말을 들은 한량은 자리에서 박차고 일어섰다. 그러고는 과거 시험에 응시한 모든 사람들을 향해 큰 소리로 외쳤다.

"오늘 시험에서 나온 맹자 부친의 존함은 '나도 몰라'랍니다!"

시관은 매우 부끄러워하였다.

---

1) 한량(閑良): 무과 및 잡과 응시자. 무반 출신으로 아직 과거에 급제하지 못한 사람.
2) 응강(應講): 보통 경서 암송을 의미하는데, 여기서는 배운 내용에 응대하여 답변하는 절차의 의미로 쓰였다.
3) 상시(上試): 과거 볼 때의 수석 시험관.

一閑良, 赴擧應講. 時試官問孟子父名, 不能對, 遂落講. 仍問曰:
"雖已落榜, 願聞其名." 上試不能答, 顧視副試官. 副試官微聲笑答曰:
"吾亦不知." 閑良聽其言, 卽起大呼諸擧子曰: "今自試所有云孟子父名,
吾亦不知耳!" 試官大慚.

장인의 은혜

　어떤 시골 사람이 장인의 상을 당하자, 삼 년 동안 상복을 입었다. 마을에서는 그가 인간이 지켜야 할 도리를 무너뜨린다며, 그 죄를 다스려달라고 관아에 고소하였다.[1] 수령이 그 사람을 잡아 오게 했더니, 그는 과연 최마복衰麻服을[2] 땅에 질질 끌며 들어왔다. 수령이 물었다.

　"네가 장인 상에 3년 상복을 입는다던데, 도대체 무슨 생각에서 그리 하느냐?"

　"소인의 부모는 단지 어렸을 때 길러주신 은혜만 있사옵니다. 그런데 아내를 맞아 처가에 의지해 지내게 되면서부터 처가에서는 저

---

1) 상복을 입는 예법은 상당히 복잡하다. 상복은 죽은 사람을 보내기 위한 산 사람의 예의 표시인데, 죽은 사람에 대한 친소 관계에 따라 크게 다섯 종류의 상복을 나누어 입었다. 참최복(斬衰服)은 부친상 등을 당했을 때 3년을 입는다. 자최복(齊衰服)은 모친 백부(伯父) 등의 상에 입는데, 상기에 따라 3년, 1년, 5개월, 3개월 등으로 나뉜다. 대공복(大功服)은 4촌 등이 상에 입는 복으로, 9개월 동안 입는다. 소공복(小功服)은 5개월 동안 입고, 시마복(緦麻服)은 3개월을 입는 상복이다. 보통 장인 상에는 시마복을 입었는데, 이야기에서는 3년을 입었으니 문제가 된다.
2) 최마복(衰麻服): 상복(喪服). 가공하지 않은 거친 베로 지은 상복. 보통 부모나 조부모가 돌아가셨을 때 입는 상복을 말한다.

를 불쌍히 여기면서 적잖이 돌봐 주셨습니다. 심지어 장인과 장모님은 고된 일도 마다하지 않고 정성껏 길러낸 딸을, 아아, 그 딸을 아내로 삼도록 해주셨습니다. 그 첫 번째 은혜지요. 저를 집안에 데리고 있으면서 돌아가실 때까지 먹고 입는 걱정이 없게 해주셨습니다. 그 두 번째 은혜지요. 소인의 자녀들을 귀여워하며 사랑해주시기를 오히려 친손자보다도 더했지요. 그 세 번째 은혜지요. 커다란 은혜가 이렇게 세 가지나 있습지요. 제가 삼 년 동안 상복을 입는다 해도 그 은혜에는 만분의 일도 보답하기가 어렵습니다."

수령은 이치에 어긋난 그의 말을 몹시 더럽게 생각했다. 이에 사람의 똥을 가져다가 그의 입에 쳐 바르도록 명령하였다. 명령을 들은 시골 사람이 울며 대답하였다.

"입에 똥을 바른다 해도 감히 사양하지 않겠습니다. 다만 간절히 바라는 것은 그것이 중의 똥이었으면 합니다."

수령이 괴이해 하며 이유를 물었다. 시골 사람이 대답하였다.

"소인은 삼 년 동안 고기를 입에 대지 않았습니다. 그런데 속세에 사는 사람의 똥에는 고기 냄새가 나겠지요. 그래서 이왕이면 중의 똥이었으면 하고 간절히 비는 것입니다."

듣는 사람들 모두가 한바탕 크게 웃었다.

有村民, 遭妻父喪, 服喪三年, 鄕里惡其敗倫,[3] 呈于官, 乞治其罪. 邑守捉致其人, 累[4]然曳衰麻矣. 問曰:"汝服妻父喪三年, 果何意也?"

---

3) 패륜(敗倫): 인간이 지켜야 할 도덕을 무너뜨림.
4) 원문에는 '累'로 되어 있으나, '果'의 오류가 아닌가 한다.

對曰:"小人父母, 只有幼時, 鞠養之恩. 及其娶妻委之, 妻家不少顧恤, 至於妻父母, 則辛勤養女, 於我乎妻之, 其恩一也. 率置家中, 終身衣食之, 其恩二也. 撫愛小人之子女, 勝於眞孫, 其恩三也. 有此三大恩, 三年之服, 不足報其萬一也."邑守鄙其言之悖理, 命取人糞塗其口, 其人泣曰:"塗糞, 固不敢辭也. 乞取僧糞."守怪而問之, 對曰:"小人三年行素,5) 俗漢之糞, 有肉味, 故乞喫僧糞也."聞者大笑.

5) 행소(行素): 고기나 생선이 없는 반찬으로 밥을 먹음.

주인 행세하는 도둑

옛날에 어떤 도둑이 부잣집 창고에 들어가 돈과 쌀을 훔쳐서 막 지고 나오려고 할 때였다. 마침 곁에 좋은 술 한 동이가 있기에 맘껏 들이켰다. 그러는 도정에 자신도 모르게 잔뜩 취해버렸다. 짐도 무거워서 감당할 수 없었다. 그러자 도둑은 이내 큰소리로 외쳤다.

"이 집에는 삯을 받고 품을 팔아 짐을 져다 줄 사람이 어디 없나?"

주인이 깜짝 놀라 가서 보니 도둑이 훔친 물건 위에 앉아 있었다. 술에 취해 곤죽이 된 채로.

【손님이 도리어 주인 행세를 한다는 말은 간혹 있는 일이지만, 도둑놈이 주인 행세를 한다는 말은 들어보지도 못했구먼!】

昔有盜, 入富家庫, 藏取錢米, 將擔出之際, 見有美酒一甕, 盡量快飮, 不覺大醉, 擔重不能勝. 乃高聲呼曰: "此處有受雇, 願擔之人乎?" 主人大驚, 視則盜, 盜物而坐, 醉如泥矣.【回賓作主,[1] 容或有之, 未聞有回盜作主者.】

---

1) 회빈작주(回賓作主): 손님이 도리어 주인 행세를 한다는 뜻으로, 어떤 일에 대하여 주장하는 사람을 제쳐놓고 자기 마음대로 처리함을 이름.

맹세

　평안도 관찰사로 나가 있는 숙부에게 조카가 문안을 드리기 위해 떠날 즈음이었다. 아내가 그에게 말하였다.

　"평양은 번화한 고장으로 불리지요. 게다가 음악과 여색에 관한 즐거움이 큰지라, 사람들이 환락에 빠져서 집으로 돌아오는 것도 잊기 쉽다고들 하더군요. 조심하실 수 있겠습니까?"

　"삼가 부인의 말씀을 받들어 모셔야지요! 어찌 감히 조금이라도 다른 염려가 움틀 만한 여지라도 보이겠소?"

　그러고는 각서까지 작성해 놓고 이별하였다. 열 살 남짓한 아이 종에 파리한 말을 타고 떠나니, 그 행색이 퍽 쓸쓸해 보였다.

　해서海西1) 지방의 경계에 이르렀을 즈음이었다. 길가에는 은으로 호화롭게 장식한 안장을 채운 좋은 말[駿馬]을 붙들고 서 있는 건장한 사내 몇 명이 모여 있었다. 그들은 선비 일행이 탄 말 앞으로 다가와서 인사를 드렸다.

　"저희들은 아무개 댁 종들입니다. 우리 집 주인께서 행차를 영접

---

1) 해서(海西): 황해도.

하라고 명령하신 까닭에 이곳에서 기다리고 있었습니다."

"나는 댁의 주인과 교분〔雅分〕이[2] 없네!"

"설령 그렇다 해도 우리 주인께서는 행차를 모셔 오라고 단단히 말씀하셨습니다."

그러고는 아이 종을 밀쳐둔 채, 선비만 붙잡아 말에서 끌어내렸다. 선비는 당황스럽고 괴이했지만, 어쩔 수 없이 자기가 타고 온 말에서 내려 좋은 말로 갈아타야만 했다. 종들은 고삐를 잡아 한번 채찍을 치니, 말은 마치 나는 것처럼 내달렸다.

밥 한번 먹을 정도의 시간이나 지났을까, 말은 이미 수십 리를 달려 어느덧 어떤 마을 입구에 다다랐다. 입구에 서니, 백여 칸은 됨직한 기와집이 숲 사이에서 은은하게 보였다. 퍽 호사스럽게 지은 집이었다. 종은 곧장 말을 몰아 대문〔重門〕 안으로 들어갔다. 대청마루 앞에 이르자, 비로소 말에서 내리게 했다. 선비를 맞는 주인은 나이가 오륙십 세 정도 되어 보였다. 얼굴이 풍만한 게 참으로 부잣집 어른의 기상을 풍기고 있었다.

주인은 마루에서 내려와서 선비를 맞이했다. 자리를 정해 앉힌 뒤에는 주인과 손님의 예를 갖춰 인사도 나누었다. 선비가 물었다.

"일찍이 좋은 교분이 없었거늘, 무슨 까닭으로 부르셨는지요?"

"이따가 천천히 말씀을 드리지요."

그러고는 여종에게 명령을 내려 술과 안주를 가져오도록 했다. 가지고 온 술과 안주는 모두 진수성찬으로, 세상에서는 좀처럼 볼 수 없는 것들이었다. 조금 지나자 또다시 저녁 밥상이 나왔는데,

---

2) 아분(雅分): 아계(雅契). 좋은 교분. 깨끗하게 사귄 정분.

그 밥상은 아까 나온 주안상보다 두 배는 더 사치스러웠다.

밤이 되었다. 주인은 곁에 있는 사람들을 모두 물리친 뒤에 말을 꺼냈다.

"내 부유함이 우리 도道에서 으뜸이지요. 하지만 문벌은 미천합니다. 어쩌다 재물로 출세하여 향족鄕族[3] 반열에나 낄 정도지요. 아들을 두지 못하고 늦게야 딸내미 하나를 얻었는데, 그 애도 벌써 머리를 올려 비녀를 꽂을 나이가 되었답니다.[4] 우리 부부는 그 애를 몹시 사랑하여, 마치 진귀한 재물 보듯이 키웠지요. 그런데 어찌 생각이나 했겠소. 장모 집안사람들의 지위가 천인이어서, 아무개 집안의 노비 문서에 그대로 올라있었음을…. 아무개 집안 자손들은 문서에 의거해 추쇄推刷[5] 하였고, 그것이 제 딸내미에게까지 미쳐, 개를 잡아다 상전께 인사를 올리게 하라는 명령이 내려졌지요. 나는 만금을 제시해가며 그 몸 하나만 속량贖良해[6] 달라고 했지만, 그 집안에서는 강력하게 고집을 피우며 허락해 주지 않더군요. 반드시 잡아다가 노비로서 해야 할 일을 시키겠다면서…. 무릇 누거만累鉅萬이나[7] 되는 내 재산이 결국에는 모두 딸의 재물이 될 터이니, 아무개 집안에서는 그 모두를 빼앗으려는 술수겠지요. 속량하겠다고 만

---

3) 향족(鄕族): 좌수나 별감 따위의 향원(鄕員)이 될 자격이 있는 집안.
4) 계년(笄年): 머리를 올려 비녀를 꽂는 나이. 곧 시집갈 나이로, 보통 15살을 지칭한다.
5) 추쇄(推刷): 종의 의무를 다하지 않고 다른 곳으로 도망간 노비를 찾아내서 원래 있던 상전에게 돌려보내는 일.
6) 속량(贖良): 몸값을 받고 종을 풀어주어 양민이 되게 함.
7) 누거만(累鉅萬): 거만(鉅萬)은 보통 만에 만 곱절이나 되는 돈을 의미하는데, 누거만은 그런 돈이 몇 배[累]나 되는 것을 의미한다. 셀 수 없을 만큼 많은 재산을 비유적으로 이른다.

금을 제시해도 통 듣지를 않으니…. 내 마음이야 절통하고 분통하지만, 지금은 맞서 대적할 수 있는 형편도 못 되지요. 임시로 딸내미를 보내려고 하니, 그 아이는 죽기를 작정하며 따르지 않더군요. 그래서 내가 궁여지책으로 꾀 하나를 생각했지요. 만약에 서울에 사는 권세 있는 집안의 선비로 하여금 제 딸을 첩으로 삼게 한다면 아무개 집안에서도 어쩔 수 없을 게고, 딸내미 역시 죽을 데까지 갔다가 다시 살아나는 은혜를 입게 될 것이라고. 그래서 아침에 집 종들을 보냈던 것입니다. 무릇 거기서 만나는 사람이 있거든 받들어 모셔오도록 한 것이지요. 다행히 귀하신 분을 만나 영광스럽게도 이 누추한 집까지 와주셨으니, 이야말로 하늘이 내려주신 것이지요. 감히 여쭙겠습니다. 당신의 생각[盛意]은[8] 어떠하신가요?"

선비가 발끈하며 말하였다.

"나는 당신의 말씀을 받들 수 없소!"

"부유함은 사람들마다 욕망하는 것이지요. 내 집에 있는 누만금이나 되는 재화가 모두 당신에게 돌아갈 터인데, 당신은 거기에 마음이 없소?"

"바라지 않소."

"혹시나 내 딸이 못나고 더러워 당신을 모시는 데 부족할까 봐 의심해서 그러시는 게요? 그럼, 친히 한번 봐 보시겠소?"

주인은 딸을 불러 잠깐만 나와서 보이게 했다. 이윽고 여종이 한 여인을 부축하고 와서는 선비 앞에 가만히 앉았다. 화장한 고운 얼굴과 얌전하고 정숙한 태도는 참으로 나라 안에서도 내로라할 만한

---

8) 성의(盛意): 상대방의 의견.

미인이었다.

"내 딸은 외모가 빼어나게 예쁠뿐더러, 재주와 덕행도 겸비하고 있소. 요즘 세상에서 그런 사람을 찾는다 해도 내 딸에 견줄 수 있을까 걱정할 판이지요. 이런 사람인데도 당신은 마음에 없소?"

"아름답기는 참으로 아름답소. 그러나 나는 원하지 않소."

주인이 온갖 방법으로 설득을 했지만, 선비는 고집을 피우며 끝내 듣지 않았다.

【여기까지만 들어도 누군들 분노하지 않을까?】

그렇게 한참이 지났다. 딸은 일어나 안채로 들어갔다. 그러더니 잠시 후 곡소리가 들려왔다. 주인은 놀랍고 당황하여 안채로 달려갔다. 가서 보니, 딸은 이미 목을 매고 죽은 뒤였다.

【저 사람은 이른바 식언食言을[9] 하지 않겠다는 이유로 사람이 죽었으니, 이게 사람이 할 짓인가? 좆도 없는 개새끼라고 부르는 게 맞지!】

주인은 바깥채로 나와 선비를 보고 욕을 했다.

"너는 어찌하여 박복함이 그리도 심하더냐? 이미 빼어난 미인을 보았고, 거기에 거만금의 재물까지 얻게 되었거늘…. 사람이라면 누군들 그것을 원하지 않겠느냐? 그런데도 너는 유독 완강하게 거절하였으니, 내 딸의 죽음은 기실 너로 말미암은 것이다."

그러고는 곁에 있는 사람들에게 명하여 선비의 머리채를 잡고 끌어다가 몹시 치며 욕을 보이도록 했다. 선비는 거기서 겨우 몸을

---

9) 식언(食言): 약속한 말을 지키지 않음. 이 말은 작품 끝까지 읽어보면 이해할 수 있다. 아내와의 약속을 지키기 위해 선비는 끝까지 부호의 말을 거절한 것인데, 평비에는 이를 노골적으로 비판하고 있다.

빼어 달아났고, 아이 종과 말도 뒤쫓아서 왔다.

선비는 길을 내달려 평양 감영에 이르렀다. 들어가서 숙부를 뵈니, 숙부가 깜짝 놀라 물었다.

"네 의관이 모두 찢어져 있고, 얼굴에는 상처투성이로구나. 무슨 일이 있었던 게냐?

"아무개 고을 아무개가 저지른 죄는 가히 죽여 마땅합니다. 여러 명의 건장한 종들을 풀어 지나가는 나그네를 꾀어서 잡아들여다가, 제멋대로 구타를 해대는 바람에 이 지경에 이르게 된 것입니다. 어찌 세상의 변고라 아니 하겠습니까?"

숙부도 몹시 분노하며 말하였다.

"어떤 놈의 토호土豪가[10] 감히 이런 짓을 한단 말이냐? 내 마땅히 너를 위해 설욕을 해 주마!"

그러고는 해주 감영으로 문서를 보냈다. 문서는 해주 감영에서 그를 붙잡아 칼에 씌운 채로 평양으로 보내라는 내용이었다. 며칠 만에 해주 감영의 군졸들이 그를 체포하여 평양으로 왔다.

관찰사는 그를 잡아들이게 한 뒤에 그의 죄를 캐물었다. 그 사람은 '하고픈 말이나 다하고 죽을 수 있게 해 달'고 간청하고는, 마침내 그때의 일을 모두 갖추어 말했다. 그러고서 아뢰었다.

"사람을 구타한 죄는 진실로 벗어나기 어렵겠지요. 그러나 마음속에 담긴 절통한 분노로 인해 어쩔 수 없이 그리 했던 것입니다."

평안도 관찰사는 조카를 불러 다시 물었다.

"정말로 그런 일이 있었느냐?"

---

10) 토호(土豪): 지방에서 양반에게 텃세를 부릴 만큼 세력이 있는 사람.

"있었습니다!"

다시 물었다.

"너는 무슨 마음으로 그렇게까지 완강하게 거절하였느냐?"

"원하지 않았기 때문입니다."

다시 물었다.

"재물과 여색은 사람들마다 갖고자 하는 것이지. 그런데 너는 유독 거기에 무심한 게냐?"

"조카도 사람입니다. 어찌 저 혼자만 거기에 무심할 리가 있겠습니까? 다만 스스로 굳게 다짐했던 한 가지 지조가 있었을 뿐입니다."

【사람을 가르치는 법률로 그를 다스리지 않았으니, 이른바 죄는 무겁고 벌은 가볍다 말할 수 있겠구나.】

"굳게 다짐했다는 한 가지가 무엇이더냐?"

"감히 식언을 하지 말자는 것입니다."

"그게 무슨 말이더냐?"

"여기에 올 때, 아내가 색을 경계하라는 말하였습니다. 그래서 맹세를 하고 이별하였지요."

【황하가 띠처럼 가늘어지고, 태산이 숫돌처럼 작아진들 그 맹세는 바뀌지 않으리라!11)】

"무슨 맹세?"

"약속을 지키지 않으면 개자식이라는 맹세지요."

평안도 관찰사는 몹시 화를 내며 조카에게 태형笞刑을 가하게 하

---

11) 한 고조(漢高祖)가 나라를 세우는 데 공이 있는 신하를 봉작할 때 한 말인데, "황하가 띠처럼 가늘어지고, 태산이 숫돌처럼 작아질 때까지 나라와 자손이 영원히 복을 누리자.〔使黃河如帶泰山若礪, 國以永存爰及苗裔.〕"는 맹세를 활용한 것이다. 『한서(漢書)』〈고혜후문공신표(高惠后文功臣表)〉에 나온다.

고, 그 사람은 풀어서 돌려보냈다.

箕城方伯之從子, 將往省其叔父, 其妻謂曰: "浿府素稱繁華, 且有聲色之娛, 易令人眈樂忘返, 君其戒哉?" 士曰: "謹聞命矣. 豈敢萌他慮乎?" 遂設誓而別. 尺童[12]疲騎, 行色蕭然. 到海西界, 道傍有豪奴數人, 具銀鞍駿馬, 迎拜馬首曰: "僕等, 乃某宅奴子也. 主有命, 逢迎行次, 故屆此來候矣." 士曰: "吾未有雅分耳." 奴曰: "雖然吾主期使邀來矣." 仍揮斥小僮, 掖士人下馬. 士人惶怪, 不獲已換乘駿馬, 奴牽轡一鞭, 其疾如飛. 食頃數十里, 至一洞口, 見瓦屋百餘間, 掩映林中, 制作極侈. 奴直馳馬, 入重門, 至堂前, 令客下馬. 主人者, 年可五六十, 相貌豊碩, 眞富翁氣像也. 下堂迎接, 就席敍賓主禮, 士問曰: "曾無雅分, 何見招也?" 主人曰: "徐當奉告也." 命侍婢進酒饌, 珍羞美味, 世所罕見者. 少頃, 又進夕飯, 侈美倍加焉. 及夜, 主人屛左右, 告曰: "吾富甲一道, 家世微賤, 以財發身, 淂[13]齒鄕族之列. 但無子姓, 晚得一女, 今已及筓. 夫妻鍾愛, 視若奇貨. 不料妻母之家人, 地素賤名, 係某家之婢籍, 某家子孫, 按簿推刷, 亦及於小女, 捉令現身. 吾欲以萬金贖其一身, 而某家堅執不許, 必欲捉去, 使供婢役. 盖吾累鉅萬家財, 皆爲小女物, 故某家欲盡取之. 不聽萬金之贖, 吾心切憤痛, 而勢不相敵. 欲姑遣小女, 則女以死自誓. 吾窮思一計, 若有京華士夫, 今以小女爲妾, 則某家亦將無如之何, 小女得蒙再生之恩, 故朝送迷奴. 盖欲隨其所遇而奉邀也. 幸逢尊客, 光臨陋室, 此殆天授也. 敢問盛意如何?" 士艴然曰: "吾不可承

---

12) 척동(尺童): 열 살 안팎의 어린아이.
13) 원문에는 淂으로 되어 있는데, '得'과 통용된다.

尊命也."主人曰:"富者人之所欲, 吾家鉅萬之貨, 皆歸於客, 客亦無意於此乎?"士曰:"不願也."主人曰:"客或疑吾女之醜陋, 不足以奉巾櫛耶? 盍亦一親見乎?"仍呼其女出少間, 侍婢擁一女子而至, 坐于客前, 佳冶窈窕, 眞國色也. 主人曰:"吾女姿色絶倫, 才德兼備, 求之今世恐無雙也. 客亦無意於此乎?"客曰:"美則美矣, 吾不願也."主人遊說萬端, 客堅執不聽.【聞此, 孰不憤惋也?】良久, 女起而入. 俄聞有哭聲, 主人驚惶入視, 則女已自縊死矣.【彼所謂不食言而殺人, 此人事乎? 可謂無腎犬子也.】主人出見客罵曰:"汝何薄福之甚也? 旣見絶色, 兼得鉅萬之貨, 人孰不願, 而汝獨牢拒, 吾女之死, 實由余[14]也."命左右, 捽曳而毆辱之. 客脫身逃走, 僅與馬追及焉. 遂趲程到箕營, 入見叔父, 叔父驚曰:"爾衣冠破裂, 面帶傷痕, 果何故也?"對曰:"某邑某人, 罪可殺也. 多縱豪奴, 誘致行客, 無端毆打, 至於此境, 豈非世變乎?"叔父怒曰:"何物土豪, 乃敢如此? 吾當爲汝雪恥也."遂移文海營, 使之枷送其人. 居數日, 海營軍卒, 帶其人而至. 箕伯命曳入, 訊其罪, 其人乞盡言而死, 遂備陳其事. 仍曰:"毆人之罪, 實所難免, 而中心絶忿, 不得不然矣."箕伯招其姪問曰:"果有是乎?"對曰:"然矣."又問:"爾以何心, 牢拒至此耶?"對曰:"非所願也."又曰:"財色, 人皆欲之, 而汝獨無心耶?"對曰:"小子亦人耳. 豈有獨無心之理乎? 自有主意耳."【不以敎人之律治之, 可謂罪重罰輕.】曰:"何所主也?"對曰:"不敢食言也."曰:"何言也?"對曰:"來時, 妻有戒色之語, 故設盟而別矣."【黃河如帶泰山, 若礪此盟, 不可渝也.】曰:"何盟?"對曰:"犬子盟也."箕伯大怒, 笞其從子, 而釋其人.

---

14) 원문에는 '余'로 되어 있지만, 의미상 '汝'가 맞다.

남의 다리 긁기

예전에는 야회夜會란[1] 것이 있었다. 술도 거나하고 등불도 수그러지면 사람들은 서로 목을 비비대고 다리도 서로 뒤엉킨 채로 잠자리에 들곤 했다.

어떤 사람이 잠결에 곁에서 누워 자던 사람의 넓적다리를 긁었는데, 힘껏 긁어대는 터라 피부가 벗겨져서 피까지 났다. 곁에서 누워 자던 사람은 아픔을 참다못해 미친 듯이 울부짖으며 욕을 해댔다. 다리를 긁던 사람이 그제야 정신을 차리고 말하였다.

"나도 진짜 이상했거든요. 다리를 자꾸자꾸 긁어대는데도 가려움이 사라지지 않기에…."

昔有夜會者, 酒闌燈盡, 交頸接趾而寢. 一人睡中, 爬傍臥者股, 甚力, 皮脫出血. 傍臥者, 不堪其痛, 狂叫怒罵, 爬者始覺曰: "吾固訝其愈爬而痒不已也."

---

1) 야회(夜會): 음력 정월 대보름날 저녁에 다리밟기 놀이를 하면서 밤새도록 노는 풍속.

돌배 연적

한 선비가 매번 과거 시험만 보면 떨어졌다. 아내가 물었다.

"낭군께서는 과거 시험장에서 도대체 무엇을 하시기에 매번 떨어지나요?"

"내 재주는 화려해서 다른 사람들보다 참으로 우위에 있지. 그런데도 매번 과거에서 합격하지 못하는 것은 다 운수가 기구한 탓이겠지 뭐."

"그렇다면 오늘은 제가 시관試官이[1] 되어서 잠시 동안만 낭군의 재주가 어떠한지를 지켜보면 어떻겠습니까?"

선비는 매우 기뻐하면서 유건儒巾을[2] 쓰고 자리에 앉았다. 글제가 걸리자 붓을 잡긴 했는데, 신음 소리가 입에서 떨어지지 않았다.

마당으로 해 그림자가 기울어갈 즈음, 아내는 문지방 너머에서 시험지를 툭툭 건드리며 큰소리로 빨리 제출토록 했다. 그러자 선비의 겁먹은 눈은 초점을 잃어가고, 손과 발은 덜덜 떨리기 시작했다. 그러더니 연적을 쥐어 들고 그것을 입에 넣어 한입 깨물면서

---

1) 시관(試官): 과거 시험을 관리 감독하는 관리.
2) 유건(儒巾): 유생들이 쓰던 검은 베로 만든 두건.

말하였다.

"집안사람들은 도대체 정신을 어디다 두었기에, 시험장에서 요기하라며 보낸 음식이 이런 돌배들뿐이더냐!"

一士人, 每榜必落. 其妻問: "郎君科場人事何如, 而每見屈乎?" 答曰: "吾之才華, 實勝於人, 而屢科不中, 數奇也." 妻曰: "今日吾爲試官, 試觀郎之才如何耶?" 士人大喜, 着儒巾, 布藁席. 懸題拈筆, 呻吟之聲, 不絶於口. 庭日欲斜, 妻叩紙障子, 高聲促呈券, 士人惻眼無方, 手脚惶亂, 把硯滴, 噓之曰: "家人無狀, 場中療飢之物, 乃送如此石梨也."

인사불성

　술 마시기를 일삼던 사람이 있었다. 그는 하루라도 술을 마시지 않으면 마치 목이 타서 죽을 사람처럼 마셔댔다.

　일찍이 부친상을 당했을 때다. 그에게는 형제와 같이 정의가 두터운 친구가 있었는데, 친구는 바로 조문을 오지 않고 있다가 상복을 입고 며칠이 지난 뒤에 비로소 조문하러 왔다.[1] 조위弔慰를[2] 마치자 친구가 은밀하게 말하였다.

　"자네가 술을 좋아한다는 것은 내가 아는 바네. 요새는 술을 아예 마시지 못했을 테니 어떻게 견뎠겠나? 내가 그 안타까운 마음을 견디다 못해 몰래 술 한 병을 가지고 왔네. 지금은 마침 조용해서 알 사람도 없을 터. 잠깐 내 권유를 듣는다 한들 거리낄 게 무에 있겠나?"

　그러고는 품 안에서 술병과 큰 잔을 꺼내 앞에 내어놓았다. 그것을 본 상인喪人은 마음속에선 기뻐 미쳐버릴 것만 같았다. 입에서는

---

1) 보통 상복은 부모가 돌아가시고 4일 뒤에 입으니, 친구는 상이 나고 6~7일 뒤에 조문을 왔다고 짐작할 수 있다.
2) 조위(弔慰): 조문과 위문.

마시고 싶은 생각에 저절로 침까지 흘러내렸다. 한참 동안 술병만 뚫어져라 바라보다가 말하였다.

"자네는 참으로 제갈량일세."

친구가 술 한 잔을 가득 붓고 말하였다.

"내가 먼저 한 잔을 마시겠네."

술을 들이마신 후, 병과 잔을 상인에게 주며 말하였다.

"자네도 한 잔 마시게."

상인이 그것을 받아들고 병을 기울였다. 그러나 병은 이미 비어 있었다. 술 한 방울도 나오지 않았다. 그를 본 친구는 거짓으로 놀라는 척하고 말하였다.

"술이 어째서 적어졌지? 이른바 무료하다고[3] 할밖에…."

상인은 뚫어지게 친구를 쳐다보며 말하였다.

"이른바 제갈량도 인사불성이로구먼."[4]

有一人, 業嗜酒, 一日不飮, 口渴欲死. 嘗遭親喪, 其友之情, 若兄弟者. 不卽弔問, 成服後數日, 始往見. 弔慰畢, 密語曰: "子之嗜酒, 吾所知也. 近日斷飮, 其何以堪乎? 吾不勝悲念, 潛佩一壺. 今適從容, 人無知者, 暫聽吾勸, 庸何傷乎?" 仍自懷中, 出酒壺及大盃, 置于前. 喪人心喜欲狂, 口流饞涎,[5] 熟視曰: "汝眞諸葛亮也." 友遂滿酌一盃曰: "吾當先飮." 飮畢, 以壺與盃, 授喪人曰: "君亦酌飮也." 喪人受而傾之, 則壺已乾矣, 一滴不出. 其友佯驚曰: "酒何小也? 可謂無聊矣." 喪人熟視曰: "所謂諸葛亮, 亦人事不省也."

---

3) 무료(無聊): 열없다. 겸연쩍고 쑥스러움.
4) 인사불성(人事不省): 사람의 도리를 잃고 예절을 갖추지 못함.
5) 참연(饞涎): 먹고 싶어서 침을 흘림.

염라대왕의 후손

어리석은 백성이 군정軍丁[1] 대상자로 명부[抄記]에 이름이 올랐다.
이웃에 사는 사람이 그에게 일러주었다.

"자네가 관아에 들어갔을 때, 만약 경순대왕敬順大王의[2] 자손이라
고 말하면 '천한 일은 면제하라[勿侵賤役]'는 명령이 떨어질 테니, 힘든
일에서 어느 정도 벗어날 수 있을 게야."

어리석은 백성이 관아에 들어가 신체검사[捧疤]를[3] 받고, 아전이
그의 특징을 기록하려고 할 즈음이었다. 백성은 잔뜩 겁을 먹고 어
쩔 줄 몰라 하다가 다급하게 말하였다.

"소인은 염라대왕의 팔세 손자인뎁쇼."

그의 말을 들은 고을 수령은 크게 웃으며 말하였다.

"염라대왕이라굽쇼! 너무너무 무섭구나! 설마 나를 잡아가시려
는 것은 아니겠죠?"

---

1) 군정(軍丁): 군적(軍籍)에 오른 지방 장정. 16세 이상 60세 미만의 남자로, 국가나
관아의 명령에 따라 병역이나 노역(勞役)에 종사하였다.
2) 경순대왕(敬順大王): 신라 마지막 왕인 경순왕. 재위 927~935.
3) 봉파(捧疤): 납파(納疤). 군정의 몸을 검사하여 그 특징을 기록하는 것.

有一愚氓, 入軍丁抄記, 其隣人教之曰:"汝入官庭, 若稱敬順大王子孫, 則有勿侵賤役之朝令, 可免矣."愚氓入官, 捧疤之際, 惶惻罔措, 乃曰:"小人卽閻羅大王八世孫也."邑倅大笑曰:"閻羅大王, 甚可畏也. 無乃捉吾去耶?"

육갑 배우기

어떤 사람이 사위를 맞았다. 사위는 어리석고 못난 자였다.
하루는 장인이 사위에게 말하였다.

"자네는 아주 무식한데, 어쩌자고 육갑六甲조차도[1] 배우질 않나?"

"배워보려 했지만, 방법을 알 수 없으니 어떻게 해야 합니까?"

"내가 가르쳐주마. 자네는 내가 읊는 대로 따라 하면 되느니라."

"삼가 말씀을 따르겠습니다."

마침내 장인이 읊었다.

"'갑자을축甲子乙丑' 하렷다!"

사위도 또한 따라 읊었다.

"갑자을축 하렷다!"

"'하렷다'는 하지 마라."

"하렷다는 하지 마라."

"그저 '갑자을축'만 말하라고!"

"그저 갑자을축만 말하라고!"

---

1) 육갑(六甲): 육십갑자(六十甲子). 갑을(甲乙)로 시작하는 10개의 천간(天干)과 자축
(子丑)으로 시작하는 12개의 지지(地支)로 결합된 60가지의 갑자를 차례로 배열한 것.

장인은 화를 내며 말하였다.

"참으로 땀이 나네!"[2]

"참으로 땀이 나네!"

"진짜로 개새끼일세!"

"진짜로 개새끼일세!"

장인은 분노를 참지 못해 벌떡 일어나 사위의 뺨을 갈리며 말했다.

"멍청하기는!"

그러자 사위도 일어나 손으로 장인의 뺨을 때리며 말하였다.

"멍청하기는!"

장인과 사위가 그렇게 서로 구타하기를 한참 동안 하였다. 그러다가 마침내 사위는 할딱거리는 숨을 진정하며 말하였다.

"육갑을 배우는 일도 무지하게 힘드네요!"

有人贅一婿, 愚劣不識字. 一日, 翁謂婿曰:"子太無識, 何不學六甲乎?"婿曰:"雖欲學之, 不知其法, 奈何?"翁曰:"吾當敎之. 子一依吾誦之, 可也."婿曰:"謹聞命矣."翁遂曰:"甲子乙丑爲之也."婿亦曰: "甲子乙丑爲之也."翁曰:"爲之之語, 勿爲也."婿亦曰:"爲之之語, 勿爲也."翁曰:"只曰甲子乙丑."婿亦曰:"只曰甲子乙丑."翁怒曰:"眞澤生也."婿亦曰:"眞澤生也."翁曰:"眞犬子也."婿亦曰:"眞犬子也."翁不勝忿, 蹴而起, 手批頰曰:"鈍哉!"婿亦起, 批翁頰曰:"鈍哉!"翁婿相毆良久, 婿遂始定喘息曰:"學六甲者, 亦甚勞矣."

---

2) 택생(澤生): 의미가 모호한데, 택(澤)에 땀[汗]의 의미도 있어 이렇게 해석했다.

가짜 여우

　어떤 선비가 이웃에 사는 여인에게 마음을 두었는데, 벌써 두 사람은 눈이 맞은 상태였다.

　하루는 선비가 외출하였다가 돌아가는 길에서 우연찮게 그 여인을 만났다. 그때는 해가 막 져서 어슴푸레하고, 길에는 지나가는 사람들도 없었다. 여인은 한편으론 놀랍고, 한편으론 기뻐하며 말하였다.

　"바라건대 나와 함께 가 주세요."

　선비는 속으로 중얼거렸다.

　'여우가 늙으면 반드시 부인 형상을 하고 다닌다고 들었거늘⋯. 내가 전부터 이웃 여인에게 마음을 주고 있는 까닭에 늙은 여우가 그녀의 형상을 빌려 나타났나 보군.'

　이에 말하였다.

　"그리 하시지요."

　선비는 여인의 손을 잡아끌었다. 그러고는 안장 위로 올려 같이 앉았다. 여인은 마음속으로 선비가 사사로운 욕심 때문에 그렇게 한다고만 생각했다. 게다가 이슥한 밤이 되어 알아볼 사람도 없는지라, 그녀는 선비와 같이 앉아 동행하는 것을 거부하지 않았다.

선비는 자기 허리띠를 풀어 두 사람의 허리를 함께 단단하게 묶었다. 두 손은 여인의 젖가슴 사이에 올려 꽉 껴안고서 길을 떠났다.

집이 점점 가까워졌다. 개 짖는 소리도 들렸다. 여인이 이제는 말에서 내려달라고 요구했다. 그러자 선비는 그녀가 여우임을 더욱 확신하게 되었다. 더 세게 여인을 껴안으며 내릴 수 없게 막았다. 여인은 다른 사람의 눈에 띌까 봐 걱정스러워 더욱더 다급하게 부탁했다. 이에 선비는 큰 소리로 마을 사람들을 불렀다.

"속히 몽둥이를 가지고 나와 이 여우를 잡으시오!"

소리를 들은 마을 사람들이 모여들었다. 여인의 남편도 그 틈에 끼어 있었다. 횃불을 들고 비춰보니, 그녀는 자기 아내였다. 남편은 선비와 함께 말을 타고 온 것을 꾸짖으며, 모질게 구타하였다.

【여우가 홀리는 게 사람의 아첨보다는 못하지. 선비는 가짜 여우를 잡았으니 영원히 미혹한 일에 빠지지 않을 터. 그러니 진짜 여우를 잡은 것보다 낫지 않은가!】

有一士人, 有意隣婦, 曾已目成矣. 一日, 士人適他而歸, 道遇其婦. 時値薄暮, 且無行人. 婦驚喜曰: "願與吾同行也." 士人私語于心曰: "吾聞老狐必假婦人形, 吾曾有意於隣婦, 故狐必假其形也." 遂曰: "諾." 仍挽婦人手, 使之共乘一鞍. 婦心以爲士有私情, 故必如是也. 且以暮夜無知, 遂許其同行, 士人解腰帶, 緊繫兩腰, 以手抱持婦乳間而行. 家漸近, 聞犬吠聲, 請下馬, 士人益信其狐也, 愈牢抱, 不肯放下. 婦恐人視之, 請愈急, 士人遂大呼里人曰: '速持器械而出, 捉此狐也.' 里人應聲而集, 婦之夫, 亦在其中, 引炬而視之, 則婦也. 夫責其同乘而猛毆之. 【狐之妖, 不若人之媚. 士人之捉假狐, 永絶迷惑之事, 勝於捉眞狐.】

의영고

　시험장에 책을 가지고 들어갈 수 없도록 금지하는 게 몹시 심할 때였다. 어떤 유생이 쑥〔義草〕을[1] 콧구멍에 집어넣고 시험장에 들어갔다. 들어가는데 자꾸 '흥흥' 하고 콧소리가 났다. 이에 시험장 출입을 검사하는 나졸이 그를 붙잡아 물었다.

　"생원의 코는 장흥고長興庫요?[2] 어찌하여 오랫동안〔長〕 '흥흥'〔興興〕 거리오?"

　"의영고義盈庫라오!"[3]

　試所冊禁甚嚴. 有一儒生, 以義草, 納于鼻穴而入場, 鼻聲興興. 禁卒捉問曰: "生員之鼻, 爲長興庫耶? 胡爲長興興也." 對曰: "義盈庫也."

---

1) 쑥을 보통 의초(義楚)라고 한다. 여기서는 쑥으로 커닝 페이퍼를 만든 것으로 보인다.
2) 장흥고(長興庫): 궁중에서 사용하는 돗자리, 종이, 기름종이〔油紙〕 따위를 제공하고 관리하던 관청.
3) 의영고(義盈庫): 궁중에서 쓰는 기름, 꿀, 과일 등의 물품을 관리하던 관청. 여기서는 '의초〔義草＝쑥〕가 가득 차 있는〔盈〕 곳〔庫〕'이라는 의미다. 언어유희다.

도둑질

어떤 무장武將이 재상과 더불어 서로 이야기를 나누다가 이런 말이 나왔다.

"제가 데리고 있는 장교는 뭐든지 잘 훔치는데, 그에게 속지 않은 자가 없답니다."

"나도 속일 수 있을까?"

"어렵지 않을 겝니다."

재상이 가죽 주머니 하나를 꺼내 보이며 말했다.

"이 주머니 안에는 바둑돌처럼 생긴 은[棊子]이[1] 가득 차 있네. 그래서 내가 늘 곁에 두고 있네. 장교가 만약 이것도 도둑질해 갈 수 있다면, 내가 그에게 변방의 벼슬자리 하나는 마련해 줌세."

기한은 삼 일로 정했다. 무장이 돌아와 장교에게 그 말을 전하니, 장교는 곧장 재상의 집으로 찾아가 인사를 드렸다. 재상이 웃으며 말하였다.

"자네가 도둑질을 그리 잘한다면서? 그럼, 저것도 훔쳐가 보게."

---

1) 기자(棊子): 기자은(棊子銀). 바둑돌처럼 생긴 은.

벽 위에 매단 주머니를 가리켰다. 장교가 대답하였다.

"소인이 비록 훔치기를 잘하지만, 그래도 어떻게 면전에서 도둑질을 하겠습니까?"

그러고는 인사만 드리고 나왔다.

밤이 되었다. 재상은 곁에 있는 사람들에게 단단히 주의를 주어 집 안을 엄히 지키도록 했다. 은 주머니도 내려 머리맡에 두고 잤다. 날이 밝자, 일어나서 주머니를 다시 벽에다 걸어두었다.

다음 날에도 장교는 재상을 방문했다. 장교가 주머니 곁으로 다가서자, 재상은 벽에서 눈길을 떼지 않고 주의 깊게 살폈다. 흠칫흠칫 놀라는 게 혹시라도 주머니를 잃어버릴까 초조해하는 모양이었다. 그렇게 지켜보면서 이내 말하였다.

"내가 이렇게 잘 지키고 있는데, 자네가 무슨 수로 그것을 훔칠 수 있겠나?"

장교는 다시 인사만 드리고 물러나왔다.

삼 일째 되던 날이었다. 장교는 이른 시간에 재상을 찾아왔다. 재상이 물었다.

"자네는 오늘이 약속한 마지막 날이란 것쯤은 알고 있겠지?"

"오늘 만일 저 주머니를 훔쳐 간다면, 저는 대감님 손에 의해 변방 장수로 제수되겠지요. 만약 훔쳐 가지 못하면 저는 제 상관에서 곤장을 맞아 죽게 되겠지요. 소인이 죽느냐 사느냐 여부가 이 주머니에 달렸군요."

그러고서 벽 위에 매단 주머니를 꺼내 소매 안에 쑥 집어넣었다.

"이런 식으로 훔쳐 갈 수 있다면 큰 덕을 입을 텐데 말입니다."

재상이 버럭 화를 내며 꾸짖었다.

"자네는 힘으로 무작정 뺏어가려는가? 어찌 그리도 무례하단 말인가? 속히 주머니를 꺼내 제자리에 걸어 놓아라!"

장교가 사죄하며 말하였다.

"간절하게 바라던 것이 여기에 있는지라, 감히 존귀하신 분 앞이라는 것도 망각하고 말았습니다. 그 죄는 만 번 죽어 마땅하옵니다."

장교는 얼른 소매 안쪽에서 주머니를 꺼내 벽 위에 다시 걸어 놓았다. 그러고서 하직 인사를 드렸다.

"소인은 이제 죽사옵니다. 앞으로 두 번 다시 대감님께 인사를 드리지 못할 것 같습니다."

"자네가 뭐든지 잘 훔친다고 이름을 날렸다는데, 참으로 어리석은 놈이었군! 비록 죽는다한들 누구를 원망하겠는가?"

장교는 마침내 느릿느릿 밖으로 걸어 나왔다.

잠시 후였다. 무장이 사람을 보내 은 주머니를 재상에게 보내왔다. 이런 말과 함께.

'삼가 은 주머니를 온전한 상태로 보냅니다.'

재상은 깜짝 놀라 벽에 매단 은 주머니를 쳐다보았다. 돌아온 주머니와 벽에 걸린 주머니. 두 주머니는 거의 똑같다 할 만큼 비슷하여 어떤 것이 진짜고 어떤 것이 가짜인지를 구별하기 어려웠다. 열어 보니, 벽에 걸린 주머니에 담긴 것은 납과 쇠 조각들이었다.

무릇 장교는 이틀 동안 찾아와 재상께 인사를 드리는 동안에 은 주머니가 어떻게 만들어졌는지를 자세하게 살폈다. 돌아가 그 모양 그대로 만들었고, 주머니 안에는 납과 쇠 조각을 담아두었던 것이다. 삼 일째 되던 날. 장교는 가짜 주머니를 소매 안에 집어넣고 재상을 찾아갔다. 가서 진짜 은 주머니를 소매 안에 넣었다가 꺼내는 사이에, 둘을 바꿔치기했던 것이다. 그렇게 하는 데도 그것을 알아챈 사람은 아무도 없었다.

재상은 장교의 재주를 기특히 여겨 약속대로 변방의 장수 자리를 마련해 주었다.

一武將, 與宰相語曰: "吾有一校, 能善盜, 人無不見欺者." 宰相曰: "可欺我乎?" 武將曰: "無難也." 宰相出示一革囊曰: "此中盛銀幾子, 置吾左右, 彼若盜去, 則吾當授邊將一窠[2]也." 遂限以三日. 武將歸, 呼其人語之, 校卽往謁宰相家. 宰相笑曰: "子善盜乎? 可盜此去也." 仍指壁上所掛囊. 校對曰: "小人雖善盜, 安能對面爲盜乎?" 遂拜辭而出. 宰相夜飭左右, 嚴其扃鐍,[3] 置囊于枕底, 朝起復掛壁. 校翌日又往, 立囊傍, 宰相注目壁間, 瞿瞿然猶恐失之也. 仍曰: "苟善守之, 子安能盜乎?" 校又辭退. 第三日, 又早往, 宰相曰: "子能趁今日限乎?" 校對曰: "今日若盜去此囊, 則當得除邊將於大監之手, 若不盜去, 則當限死, 決棍於主將之前, 小人生死, 懸於此囊矣." 仍就壁上, 取囊納袖中曰: "如是盜去, 則可蒙上德矣." 宰相叱曰: "子欲劫奪以去? 何乃無禮? 斯速出掛也!" 校謝曰: "至願所在, 不覺觸冒尊前, 罪當萬死." 仍出諸袖中, 復掛壁上, 拜辭曰: "小人今則死矣. 將不得復拜於大監也." 宰相曰: "子以善盜得名, 可謂愚者也. 雖死誰怨哉?" 校遂趨出, 少頃, 武將送人, 納銀囊于宰相, 曰: "謹此還完矣." 宰相大驚, 取視壁上囊, 則兩相恰似, 莫卞眞假. 開視之, 則壁掛者, 鈆鐵也. 盖校兩日來謁, 熟視其囊製, 遂依樣造出, 中實以鈆鐵, 第三日, 袖此而往, 銀囊出入之時潛換, 而人莫知也. 宰相奇其才, 爲之踐約.

2) 일과(一窠): 벼슬자리 하나. 규정에 의해 정해 놓은 벼슬자리 중의 한 자리.
3) 경휼(扃鐍): 문호(門戶)의 자물쇠.

옹기 모자

한 여인이 다른 사람과 간통하던 차에 남편이 밖에 나갔다가 돌아왔다. 그때는 날씨가 몹시 추웠다. 남편은 곧장 부엌으로 들어가 아궁이에 손을 쬐며 말하였다.

"무지하게 춥네, 무지하게 추워!"

여인은 샛서방을 방 안에 둔 채 문을 열고 나왔다. 그리고 부엌으로 가서 손으로 남편의 등을 어루만지며 말했다.

"옷이 이렇게 얇은데, 어찌 춥지 않겠어요."

그러고는 부엌에 있던 옹기를 들어 남편의 머리에 씌워 얼굴 전체를 가리고 말하였다.

"만약 솜으로 짠 무명 몇 자〔尺〕만 얻는다면 커다란 모자를 만들어, 이런 모양으로 머리에 씌워주면 추위도 족히 막을 수 있을 텐데…."

말을 하고 난 뒤에 옹기를 벗겨냈다. 그러는 사이에 샛서방은 이미 방문을 열고 달아났다.

有一婦, 與人私通之際, 其夫自外來. 時適天寒, 直向竈下, 以手向火曰:"寒甚, 寒甚!"婦奸夫于房內, 開戶而出, 手撫夫背曰:"衣甚薄, 豈不寒乎?"仍舉廚間甕器, 冠于夫首, 盡蔽全面曰:"若得綿布幾尺, 則製一大幧幪, 依此樣, 着於頭上, 則足可禦寒矣."遂脫去其甕, 奸夫已開門而逃矣.

말이 없으면 수탉을 타지

기산岐山의[1] 송 상사上舍는[2] 호탕한 선비다. 마침 인근에 있는 친구 집에 갔는데, 거기에는 손님 몇 명이 모여 있었다. 주인이 미안해하며 말하였다.

"손님께서 오셨지만, 찬이 없어 거친 음식만 내어놓자니 부끄럽습니다."

송 상사가 말하였다.

"찬이 없으면 백정을 불러 내 말을 잡으라고 하는 게 좋겠소."

자리에 앉아있던 손님들이 말하였다.

"말이 없으면 돌아갈 때에는 어떻게 하시려고요?"

"내가 돌아갈 때에는 주인집에서 키우는 수탉을 빌려 타고 가도 무방하겠지요."

주인은 크게 웃었다. 그러고서 닭을 잡아 그들에게 대접하였다.

【손님은 곽림종郭林宗이[3] 아니고, 주인 또한 꽃을 두고 온 손님은

---

1) 기산(岐山): 서울 서대문구 안산[=길마재].
2) 상사(上舍): 생원, 혹은 진사.
3) 곽림종(郭林宗): 후한(後漢) 때의 학자 곽태(郭泰). 제자가 수천 명이었는데, 그들은

아니지!】[4]

　岐山宋上舍, 豪士也. 適往隣邑親友家, 數客亦會. 主人謝曰: "有客無饌, 蔬糲可媿." 宋曰: "若無饌, 則呼屠者, 宰吾馬, 可也." 坐客曰: "君無馬, 歸時將何爲?" 曰: "吾歸時, 借騎主人家雄鷄, 亦無妨矣." 主人大笑, 乃殺鷄而餉之.【客非郭林宗, 主人亦非芳客.】

곽림종의 사람됨을 사모하여 다투어 방문했다고 한다. 관상을 잘 보기로 유명하다.
4) 곽림종이 모친상을 당했을 때, 너무 가난했던 그의 친구 서치(徐穉)는 조문할 물건을 마련하지 못해 그저 풀〔生芻〕 한 다발을 곽림종 집 앞에 두고 뒤도 보지 않고 돌아온 고사를 말하는 듯하다. 서치를 '꽃을 두고 온 손님'에 비유한 것으로 보인다. 『후한서(後漢書)』〈서치열전(徐穉列傳)〉에 나오는 고사다.

백일장

　예전에 병마절도사[兵使]가 백일장을 열었다. 유생儒生들은 무인武人에게 답안지 바치는 것을 부끄럽게 여기며 시험장에 들어가지 않았다. 겨우 몇십 명만 참여하였다. 병마절도사가 말하였다.

　"유생이 적지만, 족히 백일장을 열 만하다."

　그러고는 글제를 내걸었다. 시험이 끝나자 시험지도 거둬 갔다. 모두 수합하자, 병마절도사는 유생들에게 술과 안주를 풍성하게 내어 주며 그들을 후하게 대접하였다. 거기에 상으로 돈과 곡식, 종이와 붓도 넉넉하게 내려 주었다. 고을 유생들은 그 소문을 듣고 모두 웅성거렸다.

　훗날, 병마절도사가 다시 백일장을 실시한다고 명령하였다. 이번에는 많은 유생들이 다투어 시험장으로 왔다. 모여든 사람들로 관아의 마당이 가득 찰 정도였다.

　병마절도사는 앞뒤의 출입문을 모두 닫도록 했다. 그러더니 유생들을 꾸짖기 시작했다.

　"접때 백일장을 실시했을 때에는 무관이라고 무시하며 오지 않더니, 후한 상을 내렸다는 소문을 듣고 오늘은 구름처럼 모여들었겠다! 그 마음 씀씀이를 생각하면, 도둑놈의 심보와 별반 다를 것도 없는지라. 유생으로 대접해 주는 게 마땅치 않도다!"

【한바탕 속 시원한 말일세!】

이에 열 명 남짓한 장교들에게 버드나무 가지로 만든 채찍을 쥐라고 명령했다. 명령이 떨어지자, 장교들은 일시에 고함을 지르며 세차게 달려들며 유생들을 냅다 두드려 팼다. 유생들은 동쪽으로 달아나고 서쪽으로 달리면서 두렵고 당황해하며 어찌할 바를 몰랐다. 담장을 넘는 자, 개구멍을 뚫는 자 등 모두 낭패를 보고 달아났다.

昔有兵使, 設白[1]日場, 諸生皆恥呈券於武弁, 不肯赴入場者, 堇爲數十人. 兵使曰: "儒生雖小, 足可設場." 懸題收券, 盡數取之, 大備酒饌, 厚待之, 以錢穀紙筆, 優其賞給. 一境之士, 聞之皆聳. 他日, 又出設場之令, 諸生爭赴, 雲集滿庭. 兵使乃令閉前後門, 叱諸生曰: "曩者設場, 蔑視武官, 皆不來, 及聞厚賞, 今乃雲集, 究厥心事, 無異盜賊. 不可以儒生待之."【一場快心事】乃使將校十餘人, 持柳栳鞭, 一時納喊, 馳突奮擊, 諸生東奔西走, 惶惻罔措, 踰墻穿穴, 狼狽而走.

---

1) 원문에는 '百'으로 되어 있는데, '白'의 오류임.

회슬레

어떤 시골 여인은 행실이 자못 추잡했다. 그래서 시어머니가 매번 꾸짖어대니, 며느리도 그것을 몹시 괴로워했다. 마침 이웃에 사는 사람이 와서 며느리에게 말을 전했다.

"자네 시어머니도 젊었을 때에는 그런 행실머리가 있었지. 그러다 남편에게 발각되어, 네 시어머니는 큰 북을 등에 지고 마을 한바퀴를 돌아야 했단다. 네 시아버지는 그 뒤를 쫓아가면서 소리 질러 죄를 성토하고 북도 쳐가면서 창피를 주었지."

그 후 시어머니가 며느리를 다시 꾸짖자, 며느리가 말하였다.

"제가 듣기로는 어머니도 젊었을 때에는 큰 북을 졌다던데요."

"전하는 말이 잘못되었구나! 나는 예전에 작은 북을 졌지, 무슨 큰 북을 졌다고…."

有一村婦, 頗有醜行, 其姑每責之, 婦甚苦之. 適隣人語其婦曰: "子之姑少時亦有此行, 爲夫所覺, 嘗使之背負大鼓而巡行一村. 夫從後聲罪, 而撾其鼓以羞愧之也." 其後, 姑又責其婦, 婦曰: "吾聞姑少時亦背負大鼓也." 姑曰: "傳說爽矣! 吾嘗負小鼓也. 何曾負大鼓乎?"

명의

옥황상제께서 병환이 있어, 인간세계의 유명한 의원을 불러 모이려 했다. 이에 사자를 내려보내 이름난 의원을 찾아서 데려오게 했다.

사자가 의원의 집을 찾아가서 볼 때마다 그 집 문 앞에는 원귀冤鬼들이[1] 잔뜩 모여 있었다. 의원의 명성이 높으면 높을수록, 그에 비례하여 모인 원귀들의 수도 많았다.

마지막으로 한 의원의 집 문 앞에 이르렀다. 그의 집 문 앞에는 원귀가 딱 한 명만 있었다. 사자는 몹시 기뻐하며 '이 의원이야말로 의업에 정통한 자'라고 생각했다. 이에 그에게 다가가 물었다.

"당신이 의원 일을 한 지는 몇 년이나 되오?"

의원이 대답했다.

"어제 개업했습지요!"

玉皇上帝, 有病患, 欲見人間之名醫, 使使者, 訪以招之. 每到醫家,

---

1) 원귀(冤鬼): 원통하게 죽은 귀신.

輒見寃鬼屯聚其門. 醫名愈高, 而鬼愈多. 最晩, 見一醫門外, 只有一鬼. 使者喜以爲此必業精者, 進而問曰："子之爲醫之業者, 幾年?" 答曰："自昨日始矣."

은어

　어느 고을에서 큰 도적 한 놈을 잡아 고을 옥에 가두었다. 목에는 나무칼을 씌우고, 손과 발에는 쇠사슬을 채우는 등 매우 엄중하게 관리하였다.

　마침 고을 수령이 서울로 올라가 있을 때였다. 하루는 어떤 손님이 건장한 종을 데리고 좋은 말을 타고 왔다. 그 행색이 엄숙한 게, 서울에서 권력깨나 행사하는 양반〔京華士夫〕임에 틀림없었다. 그가 질청〔秩吏廳〕[1] 마루로 올라와 앉더니, 이방을 불러 물었다.

　"이 고을에 중죄를 범한 죄인이 있느냐?"

　"있습니다."

　"그는 내 집 종이니라. 처음에는 자못 양순하더니만 한번 잘못된 생각을 먹고 이 지경에 이르렀으니 죽임을 당해도 애석할 게 없네. 하지만 우리 집 전곡錢穀이 나가고 들어오는 것을 모두 그놈에게 맡겼던지라, 그놈이 죽기 전에 수효를 물어보지 않을 수가 없었네. 그런 까닭에 내가 여기까지 온 것이지. 너희들은 의심치 말고 잠시

---

1) 질청〔秩吏廳〕: 아전들이 모여 사무를 보는 곳. 보통 질청〔作廳〕, 혹은 연청(椽廳)이라 한다.

동안만 죄인을 끌고 나와 한 번만 나와 대면케 해주게. 모름지기 칼과 차꼬를 단단하게 채우면 달리 염려할 것도 없지 않겠나."

아전들은 비록 명령을 따르고 싶지 않았지만, 손님의 위엄〔威稜〕에[2] 잔뜩 주눅이 들었다. 이에 간신히 대답하였다.

"그리 합죠."

마침내 옥문이 열리고 죄수가 나왔다. 단단하게 결박하고 데리고 갔더니, 손님은 도적을 보고 꾸짖어 말하였다.

"내가 네게 마음을 고쳐먹으라고 여러 번 경계했거늘…. 너는 끝내 고치지 않고 이 지경까지 이르렀으니 누구를 원망하겠느냐?"

도적이 울며 말하였다.

"소인이 상전의 가르침을 따르지 않아 스스로 죽을 곳으로 빠져들고 말았습니다. 참으로 뭐라고 다시 아뢸 말씀이 없습니다."

"너는 비록 네 죄로 인해 죽을지라도 우리 집 전곡에 관한 임무는 네가 맡아서 내가고 빼오고 했던 터라, 한 번은 묻지 않을 수 없었다. 그래서 내가 몸소 여기까지 온 것이고."

그러고서 물었다.

"아무 곳에 있는 논과 밭이 얼마며, 해마다 거둬들이는 게 얼마였더냐?"

"얼마큼이고, 얼마큼입니다."

다시 다른 두세 군데의 상황을 물으니, 막힘없이 줄줄 대답하였다. 또 돈을 보관한 곳을 물으니, 도적이 대답하였다.

"아무 곳과 아무 곳에 몇 관貫 정도가 보관되어 있고, 아무개와

---

2) 위릉(威稜): 위엄.

아무개에게는 몇 관 정도를 빌려주었습니다."

손님은 붓을 들어 종이에 하나하나 기록하였다. 기록하기를 마치자, 이내 말하였다.

"이제는 더 물을 게 없겠다. 다시 옥으로 돌아가거라."

도적은 다시 울음을 터트리며 말했다.

"소인이 죽기 전에 주인의 얼굴을 한번 뵈었으니 다시 무슨 여한이 있겠습니까. 다만 삼거리 서방님께 인사 한번 드리지 못하였으니, 죽어도 눈을 감을 수 없겠습니다."

"네가 도적질을 해서 죽게 되었는지라. 비록 주인과 노비 사이라해도 어떻게 직접 찾아와 마지막 이별 인사를 나누겠느냐? 듣건대삼거리 서방님은 모레 즈음에 이 고을 서면西面에 있는 아무개 양반댁에 온다고 하더구나. 그렇지만 너를 보러 오지는 않을 게다."

손님은 그렇게 말을 타고 돌아갔다. 옥졸은 죄수를 검속하여 다시 옥 안으로 가두었다.

며칠이 지난 뒤였다. 도적은 나무칼과 쇠사슬을 부수고 옥에서빠져나와 달아났다.

무릇 손님은 도적의 괴수였다. '삼거리'를 운운한 것은 큰 밧줄이석 줄이요, '서면' 운운한 것은 서쪽 담장을 말한다. 둘은 은어隱語로약속을 정해 달아나게 한 것이다. 약속한 날 밤에 도둑 떼들이 밧줄을 서쪽 담장으로 던졌고, 도적은 그것을 잡고 기어올라 담장을 넘어 달아났던 것이다.

有一邑捕巨盜一人, 牢囚郡獄, 枷鎖³⁾甚嚴. 適邑宰入京, 一日, 有一客豪奴駿馬, 行色儼然京華士夫也. 來坐椽吏廳上, 招首吏問曰: "邑有重囚乎?"對曰:"有之矣."客曰:"此吾家奴也. 始頗良順, 一念之差, 馴致此境, 死無足惜. 但吾家錢穀出入, 一任於渠, 渠死之前, 不可不一問其數, 故吾以此至. 汝輩不須疑慮, 可暫出獄囚, 容我一面, 亦須嚴枷以防他慮也."吏輩雖欲不承, 而惻於威稜, 謹對曰:"唯."遂出獄囚, 緊縛而至. 客見盜責曰:"吾屢戒汝革心, 而汝終不悛, 今乃至於此, 向誰咎哉?"盜涕泣曰:"小人不遵上典之教飭, 自陷死地, 實無更達者矣."曰:"汝雖死於汝罪, 而吾家錢穀之任, 汝出入者, 不可不一問, 吾故此躬臨矣."仍問:"某處田土爲幾何, 歲收幾何耶?"盜對曰:"某某數矣."又問他數三處, 其對如流. 又問錢貨所在, 對曰:"某某處有幾貫, 某某人貸幾貫矣."客操紙筆, 一一記錄. 錄訖, 仍曰:"今無更問之事, 可還就獄也."盜復泣曰:"小人得於未死之前, 一瞻主顔, 更無餘憾, 而但未得一拜於三巨里書房主, 死將不瞑矣."客曰:"汝犯盜將死, 雖奴主間, 何以來訣汝乎? 聞三巨里書房主, 再明間當到此邑西面某姓兩班家, 然必不歷見汝也."遂騎馬而去. 獄卒押盜, 還囚獄中. 數日後, 盜打破枷鎖, 越獄而走. 盖客乃盜魁也, 而三巨里云者, 大索三件也, 西面云者, 西墻也. 以隱語設期而去, 其夜群盜以索投西墻, 盜攀而越墻矣.

---

3) 가쇄(枷鎖): 형구(刑具)의 한 종류. 가(枷)는 죄인의 목에 씌우는 나무칼이고, 쇄(鎖)는 손목에 채우는 쇠사슬이다.

스스로 즐겨 하니

　관아를 찾아왔던 손님이 그곳 기생에게 미혹되었다. 수령이 바뀌어 돌아가게 되었을 때에도 그는 병을 핑계 대고 외따로 떨어진 채 기생집에 머물며 한참 동안 집으로 돌아가지 않았다. 그 집 사람들은 그가 오지 않는 것이 하도 이상하여 종을 보내 모셔오게 했다.

　종이 기생집에 도착해서 보니, 주인은 어린아이를 업은 채 방아를 찧고 있었다. 깜짝 놀란 종이 말하였다.

　"주인께서는 댁에 계실 때에도 천한 일을 손수 하신 적이 단 한 번도 없지 않습니까. 그런데 지금은 어찌하여 이런 고생을 사서 하십니까? 바라건대 저와 함께 돌아가십시다."

　주인은 손을 내저으며 꾸짖어 말하였다.

　"무슨 미친 말을 그리도 해대느냐?"

　종이 물었다.

　"그나저나 엎고 있는 아이는 누구인가요?"

　"전 남편의 아들이지 뭐!"

　【내가 스스로 이를 즐겨 하니 피곤함도 없어라!】

有一衙客, 惑於房妓. 主倅遞歸之時, 稱病落後, 仍留妓家, 久不還家. 其家人怪之, 送奴請還, 奴至妓家, 見其主負小兒而舂杵. 奴驚曰: "主在家時, 未嘗躬執賤役, 今何自苦如此? 乞與僕同歸." 主揮手責曰: "胡爲狂言也?" 奴問曰: "背上兒, 誰也?" 主曰: "前夫之子也."【我自樂此, 不爲疲也.】

군역의 고통

    어떤 시골 여인이 아이를 임신한 지 몇 년이 지났는데도 출산하지 못했다. 그래서 모두 뱃병이려니 하고 여겼다.

    그로부터 거의 60년이 지났을 무렵이었다. 문득 남자아이 하나를 낳았는데, 그는 이미 머리와 수염이 하얗게 세었고, 태어나면서부터 허리가 굽어 지팡이를 짚고 있었다. 곁에 있던 사람이 물었다.

    "무엇 때문에 그렇게 오랫동안 뱃속에서 지내다가, 지금에 와서야 나오셨소?"

    "그때 나오면 군역軍役을 할 게 무섭더군. 나이가 차서 노령으로 면제될 때까지 기다리다 보니, 이제야 비로소 머리를 내밀 수 있게 된 것이라오."

    【말이 참으로 황당하고 맹랑하군. 그러나 여기서도 또한 군역의 고통을 엿볼 수 있지.】

    有一村婦, 孕胎屢年不産, 以爲腹病矣. 殆近六十年, 忽産一男子, 鬚髮已白, 落地之初, 扶杖傴僂. 傍人問曰: "何久在腹, 今始出也?" 答曰: "出來, 軍役可畏, 年滿老除, 乃出頭也." 【語固誕妄, 亦可見事役之苦也.】

육담풍월

　예전에 깊은 산골 마을의 수령이 된 자가 있었다. 그 고을의 풍속은 거칠고 비루하며, 사투리는 해괴하고 추하여 사람들과 더불어 이야기를 주고받을 수 없을 정도였다. 일찍이 수령이 곁에서 자기를 모시는 아이종에게 물었다.

　"이 고을에는 시를 주고받으며 읊고 노래할 만한 문인이 없느냐?"

　"아무개와 아무개 생원은 풍월을 잘 읊어, 이 고을에서 단연 돋보이는 인재들[翹楚]입죠."[1]

　수령은 곧장 예방을 보내 그들을 모셔오게 했다. 세 사람은 예의에 맞게 옷과 갓을 갖춰 입고 발을 높이 쳐들고 들어왔다. 수령은 읍揖을[2] 하고 물었다.

　"이 고을은 외진 곳이라 그런지 하는 일이 적습니다. 적적함을 달랠 길 없던 차에 존귀하신 어르신들께서 시를 잘 읊는다는 말씀을 얼핏 들었습니다. 그래서 제가 직접 찾아가 뵙지 않고 감히 손님

---

1) 교초(翹楚): 무리 중에 빼어난 인재. 『시경』 〈한광(漢廣)〉의 "쑥쑥 뻗은 잡목 속에, 그 가시나무를 베리라.〔翹翹錯薪, 言刈其楚.〕"에서 나온 말이다.
2) 읍(揖): 두 손을 맞잡아 얼굴 앞으로 들어 올리고 허리를 앞으로 공손히 구부렸다가 몸을 펴면서 손을 내리는 인사법.

들을 오시게 했습니다. 한자리에 모여 시나 주고받으면서 적막함을 물리치는 기회를 갖고자 하는데, 괜찮겠습니까?"

세 사람은 앉았던 자리에서 잠깐 일어나더니[3] 사양하며 말하였다.

"저희들은 한문[文字]에 능하지 않습니다. 육담풍월[肉談風月]이나[4] 대강 하는 정도입니다. 일단 글제를 내려줘 보십시오."

당시 수령은 관아 마당에 심어진 고목을 쳐다보고 있었는데, 때마침 솔개 한 마리가 나무 위로 내려와 앉았다. 이에 손을 들어 그곳을 가리키며 말하였다.

"저것을 시의 주제로 삼지요."

세 사람은 수령의 명을 듣고 둥글게 모여 앉았다. 그들은 말없이 앉아 있는데, 기다리는 잠깐 동안은 마치 오장[五內]이[5] 모두 타서 녹아내리는 것처럼 초조하기만 했다. 이윽고 한 사람이 육담으로 먼저 읊었다.

"저 연이여! 장개옥이라.〔彼鳶兮, 將盖屋.〕"[6]

나머지 두 사람은 육담을 듣고 칭찬하며 말하였다.

"참 좋네! 참 좋아!"

또 다른 한 사람이 읊었다.

"저 연이여! 욕태복이라.〔彼鳶兮, 欲馱卜.〕"[7]

---

3) 앉았던 자리에서 잠깐 일어나서: 피석(避席). 웃어른에게 공경을 드러내기 위해 앉았던 자리에서 일어남.

4) 육담풍월(肉談風月): 한시 형식을 하고 있으나 우리말과 한자가 섞여 있어 언어유희의 효과를 노리는 희작시(戱作詩). 작품에 사용된 한자는 때로는 뜻으로 풀어야 하고, 때로는 소리 나는 대로 풀어야 한다.

5) 오내(五內): 오장(五臟). 간장, 심장, 비장, 폐장, 신장.

6) 이야기 뒤에 선비들이 제시한 해석을 따르면, 이 말뜻은 이렇다. "저 솔개여! 장차 날개를 펼치려 하는구나!"

나머지 두 사람이 또 칭찬하였다.

"절묘하네! 절묘해!"

또 한 사람이 읊었다.

"저 연이여! 필음초라.〔彼鳶乎. 必飮醋.〕"8)

나머지 두 사람이 손뼉을 치며 말하였다.

"신통하네! 신통해!"

수령은 눈만 동그랗게 뜬 채 그게 무슨 의미인지 도무지 알 수 없었다. 이에 물었다.

"도대체 시에 어떤 의미가 담긴 겝니까?"

그들이 대답했다.

"시골에서는 띠로 이엉을 엮는 것을 '익개옥이라 하는데,'9) '개옥 盖屋' 운운한 것은 솔개가 날개를 편 것을 말하지요.10) 사람이 마소에 짐을 실으려면 반드시 밧줄로 돌돌 말아야 하지요. 한자 '삭〔索＝바(밧줄)〕'과 한자 '족〔足＝발〕'은 한글로 풀면 음이 비슷하지요. 그러니 '태복駄卜' 운운한 것은 솔개가 나무에 발을 모으고 앉은 것을11) 말하지요. 사람이 식초를 마시게 되면 '구곡口뻑'하는 소리를 내지

---

7) 이야기 뒤에 선비들이 제시한 해석을 따르면, 이 말뜻은 이렇다. "저 솔개여! 다리를 모으고 앉으려 하는구나!"

8) 이야기 뒤에 선비들이 제시한 해석에 따르면, 이 말뜻은 이렇다. "저 솔개여! 반드시 부리를 굽히리라."

9) 익개옥이라 하는데: 이 부분이 원문에는 없다. 이야기를 엮다가 중간에 무의식적으로 '개옥(盖屋)'을 빠트린 것으로 보인다. 문맥을 고려하여 '익개옥이라 하는데'라고 번역하였다. 뒤의 '翼盖屋云者'도 '개옥 운운한 것은'으로 바꾸어 번역했다.

10) 이엉은 짚이나 새 등을 길게 엮어 지붕을 만드는 것이니, 새가 날개를 펴는 모양이 마치 이엉을 엮은 것 같다는 의미다.

11) 발을 모으고 앉은 것: 원문에는 '반족(盤足)'으로 되어 있다. 반족은 책상다리를 하고 앉는 것인데, 여기서는 솔개가 나뭇가지에 앉은 형상을 말한다.

요.[12) '음초飮酢' 운운한 것은 부리를 굽히는 것을 말한답니다.[13) 그러니 어찌 미묘하고도 공교하지 아니합니까?"

수령은 자기도 모르게 배를 움켜잡고 웃었다.

古有作宰深峽者, 邑俗椎鄙, 方言駁惡, 無可與晤語者. 嘗問[14)侍童曰: "此有文士, 可以酬酢吟咏者乎?" 對曰: "某某生員, 善風月, 乃一邑之翹楚也." 倅乃遣禮吏招之, 三人者整巾服,[15) 高擧趾而入. 倅揖而問曰: "僻邑事簡, 無以遣寂, 仄聞尊輩善吟咏, 故敢此坐屈,[16) 一席酬唱, 以作破閒之資, 可乎?" 三人者避席謝曰: "文字吾未能也. 曷知肉談風月, 請命題焉." 倅適見庭前古樹, 有一鳶飛下. 仍擧手而指之曰: "此可作詩題也." 三人聞命而環坐, 沉吟半餉,[17) 五內焦灼,[18) 一人以肉談先吟曰: "彼鳶兮, 將盖屋." 二人者, 聞而讚曰: "大好! 大好!" 又一人吟曰: "彼鳶兮, 欲駄卜." 二人者, 又讚曰: "絶妙! 絶妙!" 又一人吟曰: "彼鳶乎, 必飮酢." 二人者, 拍手曰: "神通! 神通!" 倅瞠然莫知所指, 問曰: "詩果何意也?" 對曰: "鄕談謂編茅[19)曰, 翼盖屋云者,[20) 言其鳶之展翼

---

12) 구곡(口曲)하는 소리: 트림할 때 나는 소리를 음차하였다.
13) 부리를 굽히는 것: 트림할 때 나는 소리[口曲]를 풀이하면 '입을 구부린다.'는 것이다. 새에게 입은 부리[喙]니 '부리를 굽히는 것[喙曲]'으로 번역했다.
14) 원문에는 '聞'으로 되어 있는데, '問'으로 바꾸었다.
15) 건복(巾服): 웃옷과 갓. 선비가 예의에 맞게 정식으로 갖춰 입는 옷.
16) 좌굴(坐屈): 자기가 찾아가야 하는데, 그러지 않고 남을 오게 함.
17) 반향(半餉): 향(餉)은 한 끼 밥을 먹을 정도의 시간이니, 보통 반향은 그 반 정도의 시간을 의미한다. 짧은 시간을 말한다.
18) 초작(焦灼): 근심하여 속이 탐.
19) 편모(編茅): 띠로 이엉을 엮음.
20) 曰, 翼盖屋云者: 원문에는 '盖屋'이 빠진 것으로 보인다. 원문을 추정하면 '曰, 翼盖

也. 人之駄卜者, 必盤其索, 索與足, 釋語相近. 駄卜云者, 言其鳶之盤
足也. 人飮酸醋, 必稱口曲, 飮醋云者, 言其鳶之喙曲也. 豈非竗且工
乎?" 倅不覺捧腹.

屋云者'는 '曰翼蓋屋, 蓋屋云者云者'로 볼 수 있다.

책의 효험

　어떤 부인이 젖먹이 아이의 얼굴 위에다 책을 덮어 놓았다. 남편이 들어와서 보니 괴이한 모습지라, 그 이유를 물었다. 아내가 대답하였다.

　"아이가 울면서 잠을 자려고 하지 않아서요. 항상 당신이 누워 책을 읽는다고 해서 보면, 그때마다 책을 얼굴에 덮고 놓고 주무시더라고요. 저는 책이란 것이 필시 잠이 들게 하는 물건이라고 생각했답니다. 그래서 아이 얼굴 위에다 책을 덮어두면 잠이 들겠거니 하고 생각했지요."

　남편은 크게 웃었다.

　【책이 참으로 잠을 부르는 물건이라면 아이가 조금 더 크기를 기다렸다가 시도해 보지. 그때는 신비한 효험을 보일 텐데….】

　有一婦人, 以書冊覆之乳兒面上. 夫入見而怪, 問之, 妻曰:"乳兒啼哭不睡, 每見郞君臥看書, 必以冊覆面則睡, 吾以爲此必引睡物也, 故覆兒面, 欲其睡也."夫大笑.【書固引睡物, 待小兒稍長而試之, 無不神效也.】

설계

중년에 아내를 잃은 선비가 있었다. 그 이웃에는 절개를 지키며 사는 과부가 있었는데, 집이 제법 부유했다. 이웃 사람들이 선비를 위해 과부에게 중매를 권하기도 했지만, 과부는 전혀 따르지 않았다.

선비는 이웃 사람과 공모하여 이른 새벽에 과붓집으로 갔다. 선비는 문밖에 숨고, 이웃 사람은 문을 열고 들어가 과부를 부르며 말했다.

"오늘은 내가 밭을 갈아야 하니, 바라건대 소를 빌려주오."

과부는 아직 자리에서 일어나지 않아 침실에서 대답하였다.

"오늘은 우리도 밭을 갈아야 해서 빌려드리기 어렵습니다."

이웃 사람은 막무가내로 마구간으로 나아가 소를 끌고 문밖으로 나갔다.

"소는 내가 끌고 갑니다. 밭을 다 갈고 나서 돌려드리리다."

과부는 다급하게 옷을 추슬러 입고 문밖으로 나와 이웃 사람을 쫓아갔다. 그 틈에 선비는 몰래 방으로 들어가 옷을 벗고 이불을 뒤집어써서 누웠다.

과부는 쫓아가 고삐를 빼앗으려 했지만, 이웃 사람도 순순히 손을 놓지 않았다. 두 사람이 옥신각신 다투는 사이에 마을 사람들이 모여들었다.

마침내 과부는 소를 되찾고 집으로 향했다. 그러나 이웃 사람은 과부를 쫓아서 그녀의 집까지 따라오며 욕도 하고 야유도 보냈다. 그 모습을 구경하느라, 과부의 집 문 앞에는 마을 사람들로 빽빽하게 채워졌다.

과부는 마구간에 소를 메어 놓고 나서, 다시 이웃 사람에게 따졌다. 그때 알몸에 이불만 두르고 있던 선비가 창문을 열며 버럭 화를 냈다.

【조趙나라 신하 인상여蘭相如는 꾀로 벽옥을 완벽하게 도로 가져왔고,[1] 한漢나라 장수 한신韓信은 꾀로 조나라 성에 붉은 깃발이 세워졌다지![2]】

"어떤 놈의 이웃이기에 감히 밭 가는 소를 억지로 빼앗으려 든단 말이냐?"

이웃 사람은 고개 돌려 선비가 있는 방 안을 올려다보더니, 깜짝 놀라 절을 올리며 말했다.

"소인은 생원님께서 여기에 계신 줄을 전혀 알지 못해 감히 시끄럽게 떠들어댔습니다. 죽을죄를 지었습니다. 죽을죄를 지었습니다."

---

1) 전국 시대 진 소왕(秦昭王)이 15개의 성과 조(趙)나라의 화씨벽(和氏璧)과 바꾸자고 하자, 인상여(蘭相如)가 그것을 가지고 진나라에 갔는데, 그것이 거짓임을 알고 오히려 꾀를 써서 화씨벽을 조나라로 온전하게 가지고 돌아온 고사를 말한다. 『사기』〈인상여열전(蘭相如列傳)〉에 나온다.

2) 한(漢)나라 장수 한신(韓信)이 조(趙)나라를 치면서 조나라 군사를 유인하여 성벽에 나와 싸우게 한 뒤에 재빠른 기병을 조나라 성으로 보내 깃발을 뽑고 대신 한나라의 붉은 깃발을 세우게 한 고사를 말한다. 『사기』〈회음후열전(淮陰侯列傳)〉에 나온다.

그러고는 굽실거리며 문밖으로 나갔다. 문밖에서 구경하던 사람들은 서로 수군거리기 시작했다.

"저 여인이 거짓으로 수절한다고 말했던 게구먼!"

"아무개 생원과 간통하는 사이구먼!"

그렇게 한껏 떠들며 돌아갔다.

과부는 선비가 방 안에 들어가 있는 것을 보고 까닭을 몰라 물었다.

"생원님께서는 무슨 일로 여기에 오셨답니까?"

선비가 웃으며 말하였다.

"내가 자네와 더불어 지난밤에 이미 동침까지 하였거늘, 자네는 어찌하여 모르시나?"

과부는 다투어 따지려 했다. 그러나 이웃 사람들 모두가 눈으로 직접 본 터라, 어떻게 자신의 애매함을 밝힐 수 있겠는가? 한참 동안 묵묵히 생각하다가 이내 말하였다.

"일이 이미 이 지경에 이르렀으니, 이 또한 운명이겠지요."

그러고는 마침내 선비와 함께 살았다.

【미리 계획을 세워 놓고 한 일이라, 애매함을 밝히기도 쉽진 않았겠다.】

有一士人. 中年喪耦. 隣有一嫠婦, 守節而家甚富饒. 隣人欲爲士媒於婦, 而婦決無聽從之理. 有一隣人, 與士人謀, 凌晨偕往婦家, 伏士人于門外, 隣人排門而入, 呼語其婦曰: "今日吾欲耕田, 願借耕牛也." 婦尙未起寢, 答曰: "吾家今日亦當耕田, 勢難奉借也." 隣人直向廐中, 牽牛出門曰: "牛則吾今牽去, 耕訖當奉還矣." 婦忙搜衣出門, 來追隣人之際, 士人潛入室, 解衣蒙被而臥. 婦追及之, 奪牛彎, 隣人不肯放手, 彼此相鬨, 洞人齊會. 婦竟奪牛而歸, 隣人追到婦家, 詬罵惹鬧, 觀者塡咽婦門. 婦繫牛於廐, 與隣人相詰, 士人赤體, 擁衾而坐, 拓窓怒叱曰:【趙師歸璧, 漢幟已赤立矣.】"何物隣人, 乃敢勒奪人農牛去也."隣人仰瞻士人, 卽驚惶納拜曰: "小人全昧生員主之在此, 敢來起鬧, 死罪死罪." 遂趍出門. 觀者咸曰: "彼婦假稱守節, 乃與某生員相通也." 遂一哄而散. 婦見士人在室, 莫知其故, 問曰: "生員主何故來此乎?" 士人笑曰: "吾與汝夜已同寢, 汝豈不知耶?" 婦雖欲爭詰, 而隣人皆所目覩者, 將何以暴其曖昧耶? 沉思良久曰: "事已至此, 亦命矣." 遂與士人同居焉.【設計之下, 曖昧難暴.】

좆같이

　신분이 낮은 종놈들은 말을 할 때마다 반드시 "좆같이"를 붙이는데 이는 별 의미가 없다는 뜻이다. 어떤 사람이 그 말 쓰기를 유독 좋아해서, 말을 뱉을 때마다 이 말이 먼저 튀어나왔다. 그러던 것이 곧 말버릇으로 고착되고 말았다.

　아들의 결혼식을 치르게 되었다. 그가 아들을 데리고 신부 집에 가려는데, 사람들이 그를 붙들고 충고하였다.

　"자네는 평소 말버릇이 있지 않은가. 사돈집에 가서 한마디라도 하게 된다면, 사람들에게 비웃음을 받을 게 분명하네. 모름지기 입을 꾹 다물고 아무 말을 하지 말게나."

　"내 마땅히 아무 말도 하지 않음세."

　신부 집에 간 그는 동뢰연同牢宴까지[1] 보고 나서 바깥채로 나왔다. 신부의 아버지가 그를 맞으며 말했다.

　"제 딸은 다행히 용모나 신체에 별다른 문제가 없습니다. 사돈께서 보시기에는 과연 어떠하시던가요?"

---

[1] 동뢰연(同牢宴): 전통 혼례에서 신랑과 신부가 서로 절을 한 뒤 술잔을 나누던 잔치.

그는 입을 다문 채 대답하지 않았다. 신부의 아버지가 다시 물었다.

"마음에 만족스럽지 못한 점이 있으신 겝니까?"

그 물음에는 차마 대답하지 않을 수 없었다. 결국 입을 열었다.

"신부는 아름답습니다."

이어서 말버릇이 말꼬리에 붙어 나왔다.

"좆같이!"

자리에 앉아있던 사람들은 모두 아연실색했다. 그는 너무 부끄러워 황급히 집으로 돌아가려고 데리고 온 종을 불렀다.

"우리가 타고 온 말을 끌고 오너라. 좆같이!"

주인에게도 작별 인사를 했다.

"저는 갑니다. 좆같이!"

사람들은 모두 그를 두고 웃었다.

賤隷輩於語次, 必曰如吾下物, 盖不屑[2]之意也. 有一人, 偏好其說, 每出語, 必以此說先之, 仍成語癖. 其人將行子婚, 率其子, 往其婦家, 人有戒之曰: "子素有語癖, 到查家, 若發一語, 則必貽笑於人, 須緘口勿言也." 其人曰: "吾當勿言也." 及到婦家, 觀同牢宴後, 出就外舍, 婦之父迎謂曰: "吾女幸無形骸之病, 於尊所見, 果何如耶?" 其人默然不答, 又問曰: "無乃有不滿之意耶?" 不得不答, 遂答曰: "新婦則佳矣." 仍繼曰: "如吾物也." 滿座失色, 其人慚愧欲去, 呼其僕曰: "牽吾馬來! 如吾物也." 辭主人曰: "吾去矣, 如吾物也." 衆皆笑之.

---

2) 불설(不屑): 어떤 일을 우습게 여기며 마음에 두지 아니함.

망발

    어떤 재상의 아들이 망발妄發을 잘했다. 마침 조정에서 여러 재상들에게 상을 내렸다. 그때 재상은 말을 하사받는 은전을 받았다. 나머지 사람들도 어떤 자는 활과 화살을, 어떤 자는 가죽을 각각 하사받았다. 한 손님이 재상의 아들에게 와서 물었다.

    "이번 상전賞典에서[1] 아버님〔大人〕께서는 어떤 물건을 받으셨는지요?"

    재상의 아들이 대답했다.

    "우리 아버지는 말이지!"

    듣는 사람들은 모두 크게 웃었다.

    【만약 아비로 하여금 그가 보여준 임금과 나라에 대한 정성을 아들도 본받게만 한다면 참으로 다행일 텐데….】

    有宰相子, 善妄發. 朝家適下賞典於諸宰處, 宰相則受錫馬之典,[2]

---

1) 상전(賞典): 임금이 신하에게 물건을 하사하는 일.
2) 석마지전(錫馬之典): 임금이 말을 하사하는 은전.

餘人或賜弓矢, 或賜皮物. 有一客, 往見宰相之子, 問曰:"今番賞典大人, 則何物也?"答曰:"吾親則馬也."聞者大笑.【若使其親效犬馬之誠,[3] 則幸矣.】

---

3) 견마지성(犬馬之誠): 임금이나 나라에 바치는 정성.

시골 무사

어떤 시골 무사가 수십 년 동안 병조판서 댁을 출입하였지만 관직 하나도 얻지 못했다. 그래서 병조판서께 하직 인사를 드리고 고향에 내려가 농부로 살아가려고 마음을 굳혔다. 그렇게 마음을 먹고 있자니, 한편에선 이런 생각도 들었다.

'내가 병조 판서와 친숙하게 지낸 지 몇 년이 되었지만 여태껏 은혜를 입지 못했지. 그런데 그저 고향으로 돌아간다면 고향 사람들에게 비웃음만 사지 않겠는가? 차라리 해괴한 행동이라도 저질러 사람들에게 떠벌리는 것이 낫겠다.'

그러고는 병조판서 댁으로 갔다. 병조판서는 마침 두 발을 문지방 위에 올려놓고 누워 낮잠을 자고 있었다. 무사는 큰 몽둥이를 들어 병조판서의 발을 힘껏 내리쳤다. 병조판서는 깜짝 놀라 깨어나서 말하였다.

"누구냐?"

무사는 사실대로 대답했다.

"소인은 끝내 대감의 손에 의해 벼슬자리 하나를 얻는 은혜도 입지 못했습니다. 비참하고 분함을 참을 수가 없었습니다. 그래서 감히 이런 해괴망측한 행동이라도 저질러서, 뒤에 고향에 돌아가 사람들에게 떠벌리려 했을 뿐입니다."

병조판서는 그의 기상을 장하게 여겨 탁용擢用하였다.[1]

有一鄕武, 出入兵判家數十年, 不得一職, 將往辭兵判而還鄕, 作農
夫之心, 自語曰: "吾與兵判, 親熟者幾年, 而尙未蒙惠, 今將還鄕, 豈不
爲鄕人所笑乎? 毋寧作一駭擧, 以誇張于人也." 遂往兵判家, 兵判適晝
寢, 以兩足掛於門閾而臥. 武以大椎, 猛打其足, 兵判驚悟曰: "誰何?"
武以實對曰: "小人終未沾一職於大監之手, 不勝慚憤, 敢作此駭擧, 將
歸誇于鄕人也." 兵判壯其氣槩, 爲之擢用.

뎨김

　어떤 시골 사람이 이웃에 사는 양반이 자기 처와 몰래 간통하였다는 소장을 관아에 넣었다. 소장에 대한 판결문[題音]은 이러했다.
　"상놈의 처가 아니면, 양반이 어떻게 다른 여인과 간통을 하겠느냐? 고을 수령인 나도 올해에 이런 일이 있었다."

　有鄕民, 以隣居兩班之潛奸厥妻, 呈訴于官, 則題曰:"兩班非常漢之妻, 豈有房外犯色,[1] 太守當年, 亦有此事矣."

----

1) 방외범색(房外犯色): 자기 아내 이외의 여자와 육체적 관계를 가짐.

시 형식

　예전에 세 선비가 산사에서 함께 공부하였다. 한 사람은 상서尙書를[1] 읽고, 한 사람은 맹자를 읽고, 한 사람은 논어를 읽는데, 각자 자기 책을 천 번씩 읽기로 했다.

　천 번 읽기를 마친 후, 세 사람은 집으로 돌아가기 위해 절 문을 나섰다. 모두 말을 타고 가면서 서로 이야기를 나누었다.

　"우리들이 독서를 많이 하였으니, 시를 지어 그동안 공들인 효과가 어떤지 시험해 보세."

　맹자를 읽은 자가 먼저 읊었다.

　"해가 지려 하니 채찍을 휘두르며 등자도[2] 치네.〔落日揮鞭擊鐙子〕"

　논어를 읽은 자가 말하였다.

　"나 또한 한 구를 얻었네. 하지만 자네와 비슷하니 이것이 흠일세."

　그러고서 읊었다.

　"채찍 휘두르며 등자를 치네.〔揮鞭擊鐙子.〕"

---

1) 상서(尙書): 서경(書經). 유학 오경(五經)의 하나. 공자가 요순 때부터 주나라까지의 정사(政事) 관련 문서를 수집하여 편찬한 책. 중국에서 가장 오래된 경전이다.
2) 등자(橙子): 말 양쪽 옆구리에 늘어뜨린 발걸이. 말을 탈 때 두 발을 고정시키는 도구.

모두가 말하였다.

"맹자는 말을 잘하니, 그 글을 읽는 자도 문사文思가³⁾ 줄줄 흘러 나오는군. 다만 부연되는 말이 없지 않은데, '해가 지려 하니[落日]' 두 글자는 형식적인 말이네. 두 글자를 제거한 시구가 더욱 멋스럽지 않은가? 논어는 마치 정제된 금과 아름다운 옥과 같은지라,⁴⁾ 그 책을 읽은 사람도 시구를 퇴고하고 긴요한 점만 짚어내는 효험이 있네 그려."

상서를 읽은 자는 한참 동안 말없이 있다가 말하였다.

"나도 한 구를 얻었네. 그러나 너무 짧아 문장이 되지 않을 듯하네."

그러고서 길게 읊었다.

"등자를 치네.[擊鐙子.]"

모두가 말하였다.

"상서는 간결하고도 예스럽지. 그러니, 그것을 읽은 사람의 시 형식이 간소하고 짧아지는 것이야 괴이할 게 없지!"

昔有三士人, 共苦于山寺. 一人讀尙書, 一讀孟子, 一讀論語, 各以千讀爲限. 限滿將還家, 出寺門, 幷馬而行, 相語曰: "吾輩旣多讀書, 可作詩以驗其功効也." 讀孟子者先吟曰: "落日揮鞭擊鐙子." 讀論語者曰: "吾亦得一句, 但與君相似, 是可欠也." 仍吟曰: "揮鞭擊鐙子." 僉

---

3) 문사(文思): 글을 짓기 위한 생각.
4) 정금미옥(精金美玉): 정제된 금과 아름다운 옥. 여기에서 고결하고 아름다운 인품을 뜻하는 의미로 확장되었다.

曰:"孟子好辯, 讀其文者, 文思汪洋,[5] 第不無衍語, 落日二字, 具衍語也. 除却二字詩句, 更好信乎? 論語之如精金美玉, 讀之者, 有鍊句精緊之効也."讀尙書者, 沉吟良久曰:"吾亦得一句, 而但太短不成章."仍長吟曰:"擊鐙子."衆曰:"尙書簡古, 讀之者, 無怪詩體之簡短也."

---

5) 왕양(汪洋): 왕랑(汪浪). 눈물이 줄줄 흐르는 모양.

시골 여인의 기지

어떤 시골 여인이 그 고을의 통인通引과 좌수座首,[1] 두 사람과 몰래 정분을 나누고 있었다. 일찍이 통인과 간통을 할 때였다. 좌수도 여인을 찾아왔다. 문을 열기 전에 여인은 급히 멍석으로 통인을 둘둘 감아 자리 옆에 세워놓았다. 그러고서 좌수를 맞이했다.

좌수와 또 간통할 즈음, 이번에는 남편이 밖에 나갔다가 돌아오며 막 문을 열려고 했다. 여인은 급히 좌수에게 어깨를 들썩이면서 문을 나가되, 큰 소리로 "그놈을 잡아서 한 주먹에 때려죽이지 못한 게 분하다"고 외치라고 가르쳤다. 좌수는 여인이 시킨 대로 하면서 밖으로 나갔다. 남편은 방으로 들어오며 아내에게 물었다.

"좌수가 무슨 일로 우리 집엘 다 왔대?"

아내는 짐짓 놀란 척 두려운 표정을 짓고 가쁜 숨을 내쉬었다. 그러고는 통인을 감은 멍석을 가리키며 말했다.

"저 안을 들여다보세요. 제가 아니었다면 저 통인은 거의 죽었을 것입니다. 저 아이가 좌수에게 무슨 죄를 지었는지, 좌수는 마치

---

1) 좌수(座首): 지방자치 기구인 향청의 우두머리.

죽일 듯이 쫓아오더군요. 좌수를 피해 우리 집까지 도망쳐 온 아이가 가여운지라, 저는 몰래 저기에다 아이를 숨겨주었지요. 그런데 좌수가 쫓아와서는 제게도 따지더군요. 통인이 우리 집에는 오지 않았다고 대답했더니, 저렇게 화를 내며 가네요."

남편은 그 말을 곧이곧대로 믿었다.

有一村婦, 私通邑之通引及座首. 嘗與通引潛奸之際, 座首又來到. 未及入門, 婦以席卷通引, 立于座側而邀座首. 又潛奸之際, 其夫自外還, 將入門. 婦敎座首奮臂出門大言曰: "恨不得捉厥漢一拳打殺也." 座首依其言爲之, 夫入見婦問曰: "座首何來也?" 婦佯作驚恐狀, 喘息未定, 指示其席曰: "試觀此中. 非吾則彼通引, 幾乎死也. 彼兒得罪於座首, 座首趂來欲打殺之, 兒窘甚, 到吾家, 吾憐而潛匿于席中. 座首追踪而至, 詰問於吾, 故吾對以無有, 則座首憤歎而去矣." 夫信之.

논리의 모순

　어떤 사람이 왜소한 여인을 아내로 맞아 딸 하나를 낳았다. 그 딸이 시집갈 나이가 되자, 사위가 되겠다고 나서는 사람들도 생겼다. 그럴 때마다 그는 반드시 신랑 후보자를 불러다가 물었다.

　"언덕 위에서 자라는 풀은 짧고 무성하지 않은 데 반해 언덕 아래의 풀은 길고 무성하게 자라지. 높은 산의 나무들은 높이가 하늘에 닿을 듯하지만, 길가의 나무들은 뿌리까지 울퉁불퉁하지. 그 이유가 무엇인가? 이 이치를 환히 설명해야만 가히 내 사위가 될 수 있을 것이네."

　신랑 후보자들은 즉시 대답하지 못하고 있다가 번번이 퇴짜만 맞고 돌아가야 했다.

　어떤 한 사람도 퇴짜를 맞고 자리에서 떠나야 할 판이었다. 그 사람이 물었다.

　"비록 어르신 댁의 사위는 되지 못했지만, 그 까닭을 들었으면 합니다."

　"그것을 아는 게 뭐 그리 어려운가? 언덕 위에는 땅이 건조한 곳이 많지. 건조한 곳에서는 무성하게 자리기 어려운 법. 반면 언덕 아래의 땅은 습한 곳이 많지. 습하면 무성하게 자라게 되는 게지.

산꼭대기의 나무들은 사람의 손길을 타지 않아 능히 그 천성을 잘 지킬 수 있는 것이라네. 그래서 높은 나무는 백 척 넘게도 자랄 수 있는 게야. 그러나 길가에 심은 나무들은 가지가 멋대로 뻗는지라, 날마다 지나가는 사람들의 눈에 띄어 손길을 많이 탈 수밖에 없게 되네. 여유롭고 한가하게 자랄 수 없는 법이지. 그래서 그 뿌리도 울퉁불퉁할 수밖에 없고."

말을 들은 사람이 대꾸하였다.

"사람의 머리 위에서 자라는 머리카락은 길면 몇 척이나 되지요. 그러나 사타구니에서 자라는 음모는 길어봐야 몇 촌도 안 됩니다. 그게 어떻게 건조한 곳에 있는 것은 무성하지 않고, 습한 곳에 있는 것은 무성하다는 논리로 연결됩니까? 길가에서 자라는 나무가 만약 사람들의 손을 타서 울퉁불퉁해진 것이라면, 장모님이 저렇게 왜소한 것도 길을 지나가는 사람들에게 손길을 많이 타서 그리된 것입니까?"

그는 대답할 말이 없어, 마침내 딸을 아내로 삼도록 허락하였다.

有一人, 娶矮妻, 産一女. 女及笄, 將擇婿, 人有求聘者, 必招其郎材
問曰: "岸上之草, 短而不茂, 岸下之草, 長而茂. 山上之木, 其高滲天,
路傍之樹, 其本擁腫, 何也? 能透此理, 然後可作吾婿也." 郎材者, 未
卽對, 輒斥遣之. 有一人, 被斥將去, 問曰: "雖未贅於君家, 願聞其說
也." 翁曰: "此豈難知乎? 岸上土燥處, 燥者不茂, 岸下土濕處, 濕者茂
焉. 山上之木, 不受人侵犯長養, 能盡其性, 故高百尺也. 路傍之樹, 自
在條枚,[1] 日閱行人, 受其侵犯, 故不能閑養, 所以其本之擁腫也." 其人
對曰: "人之頭上之髮, 長或數尺, 陰間之毛, 長不滿數寸, 惡在其處燥

不茂而處濕茂乎? 路傍之木, 若以閾人而擁腫, 則岳母之如彼擁腫者,
亦路傍閾人受其侵犯之故耶?"翁無以對, 遂以女妻之.

---

1) 조매(條枚): 나뭇가지. 『시경』〈한록(旱麓)〉"무성한 칡넝쿨이여 나뭇가지에 뻗어
있네. 화락한 군자여 복을 구함이 삿되지 않도다.〔莫莫葛藟 施于條枚 豈弟君子 求福不
回.〕"에 나온 말이다.

건망증

　어떤 선비는 건망증이 심했는데, 시험장에만 들어가면 물건을 잃어버리고 왔다. 그의 부친이 노끈을 엮어 전대에 매어주며 말하였다.

　"시험장에서 물건을 잃어버리는 것은 낙방할 조짐이란다. 이후로는 과거 시험에 필요한 도구들 모두를 이 전대 안에 넣고 다니면, 잃어버릴 걱정이 없을 게다."

　다른 날, 선비는 또 시험장에 갔다가 돌아왔다. 부친이 물었다.

　"잃어버린 물건이 없느냐?"

　선비는 한참 동안 잠자코 있다고 말하였다.

　"붓두껍을 잃어버렸습니다."

　"붓두껍이라…. 어찌하여 두껍을 붓에 씌우지 않아서 그것을 잃어버렸단 말이냐?"

　"씌웠습니다."

　"그렇다면 붓을 어디에 두었느냐?"

　"필낭筆囊에[1] 담아두었지요."

　"필낭은 어디에 두었는데?"

　"책보冊袱에 담았지요."

"책보는 어디에 두었는데?"

"전대에 집어넣었지요."

"그럼, 전대는 어디에 두었느냐?"

"잃어버렸지요!"

一士人善忘, 入場輒失物, 其父結繩帒以結曰: "場中失物, 落榜之
兆, 此後科具, 盡入此中, 無闖失之患矣." 他日, 士人又自科場而歸. 其
父問曰: "無失物乎?" 士人默然良久曰: "失筆甲矣." 曰: "筆甲何不甲於
筆而失之乎?" 曰: "甲之矣." 曰: "然則筆藏於何處耶?" 曰: "藏於筆囊
矣." 曰: "筆囊藏於何處耶?" 曰: "藏於冊袱矣." 曰: "冊袱藏於何處耶?"
曰: "入於繩帒矣." 曰: "繩帒置於何處耶?" 曰: "失之矣."

1) 필낭(筆囊): 붓을 넣어두던 주머니. 오늘날의 필통과 같다.

문방사우

어떤 무변武弁이 재상집에 가서 술을 마실 때였다. 무변이 술을 가지고 온 여종과 장난을 쳐대니, 재상이 화를 내며 꾸짖었다. 무변은 사죄하며 시를 지어서 속죄하겠다고 했다. 그가 지은 시는 이러했다.

술을 좋아하면 마땅히 먹〔墨〕어야 하고 好酒逢當墨
미색을 보면 곧 붙〔筆〕어야지. 美色見則筆
평생 이런 일을 벼르〔硯〕다가 平生此事硯
오늘 두 가지 모두 얻었으니 좋으〔紙〕이. 今日兩得紙

재상은 그의 재주를 기특히 여겨, 여종에게 잠자리 수발을 들게 하였다.

一武弁, 往宰相家饋酒, 武與進酒之婢戱謔, 宰相怒而叱之. 武弁摧謝, 請作詩以贖罪, 曰:"好酒逢當墨, 美色見則筆, 平生此事硯, 今日兩得紙."宰相奇之, 爲之薦拔.[1]

---

1) 천발(薦拔): 원래의 뜻은 '인재를 발탁하여 천거'하는 것이지만, 여기서는 여종을 잠자리에 들게 허락하였다는 의미로 쓰였다.

부엉이 소리

어느 수령이 고을을 매우 엄격하고 철저하여 다스리는지라, 아전들은 그것을 걱정하였다. 어느 날 밤이었다. 관아 마당에 있는 나무 위에서 부엉이 울음소리가 들리기에, 수령은 나이 많은 아전을 불러 물었다.

"관아의 나무 위에서 부엉이가 우는데, 이게 과연 무슨 징조인가?"

아전은 주저하며 감히 대답하지 못하였다. 수령이 꾸짖으며 말했다.

"길한 것이든 흉한 것이든 따지지 말고 사실대로만 아뢰라!"

아전은 한참 동안 우물우물하다가 마침내 대답하였다.

"예로부터 이런 일이 있으면 안전安前 신상에 반드시 큰 재앙이 있었습니다."

수령은 거짓으로 놀라는 척하며 말하였다.

"그럼, 어떻게 해야 벗어날 수 있겠느냐?"

"안전께서 멀리 피해 계시면 재앙에서 벗어날 수 있을 것입니다."

무릇 이는 영악한 아전들이 몰래 꾀를 써서 미리 어떤 사람에게 나무 위에 올라가서 올빼미 소리를 내도록 해둔 것이다. 일부러 공포 분위기[恐動]를1) 조성하여 수령을 떨게 한 후, 그를 쫓아내려는 계획이었다.

그러나 수령은 아전들의 생각을 눈치채고 있었다. 그는 곧장 창문을 밀치더니, 횃불을 밝히라고 외쳤다. 그러고는 관아의 나졸들에게 명령하여 나무에 있는 올빼미를 잡아 오게 했다. 나무 위에 있던 사람은 달아날 길이 봉쇄된 지라, 당황하여 허둥대다가 땅으로 떨어졌다. 그걸 보고 수령은 한바탕 크게 웃고, 그에게는 죄를 묻지 않았다.

그로부터 며칠이 지났다. 수령은 나이 많은 아전을 다시 불렀다.

"오늘 밤은 무료함을 달랠 길이 없구나. 너희들이 만든 부엉이를 불러다가, 그로 하여금 울음소리를 내라고 하는 게 좋겠다."

아전은 당황하고 두려워하며 머뭇거렸다. 그러자 수령이 버럭 화를 내고 말하였다.

"그리 하지 않으면 당장에 죽일 게야!"

아전은 죄를 받을까 두려워 마침내 그 사람을 불렀다. 그리고 나무 위로 올라가서 부엉이 소리를 내도록 했다. 수령은 그 소리를 들더니 웃으며 말했다.

"저 부엉이 소리가 참 좋구나! 심심하지 않게 시간 때우기로는 더할 나위가 없어!"

그로부터 다시 며칠이 지났다. 수령은 또 전에 했던 것처럼 하도록 했다. 아전은 창피하고 부끄러움을 견딜 수 없었다. 마침내 모두를 데리고 그곳에서 달아났다.

---

1) 공동(恐動) : 위험한 말을 하여 두려워하게 함.

有一邑倅, 束濕[2]甚嚴, 吏輩患之. 倅夜聞庭樹有鵂鳴之聲, 招老吏
問曰: "官樹鵂鳴, 果何兆也?" 吏趦趄不敢對, 倅叱曰: "毋論休咎, 須直
告也." 吏躝嚅良久, 對曰: "自前有此, 則案前身上, 必有大厄矣." 倅佯
驚曰: "然則有何祈免[3]之術乎?" 對曰: "案前若遠避, 則或免於厄矣."
盖點吏潛謀使人登樹作鵂聲, 故此恐動, 要售逐送之計者也. 倅揣知其
意, 卽拓窓呼炬, 命官隷, 捉下樹間鵂鸛. 其人無路逃避, 惶惻墜地. 倅
大笑而不之罪. 後數日, 呼老吏謂曰: "今夜無以破寂, 可呼來爾鵂, 使
之鳴也." 吏惶恐逗遛, 倅厲聲曰: "否則當死!" 吏畏罪, 遂招其人, 登樹
作鵂聲. 倅聞而笑曰: "其聲甚好! 足以消日也." 越數日, 又如之, 吏不
勝羞愧, 相率而逃矣.

<hr />

2) 속습(束濕): 엄격하게 다스리는 것. 『한서(漢書)』〈혹리전(酷吏傳) 영성(寧成)〉의
"윗사람이 되어 아랫사람을 대하기를 급박하기가 젖은 물건 묶듯이 한다.〔爲人上, 操下
急如束濕.〕"에서 나온 말이다.
3) 기면(祈免): 직책이나 의무를 면하게 해 달라고 빎.

칠언시

　한 아이가 시를 지음에 매번 스승의 손을 빌렸다. 그러나 아버지는 그런 사실을 모른 채 아이가 숙성하다고만 생각했다. 손님이 오면 매번 자랑도 했다.

　손님 중에 아이를 아는 자가 있었는데, 그는 아이에게 뜰 앞에 있는 백마를 제재로 하여 시를 짓도록 하였다. 아이는 몰래 스승에게 달려가 말씀을 드리니, 스승이 입으로 불러주었다.

　　백마의 흰 털은 눈보다 하얗고 白馬白於雪
　　굳센 네 발은 쇠와 같아라. 四足堅如鐵
　　궁둥이에 채찍을 가하니 臀上加一鞭
　　하루에도 천 리를 가누나. 一日行千里

　아이는 돌아와 손님 앞에서 그대로 읊었다. 손님은 아이의 재주를 몹시 칭찬하였다. 그리고 난 뒤에 다시 말하였다.

　"여기에 두 글자를 더 보태어서 칠언시도 지을 수 있겠느냐?"

　아이는 또 달려가 스승에게 말하였다. 스승이 겨우 '우리 아버지〔家君〕' 두 글자만 불러주었을 때에 손님이 아이를 불렀다.

"완성되었느냐?"
이에 아이가 대답하였다.

아버지가 탄 백마의 흰 털은 눈보다 하얗고 家君白馬白於雪
아버지의 굳센 네 발은 쇠와 같아라. 家君四足堅如鐵
아버지 궁둥이에 채찍을 가하니 家君臀上加一鞭
아버지는 하루에도 천 리를 달려가누나. 家君一日行千里

손님은 한바탕 크게 웃었다.

有一兒, 課詩每借作於師, 其父不知, 而以爲夙成也. 客來必誇張, 客有面識兒者, 令賦庭前白馬, 兒潛走告其師, 師口呼曰: "白馬白於雪, 四足堅如鐵. 臀上加一鞭, 一日行千里." 兒歸而誦之於客前, 客大稱讚. 仍曰: "可添二字, 作七言詩乎?" 兒又走告於其師, 師纔呼家君二字, 客招兒問曰: "已就乎?" 兒對曰: "家君白馬白於雪, 家君四足堅如鐵. 家君臀上加一鞭, 家君一日行千里." 客大笑.

난장을 원하다

　어떤 사람이 밤에 누워 자는데 대변 신호가 왔다. 그는 어둠 속에서 옷을 찾아 입는다는 게 잘못하여 아내의 잠방이를[1] 입고 나가게 되었다. 문 앞에 있는 돌다리로 가서 그 위에 앉아 막 대변을 볼 때였다. 마침 순라군에게 발각되어 포도대장이 있는 곳까지 잡혀가게 되었다.

　포도대장이 태형笞刑을[2] 시행하라고 명령하자, 그는 애걸하며 말하였다.

　"바라건대 난장亂杖을[3] 맞았으면 합니다. 태형은 원치 않습니다."

　포도대장은 미쳤다고 생각하여, 그대로 태장을 치라고 명령하였다.

　나졸들이 그의 볼기를 까서 보니, 그는 여자 잠방이를 입고 있었

1) 잠방이〔袴〕: 무릎까지 내려오는 속옷인데, 여자의 잠방이는 가운데가 터져 있다.
2) 태형(笞刑): 작은 형장으로 볼기를 치는 형벌. 죄의 경중에 따라 10대에서 50대까지 시행된다. 남자는 엉덩이를 드러내고 매를 맞는다.
3) 난장(亂杖): 태형에서 쓰는 형장보다 조금 큰 것으로 여러 사람이 닥치는 대로 때리는 형벌. 형벌보다는 고문에 주로 쓰였다. 난장은 때리는 매의 수가 정해지지 않았는데, 주로 형틀에 묶어 정강이를 때리는 경우가 많다. 난장은 볼기를 까지 않으니, 이야기의 주인공은 차라리 난장을 맞겠다고 한 것이다.

다. 거기에 있던 모든 사람들은 그 모습을 보고 웃었다.

그러자 그 사람이 몹시 부끄러워하며 말하였다.

"그래서 태형을 받지 않고 난장을 맞겠다고 원했던 것인데…."

有一人, 夜臥欲放大便, 暗中尋衣, 誤着妻袴而出, 坐於門前石橋. 放便之際, 爲巡卒所捕去, 至大將所, 將施笞罰, 其人乞曰: "願受亂杖, 不願受笞也." 大將以爲病狂, 命決笞. 隷卒將開臀, 見其所着, 乃女袴也. 衆皆笑之. 其人慚曰: "所以不願受笞, 而願亂杖也."

신묘한 처방

　어떤 사람이 처가살이를 하고 있었다. 그러던 중에 그 집 여종 하나가 학질을 앓게 되어 장모가 몹시 걱정하였다. 사위가 말하였다.

　"이 병을 치료하는 것은 매우 쉽습니다."

　장모가 치료해줄 것을 부탁하자, 사위가 대답했다.

　"조용하고 외진 곳에서 치료해야 합니다."

　그러고는 여종을 뜰로 불러들였다. 사위는 말뚝 네 개를 땅에 박았다. 여종에게는 그 중앙에 들어가 하늘을 향해 눕도록 하였다. 그는 말뚝에다 그녀의 사지를 단단히 묶었다. 그러고 난 뒤 여종을 맘껏 겁탈하였다.

　여종은 부끄러워 죽을 것만 같았는데, 그러는 도정에 학질도 떨어졌다. 처가에서는 이런 사연도 모르고, 그저 사위에게 신비로운 의술이 있다고만 생각했다.

　그 후 장모도 학질을 앓게 되었다. 장모가 사위에게 부탁했다.

　"자네가 지난번에 여종의 병을 치료했던 것처럼, 내게도 그 방도를 시험해 보게."

　"장모의 병은 제가 알지 못하오니, 마땅히 장인어른께 여쭤보셔야 할 것입니다."

【의서醫書에 새로 추가할 세 가지 신묘한 처방이로군.】

　有人贅留于妻家, 一婢病瘧, 妻母患之. 婿曰：“醫此至易也.”妻母請
治之, 婿曰：“當於靜僻處治之.”呼婢至園中, 揷林木四介于地, 令婢仰
臥其間, 縛四肢于木上. 仍潛奸其婢, 婢羞愧欲死, 其疾遂却. 妻家不
知, 以爲神醫也. 其後, 妻母又患瘧, 問其婿曰：“子前治婢病, 須敎其方
也.”婿曰：“此則吾所不知. 宜問於岳丈也.”【醫鑑中新增三神方】

엉터리 제주문

    산골 마을에서 장례를 행하는지라, 산 위에는 많은 사람들이 모여 있었다. 서울에서 온 나그네가 마침 이곳을 지나다가 그곳으로 나아갔다. 가서 보니, 거기에 있던 사람들은 모두가 사방을 두리번거리면서 누군가를 눈이 빠지게 기다리고 있었다. 그러다가 서울 나그네에게 말하였다.

    "제주題主를1) 쓰는 사람이 여태 오지 않는군요. 대사大事에2) 낭패를 보게 되었습니다. 손님께서 능히 글씨를 쓰실 수 있으시면 그분을 대신해 써줄 수 있겠소?"

    나그네는 비록 한자를 조금 알긴 했지만, 제주 쓰는 법식은 몰랐다. 그러나 무식함이 드러나는 게 싫어 얼른 대답했다.

    "그리 하지요."

    마침내 제주를 쓰게 되었지만, 뭘 어떻게 써야 할지 몰랐다. 그저 '춘추 풍우 초한 건곤春秋風雨楚漢乾坤' 여덟 글자를 써넣었다. 무릇 장기판에 쓰인 글자를 우연히 기억했던 것이다. 쓰기를 마치자, 모든

---

1) 제주(題主): 제사를 지낼 때 신주에 글자를 쓰는 일.
2) 대사(大事): 상례 등 큰 예식(禮式).

사람들은 기뻐하여 큰 상을 차려 나그네를 대접하였다.

잠시 후였다. 기다리던 사람이 급하게 와서는 '제주는 어찌 되었는가'를 물었다. 사람들이 대답했다.

"마침 서울에서 오신 손님이 당신을 대신해 써 주었소."

"내가 가서 제주 격식이 어찌 되었는지를 살펴보리다."

그러고는 상 위쪽으로 가서 제주를 유심히 살폈다. 그를 본 나그네는 잔뜩 겁을 먹어 덜덜 떠는 게 마치 귀신과 교접하여 생긴 아이를 뱃속에 품고 있는 것과 같았다.[3] 마음속으로는 '내가 이들 무리에게 큰 욕을 보겠다.'는 생각도 하였다.

제주 보기를 마친 사람은 멍하니 있더니 우두커니 선 채로 말했다.

"나는 한글로 썼을 것이라고 생각했는데, 이것은 한자네⋯."

서울 나그네는 불안하던 마음이 다소 풀어졌다.

峽邑有營葬者, 衆會于山上. 京客適至而往造焉. 見衆人東西張望有待人狀. 謂客曰: "題主官[4]不來, 大事狼狽矣. 客必能文, 盍爲之代題乎?" 客雖粗識文字, 實不知題主之式. 然惡其露醜, 遂答之曰: "諾." 及題主, 計無所出, 書以春秋風雨楚漢乾坤八字. 盖偶記博局所書也. 題畢, 衆皆歡賞, 饋以大卓. 少頃, 所待之人, 慌忙來到, 問'已題主否', 衆曰: "適有京客, 替君爲之耳!" 其人曰: "吾當觀其式否也?" 仍就卓上觀之. 京客見之, 惶恸若懷鬼胎, 意以爲吾必逢大辱於此輩矣. 其人觀畢, 憮然却立曰: "吾以爲諺文, 乃眞書也." 京客意少釋然.

---

3) 회귀태(懷鬼胎): 몸에 귀신과의 교접을 통해 얻은 아이를 품고 있다는 것인데, 남에게 말 못할 꿍꿍이셈을 가지고 있다는 의미로 쓰인다.
4) 제주관(題主官): 신주에 글자를 쓰는 일을 맡아하는 관리.

붉은 염료

평소 붉은색 염색을 업으로 하는 집에 우연히 불이 났다. 주인은 지붕 위에 올라가 불을 끄려 했지만, 갑자기 물을 구할 수 없었다. 이에 비축해두었던 붉은 염료를 뿌려서 불을 껐다.

불을 끄고서 지붕 아래로 내려왔더니, 어린아이가 아비 얼굴에 묻은 붉은 염료를 피로 오인하여 크게 외쳤다.

"아버지 이마가 깨져서 피가 나요!"

주인은 큰 소리로 고통을 호소하며 말했다.

"내 이마가 기와지붕에 부딪쳐서 깨졌구나!"

그러면서 땅바닥에 구르기 시작했다. 집안사람들이 와서 보니 그것은 붉은 염료였다. 이에 그것을 닦아내니 상처는 흔적조차 없었다. 주인은 구르던 땅바닥에서 천천히 일어나며 말하였다.

"나도 고통이 심하지 않은 게 참으로 의아하긴 했어."

有素業染紅之家, 偶失火. 主人翁升屋撲滅, 倉卒無水, 以所貯紅汁, 洒之火滅. 遂下屋, 小兒見翁顔上紅汁, 認以爲血, 仍呼曰: "爺爺額破血出!" 翁大聲叫苦曰: "吾額觸於屋瓦而破矣." 遂轉輾于地上, 家人來視, 則紅染也. 拭之, 無傷痕. 翁徐起曰: "吾固訝其痛不甚也."

발정 난 말

한 무변이 몇 년 동안 벼슬자리를 구하려 했지만 변변찮은 자리 하나도 얻지 못하였다. 결국 고향으로 돌아가기로 작정하여 병조판서에게 하직 인사를 드렸다.

"소인이 대감님 문하를 출입한 지도 벌써 몇십 년이 지났습니다. 그러나 아직까지 대감의 돌아보심을 입지 못하였습니다. 이제는 다른 어떤 희망도 없을 것 같습니다. 장차 고향으로 돌아가 농사나 지으면서 살려고 합니다. 그래서 이렇게 와서 감히 인사를 올립니다."

말을 들은 병조판서는 그저 고개만 끄덕끄덕할 뿐이었다. 무변이 하직하고 나오다가 마음속으로 생각하였다.

'그래도 저와 몇 년을 친숙하게 지냈거늘, 저는 조금도 가엾거나 불쌍하게 여기는 빛조차 보이질 않는군. 내가 물러가면 혹시 뒷말이나 하지 않겠는가?'

이에 창밖에 앉아 몰래 엿들었다. 그랬더니 병조판서가 자기 방에 딸린 작은 방 창문을 밀치더니 여종을 잡아끌며 음란하게 희롱하는 소리가 들렸다.

"발정 난 말처럼 해 보려무나."

【병조판서가[1] 말 타는 법을 배우려는 것이니, 그야말로 진짜 그의 직무에 충실하군!】

여종은 한사코 거부하며 따르지 않았다. 그때였다. 무변이 창을 열고 안으로 들어와 팔뚝을 걷어붙이며 큰 소리로 말했다.

"바라옵건대 대감께서는 저년을 소인에게 넘겨주십시오. 그러면 저년을 박살 내서 그 죄를 다스리겠습니다. 무릇 대감의 위세로 말씀하셨으면, 어찌 발정 난 말처럼만 하겠습니까? 비록 발정 난 소처럼 하라고 해도, 어찌 못 하겠다는 말을 할 수 있겠습니까? 그런데 저년이 감히 가타부타하니, 그 죄는 죽음밖에 없습니다."

병조판서는 매우 부끄러워하며 말하였다.

"망령된 말을 하지 말고 그저 물러가서 기다리고 있게. 내 마땅히 자네를 추천해서 관직 한 자리를 마련해 놓을 테니까."

얼마 지나지 않아 무변은 정말로 변방의 장수 자리를 얻게 되었다.

그렇게 부임하고 몇 년이 지났다. 무변의 임기도 만료되어 돌아올 때가 되었다. 임기가 끝난 장수들 중에서 일부를 선별해 다시 관직으로 내보내는 심사가 있기 직전이었다. 무변은 다시 병조판서 댁을 찾았다. 그리고 조용히 병조판서에게 물었다.

"대감께서는 아직도 그 여종을 마음에 두고 계십니까? 지금 돌이켜봐도 그년의 죄는 끝내 용서할 수가 없군요."

병조판서가 웃으며 말하였다.

"지나간 일인데, 무엇 때문에 다시 문제를 들추나?"

---

1) 기판(騎判): 병조판서.

다음 날, 무변은 다시 변방의 장수 한 자리에 제수되었다. 무릇 재상은 무변이 돌아와 자기 문하를 드나들면서 매번 옛날이야기를 꺼낼 게 너무 싫었다. 그래서 멀리 떨어진 고을로 보내버림으로써 다시는 얼굴을 마주치지 않으려고 했던 것이다.

이로부터 무변은 외직外職에서 승승장구할 수 있었고, 여러 차례 고을 수령도 역임할 수 있었다. 그리고 마침내 벼슬이 병마절도사에까지 이르게 되었다.

有一武弁, 屢年求仕, 不得寸祿. 將還鄉, 往辭兵判曰: "小人出入大監門下者, 已過數十年, 而尙未蒙大監之顧念, 今無餘望, 將還鄉業農, 敢此拜辭矣." 兵判默頭而已. 武弁辭出心語曰: "彼幾年親熟, 而少無憐憫之色, 吾退, 彼或有後言乎?" 仍坐戶外, 窃聽之. 兵判推夾房小窓, 挽一婢妾, 出而泆戲曰: "可効風馬²⁾也."【騎判學騎馬, 固其職務也.】妾牢拒不從, 武弁啓戶還入, 奮臂大言曰: "願大監許賣彼女于小人也, 小人欲搏殺之, 以治其罪也. 夫以大監之威勢, 奚特効馬之風乎? 雖効牛之風, 何所不可, 而彼女乃敢阻搪,³⁾ 其罪可殺也." 兵判大懃曰: "君勿妄言, 第退而俟之, 吾當擬⁴⁾君一職也." 居無何, 武弁果得一邊將. 在

---

2) 풍마(風馬): 풍마우(風馬牛)의 준말. 발정 난 말. 본래 이 말은 발정 난 말과 소가 짝을 구하려고 하지만, 멀리 떨어져 있어서 서로 미치지 못한다는 의미다. 『춘추좌씨전』 〈희공(僖公) 4년〉에 춘추시대 초자(楚子)가 자기 나라를 쳐들어온 제나라 환공(齊桓公)에게 "임금은 북해에 살고 과인은 남해에 삽니다. 마치 발정 난 말과 소가 서로 짝을 구해도 만날 수 없을 만큼 먼 거리지요.[君處北海, 寡人處南海, 唯是風馬牛不相及也.]"에서 유래한 말이다.

3) 조당(阻搪): 가거나 오지 못하게 함.

4) 의(擬): 의망(擬望). 관원을 임명할 때 이조나 병조에서 세 사람의 후보자를 추천하

任屢年, 瓜遞而歸, 未卽甄復,[5] 更往兵判家, 從容問曰: "大監尙留厥婢乎? 至今追思, 其罪終不可赦也." 兵判笑曰: "往事何必追提乎?" 翌日, 復除邊將一窠. 盖厭其出入門下, 每提前說, 故出送外邑, 不欲復對面也. 自是, 武弁輒以外職陞, 移屢典州邑. 遂至閫帥矣.

던 일.

5) 견복(甄復): 나이가 많아 벼슬에서 물러난 사람이 견차(甄差)에 응하여 다시 벼슬길에 나가던 일. 견차는 나이가 많아 벼슬을 사임한 사람을 다시 불러 관직을 맡기던 일을 말한다.

눈으로 음식 먹기

어느 구두쇠가 준치[鰣魚][1] 한 마리 샀지만, 아까워서 먹지를 못했다. 이에 소금에 절여 벽에 매달아 두었다. 그러고는 매번 밥상을 받고서, 음식이 싱거울 때마다 한 번씩 쳐다볼 뿐이었다. 마치 갈증이 심한 병사에게 매실을 떠올리게 하는 것과 같았다.[2]

어린아이는 준치가 먹고 싶어 자주 그것을 바라봤다. 그러자 구두쇠는 아이를 꾸짖어 말하였다.

"너는 왜 그렇게 음식을 짜게 먹느냐?"

【이것은 눈으로 음식을 먹는 것이다!】

有吝者, 買一鰣魚, 惜而不食, 沈于塩, 懸之壁. 每對案食淡之時, 一望見而已. 蓋渴甚思梅之意也. 其稚子思食其魚, 頻頻望見, 其父責曰: "汝何醎食之甚也?"【是爲目食!】

---

1) 시어(鰣魚): 준치.
2) 갈심사매지의(渴甚思梅之意): 갈증이 심하면 매실을 떠올림. 위나라 무제(武帝)가 목마른 군사들에게 앞에 매화나무 숲이 있으니 그곳까지 가면 갈증을 풀 수 있을 것이라 속이고 군사들을 전진하게 한 고사. 『세설신어(世說新語)』〈가휼(假譎)〉에 나온다.

견마잡이

　서울에서 권력을 행사하는 어느 선비가 지방의 종을 잡아 와서 견마잡이[1] 일을 시켰다. 종은 그 일에서 벗어나고 싶어서 일부러 어리석고 세상 물정을 모르는 사람처럼 하고 다녔다.

　하루는 선비가 말을 타고 나가자고 했다. 종은 일부러 말을 잡고 시정市井에서도 가장 북적대는 곳으로 들어갔다. 들어가서는 사람들에게 피하라는 벽제辟除도[2] 하지 않고 곧장 앞으로 말을 내몰았다. 그런 까닭에 땔감 장수의 달구지에 놓인 긴 땔나무에 선비의 눈이 거의 찔릴 뻔한 일도 있었다. 집으로 돌아온 선비가 종을 타일러 말했다.

　"나중에 행차할 때에는 벽제를 하도록 해라."

　"그리 하겠습니다."

　나중에 또 말을 끌고 나가게 되었다. 길에서 지나가는 사람과 마주치게 되자, 종은 갑자기 마치 높은 벼슬아치 행차가 지나가듯이

---

1) 견마잡이: 말고삐를 잡고 길을 인도하는 신분이 낮은 자.
2) 벽제(辟除): 지위가 높은 사람이 행차할 때, 하인들이 잡인의 통행을 금하던 일. 원문의 벽인(辟人)은 벽제와 같은 의미다.

큰소리로 '물러서라!'고 외쳤다. 지나가는 사람은 왜 그러는가 싶어 괴이하게 여길 뿐이었다. 선비는 발로 종을 차며 말했다.

"소리를 낮춰 말해야지!"

"그리 하겠습니다."

그러고 난 뒤였다. 멀리서 어떤 사람이 땔나무를 싣고 오는 게 보였다. 종은 잡고 있던 말고삐를 놓고 상인이 있는 곳으로 달려갔다. 그러고는 상인의 귀에 대고 조용히 말하였다.

"당신이 싣고 가는 땔나무 짐이 우리 주인의 눈을 찌를까 두렵습니다."

말을 듣고 상인은 크게 웃었다. 선비도 종의 어리석음을 어떻게 해볼 수 없다고 여기고는 결국 놓아서 보내주었다.

【그 어리석음을 당해낼 재간이 없었군!】

有京華士夫, 捉來外方奴子, 使供牽馬之役. 奴欲免役, 故作愚迷狀. 一日, 士命駕出, 奴故牽入市井紛沓[3]中, 不呵[4]辟人, 直前馳馬, 柴商所駄之柴, 幾觸士人之眼. 士人歸戒其奴曰: "後須行, 且辟人也." 奴曰: "諾." 後又牽馬而出, 途遇行人, 輒大聲呵叱如達官之狀, 行人莫不怪之. 士蹴其僕語曰: "須低聲語也." 奴曰: "諾." 奴遙見路上一人駄柴而來. 遂釋其馬轡而前走, 至柴商處, 附耳語曰: "恐君柴駄, 觸吾主目也." 路人聞之大笑. 士人以奴爲下愚不移,[5] 遂放還. 【其愚不可當.】

---

3) 분답(紛沓): 정신을 차릴 수 없을 만큼 매우 혼잡한 곳.

4) 불가(不呵): 갈도(喝導). 소리를 질러 사람들의 통행을 금지하는 일.

5) 하우불이(下愚不移): 어리석고 못난 사람의 버릇은 고치지 못함.

맹인

　한쪽 눈이 먼 사람이 있었다. 그의 눈은 흰자위가 튀어나와 마치 방울을 단 것 같았는데, 보기에도 몹시 추했다.

　한번은 여러 사람들이 모이는 자리에 참석하였다. 그는 부채로 먼눈을 가리고 앉아 있었다. 마침 손님으로 온 사람들 중에는 한쪽 눈이 먼 자가 또 있었다. 그는 눈동자가 안으로 움푹 파여 마치 눈을 감고 있는 모습을 하고 있었다. 부채로 눈을 가린 자가 그 맹인에게 다가가 말했다.

　"자네의 먼눈은 어쩜 그리도 추하단 말인가? 저렇게 생긴 눈을 가지고도 여러 사람들의 모인 자리에 앉아 있다니, 이른바 염치없다는 말이 딱 맞네."

　맹인은 크게 화를 내며 말하였다.

　"너는 무슨 이유로 병든 사람을 조롱하고 모욕하느냐?"

　그러자 부채를 들고 있던 사람은 부채를 걷어내며 말하였다.

　"내 눈을 한번 보시게. 눈이 멀지 않았으면 그만이겠지만, 이왕 눈이 멀려면 마땅히 이렇게 눈이 멀어야지!"

　그 사람도 한바탕 크게 웃었다.

有一人, 盲一目, 白睛突出如懸鈴, 所見甚醜. 嘗於眾會中, 以扇遮盲目而坐. 適有一客, 亦盲一目, 而眼睛陷下如瞑目狀. 扇遮者謂曰: "子何盲之醜也, 以如彼之目, 能坐於眾會中, 可謂沒廉恥也." 其人大怒曰: "子何嘲侮病人也." 扇遮者, 遂去扇曰: "試觀吾眼. 不盲則已, 盲則當如此盲也." 其人大笑.

무릉도원

어떤 선비가 이름난 산을 유람할 때였다. 산에 동굴 입구처럼 생긴 구멍이 보였다. 선비는 걸어서 그 안으로 들어갔다. 10리쯤 갔을 즈음이었다. 홀연 햇빛이 환히 비추며 확 트인 곳이 나타났다. 눈을 들어 살펴보니, 그곳은 또 다른 세상이었다. 밭과 집, 사람들까지도 예전의 무릉도원武陵桃源과 다르지 않았다. 그곳에 거주하는 사람에게 물어보니, 이렇게 말했다.

"우리들은 세상을 등지고 이곳으로 들어와 농사를 지어서 먹고살고 있습니다. 가을에 수확해도 세금이 없고, 아전들도 문 앞에 이르지 않죠. 참으로 즐겁게 살 수 있는 좋은 곳이랍니다."

선비가 기뻐하며 말하였다.

"그럼, 나도 당신들과 이웃을 맺고 살아도 괜찮겠소?"

거기에 있던 모든 사람들이 말하였다.

"그럼요!"

이에 모두가 초가 하나를 지어내더니, 선비로 하여금 거기서 지내도록 하였다.

선비는 산에서 내려가 처자들을 데리고 다시 그곳으로 돌아왔다. 그곳 주민들은 각자 자기의 곡식과 물건을 나눠주며 선비의 가난함을 구제해 주었다. 그리고 선비를 존경하여 마을의 어른으로 모셨다. 주민들이 헷갈리는 일이 생기면 결정을 내려주기도 했다. 선비는 그곳 생활이 퍽 즐거웠다.

거주한 지 몇 달이 지났을 때였다. 주민들이 선비에게 몰려들었다. 선비가 까닭을 묻자, 그들이 말하였다.

"우리들에게 소박하면서도 간절한 부탁이 하나 있습니다. 이곳에 사는 사람들의 성씨는 불과 두세 개뿐입니다. 그래서 자녀가 혼인이라도 하려면 친척의 범위를 벗어날 수 없답니다. 비록 6촌으로 한계를 정해 결혼을 시키고는 있지만, 그조차도 구하기 어려워 걱정입니다. 홀아비로 산 지 이미 몇 년째인 아무개는 짝으로 삼을 여인이 없지요. 게다가 그의 여동생마저 혼기가 차고도 이미 여러 해를 넘긴 상태건만, 맞이할 수 있는 신랑이 없답니다. 이에 저희들이 궁리 끝에 한 가지 계책을 생각하였습죠. 그것은 참으로 편리하게 일을 처리할 수 있는 방법이더군요. 홀아비의 여동생과 현합賢閤을[1] 서로 교환하면 됩지요. 그러면 홀아비는 없던 아내가 생기게 되고, 그의 여동생도 없던 지아비가 생기게 되겠지요. 두 사람 모두에게 어찌 아니 좋은 일이겠습니까?"

선비는 듣고 마음속으로 놀라워하며 그들의 망언을 꾸짖고 싶었다. 그러나 주민들의 분노를 촉발시킬까 두려웠다. 임기응변으로 타일러 대답할 수밖에 없었다.

"모름지기 내일 다시 와보시게."

주민들은 약속대로 뒷날 다시 왔더니, 선비는 이미 처자를 데리

---

1) 현합(賢閤): 남의 아내를 공경하게 이르는 말. 여기서는 선비의 아내.

고 밤에 달아나고 없었다.

【내일로 약속한 것은 부인과 그 대책을 꾀하려는 듯이 한 것이겠지?】

有一士人, 遊名山, 山有一竇如洞門. 士步入其中, 行十里許, 忽天日開朗, 舉目視之, 則乃別界也. 田宅人物, 依然如古之桃源. 問于居人, 則曰: "吾輩避世, 入此中, 業農而食. 秋熟無稅, 吏不到門, 眞樂土也." 士喜曰: "吾亦與君結隣, 可乎?" 僉曰: "諾." 遂共搆一草屋, 俾士居焉. 遂出山, 率其妻子, 復入其中. 居民各出穀物以濟其貧. 仍共尊士, 爲一洞之長, 民有所疑, 輒就決焉. 士人頗樂其生. 居數月, 民咸造焉, 士問其故, 民曰: "有小懇者耳. 此中居生之民, 不過數三姓氏, 故子女婚娶, 不避親戚, 雖限六寸結婚, 而尙患艱辛, 某也之鰥居已有年, 而無可配之女, 其妹之當婚者, 已過年, 而無可耦之郎, 民等窮思一策, 適有從便2)處置之道, 欲以某之妹氏與賢閤相換, 使某也無妻而有妻, 某妹無夫而有夫, 則豈非兩便之道乎?" 士人聞之驚心, 欲責其妄言, 而恐觸衆怒, 遂以權辭答曰: "明日須更來也." 衆如期而至, 士人已率妻而宵遁矣.【約以明日, 欲謀諸婦耶?】

2) 종편(從便): 어떤 일을 처리함에 있어서 편할 대로 따름.

제갈량

어떤 재상이 사나운 처에게 제압당해, 감히 아내의 명령을 거역하지 못했다. 하루는 아내가 질투심이 발동하여 화를 내더니, 재상을 창고에 가두고 출입문을 자물쇠로 잠가버렸다. 재상은 창고 안에서 하룻밤을 꼬박 보내야 했다.

다음 날 아침, 재상은 조정으로 출근을 해야 했다. 그러나 처는 창고 문을 열어주지 않았다. 해는 점점 높이 떠오르고, 청지기와 종들은 재상이 빨리 나오기를 바라며 문밖에서 발만 동동 굴렀다.

마침 사위가 조정으로 출근하다가 처가에 들러 '장인이 어디 계신가'를 물었다. 곁에 있던 사람들이 대답했다.

"지금 창고 안에 계십니다."

사위가 들어가서 보니, 장인은 아무 말도 하지 않고 눈만 끔벅거렸다. 마치 우리 안에 갇힌 돼지처럼…. 사위가 물었다.

"장인께서 무엇 때문에 이 안에 들어가 계십니까? 그리고 조정에 출근은 아니 하시렵니까?"

"비록 제갈량이 여기서 있어도 나갈 수 있는 방법은 없을 듯하네."

사위가 웃으며 말했다.

"제갈량이라면 애초부터 이 안에 들어오지 않았겠죠."

그러고는 마침내 창고 문을 열어 손을 붙들어 나오게 한 뒤, 장인과 함께 조정으로 출근하였다.

【비록 사나온 처에게 제압을 당한다 해도 어찌 이다지 심하단 말이냐? 이런 사람이 조정에 들어가면, 권력자가 나라를 마음대로 천단해도 능히 한마디도 하지 못하고 따르겠지. 이것이 이른바 '너무 유약해서 위엄이 서지 않는다〔太柔而廢〕'는[1] 것이다.】

有一宰相, 受制於悍妻, 不敢違命. 一日, 妻因妬發怒, 囚宰相於庫中, 而鎖其門. 宰夜宿其中. 翌朝將赴朝班, 而妻不許開門. 日漸高, 傔隷輩在門外, 頓足促出. 適其婿之赴朝者, 歷入問婦翁何在, 左右對曰: "方在庫中也." 婿往見之, 翁默然瞬目, 若圈豕也. 婿問曰: "岳丈何故入此中, 而不赴朝班耶?" 翁曰: "雖諸葛亮, 無可出之道矣." 婿笑曰: "諸葛亮初不入此中." 遂開庫門, 携手而出, 共赴朝班焉.【雖受制於悍妻, 豈如是之甚耶? 以此爲人立朝, 當若權貴擅國, 將不能一言趍下. 此所謂太柔而廢者也.】

---

1) 너무 유약해서 위엄이 서지 않는다〔太柔而廢〕: 『한서(漢書)』〈준불의전(雋不疑傳)〉에 나오는 것으로, 한나라 준불의(雋不疑)가 장수 포승지(暴勝之)에게 했던 말이다. "무릇 관리는 너무 강하면 부러지고, 너무 약하면 위엄이 서지 않소.〔凡爲吏, 太剛則折, 太柔則廢.〕"를 활용하였다.

부적

　침선비針線婢로[1] 차출되어 상경한 지방 기생이 있었다. 그녀는 아름답기로 이름을 떨치고 있었다.

　일찍이 일이 있어서 교외에 나갔다가 돌아오는 길이었다. 도중에 갑자기 폭우를 만나 더 이상 나아갈 수 없었다. 어쩔 수 없이 비를 피해 길가에 있는 집으로 들어갔다. 그곳은 가난한 선비의 집이었다. 기생이 나아가 말하였다.

　"빗줄기가 이처럼 심하니, 앉을 자리 한 귀퉁이만 빌려주시면 하룻밤을 보내고 가겠습니다."

　선비가 보니 그녀의 자색이 몹시 요염한지라, 그는 귀신인가 의심하여 문을 닫으며 들어오지 못하게 했다. 그러나 기생은 이미 들어가 자리를 차지하여 앉은 뒤였다. 이에 선비는 보고도 못 본 척하며 몸가짐을 똑바로 한 채 책만 읽을 뿐이었다.

　밤이 깊어졌다. 선비가 잠자리에 들었다. 기생은 저고리와 치마

---

1) 침선비(針線婢): 조선 시대 상의원(尙衣院)에 소속되어 의복을 만들던 일을 맡은 관비이자 관기. 궁중에서 연회가 있을 때에는 가무를 공연하기도 했다. 이야기에 나오는 기생도 서울에서 큰 행사가 있었던 까닭에 지방에서 차출되어 올라온 것이다.

가 모두 젖은 탓에 추위를 참을 수 없었다. 선비에게 말하였다.

"이불자락 한 귀퉁이라도 빌려주십시오. 추위를 막을 수 있게…."

선비는 버럭 화를 내며 말하였다.

"사악한 것이 바른 것을 범하려 하느냐!"

그러고는 귀신을 물리치는 부적, 예컨대 각항저방角亢氐房과[2] 같은 종류의 부적을 읊어댔다. 기생은 그 와중에도 웃음이 터져 나왔다.

겨우겨우 밤을 보내고 날이 밝아왔다. 기생은 떠나면서 선비를 꾸짖어 말하였다.

"나는 기생 아무개요. 지금 귀공자들께서도 천금을 아끼지 않고 나와 하룻밤을 지내보려 하지요. 그렇게까지 해도 뜻을 이루지 못해 안달하는 판이지요! 당신처럼 가난한 선비가 나를 우연히 만나 하룻밤을 보내게 된 것은 그야말로 천 년에 한 번 있을까 말까 한 기회였지요. 그런데 도리어 나를 귀신으로 의심하다니…. 어쩜 그렇게 지지리도 복이 없는지?"

그러고는 뒤도 돌아보지도 않고 가버렸다.

【귀신이야 족히 두려울 게 없지만, 요염한 것은 진짜 두렵지. 색을 좋아하는 자들도 만약에 각항저방 부적을 읊고 있으면 거기에서 벗어날 수 있으려나….】

---

2) 각항저방(角亢氐房): 28수[宿]를 다라니로 외는데, 각·항·저·방은 28수의 처음에 있는 네 개의 별 이름이다. 28수를 사방으로 나누고, 한 방위마다 7수를 둔다. 각·항·저·방·심·미·기(角亢氐房心尾箕)는 동방, 두·우·여·허·위·실·벽(斗牛女虛危室壁)은 북방, 규·누·위·묘·필·자·삼(奎婁胃昴畢觜參)은 서방, 정·귀·유·성·장·익·진(井鬼柳星張翼軫)은 남방에 있다.

外邑妓以針線婢上京者, 有以色擅名者. 嘗因事出郊, 歸路遇暴雨,
不得行. 遂入路傍人家, 盖寒士家也. 妓進曰:"雨勢如此, 乞借一席地,
經宿而去也."士人見其姿色妖艶, 疑其鬼魅, 欲閉門不納, 而妓業已就
席矣. 士遂視若不見, 危坐誦書而已. 夜深, 士就寢. 妓衣裳沾濕, 不勝
寒慄, 告士曰:"乞借衾一隅, 以禦寒也."士厲聲曰:"邪不犯正."仍誦却
鬼之符, 如角亢氐房之類. 妓不覺失笑. 遂艱辛經夜, 天將明. 將去, 罵
士人曰:"吾乃某妓也. 今方貴介公子, 以千金博吾一宵, 而尙患難得,
以汝窮措大, 偶然相逢, 經過一宵, 眞可謂千載一時, 而乃反疑我以鬼
魅, 何其寡福之甚也."遂不顧而去.【鬼魅不足畏, 妖艶極可畏. 好色
者, 若誦角亢氐房之符, 則免矣.】

환상

　어느 고을 통인通引들이 밤에 학당에 모여 닭서리를 해서 삶아 먹기로 했다. 그때 한 학동이 갑자기 말하였다.

　"우리 훈장님도 당연히 모셔와야지!"

　이에 말을 꺼낸 학동을 보내 훈장을 모셔오게 했다. 무릇 훈장은 고을의 선비인데, 몹시 가난하여 글을 가르치며 겨우겨우 생활하고 있었다.

　학동이 훈장 댁 문밖에 이르러 막 소리를 질러 부르려 할 때였다. 방 안에서 훈장의 목소리가 희미하게 들려왔다. 학동은 귀를 벽에 바짝 붙여 소리를 엿들었다. 그것은 훈장과 아내가 즐거움을 나눈 뒤에 서로 주고받는 소리였다.

　"좋으냐?"

　"좋긴 좋네요. 그나저나 저 환상還上은[1] 어떻게 해야 할지…."

　무릇 이때는 연말이어서 빌려온 곡식에 대해 근심하는 말이었다. 학동은 속으로 웃었다. 그러고는 훈장을 불러 말씀을 드린 후, 먼저

---

1) 환상(還上): 고을 사창(社倉)에서 백성에게 꾸어 주었던 곡식을 가을에 이자를 붙여 거둬들이는 일.

돌아가 무리들에게 훈장 내외가 주고받은 말을 들려주었다.

훈장은 옷을 입고 나와 학당에 이르렀다. 그리고 제자들과 함께 배불리 먹고 마셨다. 식사를 마치자, 제자가 훈장에게 여쭈었다.

"좋으십니까?"

"좋구나."

"좋긴 좋지요. 그나저나 저 환상은 어떻게 하시렵니까?"

훈장은 매우 부끄러워하다가 이내 꾸짖어 말하였다.

"너희들이 무슨 이유로 몰래 엿들었단 말이냐?"

하루는 고을 수령이 곡식을 빌려 간 장부를 살펴보고 있었다. 그런데 곁에 있던 어린 통인 하나가 갑자기 웃음을 터트렸다. 수령이 그에게 죄를 물으려 하자, 통인이 대답했다.

"마침 생각나는 것이 있어서 그랬습니다."

그러고는 훈장이 환곡 돌려줄 것을 걱정하더라는 말을 갖추어서 아뢰었다. 이어서 말했다.

"뜻하지 않게 곡식 빌려 간 장부를 보니, 갑자기 웃음이 터져 나왔던 것입니다."

수령은 통인의 죄를 묻지 않았다. 대신 주방에 있는 사람에게 명령을 내려 음식을 풍성하게 준비해 두라고 일렀다. 그러고 나서 선비를 불렀다. 선비와는 오랫동안 알고 지낸 사이였다.

선비가 찾아와 인사를 드리자, 주방에서 음식이 나왔다. 음식을 모두 먹고 나자, 수령이 물었다.

"좋으신가?"

"좋군요."

"좋긴 좋겠지. 그나저나 저 환상은 어떻게 할 셈인가?"

선비는 부끄러워하며 말하였다.

"사또께서는 어디서 이 말을 들으셨습니까?"

"지극히 즐거운 일을 하면서도 은연중에 환곡을 갚아야 한다는 근심이 떠나지 않았으니, 참으로 고통스러웠다 말할 수 있겠구려."

그러고는 창고지기를 불러 선비에게 빌려준 환곡은 받지 말고, 관아의 물품으로 그것을 대신하도록 했다. 선비는 몹시 기뻐했다.

某邑通引輩, 夜聚學堂, 攫取村鷄, 烹熟欲食之. 忽曰: "吾師不可不邀也." 遂送其徒邀之. 師盖邑底士人, 而貧甚, 以學文資生者也. 其徒至士門外, 方欲聲呼之際, 聞房中有士人微語聲. 遂塗壁窃聽之, 士與妻歡畢, 問曰: "好否?" 妻曰: "好則好矣. 奈彼還上何哉?" 盖當歲末, 憂其糴之意也. 其徒窃笑, 遂呼語其師, 先歸衆會中, 具以告之. 師披衣而出, 至學堂中, 與其弟子, 共其醉飽. 食訖, 弟子問師曰: "好耶?" 師曰: "好矣." 弟子曰: "好則好矣. 奈彼還上, 何哉?" 師大慙, 仍叱之曰: "汝輩何窃聽也?" 一日, 邑倅方閱糴簿, 有小通引在傍, 忽然失笑. 倅欲罪之, 通引對曰: "適有所思矣." 遂具陳其憂糴之說, 仍曰: "偶見糴簿, 不覺失笑矣." 倅不之罪. 遂命廚人, 設盛饌, 邀其士人. 盖熟面也. 士人入謁, 廚人進饌. 食訖, 倅問曰: "好否?" 對曰: "好矣." 倅笑曰: "好則好矣, 奈彼還上, 何哉?" 士慙曰: "城主何以聞此說耶?" 倅曰: "至樂之中. 亦有隱憂還上, 可謂苦矣." 遂呼倉吏, 命勿捧士人糴, 而以官用物代之. 士人大悅.

조상

형제가 친구의 상喪에 조문을 가게 되었다. 아우가 말했다.

"저는 문상하는 방법을 모르니 어찌합니까?"

"행동이나 말하는 것이나 모두 나만 따라 해라."

상가에 이르러 문에 들어설 때였다. 형은 키가 커서 관이 처마에 부딪쳤다. 반면 아우는 키가 작은지라, 어쩔 수 없이 도약해서 처마에 관을 닿게 했다.

들어가 자리에 앉게 되었는데, 형이 갑자기 방귀를 뀌었다. 아우도 억지로 방귀를 뀌려고 힘을 주었다. 그러나 방귀는 나오지 않고, 대신 똥이 조금 나왔다. 아우는 그것을 손가락으로 찍어 보이며 말했다.

"방귀 대신 이것을 써도 괜찮은가요?"

有兄弟二人, 將往弔友人喪. 其弟曰: "吾不知弔喪[1]之規, 奈何?" 兄

---

1) 조상(弔喪): 상가에 가서 그 슬픔을 드러내는 인사법. 문상(問喪).

曰：“動靜語默一遵吾，可也.”及到喪家，入門之際，其兄身長，冠觸于楣. 弟則身短，遂一躍而以冠觸之. 及就席，其兄忽放屁氣，弟强欲放屁，放氣不出，而大便小出. 遂指齗以示曰：“放氣之代，此亦可用乎？”

취향

한 재상이 일찍이 조카 여러 명과 이야기를 하며 물었다.

"금수禽獸 중에서 너희들은 어떤 동물이 되고 싶으냐?"

어떤 아이들은 호랑이나 용이 되고 싶다고 하고, 어떤 아이들은 봉황이나 난새가 되고 싶다고 하였다. 그중 가장 어린아이가 대답하였다.

"저는 돼지새끼가 되고 싶습니다."

재상이 괴이하여 물었다.

"돼지란 것은 동물 중에서도 가장 더러운 것이라."

…1)

1) 원책에도 이 부분에는 빠진 대목이 많다고 밝혔다. 아마도 이 책의 대본이 되었음직한 조본(祖本)이 있었음을 짐작케 한다. 다른 이야기를 참조하면, 이 이야기에서 아이가 돼지가 되려는 이유는 '새끼 때부터 색을 찾기 때문'이라고 했을 개연성이 높다. 이 이야기 뒤에 쓰인 내용은 앞의 것과 다른 이야기다.

뒤에 실린 이야기는 재상이 여러 사람들에게 '어떤 꽃이 가장 좋은가'를 묻는 앞부분이 빠진 채 후반부만 남았다. 후반부의 내용을 토대로 유추하면 '어떤 꽃이 가장 좋은가'를 묻는 재상의 질문에 '백성들을 따뜻하게 하는 목화'라고 대답한 사람이 상을 받는다는 내용일 것으로 보인다. 여기에 번역한 내용은 그 삽화 뒤에 붙은 후반부다. 어떤 꽃이 가장 좋은가에 이어, 이번에는 어떤 소리가 좋은가를 묻는 재상의 질문에, 앞서 목화라고 대답해서 상을 받은 사람을 질시한 자가 '목화씨 빼는 소리가 가장 좋다.'고

(재상이) 말하였다.

"여러 소리 중에 어떤 소리가 가장 좋으냐?"

모두가 대답하지 못하고 있는데 한 사람이 갑자기 말하였다.

"씨 중에서는 어떤 소리가 가장 좋습니까?"[2]

무릇 목화를 칭찬하여 상을 받았기에, 이처럼 그 여인을 따라 하겠다는 꾀를 냄으로써 '씨를 제거하는 소리'를 찬양했던 것이다. 그러자 재상이 찡그리며 말하였다.

"소리 중에서도 가장 나쁜 것이니라.[3] 너는 이른바 독특한 취향을 가졌다고 할 만하구나."

그 사람은 몹시 부끄러워하였다.

〔'가장 더러운 것이라.〔鄙者也.〕'의 아래부터 '말하였다. 여러 소리 중에〔曰衆聲之〕' 위까지는 문장이 많이 빠져 있는 듯하다.〕

有一宰相, 嘗與子姪諸兒語, 問曰: "禽獸之中, 汝欲作何物乎?" 諸兒或願作龍虎, 或願作鸞鳳, 有一兒最乳, 答曰: "願作猪兒." 宰相怪問曰: "猪也者, 畜之最鄙者也." … 曰: "衆聲之中, 何聲最好?" 衆未及對, 一人遽曰: "氏何聲最好也?" 盖以稱讚錦花者, 受賞, 故作此効嚬[4]之

대답했다가 망신당한다는 내용일 것으로 보인다. 그러나 번역한 내용을 보면 그 내용도 뒤죽박죽된 상태다.

2) 이 부분은 재상의 대답에 여러 여인이 대답한 뒤에 한 여인이 '목화씨 빼는 소리가 가장 좋다'고 대답하는 대목으로 보인다. 그런데 필사 도정에서 혼동을 일으켜 재상의 말을 반복해서 쓴 것으로 보인다. 아마 이 말은 '食去錦核之聲, 最好也' 정도가 아닌가 싶다.

3) 옛사람들은 목화씨 뽑은 소리를 두고 밤새 노동하는 백성의 고통을 반영한 소리라 하여, 그 소리를 가장 나쁜 소리로 인지했다.

計, 以讚去核之聲也. 宰相嚬曰："聲之最惡者也. 子可謂別性癖也." 其人大慙.〔鄙者也之下, 日衆聲之上, 疑多闕文.〕

---

4) 효빈(效嚬): 효빈(效顰). 월(越)나라 서시(西施)가 병으로 인해 얼굴을 찡그렸는데, 그것조차 예뻤다. 그 모습을 본 어떤 추녀가 자기도 찡그렸다가 더욱 못나게 되었다는 고사. 자기 분수를 모르고 남을 흉내 내는 것을 의미한다. 『장자(莊子)』에 나온다.

속임수

어떤 수령이 사람을 잘 속였는데, 이웃 고을 수령들 중에 속지 않는 자가 없었다. 방백方伯이 일찍이 여러 비장들과 함께 있으면서 그 이야기를 언급하였는데, 한 비장이 말하였다.

"속임을 당하는 것은 사람이 변변치 못한 까닭입니다. 만약에 소인이 간다면 필시 속임을 당하지 않을 것입니다."

이에 방백은 일을 빙자해 그를 보냈다.

비장이 들어가 수령께 인사를 드렸다. 한참 동안 대화를 나누던 수령은 점심을 내오게 하였다. 점심은 복국[河豚湯]이었다. 비장이 말하였다.

"맛있군요."

그러면서 수령과 함께 배불리 먹었다. 밥을 다 먹자, 주방 기생이 밥상을 거두어 머리에 이고 나갔다.

그로부터 얼마의 시간이 지난 뒤였다. 관아 문밖에서 여인의 통곡 소리가 들렸다. 수령은 괴이하게 생각하며 물었다.

"이게 무슨 소리냐?"

곁에 있던 사람들이 대답했다.

"아까 올렸던 반찬들 중에 남아 있던 복국을, 주방 기생이 자기의 어린 딸에게 먹였나 봅니다. 그런데 그걸 먹은 딸이 갑자기 피를 토하며 죽었습니다. 그래서 그 어미가 이렇게 통곡한답니다."

수령이 깜짝 놀라 말하였다.

"이는 필시 중독이라. 우리도 몹시 염려스러우니 급히 치료하는 게 좋겠다."

이에 곁에 있는 사람에게 명령을 내려 급히 똥물 두 바가지를 떠 오게 하였다. 그리고 비장에게 말하였다.

"이게 맛은 비록 고약하지만, 쭉 들이키면 독이 제거될 것이네."

수령은 비장에게 권하여 그것을 맛보게 하였다. 비장이 맛을 보니, 그것은 꿀물이었다. 비로소 비장은 자기가 속았다는 것을 깨닫고 몹시 부끄러워하며 돌아와야만 했다.

방백도 그 말을 듣고 웃어댔다. 그때 나이가 많은 한 비장이 또 나서며 말하였다.

"소인이 마땅히 다시 가 보겠습니다."

방백도 허락해 주었다.

비장이 가서 수령께 인사를 드리니, 수령은 또 음식을 차려 대접하였다. 그러나 비장은 물리치고 먹지 않았다. 온종일 배고픔을 참아가며 꼿꼿이 앉아만 있었다. 대개 음식을 경계한 까닭이었다.

다음 날 새벽, 비장은 일어나 세수를 하였다. 세수를 하고 난 뒤, 그는 말을 몰아 곧바로 감영으로 돌아왔다. 와서 방백을 뵙고 말했다.

"사람들이 수령에게 속임을 당했던 것은 단지 먹는 문제 때문이었습죠. 소인은 애초부터 음식이 놓은 곳엔 나아가지 않았습니다. 그러니 속임도 당하지 않았던 게고요."

방백은 말을 하는 비장의 수염이 모두 붉게 된 것이 퍽 괴이하였다. 그 까닭을 물으니, 비장도 의아하여 거울을 꺼내 자기의 얼굴을 비춰보았다. 그랬더니 수염이 마치 염색이라도 한 것처럼 붉게 변해 있었다. 무릇 비장이 새벽에 세수할 즈음, 수령은 몰래 다비茶婢를[1] 불러 새빨간 꼭두서니[茜] 즙을 세숫물에 풀어서 올리도록 명령했던 것이다. 비장은 세수를 하면서도 그것을 깨닫지 못해 그의 수염이 모두 붉게 된 것이다.

방백은 한바탕 크게 웃었다.

有一守令, 善欺人, 隣邑守宰, 無不見瞞. 方伯嘗對諸裨語及焉, 一裨曰: "見欺者, 皆庸劣也. 小人若往, 則必不見欺矣." 方伯遂託以事遣之. 裨入見守, 守對話良久, 命進午饌, 有河豚湯. 裨曰: "美也." 遂與守飽喫焉. 唊訖, 廚妓徹案戴而去. 少頃, 官門外有女哭聲. 守怪問曰: "是何哭也?" 左右對曰: "俄者饌盤中, 所餘河豚湯, 廚妓以餉其稚女矣. 忽然嘔血而死, 其母是以哭也." 守大驚曰: "是必中毒也. 吾輩亦可畏, 宜急治之." 命左右, 急取糞水兩椀來, 謂裨曰: "此雖味惡, 可盡飲以除毒也." 遂勸裨而嘗之, 乃蜜水也. 裨知其見欺, 大慚而歸. 方伯問而笑之. 一裨之秄老者, 又進曰: "小人當更往矣." 方伯許之. 裨往見倅, 倅又設饌待之, 裨却而不食, 終日飢坐. 盖懲羹也. 翌曉, 起盥洗馳還營, 謁方伯曰: "人之見欺於彼者, 口腹之故也. 小人則初不進食, 故無所見欺矣." 方伯見其鬚鬓皆赤, 怪問之. 裨引鏡視之, 其赤如染. 盖曉盥之時, 守密敎茶婢, 以茜汁盛匜盆以進, 裨盥洗而不之覺, 其髮皆染也. 方伯大笑矣.

<hr>

1) 다비(茶婢): 다모(茶母). 관아에 딸린 여자 종. 주로 차를 끓이는 일을 맡았다.

도둑님

    한 선비가 한밤중에 잠에서 깨었는데, 도둑이 방에 들어와 있었다. 선비는 놀랍고도 무서워 소리도 지르지 못하고 그저 이렇게만 불렀다.

    "도둑…."

    도둑이 그 모습을 보고 크게 웃으며 말했다.

    "살고 싶으냐? 그렇다면 왜 큰소리로 '도둑님'이라 부르지 않는고?"

    有一士人, 夜半睡覺, 盜賊人其房中. 士人驚惕, 不能作聲, 但呼曰: "盜." 盜賊見之, 大笑曰: "澤生何不高聲呼之曰盜賊主乎?"

주역

후미진 시골구석에 사는 가난한 선비가 뒤늦게 아내를 맞았다. 아내는 이인異人이었다. 고금의 책들을 두루 읽었고, 거기에 주역周易의 이치는 더욱 밝았다. 아내가 선비에게 말하였다.

"시골에서 배운 것 없이 촌무지렁이로 살면 스스로 떨쳐 일어설 수 있는 길이 없어집니다. 서울 번화한 곳으로 이사 가서 살면서 관리로 입신양명할 수 있는 길을 찾는 것이 마땅합니다."

그러고는 재산을 모두 처분하여 서울로 올라갔다. 가서 사람들에게 물었다.

"지금 국정을 주도하시는 재상들[1] 중에서 어떤 분이 가장 어진가요?"

그 사람은 아무개 재상이라고 대답하였다.

아내는 그 재상집에 이웃한 작은 집 하나를 사서 거기서 거주하였다. 아내는 밤낮으로 길쌈[女紅]을[2] 해서 끼니를 이어갔다. 그리고

---

1) 재상: 보통 재상은 2품 이상의 벼슬아치를 말한다. 그러니 여기서 말한 재상은 판서나 정승과 같은 고위층 관료를 통칭한 것이다.
2) 여홍(女紅): 여홍지사(女紅之事). 길쌈.

남편에게는 '매일 새벽닭이 울면 일어나서 세수한 뒤 의관을 단정히 해서 온종일 바른 자세로 앉되, 책상에는 항상 주역 한 권을 펼쳐두라'고 시켰다. 그렇게 생활하는 게 일상이 되었는데, 비록 지독하게 추운 겨울이나 아무리 더운 여름에도 그만두지 못하게 했다. 이렇게 1년 남짓한 시간이 지나자, 이웃에 사는 모든 사람들이 그를 이인으로 생각하게 되었다.

그러던 어느 날, 재상의 집에서 조정의 벼슬아치들과 함께 하는 성대한 연회가 열렸다. 재상이 말하였다.

"내 이웃에 사는 아무개[某甲]는 필시 세상을 이끌만한 재주가 있는 듯하오."

그러면서 집안에서 절도 있게 생활하는 선비에 관해 갖추어 들려주었다. 모든 사람들도 감탄하며 말하였다.

"그렇다면 우리들이 한번 찾아뵙고 마음에 담고 있는 그분의 생각에 대해 여쭤보는 게 옳겠군요."

하루는 재상이 선비를 보러 와서 말하였다.

"운 좋게 좋은 분과 이웃하여 살게 된 까닭에 굉장한 명성을 익히 들어 알게 되었습니다. 당신은 평소 주역[羲經]에만[3] 오롯이 마음을 쓰신다더군요. 그러니 필시 지극한 이치를 꿰뚫으셨을 듯합니다. 바라건대 그 서론緖論을[4] 들었으면 합니다."

그러면서 내용이 명확하지 않아 이해할 수 없었던 주역의 두세 조목에 대해 의견을 물었다. 선비가 대답했다.

"주역의 이치란 깊고도 미묘합니다. 짧은 시간에[造次][5] 이야기하

---

3) 희경(羲經): 주역.
4) 서론(緖論): 서론(序論). 논제의 핵심을 간략히 말한 것.

기엔 퍽 어려운 일이지요. 바라건대 글로 써서 내일 아침까지 대답해 올리겠습니다."

재상은 인사를 드리고 돌아갔다. 선비가 곧장 아내에게 말을 전했다. 아내는 종이와 붓을 꺼내놓고 재상이 의문을 품었던 두세 조목을 하나하나 따져가며 분석하였다. 그러고는 마치 폭포가 쏟아져 내리듯이 수천 마디의 말을 거침없이 써 내려갔다. 음양陰陽의 원리와 괘획卦畵의6) 이치를 분명하게 해석하였는데, 밝혀 놓은 모든 것들은 이전 사람들이 지금껏 밝히지 못했던 요소였다.

다음 날, 선비는 어린 여종을 시켜 재상에게 편지를 바치도록 했다. 편지를 받아 본 재상은 깜짝 놀라며 말하였다.

"지금 세상에 이렇게까지 주역을 깊이 꿰뚫고 있는 사람이 있을 줄을 어찌 생각이나 했겠는가?"

그러고는 선비가 보낸 편지를 벗들에게 두루 보여 주었다. 그것을 본 사람들은 감탄하며 칭찬하지 않은 자가 없었다.

이로부터 벼슬아치나 선비들[章甫]7) 중에 주역에 대해 말깨나 한다는 사람들로 문 앞이 가득 채워졌다. 선비는 하나같이 지난번 재상에게 했던 방식대로 수작하였다. 그러나 사람들은 그것이 아내의 손을 빌려 나왔다는 것을 몰랐다.

얼마 지나지 않아 이조[銓曹]에서는8) 경술經術에9) 밝은 인재로 선비를 추천하였다. 벼슬의 품계도 등급[資級]을 뛰어넘는 6품직이었

---

5) 조차(造次): 얼마 되지 않는 시간.
6) 괘획(卦劃): 주역의 기본이 되는 그림.
7) 장보(章甫): 선비가 입는 옷. 곧 선비.
8) 전조(銓曹): 이조나 병조. 여기서는 이조.
9) 경술(經術): 유교 경서를 연구하는 학문.

다. 이에 선비는 살던 집을 팔고 교외에 집을 구해 거주하였다. 그러고는 상소를 올려 직무를 감당할 수 없다며 사직하였다. 상소문을 짓고 쓴 것도 모두 아내의 손에서 나왔다.

조정에서는 그를 유일遺逸로[10] 대접하며, 4품직인 자의諮議로[11] 발탁하였다. 선비는 상소하는 글을 잇달아 올려 면직해 줄 것을 요청하였다. 그러더니 식구를 모두 거느려서 고향으로 돌아가 버렸다. 간절하게 선비를 부르는 임금의 명령은 끊임없이 이어졌지만, 선비는 단 한 번도 어명에 응하지 않았다. 그러면서도 때때로 특정한 일에 대해 경계하고 두려워하라는 뜻을 담은 상소[陳誡]를[12] 올리곤 했다. 상소의 내용은 모두가 사리에 맞을 뿐더러 새겨들을 만했다.

그렇게 10여 년이 흘러갔다. 선비의 관직은 조금씩 자리를 옮겨가 어느덧 재상의 반열에까지 올랐다. 선비의 두 아들도 스무 살[妙年]을[13] 전후해 모두 과거에 급제하였다.

그러던 어느 날이었다. 아내가 상을 크게 차리고 와서 남편과 함께 식사하며 술도 몇 잔씩 나누어 마셨다. 그러더니 아내가 일어나 술 한 주발을 높이 받들더니, 그것을 남편에게 권하며 말했다.

"이제 당신과 영원한 이별을 하렵니다. 감히 이 술로 떠나보내렵니다."

선비는 깜짝 놀라 눈이 휘둥그레지며 말하였다.

---

10) 유일(遺逸): 능력이 있으면서도 세상에 드러내지 않는 사람.
11) 자의(諮議): 본래 자의는 세자시강원에 소속된 정7품 문관을 말하지만, 여기서는 삼사(三司)에 두었던 정4품 관직을 의미한다.
12) 진계(陳誡): 신하가 임금에게 특정한 일에 대해 경계하고 두려워하라는 뜻으로 상소를 올리는 것.
13) 묘년(妙年): 스무 살을 전후한 젊고 꽃다운 나이.

"그게 무슨 말씀이오?"

"아아! 당신은 본래 학문과 재주가 없는, 시골 한구석의 가난한 선비에 불과했습니다. 그것을 아는 사람이 누가 있을까요? 나는 당신이 변변찮게 살게 될까 봐 걱정했지요. 그래서 의義가 아닌 일을 행함으로써 당신에게 도둑의 이름을 얻도록 가르쳤습니다. 위로는 신성한 임금을 속였고, 아래로는 한 세상을 기만한 것이지요. 그죄는 죽음밖에 없답니다. 지금 우리 두 아들은 모두 요직에 있습니다. 선대의 아름다움에 기대고 있으니, 그들의 앞길에는 막힘이 없겠지요. 그러니 당신의 가문도 창대해졌다고 할 만합니다. 죽는다한들 다시 무슨 유감이 있겠습니까? 아! 임금님의 은혜가 높고도 무거워 당신에게 재상의 지위까지 제수하시고, 당신을 간곡하게 부르시는 말씀이 갈수록 지극해졌던 게 어찌 공연한 데서 나왔겠습니까? 참으로 예禮로써 인재를 초빙하고 그에게 먼저 고개를 숙여 나라를 다스리는 방법을 물음으로써, 요堯 임금과 순舜 임금께서 백성과 함께했던 과업을 다시금 만들어보고자 하셨던 것이지요. 모름지기 당신이 마치 이윤伊尹·여상呂尙·관중管仲·제갈량諸葛亮처럼[14] 진짜로 품고 있는 생각이 있었다면, 마땅히 임금님께서 신하의 말을 듣고자 자리를 비우면서까지 나아오실 때에는 이치상 마땅히 한번쯤은 조정으로 나아가시는 게 맞지요. 우러러 좋은 계책을 올림으로써 애타고 목말라하시는 임금님의 생각에 부응하는 게 마땅하지요. 그러나 지금 당신은 거짓으로 손숙오孫叔敖 형상을 꾸며[15] 도

---

14) 이윤(伊尹)·여상(呂尙)·관중(管仲)·제갈량(諸葛亮): 모두 명재상이다. 이윤은 은나라 탕왕을 도왔고, 여상은 주나라 무왕을 도왔고, 관중은 제나라 환공을 도와 패자로 만들었고, 제갈량은 유비를 도운 촉한의 정치가다.
15) 숙오(叔敖): 손숙오(孫叔敖). 춘추시대 초 장왕(楚莊王)을 보좌해 패업을 달성하게

리어 『시경』〈종남終南〉에 나오는 일처럼 영광만을[16] 훔쳤습니다. 허황되게도 임금님께서 총애하여 내리신 어명을 욕되게 하며, 일관되게 책임을 회피하면서 태만한 짓만 일삼았지요. 도리로써 헤아려 봐도 의롭지 못한 게 막심합니다. 만에 하나라도 하늘이 분노하고, 사람들이 시기하여 나귀의 정체를 확인하려 든다면,[17] 결국에는 탄로가 나겠지요. 임금을 속인 죄로 집안사람 모두가 죽임을 당할 뿐더러 사면을 받을 길도 없어지겠지요. 그러니 지금 생각할 수 있는 계책은 오직 하나, 죽음뿐입니다. 그것만이 미봉책이 될 수 있을 것입니다. 주발 안에 담긴 것은 독약입니다. 당신은 이것을 마시고 스스로 목숨을 끊는 것이 옳겠습니다."

말을 들은 선비는 입이 떡 벌어질 만큼 놀라 어떤 대답도 하지 못했다. 무릇 남편은 아내를 마치 천지신명처럼 떠받들었던지라, 살라 하든 죽으라 하든 간에 감히 따르지 않을 수 없었다. 또한 아내가 한 말은 이치로 따져 봐도 참으로 사양하겠다며 거부할 수도 없는 내용이었다. 이내 선비가 입을 열었다.

"자네의 말이 맞네."

하였다. 여기에서 말하는 손숙오의 형상을 꾸몄다는 것은 초나라의 배우 우맹(于孟)의 고사를 말한다. 손숙오가 죽은 뒤 그의 아들이 가난한 것을 본 우맹이 손숙오의 의관을 착용한 채 임금에게 나아가 공연함으로써 그 자손에게 땅을 봉하게 한다는 이야기다. 『사기』〈골계열전(滑稽列傳)〉에 나오는 고사다.

16) 종남지영(終南之榮): 양공(襄公)이 주나라 땅을 취하여 제후가 되고 좋은 옷을 받은 것을 찬양하며 경계한 『시경』〈진풍(秦風)·종남(終南)〉을 말한 것으로 보인다. 양공의 영광을 의미한다.

17) 검려지기(黔驢之技): 검주(黔州)는 나귀가 없는 지방이었다. 어떤 사람이 나귀를 타고 검주를 지나는데, 호랑이가 처음 보는 나귀를 보고 무서워했으나, 이후 나귀가 발길질하는 것 외에 다른 재주가 없는 것을 보고 마침내 나귀를 물어 죽였다는 고사다. 사람이 매우 졸렬한 기술만 가지고 있는 것을 비유적으로 이른다.

그러고는 주발에 담긴 것을 모두 마시고 죽었다.

선비의 부음이 들리자, 조정과 민간에서는 모두 애석해 하였다. 임금도 선비를 위해 일반적인 격식을 뛰어넘는 방식으로 애도의 의식[隱卒]을[18] 보여주었다. 선비의 두 아들은 이름난 집안이 되었다고 한다.

【어찌하여 이런 놈에게 사약 백여 주발을 내려 모두 마시게 하지 않는지…. 천하에 세상을 속이고 이름을 도둑질한 자로다!】

有鄕曲一貧士, 晚娶一妻, 妻盖異人也, 博涉古今, 尤曉於易理, 謂士日："鄕居貿貿, 無以自振, 宜移住京華, 以圖宦達[19]也." 遂盡賣家産, 入京城, 問人曰："當今宰相之當國者, 誰最賢也?" 人對以某. 遂就隔隣, 買小居而居焉. 妻日夜執女紅以糊口, 敎其夫, 每日鷄鳴, 而盥洗整冠帶, 終日危坐, 案上展周易一卷. 日以爲常, 雖隆冬盛暑, 未嘗廢也. 如是歲餘, 隣里皆以爲異人也. 宰相家, 嘗盛會朝紳, 宰相曰："吾隣某甲, 必有經世之術." 仍具道在家之節, 衆皆嗟歎曰："吾輩宜一往見, 以扣其所存也." 一日, 宰相往見士人曰："幸接芳隣, 飽聞盛名. 足下平日專心羲經, 必透至理, 願問緖論." 仍扣問疑義數三條, 士人答曰："易理玄玅, 有難造次立談, 請以文字, 詰朝奉復也." 宰相辭去, 士人語其妻, 則妻乃索紙筆, 卜釋[20]其疑義, 沛然數千言, 洞釋陰陽卦畫之理, 皆發前人之所未發者. 翌日, 使小婢送呈于宰相, 宰相見而驚曰："豈料今

---

18) 은졸(隱卒)：임금이 죽은 신하를 위해 애도의 뜻을 표하는 일.
19) 환달(宦達)：관리로서 입신함.
20) 변석(卜釋)：옳고 그름을 따져가며 분석함.

世有此洞曉易學者乎?" 遂以此紙, 遍布于儕友, 人無不歎賞. 自是, 搢
紳章甫之譚易者, 多造焉, 士所酬答, 一如前日, 人莫知其借手于妻也.
無何, 銓曹以明經薦士, 超除[21]六品職. 士人遂賣舍, 卜居于郊外, 上疏
辭職. 製與寫, 皆出妻手也. 朝廷待以遺逸, 擢拜諮議. 士遂連章[22]乞
免, 挈家下鄉. 敦召[23]聯翩, [24] 一不膺命. 時或陳戒, 皆格言也. 如是者
十餘年, 士之官職, 節次推遷, 遽躋正卿之列. 士之二子, 俱妙年登第.
一日, 妻設大卓, 與其夫對食酒數行, 妻起擎一碗, 進于夫曰: "與君將
訣, 敢以此奉餞." 夫瞠然曰: "何謂也?" 妻曰: "噫嘻! 子素無學術, 不過
鄉曲一貧士耳! 誰有知者? 吾悶子之零替, 行一不義, 教子盜名, 上以
欺聖主, 下以欺一世, 罪固當死矣. 今二子俱涉要津, 憑藉先休, 進塗無
礙, 子之門戶, 可謂昌大矣. 死復何憾哉? 噫! 聖恩隆重, 授君以正卿之
秩, 敦召之音, 愈往愈摯者, 豈徒然哉? 誠欲以禮羅致, 俯詢[25]治道, 以
做其堯舜君民之業也. 雖使子眞有所抱, 如伊呂管葛, 當聖主虛席[26]之
日, 理宜一膺旋招, [27] 仰陳嘉謨, 以副如渴之聖念. 今子假飾叔敖之像,
徒窃終南之榮, 虛辱寵命, 一事遄慢, [28] 揆諸道理, 殊甚無義, 倘或天怒

---

21) 초제(超除): 벼슬아치의 자급(資級)을 뛰어넘어 제수하는 일.
22) 연장(連章): 상소하는 글을 잇달아 올림.
23) 돈소(敦召): 왕이 신하를 간곡할 말로 부르는 일.
24) 연편(聯翩): 잇달아 날아다님.
25) 부순(俯詢): 머리를 숙여 물었다는 뜻으로, 상대방의 물음을 높이어 이르는 말.
26) 성주허석(聖主虛席): 신하의 말을 듣기 위해 앞으로 나아가는 것을 의미한다. 한
   문제(漢文帝)의 고사를 가리키는 듯하다. 좌천되었다가 돌아온 가의(賈誼)의 말을 듣기
   위해 자리를 비우고 앞으로 나아갔다는 일이 있다. 『사기』〈가생열전(賈生列傳)〉에 나
   온다.
27) 정초(旌招): 정(旌)을 가지고 오라고 부르는 것으로, 현사(賢士)를 조정으로 불러들
   인다는 의미다. 맹자가 말하기를 "서인(庶人)을 부를 적에는 전(旃)을 가지고 부르고,
   사(士)는 기(旂)를 가지고 부르고, 대부(大夫)는 정(旌)을 가지고 부른다.〔庶人以旃, 士
   以旂, 大夫以旌.〕"고 한 데서 유래하였다. 『맹자』〈만장 하(萬章下)〉에 나온다.

人猜, 黔驢之技, 竟自綻露, 則欺君之罪, 族誅[29]罔赦. 然爲今之計, 惟有一死, 可以彌縫. 碗中之物, 乃毒藥也. 子宜飮此而自絕." 夫聞此語, 驚怯不能對. 盖夫之於妻, 如奉神明, 曰生曰死, 不敢不從. 且其說理, 眞無辭可拒矣. 乃曰: "子言然矣." 引滿飮而絕. 訃聞朝野痛惜, 隱卒之禮, 逈出常格, 其二子爲名族云.【安得此物百餘碗盡餉, 天下欺世盜名者哉!】

28) 포만(逋慢): 책임을 회피하여 태만한 짓을 함.
29) 족주(族誅): 한 사람의 죄로 일가가 모두 죽임을 당함.

경험 없는 사람

어떤 한 재상이 어린 여종을 데리고 있었다. 여종의 얼굴이 자못 예쁜지라, 재상은 한번쯤 잠자리 시중을 받으려 했다. 하지만 질투심이 강한 아내가 엄하게 막는 바람에 재상은 감히 그런 마음을 내지 못했다.

하루는 마침 친한 의원과 만나 이야기를 나누는데, 화제가 거기에까지 미쳤다. 의원은 성공할 수 있는 방법을 재상에게 비밀리 일러주었다.

"이리이리만 하시면 생각하시는 일이 해결될 것입니다."

다음 날, 재상은 안방으로 들어가다가 갑자기 계단에서 넘어졌다. 그러더니 혼미하여 정신을 차리지 못했다. 집안사람들 모두가 놀라며 당황하였다. 재상의 아들이 급히 의원을 불러와서 진단토록 했다. 의원이 말하였다.

"이 병은 너무 위태로워 예전의 몸으로 되돌릴 가망이 없습니다. 다만 쓸 만한 방도 하나가 있긴 합니다. 남자를 경험한 적이 없는 여자를 구해 온돌방에서 서로 껴안은 채 땀을 빼게 한다면, 어쩌면 효험을 얻을 수도 있을 것입니다. 그리하지 못하면 살릴 수 있는 방법이 전혀 없습니다."

아들이 어머니에게 물었다.

"아무개 여종은 남자 경험이 없지 않나요?"

"그러긴 하지."

아들은 아버지를 업고 밀실에 눕혔다. 눕힌 뒤에는 사방으로 병풍을 쳤다. 그러고 난 뒤 여종을 불러 아버지를 껴안고 땀을 흘리도록 만들라고 했다. 이에 재상은 여종과 더불어 즐거움을 나누었다.

병풍 뒤에 앉았던 재상의 아내는 몰래 구멍을 뚫고 훔쳐보더니, 곧장 아들을 불러 말했다.

"저런 일이라면 내가 감당해도 될 것 같은데…."

아들은 손을 내저으며 말했다.

"안 되지요! 어머니는 남자를 경험한 적이 없는 사람이 아니잖아요!"

【사람으로 하여금 몹시 부끄럽게 만드는군!】

有一宰相, 畜一童婢, 頗有姿色, 欲一薦枕, 而其妻素妬, 防禁極嚴, 不敢生意. 一日, 適對所親醫者, 語及之, 醫密以計敎之曰: "如是如是, 則事可諧矣." 翌日, 宰相將入內室, 忽仆于階上, 仍作昏窒狀. 擧家驚惶, 其子急招其醫, 以診之, 醫曰: "此症極危, 無望回陽. 但有一方, 若得未行經女子, 抱臥于溫突, 以取汗, 則或可得效. 不然則無可救之方矣." 其子問于母曰: "某婢曾不行經耶?" 母曰: "然矣." 其子遂背負其父, 臥于密室, 環設屛帳, 招童婢, 使之抱臥取汗. 宰相仍與之交歡. 其妻坐于屛後, 鑽隙潛視, 呼語其子曰: "如彼之事, 雖吾亦可自當也." 其子揮手曰: "不可. 母親則非未行經者也."【使人大慚.】

위태로움

학동들이 모여 서로 다투며 싸우는데, 그 분위기가 자못 불안하고 험했다. 스승이 회초리를 들고 훈계하려다가 시를 지어 자기의 잘못에 대해 속죄하게 했다. 시제는 '위태롭다[危]'로 정했다. 한 아이가 먼저 읊었다.

우연히 처마 밑에 서 있는데 偶立堂廡下
기왓장이 두 눈썹 사이로 떨어지네. 瓦落兩眉間[1]

다른 한 아이가 읊었다.

맹인이 눈먼 말을 타고 盲人騎瞎馬
한밤중에 돌다리를 지나누나. 夜半過石橋[2]

---

1) 이와 관련한 고사가 있음직한데, 구체적인 내용은 찾지 못했다. 단지 처마 밑에 서 있다가 기왓장이 떨어지는 순간을 포착함으로써 위태로운 상황을 그려냈다.
2) 盲人騎瞎馬, 夜半過石橋: 이 시는 무엇이 가장 위태로운가를 묻는 질문에 대해 동진(東晉)의 화가 고개지(顧愷之)가 대답한 내용이다. 본래는 "맹인이 눈이 먼 말을 타고, 한밤중에 깊은 연못에 이르렀도다.[盲人騎瞎馬, 夜半臨深池.]"인데, 여기서는 자구 일부

다른 한 아이도 읊었다.

우미인을 범하려다가 欲奸虞美人
잘못하여 항우의 다리를 들었네. 誤擧項羽脚3)

스승은 웃으면서 아이들을 용서해 주었다.
【사람들은 모두가 '시 한 구절 한 구절이 갈수록 위태로워진다.'
고 말할 것이다. 나는 홀로 주장한다. '항우는 호걸이다. 그는 필시
풍류로 죄를 범했다면 쉽게 죽이진 않을 것이다. 천하에 정든 님만
생각했다면, 홍문연鴻門宴 자리에서 말술[斗酒]과 돼지다리[彘肩]를
상으로 내려 주리라고4) 어떻게 짐작할 수 있겠는가?'】

　有學童, 群聚鬪鬨, 勢甚危怕. 其師將撻之, 命作詩以贖罪, 而以危
字命題. 一兒曰: "偶立堂廡下, 瓦落兩眉間." 一兒曰: "盲人騎瞎馬, 夜
半過石橋." 一兒曰: "欲奸虞美人, 誤擧項羽脚." 師笑而釋之.【人皆曰:
'一句危於一句.' 吾獨曰: '項羽豪傑也, 未必以風流罪過輕殺. 天下有情
儂, 安知不以鴻門斗酒彘肩賞之乎?'】

를 바꾸었다. 『세설신어』〈배조(排調)〉에 나오는 고사다.
3) 우미인(虞美人)은 항우(項羽)의 애첩이다. 중국의 4대 미녀로 꼽히는 우미인을 범하
려다가 실수로 산을 뽑을 만한 힘을 가진 항우를 건드렸으니, 이후에 벌어질 위태로움
의 정도를 짐작케 한다.
4) 항우와 유방[漢高祖]이 홍문연(鴻門宴)에서 회합(會合)할 때에, 한고조를 도망시킨
번쾌(樊噲)가 눈을 부릅뜨고 항우에게 나아가자, 항우가 그 모습을 보고 죽이지 않고
오히려 말술[斗酒]와 돼지다리[彘肩]를 내려준 고사를 말한다. 『사기』〈항우본기(項羽
本紀)〉에 나온다.

짖는 법

어떤 선비가 시험장에 들어가서 귀한 집 자제를 보았다. 그는 겸종을[1] 많이 거느리고 와서는 커다란 양산을 펼치고 천막[揮帳]도 세웠다. 그러고서 수십 명이나 되는 사람들 모두가 개가죽으로 만든 커다란 이불을 덮고 누웠다. 선비가 지나가면서 말하였다.

"기이한 일일세! 저 개 한 마리의 배 속에 잉태한 새끼들이 많기도 하니…."

이불을 덮고 있던 사람들 중에 한 사람이 그 말을 듣고 일어나서 꾸짖으며 욕설을 퍼부었다. 그러자 선비가 다시 말했다.

"저 개의 배 속에서 먼저 나온 놈은 벌써 짖는 법까지 아는군!"

【돼지 키우는 놈들이 쓰는 말본새로군!】

시험장에 있던 사람들은 그 말을 듣고 모두 웃었다.

有一士人, 入試所, 見貴介子弟, 多率傔從, 張大傘, 設揮帳, 數十人

---

1) 겸종(傔從): 청지기. 양반 집에서 여러 가지 잡무를 맡아보거나 시중을 들던 사람.

共覆狗皮大衾而臥. 士人過而語曰: "異哉! 彼狗一腹, 多孕也." 其中一人, 聞而起立, 詬罵之, 士人又曰: "彼狗之先産者, 已知吠矣."【牧猪奴²⁾ 口習】一場中聞之, 皆笑矣.

---

2) 목저노(牧猪奴): 돼지나 먹이는 놈이란 뜻으로, 특히 도박꾼들을 경멸하여 부르는 호칭이다. 진(晉)나라에서 술과 주사위 놀이로 생업을 그만 두는 자들이 생기자, 도간 (陶侃)이 그것들을 강물에 던지며 "저포놀이는 돼지 먹이는 놈들이나 하는 놀이다.〔樗蒲者 牧猪奴戲耳.〕"라고 한 데서 유래했다. 『진서(晉書)』〈도간열전(陶侃列傳)〉에 나오는 고사다.

편벽

　한 선비는 본디 사리에 어긋나고 편벽되었다. 그의 아우가 평안
도 방백이 되어 늙은 어머니를 모시고 부임하였을 때다. 그로부터
몇 개월이 지나자, 선비가 어머니를 뵙겠다며 평양으로 향했다. 방
백은 비장을 불러 말하였다.

　"내 형님은 사리에 어긋나고 편벽된 면이 다소 있네. 자기 생각을
말로 직접 드러내지 않을 테니, 침구는 모름지기 화려하며 잘 꾸민
새것을 만들어 올리도록 해라."

　명령을 받은 비장은 이불을 새로 지어서 올렸다. 이불을 본 선비
는 깜짝 놀라며 말했다.

　"나처럼 가난한 선비가 어찌 감히 이처럼 신분에 걸맞지 않은 이
불을 덮겠느냐?"

　선비는 이불보에 이불을 싸서 자리 옆에 놓아두었다. 그러고는
밤이 되어도 옷을 벗지 않고 가만히 있었다. 그러자 방백은 또 명령
을 내려, 중국에서 나온 명주[花紬]로[1] 다시 이불 하나를 지어서 드

---

1) 화주(花紬): 중국에서 만든 명주.

리도록 했다. 그러나 선비는 그것도 보에 싸서 곁에 둔 채 쓰지를 않았다.

"이것도 과분해! 마음이 편안하지 않구나."

방백은 다시 무명〔綿布〕으로[2] 이불을 만들어 올리도록 했다. 그것을 받고 선비가 말하였다.

"이것이야말로 내가 생각했던 것이다."

선비는 무명 이불은 물론, 앞서 만든 이불 두 채도 모두 챙겼다.

그 후 어머니 환갑잔치를 맞게 되었다. 방백은 상을 크게 차려 음식을 올렸는데, 산해진미가 모두 갖춰져 있었다. 방백이 친히 어머니께 헌수(獻壽)를[3] 올렸다. 선비는 그 모습을 물끄러미 쳐다보다가 갑자기 하인을 불러 '말에 안장을 얹으라'고 말하였다.

"나는 가네!"

방백이 놀라 까닭을 묻자, 선비가 대답했다.

"평안감사라는 게 얼마나 큰 고을을 다스리는 벼슬이더냐? 그런데 어머님 생신잔치〔晬筵〕에[4] 은도 올리지 않은 채로 잔칫상을 차린단 말이냐. 그런 말이 다른 사람 귀에 들어가는 게 마땅찮기에 내가 이 자리를 벗어나려는 게다."

"제가 깜박 잊고 미처 거기까지는 생각하지 못했습니다. 삼가 가르침을 따르겠습니다."

방백은 창고를 관리하는 자에게 명하여 비상시를 대비해 감영에

---

2) 면포(綿布): 솜을 넣어 만든 베. 무명.
3) 헌수(獻壽): 잔치 때에 오래 살기를 기원하는 마음으로 술잔을 올리는 것.
4) 수연(晬筵): 생일잔치.

서 저축해 보관하는 은을 가지고 나오도록 했다. 그러고는 큰 대접에 은을 가득 담아 올렸는데, 그 액수만 해도 수천 냥은 충분할 정도였다.

잔치를 끝내고 상을 치울 즈음이었다. 선비가 어머니께 직접 말하였다.

"이 은은 제가 가지고 갈게요."

어머니가 대답하였다.

"이것은 관아의 재물이다. 나는 원래 있던 창고로 다시 돌려보냈으면 한다."

"평안감사가 어머니 잔치를 하면서 감영에서 은을 빌려다가 썼다는 말들이 나돌면, 사람들에게 부끄럽지 않겠습니까. 저도 부끄러워 이곳에 오래 머물 수도 없고요."

그러자 방백이 나서며 말하였다.

"비록 이것은 감영의 은이지만, 제가 어떻게든 처리해 보겠습니다. 굳이 돌려주시지 않아도 됩니다."

선비는 마침내 모두 쓸어가지고 갔다. 가져간 은은 비단 이불과 함께 잘 봉해서 보관해 두었다.

머문 지 몇 달이 지나 막 돌아가려고 할 즈음이었다. 선비는 보관하고 있던 은 보따리를 꺼내 평소에 사랑하던 기생에게 툭하니 던져줬다. 기생은 황송하면서도 감사함을 이기지 못해 그것을 받아 화장대 안에 잘 보관하였다.

이내 석별의 정을 나누었다. 기생은 목이 메어 울며 어쩔 줄을 몰라 했다. 그러더니 등을 돌려 앉으며 두 손으로 눈물을 쏟아냈다. 선비는 슬그머니 기생의 뒤로 다가갔다. 그러고는 자기의 입을 기생의 귀에 대어 크게 닭 울음소리를 냈다.

"꼬끼오!"

소리를 들은 기생은 자기도 모르게 웃음이 터져 나왔다.

【주나라 황제[周皇]가5) 만약 닭 우는 소리를 배웠더라면 거짓으로 봉화 올리는 것을 기다릴 필요 없이 포사褒姒의 웃는 얼굴 한 번은 보았을 텐데…. 나라[金甌]도6) 잃지 않았을 게고….】

선비는 몹시 화를 내며 꾸짖었다.

"네가 지금 크게 웃어? 아까 울었던 것은 모두 속임수였군! 이별에 대한 진정성도 없는 네게, 내가 무엇 때문에 저다지 귀중한 재물을 허비한단 말이냐!"

【비록 진짜로 울고 있었다 해도 어찌 아니 웃을 수 있었을까?】

그러고는 화장대를 열어 자기가 준 은 보따리를 빼앗고서 돌아갔다.

有一士人, 素詭僻.7) 其弟爲箕城方伯, 奉老母赴任. 數月後, 士人作

---

5) 주황(周皇): 주나라 황제. 여기서는 주나라 12대 왕인 유왕(幽王)을 말한다. 포사(褒姒)를 후궁으로 맞아 그녀와의 사이에서 태어난 백복(伯服)을 태자로 삼았다. 특히 후궁으로 맞은 포사는 잘 웃지 않아 유왕이 포사를 웃기기 위해 갖은 노력을 다했던 일화가 유명하다. 비단 찢는 소리를 듣고 희미하게 웃자 나라의 비단을 징수하여 그 소리를 들려주기도 했다. 또한 실수로 피운 봉화를 보고 제후들이 집결하는 것을 보고서 포사가 크게 웃자, 이후 유왕은 거짓으로 봉화를 피우라고 하여 제후를 부름으로써 포사를 웃게 하기도 했다. 여기에 쓰인 평비도 유왕의 일화를 말하고 있다.

6) 나라[金甌]: 금구(金甌)는 금으로 만든 사발을 말하는데, 보통 흠이 없고 견고한 나라에 비유하여 쓴다. 여기에 쓰인 논평은 유왕이 실정 끝에 여산(驪山)에서 살해되고, 서주(西周)가 멸망된 사건을 두고 금구를 잃었다고 한 것이다.

7) 궤벽(詭僻): 사리에 어긋나고 편벽됨.

觀親行, 方伯呼謂其裨曰:"吾兄性素詭僻, 無以說其意, 寢具須以文餙新造以進也."裨承命製進, 士人見之, 驚曰:"如吾窮措大, 何敢用此不衷之服乎?"遂以祆裏其衾, 置之座側. 夜不解衣, 而方伯又命, 以花紬更製一衾以進, 士人又裏置而不用曰:"亦過分矣. 不安于心也."方伯更命造綿布衾以進之, 士人曰:"是合吾意也."仍幷與其二錦衾而取之. 其後, 適值老親壽宴, 方伯設大卓以進, 水陸之珍靡不具焉. 方伯親自獻壽, 士人熟視良久, 呼其僕使輔馬曰:"吾將去矣."方伯驚問其故, 士人曰:"平安監司, 何等雄藩, 而老親晬筵, 不以銀子, 挑于宴卓, 不可使聞于他人, 吾將從此去矣."方伯曰:"小子忘未及此, 謹當承敎矣."卽令掌庫者, 解出官銀之封不動8)者, 盛于一大椷以進, 重可數千兩矣. 及撤卓, 士人告老親曰:"此銀則小子當取去矣."老親答曰:"此是公貨, 吾欲還給于庫子處耳."士人曰:"平安監司壽筵, 借用官銀之說, 使人大慚, 吾不可久留于此矣."其弟曰:"雖是官銀, 小弟自當區劃, 不必還給矣."士人遂盡攫而去, 幷錦衾而封置之. 留數月, 將還歸, 出銀包, 擲與所眄之妓. 妓不勝惶感, 受置粧奩中. 仍道其惜別之情, 嗚咽不能, 背面而坐, 兩手揮淚, 士人潛到妓背後, 以口附耳, 大聲作鷄鳴聲曰:"高貴位!"妓不覺失笑. 【周皇若學鷄鳴聲, 不待僞烽, 可得褒姒之一笑, 金甌亦不失矣.】士人怒責曰:"汝今大笑, 俄泣詐也. 汝旣無惜別之眞情, 吾何浪費此重貨也."遂就奩中奪其銀包而去矣. 【雖使眞泣, 安得不唉?】

궤에 들어간 어사

어떤 어사가 여러 고을을 순행하고 있었다. 그는 위풍이 자못 엄숙한데다가 여색도 가까이하지 않는지라, 모든 고을에서 그를 두려워했다. 어사가 어느 한 고을에 며칠 동안 머물면서 감찰할 때였다. 그는 수청을 들라고 들여보낸 기생도 곁에서 시중을 들 게 없다며 내쳐 보냈다. 이에 그 고을 수령과 이예吏隷들은[1] 서로 머리를 맞대고 의논하였다. 의논 끝에 그들은 빼어나게 예쁜 기생을 불러들였다. 그리고 기생에게 소복을 입힌 뒤에 객사客舍 옆의 작은 집에서 지내도록 해놓았다.

그 후 어사가 객사에 앉아 있을 때였다. 그는 물을 긷기 위해 항아리를 머리에 이고 작은 집을 오가는 어떤 여인을 보았다. 그녀의 얼굴은 나라 안에서 손을 꼽을 만큼 미인인데다 요염하기까지 했다. 어사는 자기도 모르게 마음이 쿵쾅거리는 것을 깨닫지 못했다. 이에 곁에서 시중드는 어린아이에게 물었다.

"저 여인은 관기가 아니더냐?"

---

1) 이예(吏隷): 지방 관아에 딸린 아전과 관노를 아울러 부르는 말.

"시골 아낙인뎁쇼. 최근에 지아비를 잃고 과부로 지냅지요."

밤이 되자, 어사가 다시 아이에게 물었다.

"너는 아까 소복을 입고 있던 여인에게 가서 내 말이라 하고 불러 오너라."

아이는 명령을 받들고 갔다가 돌아와서 아뢰었다.

"아낙이 이리 말하더군요. '외진 시골구석에 사는 천한 여인이라, 어사를 모시고 하룻밤 동안 이야기를 나누기에는 부족함이 많습니다. 그런데도 부름(俯速)을2) 받자오니 황공하고 감격스럽기 짝이 없습니다. 그러나 관청에 속한 건물들은 항상 시끌벅적하지요. 사람들의 눈과 귀가 두려워 감히 나아가기가 어렵답니다. 첩이 거주하는 곳은 비록 누추하지만, 거리가 아주 가깝습니다. 게다가 퍽 조용하지요. 어사께서 직접 오시기를 꺼려하지 않으신다면, 일이 원만하고도 편리하게 이루어질 듯합니다.'라고요."

그러면서 여인이 거주하는 곳을 가리키는데, 아무도 모르게 조용히 오가는 데에 전혀 거리낄 게 없다는 형상도 함께 지어 보였다. 결국 어사는 아이를 쫓아 여인의 집으로 갔다. 그리고 여인과 잠자리를 함께 하며 은근한 정을 나누었는데, 그것은 시인 조식曹植이 낙포洛浦에서 수신水神이 된 복비宓妃를 만났던 것과3) 다르지 않았다.

잠시 후였다. 밖에서 문을 두드리는 소리가 들렸다. 여인은 깜짝 놀라 당황하며 말하였다.

"저 사람은 제 전남편입니다. 나를 버리고 떠나 몇 년이 지나도록

---

2) 부속(俯速): 상대방의 초대를 자신의 입장에서 겸손히 표현하는 말.
3) 낙포(洛浦)에 빠져 수신(水神)이 된 복비(宓妃)를 그리워하던 위(魏)나라 시인 조식 (曹植)이 낙수를 건너면서 〈낙신부(洛神賦)〉를 지은 일화를 말한다.

한 번도 온 적이 없었거늘…. 오늘 이리도 야심한 시간에 갑자기 문을 두드리니, 무슨 생각으로 그러는지 알 수가 없네요. 저 사람은 몹시 사납답니다. 어사또[使家]께서[4] 만약 여기에 계시다가 마주치기라도 한다면 필시 저 사람 손에 죽고 말 것입니다. 잠시 동안만 피하시는 게 좋겠습니다."

그러고서 커다란 궤를 열더니, 어사에게 그 안으로 들어가 몸을 숨길 것을 권했다. 어사는 당혹스러우면서도 두려워 어떻게 해야 할지 몰랐다. 그러다가 결국은 알몸 그대로 궤 안에 쏙 들어갔다. 어사가 들어가자, 여인은 커다란 자물통으로 궤를 잠갔다.

여인은 옷을 걸치고 밖으로 나아가 문을 열었다.

"몇 년 동안 나를 내버려 두었던 사람이 지금 불쑥 찾아왔구려. 대체 무슨 생각이우?"

그 사람은 마치 술주정이라도 하는 듯이 큰소리로 욕을 했다.

"너는 정말 예의라고는 찾아볼 수 없는 사람이군. 나를 구박해서 쫓아낸 것만 생각하면 어찌 분통이 터지지 않겠느냐? 네가 이왕에 나를 버렸으니, 이 집에 있는 재산과 살림살이 중에서 내가 마련해 준 것들은 도로 가지고 가야겠다!"

그러면서 방 안에 놓인 물건들을 하나하나 가리키며 말했다.

"장欌도 내 것이고, 농籠도 내 것이고, 이불도 내 것이고, 궤 또한 내 것이라!"

그는 말한 물건들을 마당으로 옮기기 시작했다. 여인은 궤를 붙들며 큰 소리로 말했다.

---

4) 사가(使家): 사또[使道].

"다른 것들은 참말로 당신 물건이오. 그러나 궤는 구입할 때 나도 돈 절반을 냈잖소! 어째서 온전히 당신 것이라 우기오? 궤만큼은 비록 죽었다 깨도 결코 당신에게 줄 수 없소!"

그 사람도 화를 내며 꾸짖었다.

"네가 그렇게 나온다고? 그럼, 너와 내가 관아에 소송을 걸어 결판을 내보자고!"

그러고는 여인을 밀쳐서 궤를 빼앗은 뒤, 그것을 짊어지고 관아로 향했다. 여인은 발만 동동 구르며, 그의 뒤를 쫓아가며 온갖 말로 꾸짖기도 하고 욕설도 퍼부었다.

마침내 동헌 마당에 이르렀다. 그는 그제야 궤를 내려놓았다. 두 사람은 수령 앞에서 각자 품고 있는 말들을 진술하는데, 이러쿵저러쿵 떠드는 소리가 끊이질 않았다. 수령이 웃으며 말했다.

"궤는 하나뿐인데, 두 사람 모두가 자기 물건이라고 주장하는구나. 내가 어떻게 결정하면 좋겠느냐? 물건을 살 때에는 서로가 절반씩 부담했다고 했겠다. 그러니 편향되게 어느 한 사람에게 물건을 몰아줄 수 없을 터. 궤를 둘로 쪼개어 각각 하나씩 나눠 갖는 게 마땅하겠다."

이에 나졸들에게 명하여 커다란 톱을 가지고 와서 궤를 자르라고 했다. 궤를 잘라대는 톱질 소리가 마치 천둥치는 것처럼 굉장했다. 그러자 궤 안에 있던 어사는 놀랍고도 두려워 큰 소리로 외쳤다.

"사람 살려! 사람 살려!"

수령이 괴이하여 물었다.

"궤 안에서 사람 목소리가 들리는구나. 이게 무슨 일이더냐?"

그러고서 수령은 쇠몽치로 자물통을 깨부수라고 명령하였다. 궤를 열어 안을 살피려는데, 안에서 한 남자가 알몸으로 쑥 나왔다.

그는 곧 어사였다. 수령은 거짓으로 놀랍고 당황한 표정을 짓고 버선발로 마루에서 내려왔다. 그리고 어사의 손을 붙들고 물었다.

"어명을 받들고 오신 사신[使价]께서[5] 어찌하여 이 안에 계십니까?"

어사는 몹시 부끄러워하며 몸을 빼고 달아났다.

【일찍이 보았던 『천예록天倪錄』에는[6] 이 일이 경주 제독사提督使의 일로 되어 있었다. 여기에서 말하는 어사는 혹 와전이 된 것인가? 그러나 그 사람이 누구든 간에 그 행위가 포복절도한 것은 매한가지지!】

有一繡衣, 巡列邑, 風稜甚嚴, 且不近女色, 列邑畏之. 到一郡, 將留數日按事, 斥遣房妓,[7] 使不得侍側. 邑倅與吏隷相議, 密招一妓之姿色絶倫者, 着素服, 居住于客舍傍小屋. 御史坐客舍, 望見一女子, 提甕汲水, 出入于小屋之中, 國色妖艶, 不覺心動, 問于侍童曰: "彼女非官妓耶?" 對曰: "村女也. 新喪其夫, 嫠居矣." 御史夜謂其童曰: "俄者素服之女, 汝可以吾言招致耶?" 童承命往還, 告曰: "女以爲鄕曲賤質, 不足以陪一宵之話, 今承俯速, 惶惑無地, 而官舍熱鬧, 耳目可畏, 不敢進身. 妾居雖陋, 相去[8]密邇.[9] 且甚靜寂, 使客若不憚躬臨, 則事甚穩便矣." 侍童仍道其所居, 從容往來, 無礙之狀. 御史遂與侍童, 往女家, 與女同

<hr>

5) 사개(使价): 사신(使臣).

6) 천예록(天倪錄): 임방(任埅)이 지은 야담집.

7) 방기(房妓): 수청 드는 기생.

8) 원문에는 '去'로 되어 있지만, '距'가 타당하다.

9) 밀이(密邇): 아주 가까운 데 있음. 본래는 임금과의 거리를 뜻하는 경우가 많은데, 여기서는 단순히 거리가 가깝다는 의미로 쓰였다.

寢, 繾綣之情, 不啻洛浦之相逢也. 俄聞門外有剝啄[10]聲, 女驚惶曰:
"此吾前夫也. 棄妾多年, 曾不來見, 今忽深夜叩門者, 莫曉其意, 而其
人素獰, 使家若在此撞見, 則必死于其手, 宜暫避之." 仍啓一大櫃, 勸
御史藏身于其中. 御史惶恸罔措, 遂以赤身, 投入櫃中, 女以大鑰鎖之.
始披衣, 出開門曰: "郎君多年棄余, 今忽來見, 果何意也?" 其人大聲酗
罵曰: "汝極無狀, 駈迫逐我, 寧不憤痛乎? 汝旣棄我, 家産什物之自我
備給者, 當還推[11]以去矣." 遂指房中所列者曰: "櫼亦吾物也. 籠亦吾物
也. 衾亦吾物也. 櫃亦吾物也." 仍搬置諸物于庭中. 女把櫃, 大言曰:
"他固君物, 而櫃則買取之時, 吾亦出其半價, 豈可全謂之君物乎? 此則
雖死, 決不可給君也." 其人忿罵曰: "若爾則吾與汝當訟于官, 以決之
也." 遂推其女, 而奪其櫃, 背負而入官門. 女頓足詈語而罵, 追之. 及造
官前, 置櫃于庭, 各陳所懷, 紛紜不止. 邑倅笑曰: "櫃一也, 具曰予物,
吾何決乎? 價旣相半, 器不可偏歸于一邊. 宜分作兩段, 各取其一也."
命官隸, 取大鉅引之. 鉅聲如雷, 御史驚恸, 大聲呼曰: "活人! 活人!"
守怪問曰: "櫃中人聲, 何也?" 命以鐵椎, 打破其鑰, 啓盖視之, 一男子
赤身而出, 乃御史也. 邑倅佯作驚惶狀, 跣足下庭, 握手問曰: "使价胡
在此中耶?" 御史大慚, 遂潛身逃去. 【嘗閱天倪錄, 以此爲慶州提督事,
此云繡衣者, 或訛傳耶? 然勿論其人爲誰某, 其事之絕倒, 則一也.】

---

10) 박탁(剝啄): 손님이 찾아와서 문을 두드리는 소리.
11) 환추(還推): 남에게 빌려 주었던 논밭이나 물건을 도로 찾아 가지거나 받아 냄.

소박

　영남의 한 선비가 딸을 시집보내게 되었다. 밤이 되자, 화촉을 밝힌 후 신부를 신혼 방으로 들여보냈다.

　겨우 자리에 앉았는데, 마침 생리(經潮)가[1] 막 시작되었다. 신부는 부끄럽고 민망해하면서도 단정히 앉아 있었다. 신방에 들어온 신랑은 촛불을 끄고 잠자리에 들려고 했다. 신부의 손을 이끌어 저고리와 치마를 벗기려 했지만, 신부는 손을 뿌리치며 자리를 피하였다. 처음에 신랑은 신부가 부끄러워서 그런다고 생각했다. 이에 밤이 깊어지기만 기다렸다.

　문밖에는 신혼 방을 훔쳐보려는 사람들의 소리도 들리지 않았다. 신랑은 다시 신부의 손을 이끌었다. 그러나 신부는 더욱 강하게 거부하며 한사코 따르려 하지 않았다. 신랑의 손이 가까이 다가오면 올수록 신부는 화들짝 놀라며 물러섰다. 이렇게 서로 실랑이를 하는 사이에 닭이 이미 새벽을 알리고 말았다.

　【치마와 저고리를 벗기지 못했다니…. 좋은 날이건만, 혼인하는

---

1) 경조(經潮): 월경(月經). 생리.

날을 잘못 택한 것일까?】

신랑은 마음속으로 생각하였다.

"사람이라면 어느 누군들 사위를 맞고 며느리를 맞이하지 않을까마는, 저 사람처럼 집요할까? 저 사람의 인품이 유순하지 않음도 이로써 보면 알지라. 저런 사람을 아내로 맞이한다면 어떻게 우리 집안사람들과 화목하기를 바라겠는가?"

이에 의관을 바르게 하고 바깥채로 나갔다. 그리고 종을 불러 떠날 채비를 하라고 한 후, 곧바로 자기 집으로 돌아가 버렸다. 신부 집에서는 놀랍고 당황해할 뿐, 그 까닭을 알지 못했다.

그로부터 몇 개월이 지났다. 신부 집에서는 잘 갖춘 행장에다 말과 하인을 보내 다시 신랑을 모셔오게 했다. 하지만 신랑은 크게 꾸짖으며 말했다.

"내가 무엇 때문에 다시 그 집으로 간단 말이냐?"

신부 집에도 더 이상 어떻게 할 수가 없었다. 그렇게 그저 사오 년의 시간만 흘려보냈을 뿐이다. 그동안에 신랑과는 소식도 완전히 막혀버렸다.

이후 신부 집에서는 둘째 딸의 혼인을 시키게 되었다. 부모가 큰딸에게 말하였다.

"네가 복이 적어 혼인하는 날 밤에 소박을 맞았는지라. 이제 네 동생이 혼인할 날이 머잖아 준비를 하는데, 너처럼 팔자 사나운 사람을 두고 이러쿵저러쿵하는 게 마땅치 않아 보이는구나. 너는 잠시 동안만 이웃집에 가서 있으려무나."

큰딸은 명을 받들고 그곳을 나왔다. 그날은 달도 밝았다. 홀로 멍하니 앉아 잠을 이루지 못한 채 서럽고 쓸쓸한 자기 신세를 생각하자니, 그저 눈물이 흘러 옷깃만 적실 따름이었다. 그러다가 갑자기 무언가를 떠올리며 중얼거렸다.

"내가 동생에게 충고를 해 주마 생각했건만, 이별하느라 그걸 잊었네. 오늘이 혼인식을 올리기 바로 전날 밤이니, 어떻게든 말을 해주지 않을 수 없구나."

이에 몰래 낮은 담장을 넘어가서 동생이 자는 방 밖에 이르렀다. 소리를 낮춰 불렀다.

"동생아, 자니?"

동생은 깜짝 놀라 일어나서 문을 열고 말하였다.

"이렇게 밤늦은 시간에 무슨 일로 오셨어요?"

"내가 네게 한마디 전할 말이 있어서…."

그러고는 자기가 혼인하던 날 밤에 애써 거절했던 사연을 모두 들려주었다. 그리고 나서 탄식하며 말하였다.

"나는 부끄러움이 너무 지나쳐서 한평생을 잘못되게 하였단다. 돌이켜 후회해도 어쩔 수가 없는 일. 너는 모름지기 나를 거울삼아 순종함을 법도로 삼아, 지아비의 뜻을 어기지 않도록 해라. 그리함으로써 백 년 동안의 즐거움을 함께 누리도록 하려무나."

말을 마치고는 다시 담장을 넘어 돌아갔다.

다음 날에 동뢰연同牢宴을[2] 마치고 밤이 되었다. 신부는 신혼 방에 들어갔다. 잠자리에 들기 위해 신랑은 신부 치맛자락을 당겼다. 신랑의 손이 이제 막 신부의 저고리에 가까이 다가왔을 즈음이었다. 신부는 스스로 옷을 벗고 알몸이 되어 이불 안으로 들어갔다. 이는 무릇 어젯밤 언니가 충고한 말을 좇아 먼저 순종하는 뜻을 드러낸

---

[2] 동뢰연(同牢宴): 신랑과 신부가 서로 절을 하고 난 뒤에 서로 술잔을 나누어 마시는 잔치.

것인데, 참으로 지나치거나 모자라면 화살이 과녁에 닿지 못해 적
중되지 못하는 격이라 할 만하다.

【달빛도 없는 밤 신혼 방에서 여인이 치마를 푸는 소리야말로
천고의 소리 중에서도 가장 기이하고도 절묘한 것이지. 그러나 지
금은 오히려 증오해야 할 소리가 되고 말았으니!】

신랑은 놀랍고도 해괴망측하여 마음속으로 되뇌었다.

'이처럼 추잡한 행태는 웃음을 파는 창기들도 하지 않는 짓이라.
내가 이런 여인을 아내로 맞아서 무엇에다 쓰겠는가?'

그는 한밤중에 급히 밖으로 나가 자기 집으로 되돌아가 버렸다.
신부 집에서는 사람을 보내 다시 맞이해 오려 했지만, 그의 대답도
큰 사위가 했던 말과 똑같았다.

다시 사오 년이 흘렀다. 두 사위와는 서로 연락조차 없었다. 이웃
에서도 모두 이상하고 괴이하다고 여기면서 '세상에 희한한 일이다'
라고만 생각할 뿐이었다.

큰 사위가 경시京試를[3] 치르기 위해 서울로 올라가다가, 말에서
내려 언덕 위에서 잠깐 쉬고 있을 때였다. 그는 거기서 한 선비를
만나게 되었다. 두 사람이 서로 성명을 주고받으니, 둘은 곧 동서지
간이었다. 길에서 서로 마주 앉아 마음을 터놓고 지난날의 이야기
를 주고받고 있자니, 둘은 비록 그때 처음 본 사이였지만 마치 오래
전부터 알고 지내던 친구처럼 느껴졌다. 둘째 사위가 물었다.

"제가 형에게 한마디 여쭤볼 말이 있는데, 행여라도 숨기지 마시

---

3) 경시(京試): 3년에 한 번씩 서울에서 실시한 소과(小科) 초시(初試). 과거의 첫 관문
으로, 3년마다 정기적으로 행해지는 식년시(式年試) 바로 전해 가을에 실시하였다. 경
시는 생원(生員) 초시와 진사(進士) 초시로 나누어 실시하였는데, 여기에서 선발된 2백
여 명은 복시(覆試)에 응시할 자격이 주어진다.

구려. 형께서 혼인하던 날 밤에 아내를 소박 맞힌 후 오랫동안 돌아보지도 않은 것은 무엇 때문이오?"

큰 사위는 울적해 하며 말하였다.

"예전에는 내 나이가 어리고 성격도 몹시 조급했네. 처음으로 한 이불을 덮고 자던 날 밤이었네. 신부가 완강하게 거부하는 것에 화가 난 나는 마치 헌 신짝 버리듯이 한 번 걷어차서 일어나버렸지. 그리함으로써 깊은 규방에서 거처하던 아름다운 여인을 순식간에 젊은 과부로 만들어버렸던 게지. 그 정경을 생각해보면, 족히 천지간의 온화한 기운(和氣)를 손상케 하는 것이었어. 게다가 내 집에서도 음식을 주관할 사람이 없고, 부모님을 부양하는 범절도 몹시 거칠게 되어 버렸네. 나이가 마흔에 가까워졌는데도 집안을 이을 후손마저 끊기게 되었고…. 지난 일을 가끔씩 생각해보면 그 잠깐 동안을 왜 참지 못했을까 하는 후회를 하곤 한다오."

【사람이 궁해지면 근본을 되돌아보곤 하지.】

이어서 둘째 사위에게 물었다.

"들건대 자네도 나와 같은 병을 앓는 처지라고 하던데…. 자넨 또 무슨 까닭이 있었나?"

"사람에게는 사단四端이란 게 있는데, 부끄러움을 아는 수오지심羞惡之心이 그 하나지요. 보통 사람도 그러한데, 하물며 처음으로 혼인하는 처녀는 오죽하겠습니까? 형이 화를 낸 것은 오히려 사정을 보아 충분히 용서받을 수 있는 일이라 하겠습니다. 그러나 아우가 겪은 일은 완전히 반대 상황이라. 화촉을 막 끄자마자, 벌써 치마 벗는 소리가 들렸으니…. 그 행동거지가 해괴망측한 게 사람으로 하여금 민망하기 짝이 없게 만들더군요. 그 때문에 뒤도 돌아보지 않고 떠났던 게지요. 아무리 생각해봐도 도대체 왜 그랬는지를 알지 못했거든요. 그런데 지금 형의 말을 들으니, 마치 꿈을 꾸다가 깨어난 듯합니다. 앞의 수레가 이미 넘어졌기에 뒤따라오는 수레는 그것을 경계로 삼았던 것이었군요! 혹시 그런 것이라면 용서해야 할 실마리가 되지 않겠습니까?"

"저들은 칠거지악七去之惡이 없었지. 그런데 우리들은 부부가 서로 다른 곳에 거처하여 살았으니, 혹시라도 음덕에 손상을 입는 게 아닐까 두렵네그려. 지금 시험을 치르는 날까지는 아직 멀었네. 그러니 가던 길을 돌려 처가에 가봐야 하지 않겠는가? 가서 그 이유를 자세히 확인하고 떠나기로 하세."

"그리 하십시다."

그리하여 두 사람은 함께 처가로 갔다. 장인이 나와서 그들을 맞았지만, 그는 두 사람이 자기 사위인 줄도 몰랐다. 그래서 그들이 거주하는 곳을 물었더니, 두 사위는 각각 그들이 사는 곳을 일러주었다. 장인은 몹시 쓸쓸해 하며 말하였다.

"내 사위들과 같은 마을에 사시는군. 당신들을 마주하고 있자니, 내 마음이 더욱 아프구려."

【사람이 좋으면 사랑하는 사람의 집 위에 앉은 새까지도 사랑스러운 것처럼, 사위와 같은 마을에 산다는 사람도 그러했겠지. 하물며 그 사람이 진짜 내 사위라면? 사위 하나도 뜻밖인데, 하물며 두 명의 사위가 한꺼번에! 이 노인의 마음은 글로써 다 표현할 수가 없을 게다!】

두 사위가 마침내 입을 열었다.

"장인께서는 우리를 모르십니까? 우리가 곧 아무개와 아무개입니다."

장인은 놀랍고도 기뻐, 마치 바보가 된 것처럼 넋이 빠진 채 물었다.

"자네들은 단칼에 두 동강을 내듯이 월하노인이 맺어준 인연을 영원히 끊더니…. 그리하여 내 두 딸로 하여금 차마 죽지 못해서 사는 한을 품고 살게 하더니…. 꽃 피는 때와 달 밝은 밤에는 원망의 눈물이 천 줄기나 흘렀지. 난초에서 뽑은 기름[蘭膏]과[4] 향기로운 향수[薰沐]가[5] 있지만, 누구를 위해 화장을 한단 말인가? 쇠잔한 몸으로 기운 없이 누워 한 가닥 목숨을 겨우겨우 연명하는 것은 단지 우리 늙은 부부가 살아있기 때문이지. 나는 지금 병이 있어 죽음이 임박하였지만 차마 눈을 감을 수가 없었거늘, 갑자기 황천皇天께서[6] 불쌍히 여기시어 훌륭한 사위[玉樹]를[7] 연달아 오게 해 주셨구나. 꿈이냐, 생시냐? 놀라움과 기쁨이 분에 넘치는구나!"

사위가 말하였다.

"어서 안채에 자리를 마련해서, 장모와 아내를 뵙게 해 주시기만 바랍니다."

집안사람들은 모두 좋아 날뛰면서 안채에 잔칫상을 크게 마련하였다. 그 즐거움과 기쁨은 지난번 혼인하던 날보다 열 배는 더했다. 장인도 나서서, 두 딸에게 흐트러진 머리도 단정하게 매만지고 상자에 넣어두었던 옷들도 꺼내 먼지를 털어내도록 독촉했다. 어느덧 파리한 두 딸의 얼굴에도 다시 생기가 돌았다.

이윽고 장인이 두 사위를 데리고 들어와 자리에 앉혔다. 큰 사위

---

4) 난고(蘭膏): 난의 씨에서 추출한 기름. 등잔불 기름.
5) 훈목(薰沐): 향을 옷에 뿌리고 머리를 감아 몸을 깨끗이 하는 것.
6) 황천(皇天): 하느님. 하늘을 높여 부르는 말.
7) 옥수(玉樹): 남의 귀한 집 자식. 여기서는 사위.

가 아내에게 물었다.

"부인의 덕은 유순柔順함을[8] 으뜸으로 삼지요. 나는 육례六禮로[9] 당신을 맞이하였소. 담장을 넘어가서 남의 집 여인을 훔쳐본 게 아니지요. 비단 이불을 덮고 함께 잠을 자는 일은 임금님에서부터 일반 백성들에 이르기까지 모두 같은데, 당신은 한사코 따르지 않는 게 마치 열녀가 스스로 수절하려는 것과 같았소. 그게 진짜 무슨 의미였소?"

아내는 부끄러워하며 말을 하지 못했다. 그러자 장모가 꾸짖으며 말하였다.

"너는 십 년 동안 버려져 있으면서 온갖 시고 쓴 맛을 물리도록 맛보지 않았더냐. 지금 다행히 네 서방이 와서 이유를 묻고 있잖느냐. 이야말로 네게는 천 년에 한 번 올까 말까 한 기회라. 비록 잠자리에서 있었던 부끄러운 일이겠지만, 네가 속에 품고 있던 것을 맘껏 펼쳐 놓음으로써 네 서방이 헤아려 결정하도록 하는 게 마땅치 않겠느냐? 이처럼 입을 다물고 있으면 다시금 지아비의 뜻을 거스르게 되지 않겠느냐?"

이에 아내가 입을 열었다.

"첩이 비록 사리에 어둡고 볼품없지만, 어찌 지아비를 따르는 의리야 모르겠습니까? 하지만 운명은 원수와 손을 잡기도 하고,[10] 일

---

8) 유순(柔順): 부드럽고 온순함.
9) 육례(六禮): 전통사회에서 혼인을 할 때 행하는 여섯 가지 의식. 납채(納采), 문명(問名), 납길(納吉), 납징(納徵), 청기(請期), 친영. 이 절차를 밟아야 정식 부부가 된다.
10) 운명이 원수와 손을 잡고[命與仇謀]: 운명이 기박함. 이 말은 『고문진보』에 나오는 한유(韓愈)의 〈진학해(進學解)〉에 나온다. "삼 년 동안 박사로 있을 적에 치적을 드러내지 못했으니, 운명이 원수와 서로 꾀하여 실패를 당한 것이 얼마 동안이었는가.[三年博士, 冗不見治, 命與仇謀, 取敗幾時.]"

은 간혹 교묘하게 들어맞기도 하지요. 몸엣것[월경수]이 마침 잠자리에 드는 날 밤에 시작되었지요. 여자의 첫 월경[紅鉛]은[11] 추악한지라, 감히 지아비 곁으로 갈 수가 없었습니다. 그래서 물리치고 또 물리쳤던 것입니다. 그렇게 공손치 못한 죄를 짓고 말았지만, 내가 내 심정을 헤아려 봐도 솔직하게 말을 할 수도 없었지요. 이런저런 까닭으로 말미암았지만, 부끄러움이 너무 지나쳤던 것입니다."

"나는 정말로 의아했었소. 사정상 그랬을 수도 있었겠구려."

둘째 사위가 또 아내에게 물었다.

"예전 당신의 행동거지는 어찌 그리도 가소로웠소?"

아내가 대답했다.

"첩은 비록 민첩하지 못하지만, 어찌 부끄러움이 없겠습니까? 언니가 결혼하고 난 이후에 그 비참하고 고통스러워하는 모습을 제 눈으로 직접 보았지요. 우리 집의 어른이든 아이든 모든 사람들도 언니를 보며 원통해 했지요. 그러다 제 혼인하는 날이 되자, 언니는 자매의 정으로서 저까지도 벗어나지 못할까 봐 지나치게 걱정스러워 했지요. 그래서 지난날 소박맞은 까닭을 자세하게 일깨워주었답니다. 여러 번 경계하며 부탁도 하였지요. 저는 어린데다 그 일을 이해하지 못했지요. 그저 언니의 가르침만 믿었던 터라, 잠자리를 가질 즈음에 지아비에게 수치심을 주었던 것입니다. 이른바 뜨거운 국을 먹다가 속을 데고 나면, 이후에는 냉채를 먹을 때도 불면서 먹게 된 꼴이죠.[12] 지아비가 더럽다며 침을 뱉는 것도 마땅하지 않

---

11) 홍연(紅鉛): 여자의 첫 월경.
12) 징우갱이취기해(懲于羹而吹其蘜): 뜨거운 국을 먹다가 속을 데고 나면 냉채를 먹을 때에도 불면서 먹는다. 어떤 일에 대하여 한번 크게 혼이 나면 그와 관련된 사소한 것에도 겁을 먹어 지나치게 경계하고 두려워하는 것을 비유하는 말이다.

겠습니까?"

둘째 사위가 말하였다.

"그랬던 것이었구려!"

두 사위가 마침내 장인에게 말하였다.

"저희가 지난날에 가졌던 의심을 모두 해결하였으니, 다시 신방을 차려주셨으면 합니다. 부부간의 즐거움을 누리고자 합니다."

장인은 몹시 기뻐하였다. 그날 밤, 비로소 두 신랑은 첫날밤을 보냈다.

【이날 밤의 혼인은 각각 지난 일을 경계로 삼았을 터. 그러한즉 큰딸이 순종하였음은 참으로 당연한 형세였으리라. 둘째 딸의 행동도 예전처럼은 아니었으리라. 간혹 은미하게 거절하는 태도를 보이지 않았을까? 정말 그렇지 않았을까?】

그렇게 사흘이 지나, 자매는 성대하게 행차를 꾸며 시집으로 갔다. 이웃에서도 아름다운 이야기로 전하였다.

【합포合浦의 구슬이 다른 곳에 갔다가 다시 돌아오고,[13] 낙창樂昌의 거울이 깨졌다가 다시 원래대로 합쳐졌지.[14] 천고의 기이한 일일세!】

---

13) 합포의 구슬은 갔다가 다시 돌아왔고: 『후한서(後漢書)』〈순리열전(循吏列傳) 맹상(孟嘗)〉에 실린 고사다. 동한(東漢) 때 맹상이 합포태수(合浦太守)로 부임하여 폐단을 개혁하자, 이전에 탐관오리가 마구 채취해가서 생산이 끊겼던 진주가 다시 나오기 시작했다는 고사다.
14) 낙창(樂昌)의 거울이 깨졌다가 다시 원래대로 합쳐졌지: 당나라 맹계(孟棨)가 지은 『본사시(本事詩)』〈정감(情感)〉에 나오는 고사다. 남조(南朝) 진(陳)나라 서덕언(徐德言)이 아내 낙창공주(樂昌公主)와 헤어지면서 거울을 둘로 쪼개 징표로 나누어 가졌다가, 다시 만나서 거울을 합쳤다는 내용이다.

嶺南有一士人, 行女婚, 夜設華燭, 引新婦, 就婚房. 纔及席, 經潮適至. 婦羞悶危坐, 新郞減燭就寢, 挽婦手, 欲解其衣裳, 則婦拂手却坐. 新郞始疑其羞澁而不從, 稍待夜深, 戶外無窺聽者, 乃更挽婦手. 婦拒益牢, 抵死不聽. 郞手稍近, 驚却若况. 如是相持, 鷄已報曉矣.【衣裳之不解, 吉辰誤擇結婚姻之日耶?】新郞心自語曰: "人孰不招婿娶婦, 而彼之若是執拗者, 可知其人品之不順, 有妻如此, 將何以宜吾家室哉?" 遂整衣, 出外舍, 呼僕鞴馬, 仍卽還歸. 婦家驚惶, 莫知其故. 過數月, 裝送騎率, 更邀新郞, 則郞大責曰: "吾豈可更往彼家哉?" 婦家亦無奈何, 荏苒四五載, 聲息遂相阻矣. 婦家將行次女之婚, 謂長女曰: "緣汝寡福, 合巹之夜, 見踈於郞君, 今汝弟吉禮不遠, 治具之際, 如汝薄命之人, 不宜干涉, 暫須避于隣家也." 女承命出處. 當夜月明, 獨坐無寐, 念身命之悲凉, 泣下沾襟, 忽然驚悟曰: "吾有可囑於吾弟者, 而別時忘之. 今吉禮隔宵, 不可不告也." 遂潛踰短墻, 到女弟寢室之外, 低聲呼曰: "吾弟寐乎?" 弟驚起拓戶曰: "深夜來臨, 有何事也?" 兄曰: "吾有一言之可囑汝者." 因備陳其婚夜牢拒之故, 歎曰: "吾羞澁太過, 誤了一生, 追悔莫及. 汝須鑑吾, 以順爲度, 毋違夫子之志, 以諧百年之樂也." 語畢, 復踰墻而還. 翌日, 行同牢宴, 婦夜入新房, 欲將就寢, 挽婦裳裔. 郞手纔近婦衣, 已自赤脫而就衾. 盖昨承兄囑, 先意順從, 眞所謂過不及, 皆不中也.【洞房無月夜, 玉女解裙聲, 乃千古聲中奇絶者, 而今亦有惡聲者歟.】郞不覺驚駭, 心語曰: "似此鄙態, 雖倚市門[15]者, 猶不爲也. 吾娶此婦, 將安用哉?" 夜半徑出, 因還其家. 婦家送人更邀, 則其答一如長婿之言. 又過四五年, 兩不相通, 婦家隣里, 莫不疑怪, 以爲

---

15) 의시문(倚市門): 시장 문에 기댄다는 뜻으로, 웃음을 파는 창기를 의미한다. 『사기』 〈화식열전(貨殖列傳)〉에 나오는 말이다.

世所稀有之事矣. 長婿赴京試下馬, 少憩于嶺上, 逢一士人, 彼此問其
姓名, 則乃同婿也. 班荊[16]晤語,[17] 一見如舊. 次婿問曰:"吾有一語之
可問於兄者, 幸勿諱也. 兄之婚夜薄妻, 永不相顧者, 何也?"長婿愀然
曰:"昔吾年淺而性躁, 同裯之夕, 發怒於新人之牢拒, 一蹴而起, 如棄
弊屣, 遂使深閨美質, 便作青年之嫠婦, 想來情景, 足傷天地間和氣. 且
余家無主饋, 養親之節, 甚疎. 年近不惑, 嗣續之望永斷, 有時追思, 不
無少不忍之悔矣."【窮則反本】仍問次婿曰:"聞子亦與吾, 有同病之憐,
又何故也?"答曰:"人有四端, 羞惡居一. 凡人猶然, 況新嫁之娘乎? 兄
之發怒, 猶可謂太不恕諒, 而弟之所遭, 一與是相反. 華燭纔滅, 已聞解
裙之聲, 擧措駭鄙, 不覺使人大慚, 吾以是望望然去.[18] 靜言思之, 未得
其由, 今聞兄言, 如夢旣醒, 前車旣覆, 後車是戒者, 容或有可恕之端
耶?"長婿曰:"彼無七去之惡, 而吾儕之穀, 則異室者,[19] 恐傷陰德, 今
試期尙遠, 盍與改路而往婦家, 詰其由而去就之也."次婿曰:"諾."遂俱
與往其家, 婦翁出見, 不知其婿也. 問其居住, 兩婿各以其鄕對, 翁凄然
曰:"與吾婿郞同里乎? 對君不覺重傷余懷也."【與婿郞而同里者, 尙有

---

16) 반형(班荊): 길에서 옛 친구를 만나 싸리를 깔고 앉아 정담을 나누는 것. 춘추 시대
초(楚)나라의 오거(伍擧)와 채(蔡)나라의 성자(聲子)가 정(鄭)나라 교외에서 서로 만
나 싸리를 깔고 앉아 이야기를 나누었던 고사에서 유래하였다. 『춘추좌씨전』〈양공(襄
公) 26년〉에 나온다.
17) 오어(晤語): 서로 대하여 터놓고 이야기함.
18) 망망연거(望望然去): 뒤도 돌아보지 않고 떠나감. 『맹자』〈공손추 상(公孫丑上)〉에
나오는 말이다. "(伯夷가) 악을 미워하는 마음으로 미루어 보아 시골 사람과 함께 서
있을 때에도 그 사람의 관이 바르지 않으면 뒤도 안 돌아보고 떠났는데, 마치 자기까지
더러워지는 것처럼 여겼다.〔推惡惡之心, 思與鄕人立, 其冠不正, 望望然去之, 若將浼焉.〕"
19) 오제지곡 즉이실자(吾儕之穀, 則異室者): 우리들의 곡식은 다른 집에 두었다. 이
말은 부부가 살아서는 집을 달리해서 사나, 죽어서는 같은 무덤에 묻히는 것이 소원이
라는 의미다. 『시경』〈왕풍(王風) 대거(大車)〉에 나오는 말이다. "살아서는 집을 달리했
으나, 죽어서는 무덤을 같이하리.〔穀則異室, 死則同穴.〕"

屋烏之愛, 何況眞吾情郎乎? 一婿郎尙云不意, 又況兩婿郎乎? 此翁之心, 不可以文字形容矣.】兩婿遂曰:"丈人不識小子乎? 小子乃某某也." 翁驚喜如痴, 問曰:"君輩一刀兩段, 永斷月繩之緣, 使余兩愛, 各抱未死之恨, 花辰月夕, 怨淚千行, 蘭膏薰沐, 誰適爲容?[20] 殘軀委枕, 一縷堇延者, 徒以吾老夫妻在也. 余今病垂死, 目將不瞑, 忽玆皇天垂憐, 玉樹聯臨, 夢耶? 眞耶? 驚喜過望矣." 婿曰:"速設內筵, 請與岳母及室人相見也." 擧家雀躍, 大辦宴席于內室, 其所歡喜, 十倍於昔婚之日也. 翁催促二女, 蓬髮重理, 箱服始拂. 於焉之間, 瘦面復光矣. 翁遂引兩婿而入, 坐定, 長婿問其妻曰:"婦人之德, 柔順爲首, 吾以六禮聘君, 不是踰墻而折檀者, 爛衾同夢, 自天子達於庶人, 則君之抵死不從, 有若烈女之自守者, 果何義也?"妻羞愧不語, 母責曰:"汝十年廢棄, 飽經酸苦, 今幸郎君臨問此, 汝千載一時也. 雖枕席間羞恥之事, 可陳汝懷, 以俟裁擇不宜, 若是含默, 重忤夫子之意也."妻曰:"妾雖蒙陋, 豈不知從夫之義, 而命與仇謀, 事或巧湊,[21] 天癸之水,[22] 適及於侍寢之夕, 紅鉛醜惡, 不敢近夫子之側, 却之, 却之. 遂獲不恭之罪, 顧此本情, 無以自暴, 良由羞愧之太過也."長婿曰:"吾固訝之, 情或然乎."次婿又問其妻曰:"昔君擧止, 何其可笑之甚也?"妻對曰:"妾雖不敏, 豈至全然無恥乎? 一自兄婚之後, 目擊其悲苦之狀, 一家老少, 莫不爲兄寃之. 及乎妾婚之日, 以吾兄同氣之情, 亦不免爲妾而過慮, 細諭昔日之故, 戒囑

20) 수적위용(誰適爲容): 곱게 화장하다. 이 말은 『시경』〈위풍(衛風) 백혜(伯兮)〉에 나오는 말이다. "낭군이 동쪽으로 출정한 뒤로부터, 나의 머리칼은 바람에 날리는 쑥대와 같아라. 머리에 바르는 기름이 어찌 없겠는가마는, 내가 누구를 위하여 곱게 화장을 하겠는가.〔自伯之東 首如飛蓬 豈無膏沐 誰適爲容.〕"

21) 교진(巧湊): 교묘하게 들어맞음.

22) 천계지수(天癸之水): 여자의 월경수.

申申, 妾幼不解事, 惟信兄教之, 可承枕席之際, 貽羞於夫子者, 所以懲
于羹而吹其薤也. 夫子之唾鄙, 不亦宜乎?"次婿曰:"然矣!"兩婿遂謂
其婦翁曰:"吾輩俱釋昔日之疑, 請更設新房, 以諧室家之樂[23]也."婦翁
大喜. 其夕, 兩婿各成合禮.[24]【此夕之婚, 各懲前事, 則長女之順從, 固
其勢也. 次女擧措, 不可因舊, 或微有拒却之態耶? 否乎?】過三日, 裝
送于夫家, 隣里傳爲美談矣.【合浦之珠, 去而復還, 樂昌之鏡, 破而復
圓, 千古奇事.】

23) 실가지락(室家之樂): 부부 사이의 화락한 즐거움.
24) 합례(合禮): 신랑과 신부가 첫날밤에 잠자리를 하는 것.

정직한 아이

어느 시골 사람이 농사를 지으며 살았는데, 제법 부유하였다.

일찍이 일고여덟 살 된 딸에게 집을 지키게 하고, 그는 아내와 함께 밭으로 나가 있었을 때다. 도둑 몇 놈이 틈을 엿봐서 그 집으로 들어왔다. 아이는 겁에 질려 소리도 지르지 못했다. 도둑들은 집 안에 있는 재물을 맘껏 후려치며 가져갔다. 그러자 곁에서 지켜보던 아이가 솔직하게 말하였다.

"어느 상자에는 옷이 들어 있고, 어느 항아리에는 쌀이 있는데요."

도둑이 보니 정말 그러했다. 그것들도 꺼내 모두 자루에 쓸어 담은 도둑은 자루 주둥이를 힘껏 묶었다. 그러고서 아이에게 물었다.

"네 집에는 돈이 많을 텐데, 그것들은 어디에 두었니?"

"저 창고 깊숙한 곳에 땅을 파서 거기에 묻어 두었지요."

그러면서 창고를 가리켰다. 창고는 자물쇠로 굳게 잠겨 있었다. 도둑이 물었다.

"열쇠는 어디에 있니?"

아이는 방으로 들어가 열쇠를 가지고 나왔다. 도둑에게 열쇠를 전해주니, 그들은 문을 열고 아이가 가리킨 곳으로 갔다. 그리고 온 힘을 다해 땅을 파기 시작했다.

창고 문 앞에 기대어 서 있던 아이는 도둑이 땅을 파느라 방심한 틈을 타서 얼른 문을 닫았다. 열쇠로 창고 문도 잠갔다. 그러고는 이웃 마을로 달려가 이 사실을 알렸다. 이웃 사람들은 급히 그 집으로 달려들었다.

그들이 창고 문을 열고 보니, 도둑들은 달아나려고 벽을 뚫고 있었지만, 아직까지 뚫지 못한 상태였다. 마침내 도둑을 포위해서 붙잡은 뒤 관아에 고발하여 그들의 죄를 다스리게 했다.

有一村氓, 業農而富. 嘗與妻于田, 留小女守家, 年甫七八歲. 盜有數人, 瞯知之, 入其家. 女驚怵, 不敢出聲. 盜將攫取家産, 女直告曰: "某箱有衣服, 某甕有米穀." 視之果然, 盜盡出而擔束, 仍問女曰: "汝家必多錢, 果在何處?" 女曰: "庫中深處, 掘地而埋, 置之矣." 仍指示其庫, 封鎖甚固. 盜問曰: "鑰匙安在?" 女入室中, 取而與之. 盜啓門而入, 至女所指處, 盡力掘之. 女倚立門前, 乘其不意, 急閉門, 取鑰鎖之, 走告其隣, 隣人咸集, 開門視之, 則盜欲穿壁, 而未及矣. 遂圍而捕之, 告官而治之.

학의 다리와 오리의 다리

　아주 작은 사람이 아주 큰 여인을 아내로 맞았다. 하지만 둘은 학의 다리와 오리의 다리인지라,[1] 서로 상대가 되지 못하였다.

　아내가 일찍이 남편의 두 넓적다리를 껴안아 오줌을 싸게 하는데, 그 모습은 마치 어린아이를 안고 오줌을 싸게 하는 것과 같았다. 그러다 우연찮게 실수로 남편을 요강에 빠트리고 말았다. 요강 안에는 밤껍질이 물 위에 떠 있었는데, 마침 그 위로 남편이 떨어진 것이다. 남편은 밤껍질을 배 삼아 요강 안을 두리둥실 떠다녔다. 그러면서 시를 읊었다.

　봄바람 불어 동정호 물결 일으키니 　春風洞庭浪
　거센 물결에 외로운 배는 깜짝 놀라네. 　出沒驚孤舟[2]

---

1) 학의 다리와 오리의 다리: 이 말은 『장자』 〈병무(騈拇)〉에 나온다. "오리의 다리가 짧지만 붙여주면 걱정하고, 학의 다리가 길지만 자르면 슬퍼한다.〔鳧脛雖短, 續之則憂, 鶴脛雖長, 斷之則悲.〕"
2) 이 구절은 당나라 한유(韓愈)의 시 〈부강릉도중기증왕이십보궐이십일습유이이십륙원외한임삼학사(赴江陵途中寄贈王二十補闕李十一拾遺李二十六員外翰林三學士)〉의 한 부분이다.

조금 있다가 아내가 요강 안에 오줌을 쌌다. 남편은 우러러보더니, 다시 읊었다.

삼천 척 아래로 세차게 내리는 폭포는 飛流直下三千尺
은하수 구천에서 떨어지는 게 아닐까. 疑是銀河落九天[3]

또 부부가 밤에 운우雲雨의 즐거움을[4] 나눌 때였다. 남편이 아내와 입을 맞추려고 허리를 펴고 나아갔다. 하지만 그의 입은 고작 아내의 배에 닿았을 뿐이다. 남편은 배꼽을 입술로 착각하여, 자기의 입을 배꼽에 맞췄다. 아내는 간지러워 살짝 웃음을 지었다. 웃음소리가 들리자, 남편이 물었다.

"위에 누가 있소?"

무릇 남편의 귀는 아내의 입까지 그 거리가 자못 멀리 떨어져 있었다. 그래서 아내가 웃었는데, 남편은 위쪽에 어떤 사람이 보고 웃는다고 잘못 알았던 것이다.

有矮而少者, 娶長大之妻, 鶴脛鳧足, 太不相敵. 妻嘗抱其夫兩股, 令其放溺如嬰兒狀, 偶然失手, 墮于溺器, 中有栗殼, 浮在水面. 夫適墮其上, 殼爲之舟, 泛泛中央. 夫遂吟詩曰: "春風洞庭浪, 出沒驚孤舟."

---

3) 이 구절은 당나라 이백(李白)의 시 〈망여산폭포(望廬山瀑布)〉의 한 대목이다.
4) 운우(雲雨): 남녀 간의 교정(交情). 송옥(宋玉)의 〈고당부(高唐賦)〉에서 유래한 말이다. 무산(巫山)의 신녀(神女)가 초나라 회왕(懷王)의 꿈 나타나 교접을 하고 떠나면서 "아침에는 구름이 되고 저녁에는 비가 되리라.〔旦爲朝雲, 暮爲行雨.〕"고 한 데서 유래하였다.

俄而妻放溺于其中, 夫仰見之, 又吟曰:"飛流直下三千尺, 疑是銀河落
九天." 又夫婦夜成雲雨之歡, 夫欲與妻合口, 伸腰而就之, 其口董及於
婦腹, 遂認臍爲口, 以其口合之, 妻不覺微笑. 夫聞笑聲, 問曰:"座上有
人乎?" 盖夫耳之於妻口, 其間相去頗遠, 故笑出妻口, 而夫則認作座上
人之笑聲也.

아사

　재상의 아들이 스무 살 무렵[妙年]에 과거에 급제하였다. 그는 문장에 두루 정통했던지라, 세상 사람들을 모두 자기 눈 아래로 내려다보았다.

　그가 영남 지방의 아사亞使로[1] 부임할 즈음이었다. 당시에는 향교 유생校生들이[2] 아사 앞에 불려 나가 경서를 따지며 읽어야 했다. 만약에 제대로 읽지 못해 낙제점을 받게 되면, 아사는 관례에 따라 낙제된 유생들을 군액軍額으로 충정充定시켜야 했다. 그의 아버지가 마음속으로 생각했다.

　'내 아들은 자기 재주만 믿어 사람들에게 교만한데…. 유생들로 하여금 강독케 하면 반드시 많은 사람들이 낙제점을 받아 군액으로 충정 될 터. 내가 그 날카로운 기세를 한번 꺾어놔야겠다.'

　그렇게 생각하고 있다가 아들이 막 출발할 때, 아버지가 물었다.

　"네가 지금 경서 강독을 감독하는 관리가 되어 가게 되었는데,

---

1) 아사(亞使): 각 도의 관찰사를 보좌하면서 행정 업무를 총괄한 경력(經歷: 종4품)이나 도사(都事: 종5품).
2) 교생(校生): 향교의 유생.

무릇 경서와 역사서에 담긴 글의 의미를 충분히 숙지하고 있느냐?"

"다섯 수레나 되는 책들[3] 가운데 읽지 않은 것이 없습니다. 경서와 역사서에 담긴 의문점들이야 어찌 충분히 숙지하지 않겠습니까?"

"다른 책은 이야기하지 말자. 단지 『사략』 초권만[4] 봐도 의심스러운 대목이 여러 군데가 있단다. '(황제黃帝가) 배와 수레를 만들어 통하지 않는 곳을 건넜다[作舟車以濟不通]'고 했는데,[5] 배는 당연히 건넜을 게다. 그런데 수레도 건널 수 있는 것이더냐? 이게 과연 무슨 의미인지 아느냐?"

"모르겠습니다."

아버지가 다시 물었다.

"요임금이 다스리는 조정의 뜰에 난 풀로써 한 달을 알게 되었는데, 그 풀을 '명협蓂莢'이라고 부르지.[6] '명蓂'과 '협莢' 두 글자의 이름은 과연 무슨 의미더냐?"

"모르겠습니다."

---

3) 다섯 수레에 실린 책[五車所載]: 다섯 수레에 실어야 할 만큼 많은 책. 박식함을 뜻하기도 한다. 『장자』〈천하(天下)〉에 나오는 말이다. "혜시의 학문은 다방면이어서 그 서책이 다섯 수레에 쌓을 정도이다.[惠施多方, 其書五車.]"
4) 사략(史略) 초권: 학습자가 가장 먼저 익히는 책. 보통 천자문을 익힌 다음에 배운다.
5) 본래는 『한서(漢書)』〈지리지(地理志)〉에 나오는 말이다. "옛날에 황제가 배와 수레를 만들어 통하지 않는 곳을 건너 천하를 두루 다니면서 만 리의 강역(疆域)을 제정(制定)하여 전야를 경계 짓고 주를 나누어 백 리의 국가 만 곳을 얻었다.[在昔黃帝, 作舟車以濟不通, 旁行天下, 方制萬里 畫壄分州, 得百里之國萬區.]" 출전을 『사략』으로 본 것은 뭔가 착오가 있는 듯하다.
6) 명협(蓂莢): 요임금의 조정에 난 상서로운 풀이름. 초하룻날부터 매일 한 잎씩 나서 자라고 열엿새 째부터 매일 한 잎씩 져서 그믐에 이른 까닭에, 이로써 달력이 만들어졌다고 한다. 『죽서기년(竹書紀年)』〈제요도당씨(帝堯陶唐氏)〉에 나오는 말이다.

"이것도 모르면서 경서 강독을 감시하는 관리가 되겠다는 게냐? 너는 마땅히 마음 씀씀이를 조심히 하여 영남 사람들에게 비웃음을 받지 않도록 해라"

아들은 망연자실하여 말하였다.

"바라건대 그 의미를 듣고자 합니다."

"네가 돌아올 때를 기다렸다가 그때 자세하게 알려주마!"

아들은 하직 인사를 드리고 물러 나와 영남으로 떠났다. 며칠 동안 끙끙대며 궁리했지만, 도무지 의미를 파악할 수 없었다. 분노와 부끄러움이 서로 뒤섞이는 가운데, 먹고 자는 것조차 잊을 정도였다. 자신에 대한 실망감에 마음이 편안하지 않았다.

마침내 향교 유생들을 대상으로 강독을 받게 되었지만, 그는 한마디 말도 꺼내지 않았다. 그저 '관례에 따르라'고만 지시했을 뿐이다. 그런 까닭에 낙제점을 받은 유생이 단 한 명도 생기지 않았다.

일을 마치자, 아들은 급히 말을 몰아 집으로 돌아왔다. 무릇 두 가지 의문점이 계속 마음에 걸려 모든 생각이 거기로만 모인 까닭이다. 집으로 돌아와 아버지께 인사를 드린 뒤, 곧바로 물었다.

"바라건대 지난날의 의문점을 듣고자 합니다."

아버지는 웃으며 대답했다.

"너도 참 분별력이 없구나. 네가 모르는 것을 내가 어떻게 알 수 있겠느냐?"

有一宰相子, 妙年登第, 文華該洽, 眼空一世.[7] 嘗以嶺南亞使, 將赴任, 受校生 講自前, 落講者, 例充軍額. 其父心以爲'吾兒恃才而驕人, 講徒必多落講而充軍者, '宜挫其銳氣也.' 其子將發, 父曰: "汝今作考講[8]之官, 凡經史中文義,[9] 能解得否?"對曰:"五車所載, 子無不覽, 經史疑義, 豈難解釋耶?"父曰:"未論他書, 只史畧初卷中, 亦多疑義, 作舟車以濟不通, 舟固濟也, 而車亦可濟者耶? 此果何義?"其子對曰: "不知矣."又問曰:"有草生庭, 以知旬朔號曰蓂莢, 二字之錫名, 果何義耶?"對曰:"不知矣."其父歎曰:"此而不知, 能作考講官耶? 汝宜小心, 勿貽笑於嶺人也."其子茫然而自失曰:"願聞其義."父曰:"待汝還歸, 當細諭矣."其子辭退登程, 數日窮思, 終未解得. 慚愧交中, 殆忘寢食意, 忽忽不樂, 及受校生講, 不發一語, 只循例而已. 以故無一人落講者. 事畢, 促駕而歸, 盖憧憧[10]一念, 係着於兩段疑義. 還家謁見于父, 卽告曰:"願聞前日之疑義."父笑曰:"汝眞儱侗[11]人也. 汝所不知, 吾何能知也?"

7) 안공일세(眼空一世): 모든 것을 업신여기며 교만을 부림. 세상 사람을 업신여김.

8) 고강(考講): 경서를 외워 따지는 것을 시험하는 것.

9) 문의(文義): 글의 뜻.

10) 동동(憧憧): 마음이 잡히지 않아 안정되지 못한 상태. 『주역』〈함괘(咸卦) 구사(九四)〉에 나오는 말이다. "왕래하기를 자주 하면 벗들만이 네 생각을 따르리라.〔憧憧往來朋從爾思.〕"

11) 용동(儱侗): 혼연하여 분별이 없는 모양. 혹은 모호하고 구체적이지 않은 모양.

송사 놀이

산간 마을에 어떤 선비가 살았는데, 집이 몹시 가난했다. 세 딸은 모두 혼기가 지났지만 결혼을 하지 못한 상태였다. 복사꽃 피는 좋은 시절은[1] 이미 지나버렸고, 매화 떨어지는 하루하루가[2] 그저 안타까울 뿐이었다.

하루는 세 딸이 동산에 놀러 나와 아름다운 경치를 구경하더니, 이내 한숨을 내쉬며 말했다.

"딱히 할 일도 없는데, 송사하는 관원 놀이나 하자꾸나."

그러고는 서로의 역할을 정했다.

"맏이는 태수, 중간은 관예官隸, 막내는 소송에 걸린 백성을 맡는 게 좋겠다."

큰딸이 명령을 내렸다.

"어느 고을에 사는 백성 아무개를 잡아오라!"

백성 아무개는 곧 세 딸의 아버지 이름이었다. 둘째가 명령을 받

---

1) 복사꽃 피는 좋은 시절: 요도(夭桃). 복사꽃이 필 때 처녀가 시집가는 것을 노래한 시. 요도는 『시경』〈국풍(國風)〉의 편명이다.
2) 매화 떨어지는 세월: 표매(標梅). 여자가 시집갈 나이가 지남을 노래한 시. 표매는 『시경』〈소남(召南)·표유매장(摽有梅章)〉을 말한다.

고 나갔다.

잠시 후, 둘째는 셋째의 머리채를 휘어잡고 들어와서 아뢰었다.

"아무개 백성을 잡아들였나이다."

큰딸이 큰 소리로 꾸짖어 말하였다.

"남자가 아내를 맞이하고, 여자가 시집을 가는 것은 인륜의 가장 큰 범절이라. 성인께서 예법을 마련하실 때, 스무 살에는 시집을 보내라고 했다.[3] 네 세 딸은 모두 혼기를 넘겼는데도, 네가 시집을 보내지 않음은 무슨 까닭이더냐?"

셋째가 머리를 조아리고 대답하였다.

"혼인에 필요한 물품을 갖출 수 없는 데다가, 합당한 신랑감도 없기 때문입니다."

"앞마을 박 도령, 뒷마을 박 도령, 건넛마을 김 도령은 합당한 신랑감이 아니라더냐?"

"삼가 가르침대로 따르겠습니다."

셋째는 그렇게 대답하고 기어서 그곳을 나왔다. 그러고 난 뒤에 세 딸은 서로 손뼉을 치며 웃어댔다.

마침 매를 가지고 사냥에 나선 관원이 꿩을[4] 쫓아 동산 근처에 이르렀다가 처녀들끼리 놀이하는 것을 훔쳐보게 되었다. 그는 무성한 수풀 사이에 숨어 귀를 기울여서 그녀들이 하는 말들을 모두 엿들었다. 그 말들이 너무 우스워 뒤로 자빠지는 것도 깨닫지 못할 정도했다. 심지어 날이 저물도록 돌아가야 한다는 것조차 잊고 놀

---

3) 이십이가(二十而嫁): 여자 나이 스무 살에 시집을 감. 『소학』〈입교(立教)〉에 나온다.
4) 원문에는 닭[雞]으로 되어 있지만, 의미상 꿩[雉]이 더 적합하다. 다른 야담집에 실린 유화에서는 '꿩'으로 되어 있다.

이에 집중하였다.

해가 지고 나서야 그는 새 한 마리도 잡지 못한 채로 관아에 돌아
왔다. 그래서 수령의 음식을 만들던 주방[官廚]에[5] 재료도 공급할 수
없었다. 수령은 몹시 화가 나서 그에게 죄를 물으려 했다. 관원이
대답하였다.

"오늘은 진짜로 기이한 광경을 보고 오느라, 사냥할 겨를이 없었
습니다."

그러고서 그가 본 광경을 차근차근 들려주었다. 수령도 깔깔대고
웃으며 그를 용서하였다.

다음 날, 수령은 하인에게 명하여 선비를 불러오게 하였다. 선비
가 오자, 그를 마당에 세워두고 꾸짖어 말하였다.

"네 세 딸 모두가 혼기를 넘겼는데도 시집을 보내지 않는 것은
무슨 이유더냐?"

"집이 가난하여 혼수를 준비할 수 없었을 뿐더러 합당한 신랑감
도 없습니다. 그래서 시집보낼 때를 놓쳐버렸습니다. 모든 이유가
여기에서 비롯된 것입니다."

"네가 사는 앞마을 박 도령에게는 큰딸을 시집보내고, 뒷마을 박
도령에게는 둘째 딸을 시집보내고, 건넛마을 김 도령에게는 막내딸
을 시집보내도록 하라!"

"네네!"

"만약 삼 일 내로 혼인을 시키지 않으면 내가 네게 죄를 물을 것
이다!"

---

5) 관주(官廚): 수령의 음식을 만들던 곳.

선비는 물러 나와 아내에게 말하였다.

"태수는 참으로 천지신명과 같더군. 우리 마을 신랑감들을 어떻게 모두 알고 있었을까? 이미 관아에서 명령이 내려졌으니, 어길 수도 없고…."

그러고는 신랑 집에 연락을 해서, 다음 날 한꺼번에 세 딸의 혼인을 거행하였다.

【마땅히 선정비를 세워줘야지! 선정비에는 '하루에 세 쌍의 혼인을 거행하였다. 남자는 기뻐 어쩔 줄 모르고, 여자는 마음속으로 즐거워하였다.'라고 써야겠지!】

峽邑有一士人, 家甚貧, 三女俱過時而未嫁, 夭桃之佳期已晚, 摽梅之流光[6]可惜. 一日, 三女遊園中, 覽物華而興歎, 仍曰: "吾儕無事, 可作訟官戱也." 與之約曰: "伯爲太守, 仲爲官隷, 季爲訟民, 可也." 長女遂下令曰: "某里某民, 可捉來也." 其姓名, 卽女之父親也. 仲女承命而出, 少焉, 捽曳[7]季女而入告曰: "某民已捉致矣." 長女厲聲責曰: "男娶女嫁, 人倫之大節. 聖人制禮, 二十而嫁, 汝有三女, 過時而不遣, 何也?" 季女頓首對曰: "婚具之不能辦也. 郎材之無可合也." 長女曰: "前村朴道令, 後村朴道令, 越村金道令, 豈非可合之郎材乎?" 季女對曰: "謹承敎矣." 匍匐而出. 遂相與拊掌而笑. 適有官人臂蒼[8]者, 搜鷄到園

---

6) 유광(流光): 흐르는 물과 같은 세월.
7) 졸예(捽曳): 머리채를 잡고 끌고 옴.
8) 비창(臂蒼): 매를 팔뚝에 얹은 것인데, 전하여 매를 가지고 사냥하는 사람을 일컫는다.

傍, 窃見女娘輩相戲, 屬耳于叢薄間, 備聞其說, 不覺絶倒. 盡日忘歸. 及暮, 不獲一禽而返, 無以供官廚. 太守怒之, 將罪, 其人對曰: "今日適有奇觀, 未暇行獵." 仍備陳其說, 太守笑而恕之. 翌日, 命官隷, 招其人而立于庭, 責曰: "汝有三女, 過時而不婚, 何也?" 對曰: "非惟家貧, 而不能辨具, 郎材無可合者, 所以嫁失其時, 職由⁹⁾於此也." 太守曰: "汝之前村有朴道令, 宜以長女妻之, 後村有朴道令, 宜以仲女妻之, 越村有金道令, 宜以季女妻之也." 士人對曰: "唯唯." 太守曰: "三日內, 若不成婚, 則吾當罪汝也." 士人退謂其妻曰: "太守誠神明矣. 吾村郎材,¹⁰⁾何由盡知之乎? 旣奉官命, 不可違也." 遂通于郎家, 翌日并行三女婚焉. 【宜竪善政碑. 銘曰: '一日三婚, 男欣女悅.'】

---

9) 직유(職由): 일이 일어나는 유일한 까닭.

10) 원문에는 '村'으로 되어 있으나, '材'로 바꾸었다.

송이 같은 것

어떤 침랑寢郎이[1] 몇 달 동안 숙직하느라 외출을 하지 못했다. 보관해둔 물고기는 부패하고 김치도 썩어버렸다. 그래서 밥상을 대할 때마다 구토가 나왔다. 어느 날은 부엌에서 일하는 놈을 잡아들여 태형笞刑을 내려 벌을 준 후 경계하며 말하였다.

"고기 중에 산 꿩 같은 것, 산나물 중에 송이 같은 것. 이것이야말로 바로 제철에 나오는 것들이 아니더냐! 너는 어찌하여 그런 것들을 구해 제공하지 않느냐?"

그놈은 꾸중을 듣고 나와 큰 소리로 말하였다.

"산 꿩과 같은 것은 닭으로 대체하면 되겠지만, 송이와 같은 것은 내 아랫도리 물건으로 대체하리까?"

有一寢郎, 屢月鎖直,[2] 腐魚敗菹, 對案輒嘔. 嘗捽入廚夫, 笞罰而戒之曰: "肉味中如生雉者, 及山菜中如松茸者, 政是時哉? 汝何不供之也." 廚夫出而大言曰: "如生雉者, 可代以鷄也. 如松茸者, 其將以吾之下物代之乎?"

---

1) 침랑(寢郎): 종묘(宗廟)·능(陵)·원(園)의 영(令) 및 참봉(參奉).
2) 쇄직(鎖直): 계속되는 숙직 때문에 여러 날 외출을 못 함.

인천 조 생원

　바닷가에 사는 까마귀가 서울에는 인물人物이1) 번성하다는 소문을 들었다. 이에 한번 보고 싶은 마음에 무리를 이끌고 서울로 올라왔다. 서울에 와서 온종일 정처 없이 돌아다녔지만, 입에 맞는 것을 찾을 수 없었다.

　그러다가 도성 안에 사는 굶주린 까마귀들이 열 마리 백 마리씩 무리 지어 있는 것을 보았다. 까마귀들은 뒷간에 가는 사람을 내려다보고 있었다. 사람이 떠나자마자 까마귀들은 서로 다투어가며 내려와서는 사람이 싸고 간 똥 덩어리를 쪼아댔다. 바닷가에 사는 까마귀가 서울 까마귀에게 말했다.

　"자네들은 궁궐의 정원〔上林〕2) 가까운 곳에 서식지를 정해 몸을 의탁하는 영광을 누리면서도 그 행적은 하류배들처럼 '전히〔殿屎〕'의3)

---

1) 인물(人物): 여기서는 인(人)과 물(物), 즉 사람들과 사물을 모두 이른다.
2) 상림(上林): 한나라 때의 궁궐 정원인 상림원(上林苑)을 가리키지만, 여기서는 궁궐 정원을 의미한다.
3) 전히〔殿屎〕: 본래의 의미는 '신음하고 근심한다.'인데, 여기서는 '궁전의 똥'이라는 의미까지 중의적으로 담고 있다. 『시경』〈판(板)〉에 "백성들이 바야흐로 신음하고 있거늘, 우리를 감히 헤아려주는 이가 없다.〔民之方殿屎, 則莫我敢葵.〕"에서 나온 말이다. '殿屎'는 '전히'로 읽는다.

고통을 달게 받는단 말이냐? 삶이 고작 개가 남긴 것이나 주워 먹는 처지니, 부끄러움과 욕됨이 지극하네. 진정 소의 꼬리가 되려 하는가?[4] 자네들은 나를 따라가서 넓고 아득한 물가를 훨훨 날아다니며 자유롭게 노닐겠다는[5] 원대한 포부를 품지 않으시려나? 물고기와 새우를 쪼아 먹고 고라니와 사슴과 벗하면서, 주살[繪繳]에[6] 맞는 재앙에서 영원히 벗어나, 길이길이 고기를 먹고 사는 즐거움을 누리지 않으시려는가?"

서울 까마귀는 몹시 기뻤다. 마침내 자기 무리들과 함께 바닷가 까마귀를 따라 인천 해변에 가서 머물렀다. 해변에는 껍데기를 벌린 대합[文蛤]들이[7] 널려 있었다. 바닷가 까마귀가 서울 까마귀에게 말하였다.

"당신들 맘대로 한껏 드시게!"

서울 까마귀가 대합의 알갱이를 쪼려 할 때였다. 대합은 두 껍데기를 콱 닫아버렸다. 조개와 도요새가 서로 버티는 꼴이 된지라,[8] 괜히 자기 부리만 다치고 말았다. 무릇 바닷가 까마귀는 대합을 먹는 데 훈련이 되어 있었다. 대합이 껍데기를 닫아버리면, 물가에 튀어나온 돌 근처로 가서 부리를 들어 거기에다 대합을 힘껏 내리

---

4) 소의 꼬리가 되려 하는가: 어우후(於牛後). 이 말은 "닭의 머리가 될지언정 소의 꼬리는 되지 말라.[寧爲鷄口 無爲牛後]"는 속담의 한 부분만을 쓴 것이다. 『전국책(戰國策)』〈한책(韓策)〉에 나오는 말이다.

5) 소요(逍遙): 여기서는 『장자』의 소요유(逍遙遊)의 의미를 함축하고 있다. 번역도 이에 따랐다.

6) 증격(繪繳): 주살.

7) 문합(文蛤): 대합.

8) 조개와 도요새가 서로 버티는 꼴: 방휼상지(蚌鷸相持). 조개와 도요새가 서로 안 먹히려고 싸우며 버틴다는 뜻. 서로 지지 않으려고 싸우며 버티다가 결국 제삼자에게 이익을 주게 되는 다툼을 비유하여 이르는 말.

쳤다. 그러면 껍데기는 깨어지되, 부리에는 어떤 탈도 없었던 것이다. 그러나 서울 까마귀는 그 기술을 몰랐던지라, 바닷가 까마귀가 자기들을 속였다고만 생각했던 것이다. 온 힘을 다해 부리를 빼내고 난 뒤, 자기 무리들에게 말하였다.

"바닷가 풍속은 간사하고도 속임수가 많아 이웃으로 살 수가 없구나. 달콤한 똥 덩어리를 쪼며 사는 것만 못하군."

마침내 무리들을 거느리고 서울로 돌아가, 다시 뒷간을 내려다보았다.

마침 한 여인이 몸을 드러내고 똥을 싸고 있었다. 까마귀들은 측간의 구멍을 올려다보더니 갑자기 화들짝 놀라 흩어져 날아가며 외쳤다.

"인천 조 생원이 여기에도 있다!"

〔민간에서는 대합을 조개라고 한다.〕

海濱之烏, 聞京華人物之盛, 思欲一觀, 群飛入京, 終日棲遑, 無可口者, 見城中飢烏, 十百爲群, 瞰人如厠, 爭啄其糞穢. 海烏謂京烏曰: "子居近上林, 縱託棲息之榮, 跡涉下流, 甘受殿屎之苦? 生涯董竊於狗餘, 羞辱已極. 於牛後, 子何不從我, 圖南[9]逍遙於曠漠之濱, 啄魚蝦而友麋鹿, 永脫繪繳之禍, 長享肉食之樂乎?" 京烏大悅, 遂與其徒, 隨海烏而止于仁川海濱, 見文蛤張殼, 布滿海濱. 海烏語京烏曰: "可恣意取

---

9) 도남(圖南): 원대한 포부를 갖는 것. 『장자』〈소요유(逍遙遊)〉의 "붕새가 남쪽 바다로 옮겨 갈 때에는 물결을 치는 것이 삼천리요, 회오리바람을 타고 구만 리를 올라가 여섯 달 가서야 쉰다.〔鵬之徙於南冥也, 水擊三千里, 搏扶搖而上者九萬里, 去以六月息者也.〕"라는 말에서 유래하였다.

食也!"京烏一啄其肉, 兩殼牢合, 蚌鷸10)相持, 徒傷其嘴. 盖海烏則鍊
於食蛤, 每殼合之後, 就浦邊擧石之傍, 擧喙而撞之, 殼碎而喙無恙, 京
烏則不知其術, 以海烏爲欺己也. 盡力脫喙, 謂其徒曰:"海俗狡詐, 不
可隣也. 莫如啄糞之甘也." 遂相率還京, 復瞰于厠. 適一婦露體放屎,
烏從厠竇仰瞻, 忽大驚飛散曰:"仁川趙生員, 又臨于此矣."〔俗稱文蛤
曰趙開.〕

10) 원문에는 '蟜'로 되어 있지만, '鷸'로 바꿈.

호랑이님

해가 막 져서 어두워지기 시작할 무렵이었다. 어떤 선비가 말에 올라 높고 가파른 고개를 넘어가려 했다. 종이 말리며 말했다.

"이 지역은 호랑이에 의한 환난이 많은 곳입니다. 하물며 지금은 날까지 저물었으니 어떻게 갈 수 있겠습니까? 바라건대 고개 아래에서 숙박을 하시지요."

선비가 화를 내며 꾸짖었다.

"양반이 어찌 호랑이를 무서워한단 말이냐?"

그러고는 채찍을 휘두르며 앞장섰다.

고개 위에 이르렀을 때다. 진짜로 커다란 호랑이가 새끼들을 이끌고 와서는 길을 떡하니 가로막고 앉아 있었다. 종은 잔뜩 겁이 났다. 이에 고삐를 놓고 호랑이 앞으로 나아가 엎드려 절을 하고 아뢰었다.

"소인이야 어찌 감히 호랑이님을 두려워하지 않겠습니까? 그런데 저 양반이 홀로 호랑이님을 두려워하지 않는다고 하기에, 감히 충동적으로 여기까지 왔을 뿐입니다. 비나이다. 소인은 풀어주시고 저 양반을 잡수시옵소서."

호랑이가 선비를 흘겨보는데, 눈에서 쏟아내는 빛이 마치 호시탐

탐 기회만 엿보는 듯했다. 선비는 놀랍고 황망하여 급히 말에서 내렸다. 호랑이 앞으로 달려가 무릎을 꿇은 채로 기어가 아뢰었다.

"저 종은 어질지 못합니다. 감히 거짓말로 꾸며대서 어르신께 속여 말씀을 드린 것입니다. 소생 또한 사람입니다. 어찌 호랑이님을 두려워하는 마음이 없겠습니까?"

그러고는 호랑이 새끼를 가리키며 아뢰었다.

"도령님께옵서 굽어살피시어 여기까지 몸소 임하셨으니, 아마도 제 마음에 다른 뜻이 없다는 것을 통촉하여 주실 것이옵니다. 만약 소생의 말을 믿지 못하시겠거든 도령님께도 의견을 여쭤보시길 바라옵니다."

호랑이는 고개만 끄덕일 뿐이었다. 이에 선비는 맹렬하게 언덕 아래로 달려 내려왔다. 등은 이미 식은땀으로 흠뻑 젖어 있었다.
【이 호랑이의 마음을 보건대 또한 사람의 아첨을 무지 좋아하는군. 한탄스럽구나!】

有一士人, 薄暮騎馬, 將過峻嶺. 奴諫曰: "此地多虎患. 況今日暮, 烏可行也? 請宿于嶺底." 士人怒責曰: "兩班豈畏虎哉?" 催鞭而前. 到嶺上, 果見大虎, 率其子, 當途而坐. 奴大懼, 釋轡而進拜, 伏虎前告曰: "小人敢不畏虎狼主乎? 彼兩班獨不畏虎狼主, 敢此衝撞, 乞釋小人, 而噉彼兩班也." 虎睨視士人, 電光耽耽. 士人驚忙, 下馬趍跪虎前告曰: "彼奴不良, 敢以誣辭, 瞞告尊前也. 小生亦人耳. 豈有不畏虎狼主之心哉?" 仍指虎子而告曰: "都令主俯臨于彼, 想亦燭此心之靡他矣. 如不信小生之言, 請詢諸都令主也." 虎點頭而已. 士人疾走下嶺, 駭汗浹背矣. 【此虎狼之心, 尙喜人之佞已, 可歎!】

쌀밥에 고깃국

어떤 사람이 어리석어 사리에 밝지 못했다. 일찍이 쌀밥과 고깃국을 먹었다가 심한 설사병에[1] 걸려 거의 죽다가 간신히 살아난 적이 있었다. 그 후로 그는 천하의 악독한 것들 중에 쌀밥과 고깃국보다 더 나쁜 것이 없다고 생각하였다.

종들이 죄를 범하면, 그는 항상 집안사람들에게 흰 쌀로 밥을 짓고 돼지고기로 국을 끓이라고 명령했다. 그리고 그것을 큰 대접에 가득 담아 종 앞에 놓고 꾸짖었다.

"네 죄는 몹시 무거운지라. 그러니 채찍질[鞭扑]로[2] 대충 다스릴 수가 없도다. 이것을 먹여 정신을 바짝 차리도록 징벌하는 게 마땅하도다!"

종들이 거짓으로 우는 형상을 지으면, 선비는 큰 소리로 말하였다.

"어찌 피하려 드느냐?"

---

1) 하돈지질(河魚之疾): 설사병. 물고기가 썩을 때 내장부터 썩는 것을 비유하여 위장과 같은 내장의 병을 의미한다.
2) 편복(鞭扑): 채찍질.

종들은 마치 싫어하는 음식을 먹는 것처럼 억지로 그것을 먹었다. 모두 다 먹자, 선비가 웃으며 말했다.

"너희들도 이제는 심하게 시달릴 게다."

듣는 사람들은 모두 배를 움켜잡고 웃었다.

有一人, 愚不曉事. 嘗喫白飯猪羹, 得河魚之疾, 幾殊董甦, 以爲天下毒物, 無過於此兩種也. 每奴輩犯罪, 輒命家人, 炊白粲羹猪肉, 盛以大椀, 置奴前, 責曰: "汝罪甚重, 不可以鞭扑略治之. 宜喫此而大懲創[3]也." 奴佯作涕泣之狀, 士人厲聲曰: "安所避乎?" 奴强食如厭飫者, 喫訖, 士人笑曰: "渠亦大受困矣." 聞者捧腹.

화건, 음건

　늙은 사람이 젊은 첩을 맞았다. 매번 잠자리에서 첩은 싫어하는 마음이 없었지만, 남편은 그 고통을 견딜 수 없었다. 이에 꾀를 써서 첩을 속이려 하였다.

　일찍이 한바탕 전쟁을 할 때였다.

　【적벽赤壁에서 벌어지는 수전水戰일세!】[1]

　늙은 사람이 첩에게 말했다.

　"강남에는 비가 그쳐도 구름의 기운이 오히려 남아 있어 눅눅하단다. 그러니 두 번째로 일을 할 때에는 마른 다음에 하는 것을 법도로 삼는 게 옳겠다."

　그러고서 화롯가에 마주 앉아 서로 그것이 마르기만 기다렸다. 늙은 사람은 때때로 만지작거리면서 짐짓 마르는 것을 지체시켰다. 약을 달이는 화로[藥爐]에서[2] 세지 않은 불기운이 계속 피어오르지만, 단약丹藥으로 완성되기까지에는 더딘 법이다. 그러자 곁에 있던

---

1) 적벽에서 벌어진 수전: 적벽대전을 말함. 중국 삼국시대인 208년에 조조(曹操)가 손권(孫權)과 유비(劉備)의 연합군과 적벽에서 벌인 전쟁.
2) 약로(藥爐): 한약을 달이는 화로.

첩이 마치 잊고 있었던 것을 깨우치려는 듯이 말을 꺼냈다.

"저는 벌써 말랐어요!"

그러자 늙은 사람은 첩을 꾸짖으며 말하였다.

"너는 쪼개져 있어서 말랐겠지만, 나는 통째로 말려야 하잖느냐! 그러니 마르는 데에도 빠르고 느림이 있는 게 또한 마땅하지 않은가?"

【비록 화건火乾이라 말하지만, 실상은 음건陰乾이지.】[3]

有老者, 卜少妾,[4] 每於枕席之間, 妾意無厭, 夫不勝苦, 欲以計瞞之. 嘗交戰一合, 【赤壁水戰】謂妾曰: "江南雨歇, 雲氣猶濕, 再擧之期, 以乾爲度, 可也." 遂耦坐爐邊, 待其火乾, 夫時時摩挲,[5] 故故遷延, 藥爐文火, 丹成太遲. 妾從傍提醒[6]曰: "儂已燥矣." 夫責曰: "汝則劈而乾, 吾以全部乾, 乾有遲速, 不亦宜乎?"【雖曰火乾, 實則陰乾.[7]】

---

3) 이 말은 중의적 의미를 담았다. 그대로 번역하면 '비록 불로 쬐어 말린다고 했지만, 실제는 그늘에서 말리는 것이다.'는 것이지만, 그 이면에는 '비록 남자의 양물을 말린다고 했지만, 실제로는 여자의 음호를 말린 것이다.'라는 음설을 담고 있다.

4) 복첩(卜妾): 성이 다른 여인을 첩으로 삼는 일.

5) 마사(摩挲): 안마. 주물러대는 것.

6) 제성(提醒): 잊었던 것을 깨우치게 함.

7) 음건(陰乾): 그늘에서 말림. 여기서는 여성의 음호를 말림.

의의

예전에 어떤 재상이 문장에 능했는데, 그중에서도 시를 짓는 법식이 더욱 좋았다. 일찍이 과거 시험을 감독하는 관리[監試官]가[1] 되었는데, 시험 첫날[初場][2] 측간에 있다가 여러 선비들이 주고받는 이야기를 우연찮게 듣게 되었다. 그들은 감독관의 자字를[3] 들먹이며 말하였다.

"아무개[字]는 시구 따위나 대충 아는 정도니 그래도 오늘 시험 감독이야 할 만했겠지. 그러나 의의疑義와[4] 관련한 시험 감독은 그가 감당할 수 있을까?"

재상은 그 말을 마음속에 간직해 두었다.

다음 날, 의의疑義 관련 문제가 걸렸다. 글제는 이랬다.

'와서별제가 떠나가면 어떤 벼슬이 되고, 전의 이씨가 나중에는

---

1) 감시관(監試官): 과거 시험장을 총괄하여 감독하던 벼슬.
2) 초장(初場): 과거 시험은 1일 간격으로 세 번을 치르는데, 첫째 날 치르는 시험이 초장(初場)이다.
3) 자(字): 보통 성인이 된 이후에 자기 이름에 근거하여 새로 지은 이름.
4) 의의(疑義): 경서를 읽고 해석한 뒤 논리를 따지는 과거 시험의 일종. 의(疑)는 경전의 의난처(疑難處)를 논술하여 풀이하는 것으로 사서(四書)에서, 의(義)는 경전의 의의(意義)를 해설하는 것으로 오경(五經)에서 출제한다.

어떤 성씨가 되는가?[瓦署別提去作何官, 全義李氏後爲何姓?]'[5]

많은 선비들이 다 같이 호소하였다.

"이것은 육담입니다.[6] 빌건대 글을 고쳐, 한문으로 된 다른 글제를 내려 주십시오."

【어째서 이렇게 대답하지 않는가? "와서별제가 떠나가서 갈파첨사가 되고, 앞의 이 씨앗이 나중에는 ○○이 없다."고.】[7]

재상은 웃으며 사양하였다.

"내가 시구 따위는 대충 알지만, 의의를 묻는 방식에는 전혀 캄캄한지라…."

그러고는 앞서 걸었던 글제를 거둬들이고, 고쳐서 다시 내걸었다. 고친 글제는 이렇다.

'당나라 시인의 시에 '청산 만 리에 외로운 돛단배[靑山萬里一孤舟]'라는 구절이 있다.[8] 청산 위에서 배가 다니는 게 가능한가? '뱃노래한 곡조에 산수가 푸르구나[欸乃一聲山水綠]'라는[9] 구절을 보면, 뱃노래를 부르기 전에는 산도 물도 푸르지 않았다는 것인가?'

많은 선비들이 또 호소하였다.

"당시唐詩에 보이는 의문점[疑]을 어떻게 물을 수 있습니까? 빌건

---

5) 우리말을 가지고 언어유희를 하였다. '와서별제'가 떠나가면 '가서별제'가 되고, '전의이씨'가 뒤로 가면 '후의 이씨'가 된다는 답을 유도하는 말장난이다.

6) 육담(肉談): 육담풍월(肉談風月). 뜻을 취하지 않고 음만 취한 글.

7) 평비도 언어유희다. 지명 '갈파지'의 첨사로 승진했다는 의미이면서 '와서'에 대응하는 짝으로 '갈파'를 제시한 것으로 보인다. '전의'의 뒤는 '없다'고 해석했지만, 평비 자체가 다소 모호하다. '뒤는 무엇이 없다'가 자연스러운데, '무엇이'가 빠진 것으로 보인다.

8) 이 시는 당나라 시인 유장경(劉長卿)이 쓴 7언절구 〈배낭중을 길주로 보내며[重送裴郞中貶吉州]〉의 결구(結句)다.

9) 이 시는 당나라 시인 유종원(柳宗元)이 쓴 고시 〈어옹(漁翁)〉의 한 구절이다.

대, 경서에 쓰인 의의疑義로 바꾸어 주십시오."

【어째서 이렇게 대답하지 않았는가? "물이 없는 곳에서도 배를 청산으로 끌고 다니니,[10] 산 위에서도 가히 배를 몰 수 있다오. 한 곡조를 마치자 두어 봉우리만 푸르고,[11] 뱃노래 소리 뒤로 산과 물이 푸르지."라고.[12]】

재상은 또 글제를 거둬들인 후, 고쳐서 다시 내걸었다. 고친 글제는 이렇다.

'환도驩兜는[13] 칼[釖]인데,[14] 유묘有苗가[15] 복종하여 오지 않은 날에 어떻게 숭산崇山으로 쫓을 수 있었겠는가? 고기皐夔는[16] 물고기 [魚]인데,[17] 요임금이 승하하였을 때를 당해 어떻게 벼슬길에 오를 수 있었겠는가?'

많은 선비들이 또 고쳐줄 것을 요청하며 말하였다.

---

10) 물이 없는 곳에서 배를 끌고 다니며: 망수행주(罔水行舟). 『서경』〈익직(益稷)〉에 나오는 말로, 이치에 어긋나는 무모한 행동을 비유적으로 이른다.
11) 원문에는 '곡종수봉(曲終數峯)'으로 되어 있는데, 이는 당(唐)나라 시인 전기(錢起)가 지은 〈상령고슬(湘靈鼓瑟)〉의 끝부분 "곡이 끝나자 사람은 보이지 않는데, 강가에 도리어 봉우리만 푸르네.[曲終人不見, 江上叛峯青.]"를 지적한 것이 아닌가 한다.
12) 이 말은 주자가 지은 〈무이구곡가(武夷九曲歌)〉 제5곡의 "뱃사공 노 젓는 소리에는 만고의 근심이 서렸어라.[欸乃聲中萬古心]"를 인용하였다. 이 구절은 『심청가』〈범피중류〉 대목에서도 자주 인용된다.
13) 환두(驩兜): 요 임금 때의 악인(惡人)으로, 순임금이 숭산(崇山)으로 유배를 보냈다. 공공(共工), 유묘(有苗), 곤(鯀)과 함께 대표적인 악인으로, 사흉(四凶)이라 불린다.
14) 환두(驩兜)는 『서경』〈요전(堯典)〉 언해본에는 '환도'로 표기하고 있다. 여기서 쓰인 환도는 자루에 방울이 달린 '환도(環刀)'와 음이 같다. 그래서 '환두는 칼인데'라고 말한 것이다.
15) 유묘(有苗): 사흉(四凶)의 한 사람. 유묘는 지형이 험준함만 믿고 난을 일으켰다. 이후 순임금이 이를 정벌하였다. 유묘는 삼위(三危)로 쫓아난다.
16) 고기(皐夔): 요순시대의 현신(賢臣) 고요(皐陶: 法官)와 기(夔: 樂官).
17) 고기(皐夔)는 물고기인데: 고기(皐夔)는 음차한 것으로, 우리말 '물고기'를 뜻한다. 즉 물고기가 어떻게 벼슬에 올랐냐고 묻고 있다.

"의문점〔疑〕에 대한 글제를 내실 때에는 반드시 사서四書에 근거해야 합니다."

【어째서 이렇게 대답하지 않았는가? "방패와 깃 일산으로 춤을 추니 유묘가 항복하였거늘,[18] 생각건대 무엇 때문에 환도〔驩兜＝環刀〕를 쓰겠는가? 두 가지 산 동물과 한 가지 죽은 예물〔二生一死〕이라 하니,[19] 이는 고기가 하늘에까지 오를 수 있다."고.】

재상은 또 고쳐서 다시 걸었다.

"공자께서 '앉아라〔坐〕'라고 하시고, 또 '너에게 말해 주겠다〔語汝〕'라고 하시니, 성인들의 말씀에 앞뒤가 전혀 다름이 어찌 이와 같은가?"

많은 선비들이 호소하며 말하였다.

"감독관께서는 어찌 희롱하심이 이리 심하십니까? 날이 이미 저녁을 향해가고 있습니다. 빌건대 진짜 글제를 내려주십시오."

재상이 마침내 의의 중에서 대답하기에 가장 난해한 열 가지 조항을 골라 내걸었다.

【어째서 이렇게 대답하지 않았는가? "앞서 한 말은 모두 농담이었다."라고.[20]】

---

18) 이 말은 『서경』〈대우모(大禹謨)〉에 나오는 "순임금이 마침내 문덕을 크게 펴시어, 방패와 깃 일산으로 두 섬돌 사이에서 춤을 추었는데, 70일 만에 유묘가 와서 항복하였다.〔帝乃誕敷文德, 舞干羽于兩階, 七旬有苗格.〕"는 내용을 제시한 것이다.

19) 이 말은 『서경』〈순전(舜典)〉에 '두 가지 산 동물과 한 가지 죽은 예물이 있다.〔二生一死贄.〕'의 주에 나온다. "두 가지 산 동물이란 경(卿)은 염소를, 대부(大夫)는 기러기를 가지고 폐백으로 한다. 한 가지 죽은 예물은 선비〔士〕는 꿩을 가지고 폐백으로 한다.〔二生, 卿執羔, 大夫執鴈, 一死, 士執雉.〕"를 말한다. 즉 기러기와 꿩 등은 조류여서 하늘에 오를 수 있다는 의미다.

20) 이 말은 『논어』〈양화(陽貨)〉의 "공자가 말씀하시길 '제자들아, 자유의 말이 옳다. 방금 한 말은 농담이다.〔子曰: '二三子, 偃之言是也. 前言戲之耳.'〕"를 활용하였다.

많은 선비들이 보고 혀를 찼다. 늦은 밤이 되어서야 비로소 시험지를 바쳤다. 낭패를 보고 고생한 것은 모두 다 기술할 수 없을 정도였다.

古有一宰相, 能文章, 尤善詩律. 嘗作監試考官, 設初場之日, 偶於厠上, 竊聞多士偶語, 字呼考官曰: "某也畧知詩句, 今日試官, 猶或可也, 何能作疑義試官耶?" 宰啣之. 翌日, 懸疑義, 題曰: '瓦署別提[21]去作何官, 全義李氏後爲何姓?' 多士齊訴曰: "是肉談也. 乞以文字改命他題."【何不對曰: '瓦署別提去作乭波僉使,[22] 全義李氏後不.'】試官笑謝曰: "吾畧知詩句, 全昧問疑之式也." 命納前題改懸曰: "唐人詩曰: '靑山萬里一孤舟.' 靑山之上, 可以行舟歟? '欤[23]乃一聲山水綠.' 未欤[24]乃之前山不綠水不綠耶?" 多士又訴曰: "唐詩之疑, 何足問也? 乞改以經書疑義也."【何不對曰: '罔水行舟靑山, 山上可行舟, 曲終數峯, 欤乃聲後山水綠.'】試官又命還入改懸曰: "驩兜, 釰也, 當有苗不格之日, 何放於崇山? 皐夔, 魚也, 而際四海遏密[25]之時, 何登於廊廟?"[26]

---

21) 와서별제(瓦署別提): 궁궐이나 관청에서 쓰던 벽돌과 기와를 만드는 관청의 종6품 벼슬아치.

22) 갈파첨사(乭波僉事): 갈파지첨사(乭波知僉事)의 오류. 갈파지는 함경도 삼수에 있던 지명으로, 갈파지첨사는 종4품 무관이다.

23) 원문에는 '款'로 되어 있지만, '欤'로 바꿈.

24) 원문에는 '款'로 되어 있지만, '欤'로 바꿈.

25) 알밀(遏密): 요 임금이 죽은 뒤에 삼 년 동안 백성들이 부모의 상(喪)을 당한 것같이 하여 천하에 음악 소리가 막히고 없어졌다는 고사에서 비롯된 말. 제왕이 죽은 것은 의미함.

26) 낭묘(廊廟): 조정에서 중대한 정치 사항을 결정하는 건물인데, 여기서는 벼슬길에 나아가는 것을 의미한다.

多士又請改曰:"疑題之出, 必於四書矣."【何不對曰:'干羽格有苗, 顧何用於驩兜, 二生一死, 贄是登天皇夔.'】試官又改懸曰:"子曰坐, 又曰語汝, 聖人之言, 何前後不同若是歟?"多士人訴曰:"主司何相戲之甚耶? 日已向夕, 乞命眞題也."【何不對曰:'前言戲耳.'】試官遂拈出疑義之最難對者十餘條, 以懸之. 多士見而吐舌, 夜深始呈券, 良貝艱苦 不可盡述矣.

거울

    시골에 어리석은 여인이 있었는데, 남편은 땔감을 팔아 삶을 꾸려 나갔다. 일찍이 아내가 남편에게 말하였다.

    "서울 시장에는 달처럼 생긴 것이 있다고들 하던데, 나를 위해 그것을 사다 주시겠어요?"

    "그리 하지."

    훗날, 서울 시장에 간 남편은 사방을 두루 배회하고 다녔지만, 약속했던 물건이 생각나지 않았다. 그러다 하늘을 올려다보니 마치 빗처럼 생긴 초승달이 떠 있었다. 이에 검은 빗 하나를 사서 돌아갔다. 남편이 사 온 빗을 본 아내는 웃으며 말했다.

    "이걸 말한 게 아니에요. 보름달처럼 둥근 것은 없던가요?"

    남편이 뒷날 다시 서울에 가서 시장을 두루 구경하고 다녔다. 그러다가 화장품 상자에서 새 거울을 꺼내놓는 상인을 보았는데, 과연 거울의 둥근 모양이 달과 같았다. 주머니를 털어 그것을 사 가지고 돌아왔다. 아내가 말하였다.

    "이게 진짜로 제가 구하려던 것이에요!"

    아내는 거울을 마주하여 자기 얼굴을 비춰보았다. 그러더니 갑자기 화를 내며 꾸짖었다.

"낭군은 어디서 이런 요물을 구해가지고 오셨수? 나는 낭군을 깨끗한 남자로만 여겼더니, 이런 일도 다 하시는구려!"

그러고는 거울 속에 비친 자기 얼굴을 가리키며 말하였다.

"이년이 낭군께서 끼고 다니는 새로운 사람인가 보우."

남편이 곁에 가서 그것을 살짝 보았더니, 거기에는 한 남자가 자기 아내와 함께 머리를 맞대고 앉아 있었다. 남편도 버럭 화를 내며 말하였다.

"너야말로 진짜로 나를 배신했구나. 이렇게 더러운 짓을 하다니! 지금 너와 음흉하게 앉아있는 놈이 네 샛서방이 아니라면 누구더냐?"

부부는 서로 힐난하며 주먹다짐을 하였다. 그러다 결국 관아에 송사를 걸었다. 관아에 들어가 서로 자기 생각을 하나하나 진술한 후, 거울을 증거 자료로 내어놓았다. 수령이 무심코 거울을 집어 비춰보니, 거기에는 어떤 수령이 엄숙하게 집무실에 앉아 있었다. 깜짝 놀란 수령은 다급하게 이방을 불렀다.

"속히 내 짐을 꾸리도록 하라! 새로 부임하는 수령이 이미 도착했구나."

【말이 이치에는 맞지 않지만, 함께 웃을 만하군!】

鄕曲有一愚婦, 其夫賣柴爲業. 嘗謂其夫曰: "妾聞京市有如月者, 幸爲妾買取也." 夫曰: "諾." 後到京市, 徊徨四顧, 不見意中之物. 仰瞻天衢, 初月如梳. 遂買柒梳而歸. 婦見而笑曰: "非謂此也. 不有圓如滿月者乎?" 夫後又入城, 遍觀市上, 果見新鏡出匣, 圓光如月. 遂傾橐, 買取而還. 婦曰: "此眞吾所求也." 遂對面照看, 忽然憤罵曰: "郞從何處,

得此妖物來也? 吾以郎爲貞男, 乃有此事耶?"仍指鏡中己貌曰:"此非
郎所帶之新人乎?"其夫從傍窺視, 見一男子與其妻, 幷頭而坐. 大怒
曰:"汝眞負吾, 作此醜行! 今與汝狎坐者, 非汝淫夫乎?"夫妻相訐而
毆. 遂兩造于訟庭, 各陳所懷, 而以鏡爲證. 太守取而觀之, 儼然一太守
坐衙矣. 大驚呼首吏曰:"速治吾裝, 新官已到任矣."【語不近, 俱可笑.】

기이한 만남

　서울 서대문 밖에 사는 선비가 있었다. 일찍이 일이 있어 말 한 마리에 어린아이 하나만 데리고 호서 지방에 갔다가 돌아오던 길이었다. 날이 저물자, 그는 객점에 들어가 자리를 잡고 앉아 있었다.

　그때 갑자기 열 명 남짓한 건장한 하인들이 가마[屋轎][1] 두 채를 메고 들어오더니, 객점 주인을 불러 안방을 깨끗하게 청소하도록 시켰다. 뒤이어 예닐곱 바리의 짐을 실은 수레도 들어왔다. 선비는 그저 권세 있는 귀한 가문의 아녀자 행차로만 여겼다. 그러면서도 여인과 함께 행차하는 남자가 없는 게 퍽 이상하다고 생각하였다. 게다가 여인들이 자는 안방과 손님들이 자는 객실은 매우 가까운지라, 여인이라면 혹시라도 무슨 혐의나 있지 않을까 염려하여 객점에는 머무르려 하지 않는 게 보통이었다. 그런 까닭에 선비는 아이를 불러 다른 객점으로 옮겨가려고 하였다. 그러자 건장한 하인들이 무릎을 꿇고 한목소리로 말하였다.

　"손님께서 머물러 계신 자리를 이미 따뜻하게 덥여놓은 상태니

---

1) 옥교(屋轎): 지붕이 있고, 출입하는 창문을 달아 집처럼 만든 가마.

굳이 다른 곳으로 가실 필요가 없습니다. 소인들은 행차를 모시고 하룻밤만 지낼 것입니다. 또 저 아이는 몹시 어려서 곁에 두고 말에게 꼴을 먹이는 방법들도 가르쳐줘야 하겠군요."

선비는 마음이 퍽 불안했지만, 그래도 그들의 말을 따를 수밖에 없었다.

잠시 후 객점 주인이 밥을 내왔는데, 하인들이 곁에 와서 말하였다. "음식이 변변찮군요. 어떻게 숟가락이라도 들어보겠습니까?"

이에 밖으로 나가 상 하나를 들고 왔는데, 거기에는 산과 바다에서 나는 온갖 진기한 음식이 모두 갖추어져 있었다. 선비가 깜짝 놀라 상을 거부하며 말하였다.

"내 어찌 의롭지 않은 음식을 받겠소?"

"길을 나선 사람들끼리는 서로 돕는 것이 관례입니다. 소인들이 마침 주인께 바치고 남은 음식이 있는데, 감히 우리들만 맛볼 수는 없잖소? 거리낌 없이 드리는 것도 다 인정입지요. 굳이 거절하지 않기를 바랍니다."

선비는 음식을 받아 조금만 맛보았다.

아침에 일어나서 받은 밥상도 어제와 똑같았다. 선비는 비록 음식을 받아먹기는 했지만, 마음이 몹시 불편하였다. 이에 먼저 객점을 나와 길을 재촉하였다.

낮에 주막에 들러 잠깐 쉬고 있을 때였다. 그들 일행도 뒤를 쫓아서 도착했다. 주막에서 다시 만난 그들은 또 지난번처럼 공대하였다. 선비는 그들과 함께 출발해야 했다. 선비가 일부러 말을 멈춰서서 뒤로 처지면, 그들 일행도 천천히 가거나 머뭇거렸다.

저녁이 가까워졌다. 일행은 선비의 뒤를 쫓으며 선비가 어느 객점으로 드는가는 살피다가, 선비가 들어간 객점으로 뒤따라 들어갔다. 그러고 나서 얼마 뒤에 그들은 다시 저녁 밥상을 올렸다. 선비는 도대체 왜 그러는지 알 수가 없었다. 온갖 가지 걱정과 의심만 생겨날 뿐이었다.

【비단 선비만 의심스럽고 괴이한 게 아니다. 이 글을 읽는 사람들도 왜 그런지 의문이 생겨 견딜 수가 없을 것이다. 참으로 천고에 기이한 만남이 펼쳐지겠지.】

마침내 밤이 깊고 인적도 끊겨 조용해졌다. 그때 하인들이 불을 밝히고 들어와 아뢰었다.

"부인께서 손님을 보러 오셨습니다."

선비는 몹시 놀라운데다 당황스러워 급히 자리를 피하려 했다. 그러나 부인은 이미 문을 열고 들어와 자리에 앉았다. 부인의 나이는 마흔에서 쉰은 되어 보였다. 온갖 장식품들은 우아하면서도 깔끔했다. 부인이 옷깃을 여미더니 장황한 말을 꺼냈다.

"나는 서울의 부유한 역관의 아내요. 집 안에 재산이 자못 풍부한데다, 모든 일들도 마음먹은 대로 다 이루어 놓았지요. 그러나 어쩔 수 없는 것이 운명이라. 평생토록 아들 없이 딸 하나만 두었지요. 그 딸이 비녀를 꽂을 나이가 되어 다른 사람에게 시집을 가게 되었답니다. 그런데 해 뜨는 아침에 기러기를 올리기로 정한 날,[2] 그날 저녁에 비참하게도 지아비를 여의고 말았다오. 불쌍한 내 딸…. 살아서는 지아비의 얼굴도 보지 못하고, 죽어서는 처녀귀신이 되게

---

2) 기러기를 올리기로 한 날: 욱안(旭雁). 결혼하는 날. 『시경』〈포유고엽(匏有苦葉)〉의 "화락하게 우는 기러기, 해 뜨는 때가 비로소 아침이라. 남자가 아내를 데려오려면, 얼음이 녹기 전에 해야 하리.〔雝雝鳴雁, 旭日始旦. 士如歸妻, 迨冰未泮.〕"에서 유래한 말이다. 신랑 집에서 신부 집에 청혼할 때에는 산 기러기를 이른 아침 해돋이 즈음에 보내는 것이 상례였기에 이런 말이 쓰였다.

생겼다오.

　나는 정에 이끌리고, 자식에 대한 사랑이 있는지라. 그렇게 원통해 하며 울부짖는 형상을 내 눈으로는 차마 볼 수가 없더군요. 그래서 가만히 생각했죠. 우리는 문벌이 미천하니 다른 사람들이 그렇게까지 헐뜯지는 않을 것이라고…. 명분과 절개를 지키는 사대부 집안에서도 또한 시집갔던 딸을 개가시키는 법식이 예전에도 더러 있지 않았냐고…. 차라리 한번 의롭지 못한 일을 행함으로써 내 마음을 위로하는 게 더 나은 일이라고….

　마침내 나는 딸에게 유혹도 해대고 으름장도 놓아가면서 소복을 벗겨 화려한 옷으로 갈아입혔다오. 혼인에 필요한 혼수품들도 다시 마련했고요. 사람은 옛사람이 좋고 물건은 새로운 것이 좋다고나 해야 할까…. 숲속의 흰 띠풀도 이미 어진 선비가 한 번 묶었던지라,[3] 번거롭게 좋은 중매쟁이로 하여금 월하노인의 붉은 줄을[4] 다시 얽어달라고 부탁하기는 퍽 난처합니다. 그래서 뽕나무 밭에서 만나자는 약속조차도[5] 기대할 수 없었지요. 그저 메추라기가 서로 짝을 지어 다정하게 나는[6] 행실을 쫓아 훌쩍 집에서 나왔답니다.

---

3) 숲속의 흰 띠풀도 이미 어진 선비가 한 번 묶었는지라: 예법을 갖춰 이미 시집을 한 번 갔다는 의미. 이 말은 『시경』〈야유사균(野有死麕)〉에 나온 말을 활용하였다. "들에 죽은 노루는 흰 띠풀 쌌네. 봄 그리운 아가씨는 길사가 유혹했네.〔野有死麕, 白茅包之. 有女懷春, 吉士誘之.〕"

4) 월하노인의 붉은 줄: 월하노인은 혼인을 주관하는 신으로, 붉은 끈을 가지고 다니면서 부부 인연이 닿는 사람들의 발목을 서로 묶어 놓으면 부부의 연이 맺어진다고 한다.

5) 뽕나무 밭에서 만나자는 약속: 상중지약(桑中之約). 남녀 간의 밀회. 떳떳하지 못한 약속. 이 말은 『시경』〈용풍(鄘風) 상중(桑中)〉에 나온다.

6) 메추라기가 서로 짝을 지어 다정하게 나는: 순분(鶉奔). 음란한 여인이 다른 사람과 간통하는 것을 비유적으로 이르는 말. 이 말은 『시경』〈용풍(鄘風) 순분(鶉奔)〉에 나온다. "메추라기는 서로 짝을 지어 다정하게 날고 까치도 서로 짝을 지어 다정하게 나는구

가다가 한강에 이르자, 나는 딸에게 다짐을 받았지요. '동서남북 어디에서 오는 사람인지도 따지지 말자구나. 나룻배에서 내려 뭍에 올랐을 때 우리와 처음 만나는 사람이 곧 네 좋은 인연으로 알고 따르자.'고…. 맑은 물 위로 노를 젓는 소리가 그쳐가자, 마음속에서는 온갖 가지 잡생각이 끊임없이 오가더군요. 마침내 배는 한강 남쪽 언덕에 닿았습니다. 그때 만난 사람, 그 사람이 바로 당신이었습니다!

나는 기쁨을 참을 수 없어 종일토록 따라다녔던 것입니다. 누에가 더 이상 실을 토하지 않고, 말이 헛되이 울게 할 수는 없었지요.[7] 지금 이렇게 당돌하게 와서 뵙고자 한 것은 이런 속내를 전부 말씀드리려고 했던 것입니다. 내가 살짝 엿보니, 당신은 이미 아내를 맞이했을 만큼 나이가 있겠군요. 내 딸은 비록 식견이 부족하지만, 그래도 첩으로서의 역할은 충분히 할 수 있겠지요. 우러러는 살뜰하게 안살림을 하는 본부인(賢壼)의[8] 덕을 도울 수도 있을 것입니다. 호탕하게 승낙해 주시겠습니까?"

【육로에서 만난 사람으로 중매쟁이를 삼지 않고, 강물을 건넌 사람으로 증거를 삼았구나. 참으로 천고에 기이한 만남일세!】

선비가 대답하였다.

"그 사정이 두터우니, 제가 어찌 차마 사양하겠습니까? 다만 엄

나.〔鶉之奔奔, 鵲之彊彊.〕"

7) 누에가 실을 토하지 않고, 말이 헛되이 울다: 전자는 백거이(白居易)가 쓴 시 〈효도잠체시(效陶潛體詩)〉의 "북당 앞에서 잠든 누에는 추워진 날씨에 실을 토하지 못하네.〔蔟蠶北堂前, 雨冷不成絲.〕"을 활용한 것으로, 홀로 사는 여인의 애처로움을 담은 내용이다. 후자는 그 출처가 불명확하지만 의미는 유사하다.

8) 현호(賢壼): 남의 부인을 높여 부르는 말.

하신 아버님이 댁에 계신데, 성품과 행동이 불같으십니다. 항상 저를 훈계하고 주의의 말씀을 하시는데, 그중에서도 여색에 관한 경계는 더욱 엄격히 하셨지요. 오늘 저녁의 만남은 오히려 아버님의 말씀을 어기는 것인지라, 훗날까지도 따님과 한 이불을 덮고 자는 일은 더 논할 수 없겠습니다."

부인이 슬픈 표정을 지으며 말하였다.

"남교藍橋에서의 기이한 만남이9) 있기에 비로소 삼생三生의 인연을10) 맡길 수 있다고 여겼거늘, 도리어 버림받은 여인의 서러움만11) 남아 한평생 동안 부부로 살아가는 즐거움에 대한 기대마저 사라져 버리는군요. 비록 집안의 법도를 거역할 수 없기 때문이라고 하지만, 그것도 다 박명한 팔자에서부터 비롯된 것이겠지요. 그럼에도 후회할 것이라는 걱정은 접어두고, 한두 번 만나 노래라도 주고받지요. 문 위로 떠오른 세 별[三星]이12) 오늘 밤을 오랫동안 붙들고 있으니,13) 내 딸로 하여금 은하수 오작교에서 만나는 즐거움이나

---

9) 남교(藍橋)에서의 기이한 만남: 남교기우(藍橋奇遇). 중국 섬서성 남계(藍溪)에 있는 남교라는 다리에서 배항(裵航)이 선녀 운영(雲英)을 만난 고사. 『전기(傳奇)』〈배항(裵航)〉에 전한다.

10) 삼생(三生)의 인연: 삼생을 두고 끊을 수 없는 가장 깊은 연분. 즉 부부(夫婦)의 인연.

11) 버림받은 여인의 서러움: 백두비음(白頭悲吟). 사마상여(司馬相如)가 무릉(茂陵)에 사는 여인을 첩으로 삼으려 하자, 탁문군(卓文君)이 〈백두음(白頭吟)〉을 지어 결별의 뜻을 드러냈다는 고사를 말한다. 『서경잡기(西京雜記)』에 나온다.

12) 문 앞에 떠오른 세 별: 삼성재호(三星在戶). 신혼의 즐거움을 의미한다. 『시경』〈주무(綢繆)〉에 나온다. "칭칭 감아 나뭇단을 묶을 적에, 세 별이 문에 있도다. 오늘 밤은 어떤 밤인고, 이 아름다운 분을 만났노라. 그대여 그대여, 이 아름다운 분을 어찌하리오.〔綢繆束楚, 三星在戶. 今夕何夕, 見此粲者. 子兮子兮, 如此粲者何.〕"

13) 오늘 밤을 오랫동안 붙들고 있으니: 이영금석(以永今夕). 오늘밤을 길게 늘여서 오랫동안 붙잡아두는 것을 의미한다. 이 말은 『시경』〈백구(白駒)〉의 "맑고 흰 망아지 내 밭의 싹을 다 먹는다 하고는, 고삐를 매어두고 오늘밤 길게 늘여, 저 훌륭한 사람을

알게 하면 만족하겠습니다."

【그 사람, 참…. 사람들로 하여금 눈물을 떨치게 하는군!】

그러고는 소와 말에 실어둔 짐바리를 풀게 하였다. 짐은 모두 혼수용품이었다. 수를 놓은 비단 병풍과 비단으로 만든 자리, 원앙 이불과 비취 베개 등으로는 신혼 방을 호화롭게 꾸몄다. 화장품을 담은 상자와 보석으로 꾸민 거울, 옥으로 만든 비녀와 진주를 매단 부채 등으로는 신부를 화사하게 치장하였다. 화려한 의복과 깔끔한 노리개, 복건幅巾과[14] 검은 바탕에 흰 겹을 덧놓아 구름 모양으로 꾸민 신발 등은 신랑에게 내어주었다. 인포麟脯와 봉수鳳髓,[15] 옥으로 만든 잔과 금으로 만든 사발 등은 잔치에 쓰는 물품으로 공급되었다. 그것만을 돈으로 환산해도 만금 남짓은 족히 되었다.

자리를 모두 정돈하자, 부인은 선비를 이끌고 와서 안방으로 들여보냈다. 여인은 은촛대를 등지고 앉아 있었다. 나이는 열여섯 정도였고, 타고난 맵시도 퍽 단아하였다. 눈썹을 살짝 찡그린 모습은 마치 오랜 세월의 슬픔과 아픔을 간직하고 있는 듯했다. 선비가 촛불을 끄고 잠자리로 드니, 그지없는 두 사람의 흡족한 정은 무산선녀巫山仙女가 비와 구름〔雲雨〕이 되어 만나는 것보다도 더했다.[16]

나의 아름다운 손님이 되게 하리라.〔皎皎白駒, 食我場藿. 縶之維之 以永今夕 所謂伊人 於焉嘉客.〕"

14) 복건(幅巾): 도복(道服)을 입을 때 머리에 쓰는 건. 지금은 어린아이가 돌날이나 명절 때에 주로 쓴다.

15) 인포(麟脯)와 봉수(鳳髓): 굳이 번역하면 기린 포와 봉황 골수인데, 모두 인간세상에서 맛볼 수 없는 진귀한 음식을 뜻한다.

16) 무산선녀(巫山仙女)가 비와 구름〔雲雨〕이 되어 만나는 것보다도 더했다: 무산운우(巫山雲雨). 남녀 간의 정사(情事). 전국시대 초 회왕(楚懷王)이 고당(高唐)에서 무산선녀(巫山仙女)를 만나 하룻밤을 지냈는데, 뒷날 아침 무산선녀가 떠나면서 "첩은 무산의 양지쪽 높은 언덕에 사는데, 매일 아침이면 구름이 되고 저녁이면 비가 되어 내립니다.

다음 날 아침. 부인은 사례하며 말하였다.

"자네가 음덕을 베풀어 볼품없는 아이를 받아주었으니, 적선지가積善之家에 남은 경사가 내를 이뤄 흘러가듯이 성취될 것을 충분히 예측할 수 있겠네."[17]

그 후로 삼 일을 더 머무르자, 부인이 선비에게 말하였다.

"객점이 어수선한데다 사람들의 이목이 퍽 번거롭구나. 비록 정은 미진하겠지만, 형편상 오래 머물 수 없을 듯하네. 이제는 자네와 이별하는 게 좋겠네."

부인과 딸은 눈물을 뿌리며 이별의 말을 하였다.

"제 집은 서울 안 아무 방坊에 있습니다. 바라건대 낭군은 가끔씩 돌아보셔서 오늘의 정을 잊지 마세요."

그리고는 하인을 불러 행장을 차린 뒤에 호위를 받으며 떠났다.

【무산선녀와의 운우지정雲雨之情이 너무도 갑자기 일장춘몽이 되어버렸군.】

선비는 서글픈 마음에 마치 무엇인가를 잃어버린 것처럼 정신이 나가 있었다. 이에 병을 핑계 대고 곧장 집으로 돌아오기는 했지만, 아버지께 책망을 받을까 무서워 자기가 겪었던 일을 차마 실토할 수 없었다.

선비는 아무 방坊을 지날 때마다 여인의 집에 들렀고, 여인도 웃으며 반갑게 맞아주었다. 선비도 마음속에는 애정이 살뜰해졌다.

[妾在巫山之陽, 高丘之岨, 旦爲朝雲, 暮爲行雨.]"라고 한 데서 유래한 고사. 송옥(宋玉)의 〈고당부 서(高唐賦序)〉에 나온다.

17) 적선지가(積善之家)에 남은 경사가 내를 이뤄 흘러가듯이 성취될 것을 충분히 예측할 수 있겠네: 조상이 쌓은 덕을 자손들까지 누린다는 의미. 『주역』〈곤괘(坤卦)〉 문언(文言)〉에 나온다. "선을 쌓은 집 안에 반드시 경사가 있게 된다.[積善之家, 必有餘慶.]"

하지만 집으로 돌아가서 아버지께 귀가 인사를 드림에 조금이라도 지체될까 두려워 그 집에 오랫동안 머물지 못했다. 그렇게 몇 년이 흘렀지만, 그저 지나칠 때마다 잠깐씩 얼굴을 비추는 게 전부였다.

이후 선비는 과거에 급제하고 벼슬자리에 발탁되면서, 그의 명성도 자자해졌다. 어느 날도 지나다가 여인의 집에 들렀는데, 그녀의 용모가 초췌한 게 마치 무슨 병에 걸려 있는 것만 같았다. 괴이하여 까닭을 물었더니, 여인은 구슬픈 눈물을 흘리며 대답하였다.

"제가 군자를 모신지도 이미 몇 년이 되었습니다. 그런데도 군자의 집 문턱에 한 발짝도 디뎌보질 못했습니다. 몸소 물을 긷고 절구질하는 일[井臼之役]을[18] 하는 등, 여자가 해야 하는 하루의 일상을 본받지 못하고 있지요. 홀로 텅 빈 규방을 지키며 그림자만 바라보며 서로 애달파할 뿐입니다. 제 신세를 스스로 생각해보니, 마치 궁박한 처지에 놓인 사람이 돌아갈 곳이 없는 것과 같더군요. 그러니 어찌 슬프지 않겠습니까?"

그러더니 벽장에 놓인 상자를 가리키며 다시 말하였다.

"저 안에 있는 것은 모두 다 군자의 옷가지랍니다. 계절이 네 번 바뀌어 옷을 바꿔 입어야 할 때마다 저는 군자를 생각하며 옷을 지었지요. 그러나 단 한 번도 감히 드리질 못했답니다. 해마다 쌓여가는 옷가지들이 이제는 천장에까지 닿을 정도가 되었지요. 운향芸香이[19] 길이 스며들어있고, 손때 묻은 것도 도리어 새롭지요. 참으로 사람이 천하면 물건 또한 비천해지나 봅니다."

---

18) 정구지역(井臼之役): 물을 긷고 절구질하는 일.
19) 운향(芸香): 향초(香草) 이름. 서책의 좀벌레를 없애는 데 효과가 있어서 서고에는 반드시 운초를 비치하였다. 여기서는 자신의 향기를 말한다.

이에 여인은 상자를 열고, 그 안에서 비단 주머니 하나를 꺼내 내밀며 말하였다.

"바지춤 달고 동정 달아 좋은 임께 입히는[要之襋之 好人服之]'20) 것까지야 어찌 감히 바랄 수 있겠습니까? 단지 이 작은 주머니 하나를 지녀주시는 것만으로도 족히 애정을 드러내기에 충분할 것입니다. 지니시렵니까?"

【비단 주머니 하나가 많은 사단事端을 연출해 내리라!】

선비는 그녀의 뜻을 불쌍히 여겨 주머니를 받고 돌아왔다. 그리고 항상 허리에 주머니를 차고 다녔지만, 다른 사람들은 그것을 보지 못하였다.

일찍이 안방에서 잠을 잘 때였다. 선비는 주머니를 풀어 베개 밑에 숨겨두었다. 그런데 아내가 일찍이 일어나 있다가, 우연찮게 선비의 베개 밑에 살짝 드러난 비단 주머니 끈 한 가닥을 보았다. 마음속으로 퍽 의아해하며 몰래 끈을 잡아당겨 그것을 살펴보았다. 순간 선비도 잠에서 확 깼는데, 이미 비단 주머니는 아내의 손에 쥐어진 상태였다. 아내는 창호지를 투과해서 비취는 아침 햇살 아래에서 그것을 비춰보고 있었다. 선비는 자신도 모르게 버럭 화를 내더니, 일어나서 그것을 빼앗으며 말하였다.

"남자가 차고 다니는 물건이 당신과 무슨 관계가 있다고 이렇게 몰래 훔쳐다가 보는 게요?"

"서방님께서는 이것을 어디서 얻으셨어요?"

---

20) 바지춤 달고 동정 달아 좋은 임께 입히는[要之襋之 好人服之]: 이 말은 원래 백성의 딱한 처지를 돌봐줄 사람이 없다는 의미인데, 여기서는 말 그대로 의미를 붙였다. 『시경』〈위풍(衛風) 갈구(葛屨)〉에 나오는 말이다.

선비가 꾸짖으며 말하였다.

"주머니의 출처를 물어 뭐 하게? 내가 예전에 시장에서 샀소!"

아내가 웃으며 말했다.

"저를 속이려고요? 제가 비단 주머니 만든 격식을 살펴보니 참으로 천하에 기이한 솜씨를 드러냈던데요. 이런 물건을 시장에서 어떻게 구할 수 있겠어요? 다만 한 땀 한 땀 수놓아가며 천 번 만 번 바느질을 할 때마다 원망과 서러움이 엉키고 뭉쳐 있으니, 아마도 비단 주머니를 만든 사람은 원한을 품고 장차 죽으려는 사람이 아닌가 싶습니다. 서방님께서 끝까지 저를 속이시겠다면, 저는 지금 당장 아버님께 아뢰는 수밖에 없죠."

선비는 아내의 감식력이 기이하여 더 이상 속일 수 없었다. 이에 모든 사실을 들려주었다. 아내는 깜짝 놀라며 말하였다.

"그 사람의 죽음이 멀지 않았습니다. 왜 제게 미리 이야기라도 해서 방법을 찾아볼 생각은 하지 않고, 그저 멍하니 앉아 그녀가 한을 머금고 죽는 것을 지켜보려 하시나요? 천하에 박정한 사람이라 어찌 아니 하겠습니까? 서방님은 마땅히 빨리 가서 보십시오. 하룻밤 같은 꿈을 꾸며 그녀의 마음을 위로해준다면, 어쩌면 살아날 희망을 갖지 않겠어요?"

"그럼, 무슨 말로 구실을 만들어서 아버지께 말씀드릴까?"

"좋은 날 밤에 모임을 만들어 서로 이야기를 나누는 것은 벗들 간에 일상적으로 하는 일이지요. 이것을 핑계거리로 삼아 말씀을 드려보세요."

【이러한 아내에 또한 이러한 첩을 얻게 되었으니, 반드시 양주학楊州鶴을 부러워할 필요도 없겠군!】

선비는 아내가 일러준 계책대로 아버지께 아뢰었다.

"친구 아무개와 아무개가 밤 모임을 마련하여 저를 부르는데, 소자도 가 봤으면 합니다."

"왜 낮이 아니고 밤에 모임을 갖는단 말이냐? 비록 그렇기는 해도 저들이 이미 만들어놓은 자리니, 속히 가서 구경하고 돌아오너라."

선비가 안방에 들어가 저녁밥을 재촉하니, 아내가 말하였다.

"밥을 지으려면 아직 멀었어요. 참으로 당신은 그 사람이 있는 곳에 갈 생각부터 해야지, 어떻게 밥 먹는 것을 걱정하십니까? 얼른 가서 사랑하는 사람이 주는 밥상을 맘껏 누리고 오세요."

선비는 문을 나서서 곧장 여인의 집으로 갔다. 가서 여인에게 아내가 적극적으로 권하면서 보내준 사연을 모두 들려주니, 여인은 못내 감격에 겨워했다. 손수 밥을 지어 올리고, 밤에는 두 사람이 나란히 한 베개를 베고 누었다. 그 애틋하고도 즐거운 마음은 손에 잡힐 듯하고, 해묵은 병도 몸에서 저절로 떨어져 나가는 것 같았다.

이윽고 마을에서 닭 우는 소리가 아득히 들려왔다. 출입을 허락하는 성문의 빗장도 이제 막 열리고 있었다. 그런데 갑자기 다급하게 문을 두드리는 소리가 들려왔다. 선비가 깜짝 놀라 물어보니, 하인 몇 명이 어르신의 명을 받들어 왔다고 대답했다. 선비는 일이 발각되었다는 것을 알았다. 놀랍고 당황스러워 어떻게 해야 할 줄을 몰랐다.

무릇 선비의 아버지는 선비가 밥도 먹지 않고 가는 것을 보고, 속으로 자못 의아해했다. 밤이 되자, 그는 며느리를 불러 물었다.

"네 남편이 어디를 간다고 하더냐?"

"밤 모임에 간다고 들었습니다."

"어째서 저녁밥도 기다리지 않고 갔다더냐?"

"거기에 가서 드시려고 하지 않았나 싶습니다."

그러자 아버지는 몹시 화를 내며 꾸짖었다.

"그 친구의 집이 가난하다는 것은 내가 익히 아는 바다! 밤 모임을 가질 때에 남은 술과 식은 반찬들이 가끔 있을까… 어떻게 저녁밥까지 제공한단 말이냐? 네 남편이 만약 진짜로 밤 모임에 갔으면 밥도 먹지 않고 그리 급히 갈 리가 없다. 지금 이러는 것은 뭔가 핑계를 대고 나를 속이려는 게다! 그런데도 네가 모른다고? 어정거리며 사실대로 말하지 않으면 내가 네게 회초리를 들리라!"

【오, 꿰뚫어 보는 게 명확하군!】

그러면서 여종에게 명령을 내려 둥근 회초리와 모난 회초리를[21] 가지고 오게 했다. 며느리는 놀랍고 당황스러워 죄를 자책하며, 마침내 모든 사실을 갖추어 말하였다.

아버지는 몹시 화를 내며 곧바로 집안 하인들에게 명령하여 당장에 선비를 잡아오라고 했다. 하지만 성문이 이미 닫혔고, 거리에는 통행을 금지하고 있었던 터. 아버지는 조급함에 마치 미쳐버릴 것만 같아, 밤이 새도록 눈을 붙일 수가 없었다. 그러다 날이 밝자마자 그는 종을 보내 선비를 데리고 온 것이다. 아버지는 선비를 마당으로 끌고 오라고 명령을 내린 뒤, 그를 꾸짖으며 말하였다.

"네가 내 훈계를 따르지 않고 이런 일을 저질렀으니, 그 죄는 마땅히 죽음으로 대신할지라."

마당에 멍석을 깔고, 그 위에 선비를 엎드리게 했다.

이제 막 매를 들어 죽이려 할 때였다. 갑자기 사립문이 넘어지

---

21) 둥근 회초리와 모난 회초리: 하초(夏楚). 위의를 지키기 위해 쓰는 회초리다. 하(夏)는 모양이 둥글고, 초(楚)는 모양이 모난 체벌 도구를 가리킨다. 『예기』〈학기(學記)〉에 "하와 초 두 가지 회초리를 사용하여 위의를 수렴하게 한다.〔夏楚二物 收其威也.〕"는 말에서 유래한다.

는 소리가 들리더니, 수십 명의 남녀가 왁자지껄 들어왔다. 그러고는 선비가 엎드린 위에 마치 날개를 붙이려는 듯이 자기의 몸을 포갰다.

【죽을 상황에서 살길이 생겼군!】

무릇 장모는 선비가 곤욕을 당하리라 생각하였다. 이에 온 집안 식구를 데리고 뒤를 밟고 따라와서 위급한 상황에서 사위를 구하려고 달려든 것이었다. 아버지는 더욱 화가 나서 하인을 꾸짖으며 매를 치라고 하였다. 하인이 집행하려 하니, 사람들이 벌떼처럼 모여들어 때릴 틈이 없게 막아섰다. 개미 떼처럼 달라붙은 탓에 대적할 수가 없었다. 아버지는 비록 화가 날 대로 났지만, 어떻게 해볼 방법이 없었다. 이때 장모가 앞으로 나아와 말하였다.

"죄를 지은 우두머리는 바로 접니다. 선비야 무슨 잘못이 있겠습니까? 빌건대, 우리 집안사람 전체로 선비의 죽음을 대신하도록 해 주십시오."

장모는 객점에서 서로 만난 사연을 하나하나 갖추어 말씀드렸다. 말을 들은 아버지도 화가 조금은 풀렸다. 이에 말하였다.

"본래 이 자식을 죽이려고 했지만, 당신의 말을 들으니 또한 측은한 마음이 드는구려. 내가 당신을 봐서 죽을죄는 용서하겠소."

그러고 난 뒤 아들에게 말하였다.

"지나간 일은 따질 게 없다. 지금부터는 절대로 저 집에 왕래하지 않도록 해라."

"그리 하겠습니다."

모든 사람들도 머리를 조아려 감사 인사를 드린 뒤에 비로소 그 집에서 나갔다.

그 후로 여인의 집에서는 항상 돈과 곡식과 옷가지 등과 같은 물건들을 보냄으로써 선비의 가난한 살림을 남몰래 도와주었다. 선비의 아내는 그것을 받아서 썼다. 아버지는 비록 마음속에선 그것을 알고 있었지만, 마치 모르는 것처럼 하였다. 나중에는 점점 그것에 익숙해졌다. 그러다 선비를 불러 말하였다.

"이미 네가 눈길을 주었으면서 내버려 둔 채로 두 번 다시 돌아보지 않는 것은 사람의 정리情理가 아닌 듯하구나. 모름지기 네 처와 상의해서 우리 집으로 데리고 오도록 해라."

【'돈[錢]'이란 한 글자. 이것만 있으면 세상에서 하지 못할 게 없지. 사람의 목숨을 주관하는 신 사명司命과[22] 더불어 그 권한을 나눠 가졌지.】

선비는 명령을 받들어 여인을 데리고 왔다. 여인이 오면서 따라온 논밭과 집, 온갖 장식품만도 만만금萬萬金이나 되었다. 이로 말미암아 선비는 벼락부자가 되었다.

여인은 성품과 행실이 온화하고 정숙한데다, 재주와 덕성을 모두 갖추고 있었다. 음식 장만에 소홀함이 없고, 처와 첩이 마땅히 해야 할 일도 명확히 구분하였다. 그런 까닭에 집안에는 화목한 기운이 늘 넘쳐났다. 아버지는 더욱 기쁘고 즐거워하여, 스스로 지난날에 벌인 자신의 망령된 행동에 대해 후회하였다. 선비는 그 이후에 크게 현달하였다.

有一士人, 家在京城西門外. 嘗以事, 往湖西, 匹馬單童, 暮抵店舍,

---

22) 사명(司命): 인간의 생명을 관장하는 신.

坐定, 忽有豪奴十餘人, 擡兩屋轎而入, 呼店主, 洒掃內室. 輜重六七馱, 又相繼而入. 士人意其爲權貴家內行, 而怪其無陪行之男. 且以內室之與客舍, 甚逼嫌, 不欲留. 呼其僕, 將移入他店. 豪奴輩齊聲跪告曰: "客席已煖, 不必他適. 小人等當陪過一宵. 彼童甚幼, 飼馬之節, 謹當傍助矣." 士人意頗不安, 而姑從其言. 少頃, 店主進飯, 豪奴傍告曰: "惡草具, 豈堪下筯?" 仍起擎一卓而進之, 陸海珍饌, 靡不具焉. 士人驚却曰: "吾豈受無義之食乎?" 奴曰: "行路相資, 例也. 小人等, 適有供主之餘饌, 不敢獨嘗, 唐突奉獻, 是亦情也. 願勿牢斥." 士人受而小嘗之. 朝起對飯, 又如之. 士人雖受嘗而甚苦之, 先發趲程, 到午店而憩, 其行已踵到, 又會于一店, 供對如前. 遂與士人同發, 士人故駐馬落後, 則其行亦緩緩遲回. 將近夕, 店反在士人之後, 視士人就店而隨入焉. 俄而奴又進夕飯, 士人莫識其由, 疑慮百端.【非但士人之疑怪. 觀此文者, 亦不勝其疑慮, 眞千古奇遇.】及夜人靜, 奴具燭入告曰: "夫人出見客矣." 士人驚惶欲避, 則一婦人已入門就席矣. 年可四五十, 粧飾雅潔, 斂袵陳辭曰: "妾乃京城富譯家妻也. 家財頗饒, 萬事如意, 所不能者, 命也. 平生無子, 只有獨女, 年纔及笄, 許嫁于人, 旭鴈之夕, 痛纏崩城.[23] 哀我小女, 生不識郎君面, 死將爲處子鬼, 妾情牽止慈,[24] 不忍目見其冤號之狀. 竊自念門之微賤, 人不責之. 以士夫家名節, 且改適之法, 於古有之. 毋寧行一不義, 以慰我心. 遂誘脅小女, 脫素穿華, 再理

---

23) 붕성(崩城): 성이 무너졌다는 의미로, 남편을 여읜 슬픔을 비유적으로 이른다. 춘추시대 제(齊)나라 사람 기량(杞梁)이 전사하자, 그의 아내가 시체를 얻어 성 아래에서 10일 동안을 서글피 우니 성이 무너졌다는 고사에서 유래했다.『춘추좌씨전』〈양공(襄公) 23년〉에 나온다.

24) 지자(止慈): 자식에 대한 정성.『대학장구』에서 문왕(文王)의 덕을 칭송하여 "아들이 되어서는 효도에 그치시고 아비가 되어서는 자애에 그치셨다.〔爲人子, 止於孝, 爲人父, 止於慈.〕"에서 나온 말이다.

婚具, 人舊物新, 而林中白茅, 已經吉士之一包, 月下丹繩, 難煩良媒之重繫, 不待桑中之約, 遽作鶉奔之行. 行到漢江, 與小女誓曰:'不問東西南北之人, 下船登陸, 與我初逢者, 卽爾佳緣, 所不從焉?'有如白水柔櫓聲訖, 寸心憧憧. 及到南岸, 所遇伊人, 卽郎君也. 妾喜不自勝, 鎭日相隨, 蠶緖莫吐, 馬啼徒勞, 今始唐突求謁, 悉暴衷腹. 窃覰郎君年過有室, 吾女雖陋, 亦足備妾媵之列, 仰贊賢壼內治之德矣. 可承盛諾乎?'【以陸路爲媒妁, 江水作證叅, 眞千古奇遇.】士人答曰:"其情也盛, 予何忍辭? 第吾嚴親在堂, 性行如火, 訓飭小子, 尤嚴於在色之戒. 今夕邂逅, 猶或諱之, 令愛之他宵抱衾,[25] 非可論矣."婦人愀然曰:"藍橋奇遇, 始詑三生之緣, 白頭悲吟, 將違百年之樂. 雖緣庭敎之莫逆, 良由薄命之巧湊, 無論後悔之難, 再且可詠, 在戶之三星, 以永今夕, 使余小女, 知有銀河鵲橋之歡, 足矣."【其人令人墮淚.】遂命啓其輜重, 皆婚具也. 繡屛綺席, 鴛衾翠枕, 將以侈婚室也. 香奩寶鏡, 玉釵珠扇, 將以飾娘子也. 華衣潔佩, 幅巾雲履, 將以進郎君也. 猻脯鳳髓, 玉杯金碗, 將以供宴需也. 計費萬金有餘矣. 鋪設旣畢, 婦引士人, 入內室, 娘子背銀燭而坐, 年貌二八, 天姿端雅, 蛾眉乍嚬, 如帶千古之愁恨. 士人滅燭就枕, 兩情歡洽, 不啻巫山雲雨之相逢也. 翌朝, 婦人謝曰:"荷君陰德, 薦以菲質, 積善之家, 可占餘慶之川, 至矣."留三日, 婦謂士人曰:"店舍擾擾, 耳目甚煩, 情雖未盡, 勢難久稽. 請與君分手."母女洒泣而別曰:"妾家在京城中某坊, 願郎君, 時或顧臨, 毋忘今日之情也."遂呼僕治行, 擁護而去.【巫峽雲雨, 倏然一場春夢.】士人悵然如失, 稱病徑還, 畏其父嗔責,[26] 不敢洩焉. 嘗過某坊, 歷入娘家, 娘迎笑欣然, 士亦

---

25) 포금(抱衾): 잠자리. 『시경』〈소성(小星)〉에 "이불과 홑이불을 안고 가노니, 진실로 분수가 같지 않기 때문일세.〔抱衾與裯, 寔命不猶.〕"에서 나온 말이다.

中懷綣綣,²⁷⁾ 而惟恐返面²⁸⁾之稍遲, 不敢久留, 憮然而別. 如是數歲, 只是歷面而已. 士人後登科第擢選, 聲望藹蔚. 一日, 歷入娘家, 見其顔貌悴憔, 若有恙者. 怪問其故, 娘悽然泣下曰: "妾侍君子, 已有年矣. 足未踐君子之門, 躬執井臼之役, 以效一日之職, 獨守空閨, 形影相弔. 自念身世, 如窮人無所歸, 寧不悲哉?" 仍指壁間箱篋曰: "此中皆君子巾服也. 妾逢四節換²⁹⁾衣之時, 爲君子縫製, 而一不敢進焉. 年年所積, 幾乎充棟, 芸香長襲, 手澤徒新, 眞所謂人賤物亦非者也." 遂啓篋, 取一繡囊以進曰: "要之襪之, 好人服之, 非敢望焉. 願此微物, 亦足表情, 可能領取否?"【一繡囊, 演出許多事端.】學士憐其意, 受而佩歸, 常貼於腰間, 人無見者. 嘗寢于內, 解所佩, 藏諸枕底, 而妻早起, 偶見學士枕邊, 露出一裔繡囊, 心怪之, 潛引腰帶, 取而看之. 學士俄忽睡覺, 見其妻手把錦囊, 諦玩于紙窓朝旭之下, 學士不覺怒發, 起而奪取曰: "男子所佩, 何關於君, 而若是儳看乎?" 妻答曰: "夫子從何得此乎?" 夫責曰: "囊之所出, 問何爲也? 吾嘗買取於市上矣." 妻笑曰: "可欺我乎? 吾觀其繡法, 誠天下絶才也. 市上寧有此耶? 但其千絲萬縷, 怨恨凝結, 爲此繡者, 其抱冤將死者乎? 夫子終若諱余, 余當入告于尊堂也." 夫異其鑑職, 不敢不具以實告. 妻驚曰: "其人死且不遠, 何不早謀於妾, 而將坐視其飮恨而死, 豈不是天下薄情之儂哉? 夫子宜亟往視, 一宵同夢以慰其心, 則容有可生之理耶?" 夫曰: "將託何辭, 告于家君也?" 婦曰: "良宵會話, 朋友之常事. 其託此而告之."【有如此之妻, 又得如此之妾,

26) 진책(嗔責): 성내며 책망함.
27) 원문에는 '綣綣'으로 되어 있지만, '繾綣'으로 바꿈.
28) 반면(返面): 임무를 마치고 돌아와 찾아뵙는 일.
29) 원문은 '授'로 되어 있는데, '換'으로 바꿈.

372 | 소낭: 웃음주머니

何必羨楊州鶴哉?】學士從其計, 告于父曰:"友人某某, 邀以夜話, 小子亦將赴矣." 父曰:"何不卜晝, 而成夜會乎? 雖然彼旣速之, 且往哉."[30] 學士入室, 催夕飯, 妻曰:"炊尙遠矣. 苟到彼所, 豈患無食? 惟宜速往, 以享情人之饋也." 學士遂出門, 直造娘家, 道其妻勸送之故, 娘不勝感泣, 具飡而進之. 夜與聯枕, 歡情可掬, 不覺沈疴之祛體也. 俄而村鷄遙唱, 城鑰纔啓, 忽聞戶外剝啄聲急, 學士驚問, 則蒼頭數人, 奉大人命至矣. 學士知其事發, 驚惶罔措. 盖其父見其不飯而行, 心忽疑慮, 夜問其婦曰:"汝夫何往?" 對曰:"聞赴夜會矣." 又問曰:"何不俟夕飯而去也?" 對曰:"到彼想有所供矣." 父怒叱曰:"彼之家貧, 吾所稔知也. 夜會之時, 殘盃冷炙, 容或有之, 豈有能供夕飯者乎? 汝夫若眞赴夜會, 則宜無不飯徑行之理. 今乃如此者, 是托辭而瞞吾也. 汝豈不知乎? 倘不實告, 當撻汝矣."【明透!】仍命侍婢, 取夏楚來, 婦驚惶訟罪, 遂具告其事. 父大怒, 卽命家僮, 往捉學士來, 城門已閉, 道路莫通, 父躁撓欲狂, 夜不交睫. 及曉, 奴以學士歸, 入告其父, 父命曳入庭 責曰:"汝不遵吾戒, 乃有此事, 罪可殺也." 命以藁薦, 覆學士身上, 將杖殺之. 俄聞柴扉顚坼, 數十男女, 騈闐而入, 以身翼蔽于學士之上.【絶處逢生.】盖娘母度學士之受困, 渾舍躡後, 將以救其急也. 父愈怒, 叱奴施杖, 奴欲下手, 則蜂屯莫開, 蟻附益力, 勢不相敵. 只袖手而立. 父雖怒甚, 亦無如之何. 娘母進曰:"罪首則妾也. 學士何辜? 乞以百口, 代學士之死." 因備陳其店舍相逢之事. 父怒稍解, 乃曰:"本欲殺此子, 聞汝言, 亦覺惻然矣. 吾爲汝而貸其死也." 謂其子曰:"往者不可諫, 繼自今絶勿往來

---

30) 기속지차왕(旣速之且往): 속히 갔다가 돌아오너라. 이 말은『시경』〈정풍(鄭風) 진유(溱洧)〉에 나오는 "여자가 '구경 갑시다.' 남자가 '이미 구경했노라.' 또 가서 구경합시다. 유수 밖은 진실로 넓고도 즐겁습니다.〔女曰觀乎. 士曰旣且. 且往觀乎, 洧之外, 洵訏且樂.〕"를 활용하였다.

也.” 子對曰: “唯.” 諸人遂叩謝而去. 其後, 娘家每以錢穀服用之物, 陰
濟學士之貧, 妻受而用之. 父雖心知之, 若不省也. 後稍利之, 謂其子
曰: “旣汝所眤, 一擲而不復顧, 非人情也. 須謀汝妻, 率歸家中也.”【一
錢字, 天下無不可做之事, 眞與司命, 分其權.】其子承命率置, 田宅資
裝之隨來者, 槩萬萬金矣. 學士由是猝富. 娘亦性行溫淑, 才德幷著, 主
饋之化無忽, 當夕之戒,[31] 閨門之內, 和氣翕然. 父大加喜悅, 自悔其前
日之妄也. 學士後竟大顯.

---

31) 당석지계(當夕之戒): 처와 첩이 할 일을 명확히 구분함. 이 말은 『예기』〈내칙(內則)〉에 나온 말이다. “처가 없어 첩이 시중을 들더라도, 처가 시중드는 차례의 밤은 감히 차지하지 못한다.〔妻不在, 妾御, 莫敢當夕.〕”라는 말이 있는데, 오 씨(吳氏)의 풀이에 “옛날에는 처와 첩이 시중을 드는데, 각각 그 맡은 날이 정해져 있었다. 당석이라고 말한 것은 처가 맡은 날이다.〔古者, 妻妾之御, 各有夕, 當夕者, 當妻之夕也.〕”라고 하였다.

한로

성이 손孫이고 이름이 필대必大라는 시골 선생이 있었다. 학생 중에는 한韓씨 성을 가진 자도 있었다. 시골 선생이 일부러 그를 희롱하려고 '한로韓盧'를[1] 글제로 주어 부賦를[2] 짓도록 했다. 학생이 지어 바쳤는데, 그 글은 이렇다.

"한韓은 대성大姓이고[3] 노盧 또한 대성이네. 대성에 대성이 합해졌으니 자식을 낳으면 반드시 크게 될 것이고〔子必大〕, 손자를 낳아도 크게 되리라〔孫必大〕."

선생은 오히려 자기가 놀림을 당했음을 알았다. 이에 붓을 들어 대大 자 옆에다 점 하나를 찍었는데, 그게 마치 비평을 한 모양새가 되었다.[4] 그러고는 큰 소리로 읊었다.

"한은 견성犬姓이고 노 또한 견성이네. 견성에 견성이 합해졌으니

---

1) 한로(韓盧): 전국시대 한(韓)나라에서 나던 명견(名犬). 『전국책(戰國策)』〈진책(秦策)〉에 나온다.
2) 부(賦): 한문 문체의 하나. 본래 『시경』의 표현방법의 하나로서, 작자의 생각이나 눈앞의 경치 같은 것을 있는 그대로 드러내 보는 것.
3) 대성(大姓): 집안이 번성한 성씨.
4) 잘된 구절 옆에는 글자 옆에 점을 찍어 비평하는데, 이 말은 그런 현상을 말한 것이다.

자식을 낳으면 자식들이 대대로 개가 될 것이고[子必犬], 손자를 낳아
도 손자들이 대대로 개가 되리라[孫必犬]."

有一村學先生, 姓孫, 名必大. 其學徒有韓姓者, 師故欲相戲, 以韓
盧命題而命賦之. 學童製進曰: "韓亦大姓, 盧亦大姓, 以大姓, 合大姓,
生子必大, 生孫必大." 師知其見欺, 遂以筆, 下點於大字傍, 如批評者
然. 仍高聲讀曰: "韓亦犬姓, 盧亦犬姓, 以犬姓, 合犬姓, 生子子必犬,
生孫孫必犬."

일곱 가지 죄

　어떤 선비는 집이 매우 가난했다. 대대로 내려오는 노비들이 외딴 시골에 살고 있었기에, 선비는 거기에서 종 하나를 추쇄推刷하여[1] 와서 땔감을 구하거나 가축을 돌보는 일을 시켰다.

　종은 먹는 것이 변변찮은데도 하는 일은 번다한지라, 어떻게든 거기서 벗어나려고 했다. 이에 거짓으로 미련하고 어리석은 척하였다. 일을 하는 데에도 정해진 이치나 기준에 맞춰 행동하지 않았다. 매일 아침이 되면 일어나 이불 안에서 밥을 먹고, 문을 나서면 나무하는 아이들과 짝을 이뤄나가는 척하고 다른 곳으로 갔다. 그러다 날이 저물면 집으로 들어와 안주인께 드리는 땔감이라곤 썩은 낙엽과 막 자란 잡초뿐이었다. 그마저도 몇 움큼이 되지 않았다.

　【죄 하나】

　안주인이 그를 꾸짖어 말하였다.

　"이웃집 아이가 지고 오는 것은 모두 좋은 땔감이더구나. 그런데 어째서 네가 가지고 오는 땔감은 유독 다른 사람만 같지 못하더냐?"

---

1) 추쇄(推刷): 상전에게 의무를 다하지 않고 다른 지방에 가 있는 노비를 찾아내 본래 있던 곳으로 돌려보내는 일.

종이 대답하였다.

"다음에는 가르침대로 하지요."

다음 날에도 종은 나무하는 아이들을 따라가지 않았다. 양지바른 언덕에 돋아난 잔풀[細草] 위에 누워 온종일 널브러져 잤다. 그러다 해가 저물어갈 무렵에 일어나 큰 마을 근처로 갔다. 거기서 마을 어귀에 세워진 장승[鎭鬼木偶人]을[2] 뽑아 등에 짊어지고 돌아왔다.

【죄 둘】

종은 곧장 안마당으로 들어가 지고 온 것을 풀어놓으며 말했다.

"오늘은 힘이 들었습니다. 이런 땔감을 해왔는데도 '다른 사람 같지 못하다'고 하시겠습니까?"

안주인이 나가 보니, 커다란 물건 하나가 마당 한가운데에 눕혀져 있었다. 검붉으면서 우락부락한 얼굴, 퉁방울만한 두 눈, 한 자나 되는 코, 세 갈래로 드리워진 수염…. 배에는 흰 글씨로 '진동방청제대장군鎭東方青帝大將軍'이라 쓰여 있었다. 안주인은 놀랍고도 당혹스러워 잠깐 기절하였다가 다급하게 물었다.

"이게 무슨 일이냐? 이건 어디에 쓰는 물건이더냐?"

종은 느긋하게 대답했다.

"어제 주인께서 저를 꾸짖으시면서 땔감이 '다른 사람 같지 못하다'고 하셨지요. 그래서 저는 온 동네를 두루 돌아다니다가 겨우 이렇게 '사람 같은 물건'을 구해 왔지요."

안주인은 놀란 혼을 겨우 진정한 후 따뜻한 말로 종을 달래며 말했다.

---

2) 진귀목우인(鎭鬼木偶人): 도깨비를 진압하는 나무로 만든 인형. 곧 장승을 말함.

"얼른 나가서, 예전에 있던 자리에 도로 가져다 놓고 오너라."

종은 장승을 말굴레에 매듯이 묶고서 그것을 질질 끌고 나갔다. 그러고는 앞 시냇물에 냅다 던져버리고 돌아와 안주인에게 말했다.

"땔감 때문에 주인님을 골치 아프게 했습니다. 이후부터는 마땅히 누워서 잘 타는 땔감을 바치겠습니다."

안주인은 기뻐하며 말하였다.

"네 말처럼만 해준다면, 너야말로 진짜 주인을 위해 충성을 다해 섬기는 종이라 아니겠느냐?"

다음 날, 종은 가시나무 땔감 한 줌을 구해 와서 부엌에 놓아두었다.

【죄 셋】

안주인이 밥을 지으려고 보니, 땔감은 온통 바늘처럼 생긴 가시들로 손을 댈 수가 없었다. 이에 종을 꾸짖어 말했다.

"이게 무슨 '누워서 잘 타는 땔감'이란 말이냐?"

종은 웃으며 말하였다.

"이 땔감은 참으로 앉아서는 잘 타게 할 수 없습니다. 오직 한 방법이 있습지요. 일단 가죽신을 신고 부뚜막에 눕습니다. 그리고 발로 땔감을 밀어 아궁이 안으로 집어넣지요. 그러고 나면 비로소 그것이 불길에 잘 타오르겠지요. 그러니 이것이 어찌 '누워서 잘 타는 땔감'이 아니겠습니까?"

하루는 선비가 말을 타고 성 안으로 들어가는데, 종에게 고삐를 잡도록 했다. 종은 가던 중도에 말고삐를 풀어놓고 느릿느릿 걸으며 말 뒤에서 따라갔다. 그러다 마주 오는 허름한 수레에 실린 쌀짐이 말머리에 부딪쳤지만, 종은 멍하니 보기만 할 뿐 살피려고 하지 않았다.

【죄 넷】

선비가 경계하여 말하였다.

"선비 집안에서 말고삐를 잡은 하인이 그것을 느슨하게 풀어놓고 뒤쳐져서 따라가는 버르장머리가 어디에 있단 말이냐? 이후로는 그렇게 하지 말라."

"그리 하겠습니다."

돌아올 때는 교외로 나갔는데, 종이 갑자기 길은 놔두고 급히 말을 몰아 밭 가운데로 들어갔다. 왼손으로는 말고삐를 움켜잡고, 오른손으로는 바지춤을 풀어 엉덩이를 깠다. 그러고는 쭈그리고 앉아 똥을 쌌다. 냄새가 코를 찔렀다. 지나가는 사람들도 모두 해괴망측해하며 웃어댔다.

【죄 다섯】

선비가 화를 내며 꾸짖었다.

"이게 무슨 짓이냐?"

"선비 집안에서 말고삐를 잡은 하인은 말고삐를 느슨하게 풀어놓고 뒤쳐지는 것이 법식에 맞지 않다고 하시기에…. 제가 볼일이 급한데, 바지 안에 똥을 싸야 맞습니까?"

선비는 어이가 없는지라, 종에게 고삐를 풀고 말 뒤에 따라오며 채찍질이나 잘하라고 명령하였다.

종은 선비가 안장에 앉은 채로 꾸벅꾸벅 조는 것을 보았다. 술에 취한 듯 몸은 흔들흔들, 동쪽으로 기울었다 서쪽으로 쓰러질 듯. 그 순간, 종은 별안간 암말의 생식기에 긴 채찍을 꽂아 넣었다. 말은 깜짝 놀라 몸을 솟구쳐 올랐고, 그와 동시에 선비는 말에서 떨어져 진흙탕에 처박혔다.

【죄 여섯】

또 선비가 말을 타고 가다가 친구를 만났다. 말을 잠시 멈춰 인사를 나누려고 할 때였다. 그런데 종은 마치 원수를 만나 바삐 달아나려는 듯이 말에 채찍질을 더하며 질주케 했다. 친구는 보고 의아해하며 괴팍하다고 생각했다. 선비가 종에게 주의를 주며 말하였다.

"너는 어째서 미련하고 어리석기가 이다지 심하단 말이냐? 말을 타고 가다가 사람을 만나면 채찍을 내려놓고 소식을 묻는 게 양반의 일상이니라. 네가 말을 질주케 하는 바람에 말 한마디도 붙이지 못하였으니, 저 친구는 나를 해괴하다며 꾸짖지 않겠느냐?"

"삼가 가르친 말씀을 따르겠습니다."

그 후 선비가 또 성 안으로 들어갔는데, 길에서 출근을 하는 대관臺官과[3] 마주쳤다. 관청에서 일하는 하인들이 대관을 옹위해 나아오며 "길에서 물러서라!"는 소리를 질렀다. 선비도 말을 돌려 피하려고 했다. 그런데 종은 일부러 길 한가운데다 떡하니 말을 세워놓고 대관을 올려다보았다. 그러고서 큰 소리로 말하였다.

"만약 할 말이 있으면 서로 이야기를 나누시지요."

대관을 옹위하던 하인들은 꾸짖어 그를 내쫓으며 말하였다.

"어떤 정신 나간 놈[病風者]이냐?"[4]

【죄 일곱】

선비는 몹시 부끄러웠다. 집으로 돌아온 선비는 집안사람들에게 사연을 들려주었다. 그들 역시 종에게 억지로 일을 시킬 수 없음을 알았다. 결국 그를 돌려보내야 했다.

---

3) 대관(臺官): 조선 시대 사헌부 대사헌(大司憲)으로부터 지평(持平)까지의 관리. 사헌부는 정사를 논하고 백관을 규찰하며 풍속을 바로잡는 일을 하였다.
4) 병풍자(病風者): 정신병자.

【이렇게 일곱 가지 죄를 지었는데도 풀어준다면 어떻게 악을 징치할 수 있겠느냐?】

有一士人, 家甚貧, 只有世傳奴婢, 在外邑. 遂刷致, 其一奴, 以供樵牧. 奴喫薄而役煩, 故欲圖免, 佯作痴騃不省事者. 每日蓐食[5]出門, 與樵童作伴而去, 及暮還家, 納柴于主母之前, 敗葉荒草, 不滿數握. 【罪一】主母嘗責之曰: "隣兒所擔, 皆是好柴, 而獨汝所供, 何不如人也?" 奴對曰: "後當如戒矣." 翌日, 不隨樵伴, 終日頹睡于陽坡細草之上, 日將夕, 起往大村傍, 拔出里門外鎭鬼木偶人, 背負而歸. 【罪二】直入內庭, 釋擔而告曰: "今日病矣. 如此之柴, 亦可謂不如人乎?" 主母出見, 一巨物僵臥庭中, 魋顔[6]渥赭,[7] 兩目如鈴, 鼻長一尺, 鬚垂三角, 腹上白以書之曰: '鎭東方靑帝大將軍.' 主母驚惶氣絶, 亟問曰: "此何事也? 此何物也?" 奴徐對曰: "主於昨日責奴, 以柴不如人, 故奴遍求一境, 菫得如此人之物矣." 主母驚魂乍定, 溫言誘奴曰: "斯速出去, 還置舊所也." 奴繼曳而出, 泛之于前溪之水, 歸告主曰: "以柴故, 貽惱於主, 此後則當供臥而可燃之柴矣." 主母喜曰: "若如汝言, 則汝豈非忠奴乎?" 翌日, 奴棘薪一握而歸, 置于廚間. 【罪三】主母將炊, 視之則芒刺如針, 莫可下手. 責奴曰: "此豈臥燃之柴乎?" 奴笑曰: "此柴, 實無坐燃之勢. 惟有一計, 着皮鞋, 偃臥竈前, 以足推柴而納諸竈中, 然後始可燃之, 此豈非臥燃之柴乎?" 一日, 士人騎馬入城中, 奴牽轡. 奴於道中釋馬轡,

5) 욕식(蓐食): 이른 아침에 이부자리 안에서 식사를 함.
6) 퇴안(魋顔): 우락부락한 얼굴. 특히 이마가 툭 튀어나온 형상을 말한다.
7) 악자(渥赭): 짙은 붉은 색.

緩步隨後, 柴車米馱, 撞着馬首, 而奴漫不省焉.【罪四】士人戒曰:“士夫家控馬卒, 豈有釋轡落後之習乎? 後勿如是也.”奴對曰:“唯.”歸時出郊, 奴忽捨道, 而驅馬入田間, 以左手牽執馬轡, 右手脫袴露尻, 蹲坐放屎, 臭觸鼻, 行路莫不駭笑.【罪五】士人怒責曰:“此何擧措?”奴曰:“士夫家控馬卒, 例不得釋轡落後, 而奴有急事, 其可遺矢於袴中乎?”士人憮然, 命奴釋轡, 躍馬後加鞭. 奴見士人據案昏睡, 搖搖玉山,⁸⁾ 東歪西頹, 潛以長鞭, 猝揷牝馬之尿竅, 馬驚跳躍, 墜士人于泥中.【罪六】又士人每於馬上, 逢友人, 欲停驂敍話, 則奴輒加鞭疾馳如避仇敵者, 其友皆疑怪之, 士人戒奴曰:“汝何迷劣之甚也? 馬上相逢, 揖鞭敍阻,⁹⁾ 乃是兩班之常事. 緣汝疾馳, 未交一言, 彼豈不怪責哉?”奴曰:“謹當承敎矣.”其後, 士人又入城, 路逢臺官赴朝, 皂隷¹⁰⁾擁後, 喝道之聲, 行路辟易. 士人欲回馬引避, 則奴故駐馬於街上, 仰瞻臺官, 高聲語曰:“如有可語者, 可相語也.”臺隷叱斥曰:“何物病風者也?”【罪七】士人大慚, 歸語家人, 知其不可强令供役,¹¹⁾ 乃卽放還.【有此七罪, 乃令白放, 何以懲惡?】

---

8) 옥산(玉山): 옥산은 술에 취한 몸을 비유적으로 이른다. 『세설신어(世說新語)』〈용지(容止)〉에 보면 삼국시대 위(魏)나라 혜강(嵇康)의 친구 산도(山濤)가 혜강을 두고 “평소에는 우뚝한 자태가 마치 높은 소나무가 홀로 서 있는 것 같아서, 술에 취하기만 하면 한쪽으로 몸이 기울어지는 것이 마치 옥산이 무너지려는 것과 같다.〔巖巖若孤松之獨立, 其醉也, 傀俄若玉山之將崩.〕”고 한 말에서 유래하였다.

9) 서조(叙阻): 막혔던 소식을 물음.

10) 조례(皂隷): 관청에서 잡일을 일 하던 관노(官奴), 사령(使令), 마지기, 가라치, 별배(別陪) 등.

11) 공역(供役): 국가나 상전에게 신역(身役)을 치르는 일.

쇠스랑

불법적으로 재물을 탐내는 수령이 있었다. 수령이 하는 일이라곤 오직 백성을 괴롭혀 자신을 살찌우는 것뿐이었다. 어떤 백성이 소장을 올렸다.

'바야흐로 농절기를 맞아 농기구 가운데…'[1]

쇠스랑〔小屎狼〕이란[2] 미늘처럼 생겨 어떤 물건들을 마구 끌어오는 농기구다. 그래서 민간에서는 탐관오리를 쇠스랑이라 부른다. 소장을 올린 백성은 이로써 수령에게 욕을 보이고자 했던 것이다. 수령이 소장에 대해 판결문〔題辭〕를 내렸다.

'관아에 쇠스랑이 세 개가 있다. 하나는 내가 쓰는 것이고, 하나는 향청鄕廳[3]에서 쓰는 것이고, 하는 이방이 쓰는 것이다. 그래서 부득이 빌려줄 수 없다.'

운운하였다. 소장을 올린 백성은 허탈하게 물러 나올 수밖에 없

---

1) 중간에 내용이 빠진 듯하다. 아마도 '小屎狼'이라는 글자가 중첩되면서 특정 부분이 빠진 것으로 보인다.
2) 소시랑(小屎狼): '쇠스랑'을 음차한 것.
3) 향청(鄕廳): 향리의 비행을 규찰하고, 풍속을 바로잡으며 수령을 보좌하는 등의 임무를 맡은 지방 자치 기관.

었다.

有一太守, 貪婪不法, 惟事剝民⁴⁾而肥己. 民有呈狀曰: ‘方當農節, 田
器中.’ (…) 小屎狼者, 鉤距引物之器, 故俗稱貪官曰小屎狼, 狀民之
意, 欲以侵辱者也. 太守題曰: ‘官有小屎狼三箇, 一則自官用之, 一則
鄕廳用之, 一則吏房用之, 不得許借.’云. 狀民憮然而退矣.

---

4) 박민(剝民): 가렴주구(苛斂誅求)하여 백성을 괴롭힘.

박상의

    예전에 어떤 선비가 병이 들어 죽을 즈음에 세 아들을 불러 말하였다.

    "장지葬地를 잘 고르려면 좋은 지관地官을[1] 만나야 한다. 지금 박상의朴尙義는[2] 그런 재주에 가장 정묘한 자라. 내가 죽으면, 너희들은 반드시 그 사람에게 장지를 구하는 것이 좋겠다."

    말을 마치자 눈을 감았다. 아들들은 상복을 입고 나서 서로 의논하였다.

    "박상의를 불러서 산소 자리를 마련하라고…. 우리가 비록 유언을 따르려 해도, 저 사람은 지금 온 나라에 이름을 날리는 자라. 서울에 사는 권력 있고 부유한 사람들도 함부로 불러오기 어렵지. 게다가 묏자리 하나를 정해주는 데 드는 비용도 거의 천금을 넘어선다 하던데…. 우리들처럼 가난한 선비들이 어떻게 그런 사람을 모셔올 수 있겠나? 설령 우리들이 가서 울며불며 애걸복걸해도, 저 사람

---

1) 지관(地官): 지사(地師). 풍수가(風水家). 풍수설(風水說)에 따라 집터나 묏자리의 좋고 나쁨을 가려내는 사람.
2) 박상의(朴尙義): 1538~1621. 조선 시대 유학자이자 풍수지리가. 임진왜란이 일어날 것을 예언한 것으로 유명하다.

은 필시 싸늘히 내려다보며 털끝만치도 움직이려 들지 않을 게다. 그럴 바에는 차라리 꾀를 써서 그를 잡아오는 게 나을 듯하구나."

이에 그들은 꿩의 꽁지깃털, 비취새의 날개깃털[翠羽],3) 이삭처럼 꾸민 백로의 깃털[象毛]4) 등으로 상제가 쓰는 관[喪冠]을 요란스럽게 꾸몄다. 다섯 빛깔의 용도 그려 넣었다. 대나무 상장喪杖에는5) 무늬를 넣고, 큰 방울도 달았다. 하인 몇 명에게는 무뢰한無賴漢처럼6) 꾸미도록 한 뒤, 자기들 뒤에 빽빽하게 붙어 서서 따라오게 했다. 그렇게 그들은 집 밖으로 나왔다.

그들은 박상의가 지금 재상집에 머물고 있다는 말을 듣고 곧장 그 집으로 갔다. 문밖에서 큰 소리로 외쳤다.

"박상의가 여기에 있느냐? 있으면 속히 나오라!"

문지기 하인들이 보니, 그들의 모습이 해괴하고도 혐오스러워 감히 막아설 수가 없었다. 급히 재상에게 달려가 말씀을 드릴 뿐이었다. 재상은 몹시 놀라며 말했다.

"그게 도깨비가 아니라면 강도임에 틀림없다! 박 군과는 비록 잘 아는 사이지만, 그래도 내 집에까지 화가 미치게 할 수야 없지 않겠나?"

재상은 박상의의 등을 떠밀어 문밖으로 내보냈다. 상인喪人들은 따라온 하인들을 질타하며 박상의의 머리를 풀어헤쳐 말꽁무니에

---

3) 취우(翠羽): 비취새의 깃털. 보통 장신구나 공예품의 재료로 쓰인다.

4) 상모(象毛): 삭모(槊毛)에서 변형된 말. 깃대나 창끝에 이삭처럼 생긴 붉은 털. 보통 백로의 털을 쓴다. 전립(戰笠)에 붙이기도 한다.

5) 상장(喪杖): 상주가 짚는 짧은 지팡이.

6) 무뢰한(無賴漢): 일정한 거주지나 직업도 없이 빈둥빈둥 놀며 방탕한 생활을 하는 사람. 요즘 불량배와 비슷하다.

매달도록 했다.

【말꽁무니에 박상의를 매달았으니, 진짜로 박마朴馬라고[7] 말할 수 있겠군!】

그러고는 박상의를 꾸짖어 말하였다.

"내가 부친 장례를 치러야 하는데, 네가 묏자리를 정하여라. 내가 너를 보니, 얄팍한 재주를 가지고서 스스로 자부할 뿐 아니라, 망령되게도 스스로 높고 귀한 척하여 권세 있는 집안을 제멋대로 들락날락거리며 마치 후려쳐 빼앗아가듯이 사례금을 두둑하게 받아 챙긴다고 하더군. 그러면서 사정 급한 사람들에게 베푸는 의리라곤 전혀 없이, 오로지 자기만 살찌우는 기술로만 여긴다지. 내가 분한 마음을 참을 수 없는지라, 이에 예의로써 너를 부르지 않고 결박해서 데려가는 것이다. 네가 만일 나를 위해 좋은 묏자리를 고르면, 어쩌면 살아날 길이 생길 수도 있겠지만, 그렇지 않으면 내 손에 죽을 것이다."

그러고서 말을 몰았다. 박상의는 놀란 마음을 진정하지 못하는 데다 실낱같은 목숨도 끊어질 것만 같았다. 애걸하며 말했다.

"삼가 재주를 다할 테니, 제발 조금만 관용을 베풀어 주십시오."

상인은 묶은 것을 풀어 말 등에 올려 태웠다. 그리고 아무개 산 아래로 향했다. 박상의는 마음속으로 생각하였다.

'내가 반평생을 살면서 다른 사람에게 모욕을 당한 적이 없었거늘, 저놈들이 지금 억지로 협박하는 통에 내가 이 지경까지 이르렀구나! 내 마땅히 저놈이 살아있는 동안에 거꾸러져 폭삭 망할 땅을

---

7) 박마(朴馬): 길들여지지 않은 말. 여기서는 박상의의 말이라는 중의적 의미도 함께 담았다.

골라줌으로써 이 원한을 복수하리라.'

한 곳에 이르자, 멀리서 아홉 마리 뱀이 개구리를 두고 다투는 지형이 보였다. 무릇 그런 형상은 재앙이 아주 급박하게 다가오고 있는 곳이었다. 박상의가 상인을 속이고 말하였다.

"이곳이 가장 좋은 묏자리입니다. 크게 복이 일어날 곳이지요."

이에 혈처穴處를8) 짚어주고 떠났다. 떠나면서 그는 속으로 중얼거렸다.

"십 년이 못 가서 저놈들은 자손[噍類]마저9) 완전히 끊기리라!"

상인들은 그들이 속았다는 것도 모르고 부친을 그 자리에 안장하였다.

그 후 세 아들은 모두 과거에 급제하고 높은 지위에 올랐다. 그들은 그것이 모두 조상의 무덤을 잘 써서 받은 음덕[餘蔭]으로만10) 여겼다. 박상의의 은덕에 보답해야 한다는 생각도 했다. 이에 그들은 예물을 후하게 준비해서 박상의를 맞이하여 감사의 말을 전했다.

"예전에 내가 부친을 장사지낼 때였소. 집안이 가난한 탓에 당신을 맞이할 수 있는 방법이 없었지요. 그래서 이름을 숨기고 기이한 행동을 하였답니다. 당신을 협박하여 묏자리를 점지해 달라고…. 당신 덕분에 지금껏 조상의 음덕을 입어 우리 형제들 모두가 영화롭게 되었습니다. 그래서 감히 보잘것없는 물건이나마 당신의 은덕에 보답하렵니다."

박상의는 깜짝 놀라 말하였다.

8) 혈처(穴處): 땅의 좋은 기운이 모여 있는 곳.
9) 초류(噍類): 음식을 씹어 먹는 무리. 곧 사람과 길짐승. 여기서는 자손을 의미한다.
10) 여음(餘蔭): 조상이 쌓은 공덕으로 자손이 받는 복.

"당신들이 진정으로 하시는 말씀이오? 나는 믿을 수 없소. 바라 건대 지난날 제가 짚어주었다는 곳에 다시 가서 그 땅의 형국形局을[11] 한번 보았으면 합니다."

세 아들은 박상의와 함께 그곳으로 갔다. 그날은 마침 날씨가 맑고 밝았다. 박상의는 주위를 쭉 둘러보다가 감탄하며 말하였다.

"처음에는 내가 이 땅을 아홉 마리 뱀이 개구리를 두고 다투는 형상으로 보았는데, 지금 자세히 살펴보니 아홉 마리 용이 여의주를 희롱하는 형상이로군요. 무릇 처음에 이 땅을 점지할 때에는 짙은 안개가 산을 둘러싸고 있어서 착각을 했던 것이지요. 복이 많은 사람이 좋은 땅을 만나는 일은 모두 천명인가 봅니다. 제가 어떻게 복이 많은 사람에게 재앙이 생기도록 할 수 있겠습니까?"

古有一士人, 病且死, 語其三子曰:"精擇葬地, 在於遭逢良師. 今之朴尙義, 術業[12]最精, 吾死後, 汝輩必使此人占地, 可也."語訖而瞑. 其子過成服後, 相議曰:"邀朴求山,[13] 雖承遺命, 彼方擅名於一國, 京師權貴, 尙難招見. 一穴之幣, 殆過千金, 如余窮儒, 何能邀致耶? 縱使吾輩, 涕泣哀乞, 彼必冷看而不動一毫, 毋寧以謊計, 捉致之也."遂以雉尾翠羽象毛之屬, 雜飾于喪冠, 畵五朶龍, 文於苴杖,[14] 而懸以大鈴. 命奴輩數人, 扮作無賴漢樣子, 簇擁[15]而出. 聞朴方住時宰之家, 直到門

---

11) 형국(形局): 풍수지리에서 보는 집터나 묏자리의 생김새.
12) 술업(術業): 음양(陰陽), 복서(卜筮) 등 방술(方術)을 하는 것.
13) 구산(求山): 산소 자리를 구함.
14) 저장(苴杖): 부친상에 짚는 대나무 상장(喪杖).
15) 족옹(簇擁): 빽빽이 둘러싸고 보호함.

外, 高聲呼曰:"朴尚義在此乎? 斯速出來也."門隷見其狀貌, 駭惡不敢阻擋, 走告于宰. 宰大驚曰:"此非鬼魅, 決是强盜. 朴君顏面雖厚, 不可移禍於吾家也."命椎朴背而出之門外, 喪人叱其從者, 解朴頭髮, 懸諸馬後,【馬尾懸朴, 眞所謂朴馬!】責曰:"吾營親葬, 欲使汝占地. 吾見汝, 薄術自負, 妄自尊大, 翶翔權門, 攫取厚幣, 全昧急人之義, 惟思肥己之策. 吾不勝憤忿, 不以禮邀汝, 縛汝以去. 汝若爲我擇吉, 容有生路, 否則當死於吾手矣."仍驅馬而去. 朴師驚喘未定, 縷命欲絶, 哀乞曰:"謹當竭余之技, 願少寬假也."喪人遂命解縛, 駄之馬背, 向某山下. 朴師心自語曰:"吾半生行世, 未嘗逢人僇辱, 彼今勒脅, 我至於此極. 當擇以當代覆亡之地, 以報此怨也."行到一處, 望見九蛇爭蛙形, 蓋禍敗最急之處也. 朴紿謂喪人曰:"此地最吉, 可大發福也."仍占示穴處而去. 又心語不出十年, 彼輩其將無噍類乎? 喪人不知其紿也, 竟葬其親. 後三子, 俱登科顯達, 以爲先山之餘蔭也. 思報朴師之德, 具厚幣, 邀朴師謝曰:"昔余葬親, 家貧無以邀師, 匿名行怪, 脅君占地. 今吾輩幸蒙餘慶, 兄弟俱榮, 敢以薄物相報也."朴師驚曰:"子眞是耶? 吾未信矣. 請更往前日之處, 看其形局也."三子遂與朴往焉. 其日適淸明, 朴環顧發歎曰:"始吾以爲九蛇之爭蛙, 今乃諦觀, 則乃九龍之弄珠者也. 蓋初占時, 錯認於霧之籠山也. 福人逢吉地, 莫非命也. 吾安得禍福人哉?"

양은 보지 못했다

옛날에 양梁씨 성을 가진 사람과 우禹씨 성을 가진 사람이 있었는데 서로 친하게 지냈다. 두 사람은 나이가 모두 높았다.

일찍이 한 곳에서 술을 마시려 했는데, 평소에 잘 아는 한 소년이 마침 와 있었다. 그는 우 씨에게만 인사를 드리고, 양 씨에게는 인사를 하지 않았다. 양 씨가 버럭 화를 내며 말하였다.

"어른을 보면 뵙는 분들 모두에게 인사를 드리는 게 옳은 것이다. 지금 자네는 저 사람만 공경하면서 나를 멸시하니, 사람 사이에도 취사선택하는 법도가 있다더냐?"

소년이 사죄하며 말하였다.

"우 씨와 양 씨 사이에 무슨 취사선택이 있겠습니까? 저는 다만 우禹만 보고 양梁은 보지 못했습니다."[1]

---

1) 『맹자』에 나온 '소는 보고 양은 보지 못했다.〔見牛未見羊也.〕'를 '우씨는 보고 양씨는 보지 못했다.〔見禹未見梁也.〕'로 바꾼 언어유희다. 이 말은 제나라 선왕(齊宣王)이 희생으로 끌려가는 소를 보고 측은한 마음이 생겨 양(羊)으로 바꾸라고 하였는데, 백성들은 재물을 아끼느라 그리했다고 오해한다. 이에 맹자가 '괴로워하실 것이 없습니다. 그것이야말로 곧 인술(仁術)입니다. 소는 보고 양은 보지 않으셨기 때문입니다.〔無傷也, 是乃仁術也. 見牛未見羊也.〕'라고 하여 제 선왕이 왕도(王道)를 행할 자질이 있음을 일깨워 준다는 내용이다.

무릇 소년은 『맹자』〈곡속장穀觫章〉에 나온 경문經文을[2] 가지고 말
장난을 했던 것이다. 두 사람도 한바탕 크게 웃었다. 그리고 소년에
게는 술잔에 술을 가득 부어 한꺼번에 들이키라는 벌을 내렸다.

古有梁禹二姓, 相友善, 年紀俱邵. 嘗會飮于一處, 有一少年之素親
熟者, 適來謁, 只納拜于禹, 而不及於梁. 梁勃然曰: "子見長者, 面面納
拜, 可也. 今乃敬彼而慢我, 抑有取捨於其間耶?" 少年摧謝曰: "禹梁何
擇焉? 見禹未見梁也." 盖孟子穀觫章, 語以戲之也. 兩人大笑, 命浮
白[3]以罰之.

---

2) 경문(經文): 경전에 실린 문장.
3) 부백(浮白): 잔에 술을 가득 채워 호기 있게 들이켜는 것.

지기

　서로 다른 집에 살며 밥도 따로 해서 먹는 형제가 있었다. 형이
아우에게 말하였다.

　"네 집 문 앞에는 항상 사람들의 신발로 가득 차 뒤섞여 있고,
술동이가 비지 않더구나. 네가 교유하는 사람들이 정말 어떤 분들
이냐? 그리고 그중에는 네가 진짜 지기知己로[1] 인정하는 사람들도
있느냐?"

　"아우가 마음을 터놓고 사귀는 벗들이야 세상 어디에 가도 있지
요. 백아伯牙와 종자기鍾子期,[2] 관중管仲과 포숙아鮑叔牙처럼[3] 목숨까

1) 지기(知己): 자기를 정말로 알아주는 친구.
2) 백아(伯牙)와 종자기(鍾子期): 두 사람 모두 춘추시대 사람으로, 백아는 거문고를
잘 탔으며, 종자기는 거문고 곡조를 잘 알았다. 훗날 종자기가 죽자 백아는 "이제는
세상에 다시 내 곡조를 알아줄 사람[知音]이 없다." 하고는 거문고를 부수고 거문고
줄을 끊어 버렸다는 고사의 주인공이다. 우정을 이야기할 때 반드시 언급되는 인물이
다. 『열자(列子)』〈탕문(湯問)〉 및 『회남자(淮南子)』〈수무훈(修務訓)〉 등에 나온다.
3) 관중(管仲)과 포숙아(鮑叔牙): 두 사람 모두 춘추시대 사람으로 '관포지교(管鮑之交)'
의 주인공이다. 관중이 가난하게 살 때 포숙아가 물심양면으로 극진하게 보살펴 준 고
사를 말한다. 『사기』〈관중열전(管仲列傳)〉 및 『열자』〈역명(力命)〉 등에 보인다. 특히
『열자』에서 관중이 어린 시절을 말하면서 포숙아를 회상하며 했던 말은 유명하다. 장사
할 때 자기가 많이 가져가도 탐욕스럽게 여기지 않았다. 벼슬길에서 세 번 모두 쫓겨나
도 무능하지 않다고 했다. 전쟁터에서 세 번 모두 도망쳐도 비겁하지 않았다. 자결할

지 내어줄 수 있는 지기만 해도 아무개와 아무개 등 수십 명은 되지요!"

"정말 그런지 아닌지를 나와 함께 시험해보자꾸나."

형제는 살찐 돼지 한 마리를 잡아 짚동구미[槀篅]에[4] 꽁꽁 싸맸다. 그리고 아우에게 그것을 짊어지도록 한 뒤, 아우가 지기라고 가리킨 집을 찾아갔다. 때는 바야흐로 한밤중으로 접어들고 있었다. 달빛도 희미했다. 옷자락에는 흐릿흐릿한 핏자국이 보이는 게, 진짜 검객의 모습이었다.

【형용을 잘했네!】

아우가 문을 두드려 친구를 불러냈다. 그러고는 귓속말을 하였다.

"내가 자잘한 분노를 참지 못해 다른 사람과 다투다가 그저 한 주먹을 내리쳤는데, 그만 피를 토하더군. 나는 다른 사람들이 알까 무서워 시체를 묻으려 했지만, 나를 도와 같이 일해 줄 사람이 없었네. 자네와 나는 정의가 형제와 같은지라, 목숨도 기꺼이 내어줄 수 있는 사이가 아닌가? 내가 짊어지고 온 것은 시체네. 나를 위해 잠시만 자네 집에 숨겨주게. 그리고 성문이 열리기를 기다렸다가 나와 함께 교외로 나가 이것을 매장해 줄 수 있겠나?"

친구는 눈을 동그랗게 뜨고 우두커니 서서 말하였다.

"나라의 법이 지극히 엄하여 살인자는 죽인다고 했네. 살인과 연관된 사람 또한 몸을 망치게 되고…. 내가 어떻게 자네와의 체면 때문에 이렇게 위험하고도 무서운 일을 하겠는가? 가게! 두 번 다

상황에서 자결하지 않았는데도 염치없다고 하지 않았다. 그러고서 "나를 낳아주신 분은 부모이고 나를 알아준 사람은 포숙이다."라는 유명한 말을 남겼다.

4) 고천(槀篅): 오쟁이. 짚동구미.

시 말도 하지 말게!"

그러고는 문을 닫고 들어가 버렸다. 아우는 민망하여 다른 친구에게도 가보았지만, 무릇 그가 말한 지기라는 자들은 고작 이런 말만 들었을 뿐인데도 마치 자기 몸까지 더럽혀진 것처럼 생각하였다. 예닐곱 집을 두루 돌아다녔지만, 가는 곳마다 판에 박은 듯이 똑같았다.

【만약 요즘 사람들에게 이런 일이 닥쳤다면 그저 우두커니 서서 문을 닫는 정도로 그치지 않을 걸! 반드시 끌고 가서 관아에 알리겠지. 그러는 이유 하나, 자기와 연루되는 혐의에서 벗어나기 위해. 이유 둘, 고소함으로써 상을 받을 수 있을 것이라는 기대감. 그러니 아우의 지기도 지금 세상에서는 얻기 어려운 자들이지….】

형이 씁쓸하게 웃으며 말하였다.

"네가 말한 지기라는 사람들이 이러하더냐? 너는 시험 삼아서라도 내 지기를 한 번 보는 게 좋겠구나."

그러고는 아우가 진 짐을 벗기고 자기 친구의 집에 가서 문을 두드렸다. 형은 아우가 자기 친구에게 했던 말과 똑같이 친구에게 부탁했다. 말을 듣더니, 형의 친구가 말하였다.

"그야 쉬운 일이지!"

친구는 시신을 건네받더니, 그것을 싸서 땔감 아래에다 숨겨놓았다. 그리고 나서 말하였다.

"한밤중에 정신없는 와중에 고생이 어찌 심하지 않았겠나? 시신을 어떻게 은폐할 것인지는 내가 다 알아서 하겠네. 자네까지 번거롭게 할 필요가 없지. 자네는 집으로 돌아가서 쉬게나."

【이러한 지기는 옛사람에게서 찾으려 해도 또한 많이는 볼 수 없는데…】

형이 동생에게 말하였다.

"내가 말하는 지기다! 너는 모름지기 다시는 다른 사람들과 교유한다고 하지 말라!"

형은 친구를 마주하고 그런 행동을 했던 까닭을 들려주었다. 그러고는 짚동구리에 싼 죽은 돼지를 풀어서 삶았다. 거기에 막걸리 한 말을 사다가 날이 새도록 취하게 먹고, 그렇게 마신 뒤에 헤어졌다.

有兄弟異爨⁵⁾者, 兄謂弟曰: "汝家戶屢常錯, 樽酒不空, 所交遊者, 果何等人, 而亦有許以知己者乎?" 對曰: "弟之心交, 殆遍天下, 而牙期管鮑, 自許刎頸者, 乃某也某也, 數十輩耳." 兄曰: "盍與子試之?" 遂屠一肥猪, 裹以藁篇, 使其弟擔之, 偕往其知己家. 時夜將半, 月色微明. 見衣裾上, 血痕糢糊, 眞釼士行色也.【善形容.】其弟叩門, 呼其友, 出附耳語曰: "吾不忍細慎, 與人相詰, 纔下一拳嘔血, 而吾恐被人知, 欲瘞其屍, 無可與同事者, 惟汝與我, 情若兄弟, 死生以之. 吾所擔來者, 屍體也. 可能爲我, 潛匿于汝家, 稍俟城門放鑰, 出埋于郊耶?" 友瞠然却立曰: "國法至嚴, 殺人者死. 凡諸干連, 亦至亡身, 吾豈可緣君顔面, 行此危怕之事乎? 去矣! 勿復言也!" 因閉門而入. 其弟憮然, 又顧之他. 凡稱知己者, 纔聞此語, 若將浼焉. 遍過六七人家, 如印一板.【若使今世人當之, 不但却立閉戶而已. 必將傳致告官, 一以爲免累之地,

5) 이찬(異爨): 밥을 따로 지어 먹는 것. 고대 사회는 가족 공동체로, 한 솥을 사용한다고 해서 동찬(同爨)이라 한다. 그와 달리 다른 곳에 살면서 밥도 따로 지어 먹는 것을 이찬이라고 한다.

一以爲希賞之資. 其弟之知己者, 於今亦難得者.】其兄冷笑曰:"汝所
謂知己者, 若此乎? 試看吾知己, 可也."遂脫其所擔行, 叩一友家, 其
說一如其弟之告其友者, 友曰:"此易耳."受其屍, 裹藏于積薪之底. 仍
謂曰:"暮夜蒼黃, 得無勞乎? 屛屍之道, 有吾在耳. 不必煩君, 君可還
家休息也."【如此知己, 求之古人, 亦難多得.】其兄謂其弟曰:"吾所謂
知己者也. 汝須勿復交人也."仍對其友語之故, 解死猪烹之, 沽斗醪,
達宵醉飽而散.

건망증

　건망증이 있는 태수가 있었다. 그는 방금 듣고도 금세 잊어버리고, 말을 해도 논리에 맞지 않는 게 많았다. 나이 어린 통인通引 중에도 이런 증세를 보이는 자가 있었다.

　하루는 건물을 지키던 급창及唱이 부친상을 당했다. 그가 통인에게 말하였다.

　"내가 부친 사망 소식을 들어서 급히 가봐야겠다. 다른 동료가 와서 교체해 줄 때까지 기다릴 수가 없구나. 곧장 나갈 테니, 모름지기 너는 수령께 말씀을 드리도록 해라."

　"그리 하지요."

　통인이 들어가 아뢰려고 했는데, 이미 급창이 해준 말을 잊어버리고 말았다. 그 상황에서 이렇게 말하였다.

　"서울에서 소식이 왔는데요, 도련님 상喪이 났다고 합니다."

　말을 듣고 수령은 목을 놓아 큰 소리로 울기 시작했다. 그렇게 한참 동안 울고 있었는데, 통인은 비로소 그가 망언을 했다는 사실을 깨달았다. 황송하고도 두려워 어떻게 할 줄 몰라 하다가, 결국 다시 안으로 들어가 수령께 아뢰었다.

　"소인의 죄는 만 번 죽어 마땅하옵니다. 아까 급창이 부친상을 당했다는 말을 들었는데, 소인이 그것을 잊어버려 잘못 아뢰었습니다. 그 때문에 사또께서 한바탕 헛된 울음을 울게 하였사오니, 소인의 죄는 만 번 죽어도 마땅하옵니다."

태수도 눈물을 거두며 말하였다.

"참, 내게는 아들이 없지! 집안에 본래 도련님이란 게 없는데 나도 그걸 잊고 있었구나."

【쓸모없는 태수로군!】

一太守, 有健忘之病, 纔聞輒忘, 語多顚錯. 通引之年幼者, 亦有此病. 一日, 及唱之守直者, 遭其父喪, 謂通引曰: "吾急於奔哭,[1] 不待僚員之替, 直徑自出去. 須告于官司也." 通引曰: "諾." 將入告, 已忘其言. 遂告曰: "京信來到, 都令主喪出云矣." 太守放聲大哭, 良久, 通引始覺其妄言, 惶恐罔措, 更入告曰: "小人罪當萬死. 俄聞及唱之遭艱,[2] 因忘錯告, 遂致官司之一場浪哭, 小人罪當萬死." 太守收涕曰: "吾未有子, 家中本無都令主, 吾亦忘却矣.【歇後[3]太守】

---

1) 분곡(奔哭): 부모의 죽음을 듣고 급히 달려감.
2) 조간(遭艱): 부모의 상사를 당함.
3) 헐후(歇後): 여기서는 두 가지 의미를 담고 있다. 하나는 말 그대로 큰 의미가 없다는 것이고, 다른 하나는 한 부분만 보여줌으로써 전체를 풍자한다는 의미로 쓰였다. 둘 다 의미가 통한다.

세 아들

　한 방백에게 세 아들이 있었는데, 그는 그들을 모두 감영으로 데리고 갔다. 이윽고 임기가 차서 내일이면 떠나게 되었다.

　그날 밤, 방백이 여러 비장들과 함께 이야기를 주고받다가 세 아들의 우열에 관한 말까지 나오게 되었다. 여러 비장들은 생각이 한결같지 않았다. 방백이 말하였다.

　"큰아들은 어리석고 둔해 늙도록 이루는 게 없을 게야. 둘째는 품성이 엄하고 올곧은지라, 높은 지위에는 오르겠지. 비록 그렇다 해도 세상의 변화에 맞춰 적응하는 재주가 없으니, 벼슬길이 그리 순탄하지는 않을 게야. 우리 집안을 크게 만들 사람은 막내일 게야!"

　다시 말하였다.

　"아이들에게는 각자 방에서 수청 드는 기생에 있네. 날이 밝으면 그녀들과도 작별을 하겠지. 머물고 떠나가는 그 틈새에서 그들의 기상도 나타날 게야. 자네들이 만약 내 말을 믿지 못하겠거든 지금 당장 그들이 어떻게 하는가를 훔쳐보고 오게."

　비장들은 명을 받들고 우선 큰아들의 방으로 갔다. 창호지 구멍을 뚫고 엿보니, 큰아들은 촛불을 밝히고 베개에 기대어 앉아 있었다. 기생은 그 앞에서 눈물을 흘리며 이별을 원망하고 있었다. 큰아들은 한마디 말도 하지 않고 그저 눈물만 뚝뚝 떨어뜨리고 있을 뿐이었다.

다음은 둘째의 방으로 갔다. 기생과 마주 앉아 눈물을 흘리며 하소연하는 모습이 큰아들의 방과 다를 게 없었다. 잠시 후 둘째는 벌떡 일어나서 기생의 뺨을 때리며 말하였다.

"네가 어찌 진정으로 이러고 있겠느냐? 내가 탄 말이 말머리만 돌리면, 네가 타던 비파는 벌써 다른 사람이 탄 배를 향해 연주할 테지. 오늘 밤에 흘리는 몇 움큼의 눈물도 다 거짓이 아니겠느냐?"

막내의 방으로 가서 엿보았다. 그 방에서도 기생은 얼굴을 가리고 울고 있었다. 막내는 그 모습을 한참 동안 가만히 보았다. 그러다가 갑자기 일어나서 기생의 허리를 껴안고 얼굴을 맞대며 입을 맞추었다. 그는 기생을 달래며 말했다.

"운다고 좋아질 게 무에 있겠느냐? 차라리 오늘 밤에도 즐거움을 나누는 게 낫지!"

그러고는 촛불을 끄고 잠자리에 들었다.

비장들이 돌아와 사실대로 말씀을 드리자, 방백이 말하였다.

"그것으로도 족히 우열을 징험할 수 있지!"

나중에 세 아들의 궁핍하고 영달한 것이 모두 방백의 말과 같았다.

【아들을 아는 데에는 아비만한 사람이 없지!】

一方伯, 有三子, 俱率置營中. 方伯適遞職, 明日將啓程.[1) 夜與諸裨, 語及三子優劣, 諸裨之意見不齊, 方伯曰: "長兒庸駑, 可知到老無成. 仲兒人品太峭直, 雖顯達而不能與世推移,[2) 進塗必蹇滯.[3) 能大吾門者, 其惟季兒乎?"仍曰:"兒輩各有房妓, 明將作別去留之際, 氣像可見. 君若不信吾言, 可潛往覘之也."裨承命往長房, 鑽穴而窺, 則長子明燭倚枕而坐, 房妓在前, 涕泣怨別, 長子默無一言, 只垂泣而已. 到次房, 則房妓之對坐泣訴, 一如長房, 次子起批頰曰:"汝豈眞情乎? 吾馬纏旋, 則琵瑟已向于別舟矣. 今夜數掬淚, 豈非詐乎?"到第三房覘之, 則妓又掩面而泣, 季子熟視良久, 起抱妓腰, 交頸接口, 慰曰:"泣何益哉? 不如且歡今夕也."仍滅燭就枕. 裨俱以實歸告, 方伯曰:"此足驗其優劣矣."後三子窮達, 皆如方伯之言.【知子莫如父】

1) 계정(啓程): 길을 떠남.
2) 여세추이(與世推移): 세상의 변화에 따라 함께 변화함.
3) 건체(蹇滯): 괴로워하며 머뭇거림. 뜻대로 되지 않음.

아들아

　어떤 선비가 그의 부친과 함께 과거 시험장에 들어갔다. 시험장은 사람들로 바다를 이루고 있는지라, 그 와중에 부친을 잃어버렸다. 선비는 큰소리로 "아버님"을 외치고 다녔다.

　그러자 근처에 있던 어떤 사람이 부르는 소리에 응답하며 나왔는데, 그의 부친이 아니었다. 그는 그저 지나가는 한 사람이었을 뿐이었다. 선비는 화를 내며 말하였다.

　"이럴 줄 알았다면 '아들아'라고 불렀으면 좋았을 것을…."

　有一士人, 與其父同入場屋, 人海中, 失其父, 高聲喚爺. 隣接一人, 忽然應答而出, 見之則非父也. 乃是何許一客也. 其士人怒曰: "若知其然, 則呼之以子, 爲好矣."

소낭 발

　내 친구 적빈자寂濱子가 항간에 떠도는 속된 말을 수집한『소낭笑
囊』한 책을 지어내게 보여주고, 그에 대한 비평을 요구했다. 나는
채 반도 읽지 못하고 책을 덮은 후 낯빛을 바꾸어 말하였다.

　"인륜의 도리를 가르친 것들 중에도 즐거운 요인들이 있지 아니
한가? 위로는 육경六經에서부터 아래로 백가百家에 이르기까지 말
씀이 준엄하고 이치가 올곧으며, 말은 화려하며 뜻은 정결한 것이
가득하지. 그런데도 이처럼 속된 말을 취한 것은 어찌해서인가? 자
네는 무엇 때문에 기름진 고기를 싫다 하며 썩은 음식을 맛보려 하
고, 비단옷을 버려두고 피분皮卉으로[1] 만든 옷을 입으려 하시는가?"

　적빈자는 한바탕 껄껄 웃고 나서 말하였다.

　"아아! 자네는 나를 모르시는가? 나는 무릇 세상이라는 것을 병
폐로 여기는 사람이라. 지금 세상에서 높다란 관을 쓰고 넓은 소매
를 갖춘 옷을 입고 앉아서 공자孔子를 이야기하는 자들. 그들의 행실
을 이리저리 살펴보면 도척盜跖[2] 무리들이 아닌 자가 없더군. 그래

---

1) 피분(皮卉): 가죽옷과 풀잎 옷. 오랑캐의 복식.
2) 도척(盜跖): 춘추시대의 도적으로 도둑의 대명사로 쓰인다.『장자』〈도척(盜跖)〉이

서 조정에 있는 자들은 스스로 청렴하고 고결하다고 하면서도, 생각은 〔틀에서〕 벗어나지 못하지 않는가? 저기 산림山林에 거주하는 자들, 그들은 스스로 맑고 고결하다고 하지. 하지만 마음은 벼슬길에 끌려 있지. 말과 행동이 가지런하지 못하고, 명분과 실재가 서로 어긋나 있는 게지. 그들이 뱉는 말이라곤 항상 따분하고 가식적이어서, 내면은 혼탁하면서 겉만 청결한 척하지. 도리어 항간에 떠도는 속된 말들보다 못하다네. 비루하면서도 황탄하여 그 본래의 빛깔마저 잃어버린 자들. 이것이 내가 저쪽을 취하지 않고 이쪽을 취한 까닭이네. 더구나 『시경』에도 '좋구나, 희학戱謔이여!'라는 말이 있고, 『사기』에서도 〈골계전滑稽傳〉을 지었지. 예전에도 이러했거늘, 어찌 유독 지금에서만 의아해 한단 말인가? 이 책에서 의아스럽게 여기는 것들은 항간에 떠도는 일상적인 말들일 터. 그러나 어떤 말은 더러 기괴하고, 어떤 이야기는 포복절도할 만하니, 맹상군孟嘗君이나3) 동방삭東方朔과4) 같은 무리들이 했던 이야깃거리로 여겨도 해로울 게 없겠지. 그러한즉, 앞서 말한 도척처럼 행동하면서 공자를 말하는 자들과 비교하면 이야기를 통해 얻고 잃는 게 과연 어떨 것 같은가?"

내가 그 말을 듣고 나니 구름과 안개가 한 순식에 걷히고 맑은 하늘이 드러나듯, 갑자기 앞이 확 트이는 듯했다. 마침내 약간의 평비評批를 붙여 그에게 돌려주었다. 훗날 이 책을 보는 사람들은

따르면 '도척이 군사 9천 명을 거느리고 천하를 횡행하였다.'고 하였다.
3) 맹상군(孟嘗君): 중국 전국시대 제(齊)나라의 정승이자 정치가. 집안에 천하의 유능한 선비 삼천 명을 식객(食客)으로 둔 것으로 유명하다.
4) 동방삭(東方朔): 한 무제 때의 관리. 해학과 변설로 유명하다.

항상 혼자서 애쓰던 장인에게 괴로운 마음이 있었다는 것을 알아주
시려나? 이로써 발문으로 삼는다.

같은 해⁵⁾ 윤달이 든 여름에 황교산옹^{荒郊散翁}이 쓴다.

吾友寂濱子, 採閭巷俚語, 作笑囊一書, 出示余, 要余批而評之. 余閱
未半, 愀然掩卷, 謂之友曰: "名敎中, 不有樂地乎? 上而六經, 下而百
家, 辭嚴而理直, 語華而旨潔者, 殆乎充棟,⁶⁾ 奚取此俚語爲也? 子其厭
梁肉而嗜腐鼠,⁷⁾ 却綺錦而服皮卉者乎?" 寂濱子奮然一笑曰: "噫嘻! 子
不知我乎? 余病夫世者也. 今夫世之人, 峩冠濶袖,⁸⁾ 坐談孔氏者, 考其
行, 則未必非跙徒也. 是以處廊廟⁹⁾者, 自許廉潔, 而意未脫乎? 阿睹¹⁰⁾
居山林者, 自託高放,¹¹⁾ 而情或牽於簪纓, 言行不侔, 名實¹²⁾相舛. 其發

---

5) 원문에도 같은 해〔同年〕으로 되어 있다. 아마도 이 앞에 다른 서문이 있었는데, 그것
이 일실된 것이 아닌가 한다.

6) 충동(充棟): 집안 가득 책이 차 있음. 책이 많은 것을 형용함.

7) 부서(腐鼠): 썩은 쥐. 『장자』〈외편(外篇)·추수(秋水)〉에 나오는 고사다. 장자가
혜자(惠子)에게 해준 말이다. "남쪽에 사는 원추(鵷鶵)라는 새가 있는데, 자네는 아는
가? 무릇 원추는 남해에서 출발하여 북해로 날아가지. 오동나무가 아니면 앉지 않고,
대나무 열매가 아니면 먹지 않고, 감로천이 아니면 마시지 않지. 그런데 마침 썩은 쥐를
물고 가는 올빼미가 (그 쥐를 빼앗길까 봐) 원추를 보며 '꽥' 하고 소리를 질렀다네.〔南
方有鳥, 其名爲鵷鶵, 子知之乎? 夫鵷鶵發於南海而飛於北海, 非梧桐不止, 非練實不食, 非
醴泉不飮. 於是鴟得腐鼠, 鵷鶵過之, 仰而視之曰嚇.〕"

8) 아관활수(峩冠濶袖): 높다란 관과 넓은 소매. 예전 유생이나 사대부의 복장이다. 주
로 조복(朝服)을 가리키는 경우가 많은데, 여기서는 사대부의 복장 정도로 보는 게 무방
하다.

9) 낭묘(廊廟): 대신들이 정사를 의논하고 집행하는 곳. 즉 조정.

10) 아도(阿睹): 보통은 '눈'을 의미하지만, 여기서는 '이것, 혹은 저것'을 의미한다.

11) 고방(高放): 높고 호방함.

爲言辭者, 常支離假飾, 內濁而外潔, 反不若閭巷俚語, 鄙陋荒誕而失
其本色者, 此吾所以不取乎彼, 而取乎此者也. 況詩有善謔之語, 史著
滑稽之傳, 古猶然矣. 奚獨疑於今乎? 此篇之所惑者, 雖里巷間常談,
而其辭或奇怪, 其說或絶倒, 不害爲孟朔輩話柄, 則比之向所稱跖氏
行, 而孔氏談者, 其說之得失, 何如哉?" 余聞之, 豁然若披雲霧, 覩靑
天, 遂畧加評批而歸之. 後之覽者, 尙有以識良工之苦心也哉? 是爲跋.
　同年閏夏, 荒郊散翁 書.

12) 명실(名實): 겉에 드러난 이름과 속에 담긴 실상(實相).

『소낭』을 읽는 또 다른 흥미는 황교산옹이 쓴 평비에 있다. 평비
는 황교산옹이『소낭』에 실린 작품을 어떻게 읽었는가를 엿보는 척
도다. 기존 질서에 불만을 제기한 적빈자와 달리, 황교산옹은 다분
히 보수적인 입장에서 이야기에 다가선다. 적빈자가 중세 질서에
대한 부정적 면을 담으려 했다면, 황교산옹은 오히려 그와 정반대
의 독법을 지향한 것이다. 적빈자는 건강한 인민을 그려내고자 했
다면, 황교산옹은 그런 인민을 부정적 존재로 평가한다. 대상을 보
는 눈은 아무리 친한 친구인들 같을 수 없을 터다.

평비는 텍스트를 읽는 하나의 독법일 뿐이다. 따라서 평비는 평
비를 한 사람의 개인적인 독서 방법을 훔쳐보는 계기가 되지만, 오
히려 일반 독자에게는 독서의 자유로움을 방해하는 요인일 수밖에
없다. 그런데도 적빈자가 평비의 방법을 고집한 것은 무엇 때문일
까? 그것은 당시 평비를 통한 글쓰기가 유행하고 있었고, 적빈자
역시 그 유행에 편승하여『소낭』을 만들어내고자 했기 때문이리라.

조선 후기에는 평비를 통한 글쓰기 방법이 집중적으로 나타났다.
특히 중국 평점본 소설의 유입에 따라 평비는 장르를 불문하고 다
층적으로 쓰였다. 소설, 판소리, 야담집 등에 적용된 사례가 직지
않다. 이런 현상은 중국 백화소설이나 중국 소화류가 널리 향유되
면서 나타난 한 현상임이 분명해 보인다.『소낭』역시 기본적으로
이와 궤를 같이한다. 조선 후기 외래문학의 유입과 수용, 그리고
수용에 따른 글쓰기의 변화를『소낭』에서도 찾은 셈이다.

4

우리나라 우스갯소리를 주머니 안에 모두 담아놓겠다는 야심찬
제목,『소낭』. 왜 하필 우스갯소리인가? 일회적이고 말초적인 웃

음. 그래서 소비적일 수밖에 없는 웃음을 통해 작가는 무엇을 말하고자 했던 것일까?

『예기』에 '음식남녀飮食男女는 사람의 큰 욕망이고, 사망빈고死亡貧苦는 사람의 가장 싫어하는 것'이라고 했다. 이 말을 어떻게 해석할 것인지는 여러 의견이 있겠지만, 식욕과 성욕이 인간이 지닌 가장 본원적인 욕망이라는 점에는 별반 이론이 없다. 본원적 욕망을 제어하는 것이 예禮인데, 이 도정에서 금기가 만들어진다. 반면 죽음과 빈고는 사람이 싫어하는 것인데, 그 공포를 제어하는 것 역시 예다. 일찍이 바타유라는 학자는 죽음과 성을 분리시키지 말고 하나로 이해해야 한다고 한 적이 있다. 삶에 대한 욕망과 죽음에 대한 욕망을 동일시한 것이다. 그것은 무엇을 말하는가? 사람이 가장 절망적인 상황에 놓이게 되면 가장 본원적인 욕망을 드러내게 된다는 것이 아닌가? 인간은 이성적으로 판단할 수 있을 때에는 부당한 현실에 맞서 싸울 수도 있다. 그러나 그 한계를 넘어섰을 때는? 결국은 감정으로 갈 수밖에 없지 않은가? 내가 의도하지 않아도 결국은 그렇게 되지 않는가? 웃음도 그러하다. 즐거워서 한바탕 웃을 때도 있지만, 그와 반대로 가장 절망적인 상황에서도 웃음이 나오는 법이다. 우스갯소리가 아픈 이유도 여기에 있다. 우리 사회에 매일같이 쏟아져 나오는 원초적 감각을 자극하는 성 관련 이야기와 음식 이야기. 그것은 어쩌면 '나도 아프다'는 다양한 신호가 아니었을까? 독자들도 한 번쯤은 생각해 보시기를 바란다.